Knaur.

Im Knaur Taschenbuch Verlag sind bereits folgende Bücher der Autorin erschienen:
Zeit für kleine Wunder
Der kleine Schritt zum großen Glück

Über die Autorin:
Sharon Owens wurde 1968 in Omagh, Irland, geboren. 1988 zog sie nach Belfast, um an der Kunsthochschule zu studieren. 2003 erschien ihr erster Roman, der in Irland, England und Amerika ein Bestseller wurde. Sharon Owens lebt mit ihrem Mann und ihrer Tochter in Belfast.

Sharon Owens

Sieben kleine Geheimnisse

Roman

Aus dem Englischen von
Angelika Naujokat

Knaur Taschenbuch Verlag

Die englische Originalausgabe erschien 2009 unter dem Titel
»The Seven Secrets of Happiness« bei Poolbeg Press, Irland.

Wenn Ihnen dieser Roman gefallen hat, empfehlen wir Ihnen gerne ausgewählte Titel aus unserem Programm – schreiben Sie einfach eine E-Mail mit dem Stichwort »Sieben kleine Geheimnisse« an:
guteunterhaltung@droemer-knaur.de

Besuchen Sie uns im Internet:
www.knaur.de

FSC
www.fsc.org
MIX
Papier aus verantwortungsvollen Quellen
FSC® C083411

Deutsche Erstausgabe März 2011

Umschlaggestaltung: ZERO Werbeagentur, München
Umschlagabbildung: © Roberto Herrett / Alamy
Satz: Adobe InDesign im Verlag
Druck und Bindung: CPI – Clausen & Bosse, Leck
Printed in Germany
ISBN 978-3-426-50804-6

2 4 5 3 1

Für Dermot und Alice

Kapitel 1

Das Geschenk

»Jetzt mach schon, Ruby! Kauf sie! Die sind doch ein Traum«, sagte Jasmine ermunternd. Die beiden Frauen standen vor dem Schaufenster einer Nobelboutique im Victoria-Square-Einkaufszentrum in Belfast und betrachteten die Auslage. Es war fünf Uhr nachmittags am Heiligabend, aber in den Geschäften drängte sich noch immer die Kundschaft und erfreute sich am Gesang eines Kinderchors und an der festlichen Stimmung.

»Das würde ich ja gern, aber sie sind so teuer«, antwortete Ruby.

»Ja, das sind sie. Aber hast du nicht gesagt, dass Jonathan neue Schuhe braucht?«, erwiderte Jasmine.

»Ja, schon. Sein Lieblingspaar ist ziemlich durchgelaufen, und die hier sind wirklich schick«, seufzte Ruby. »Sieh dir nur einmal die Steppung an. Die ist perfekt.«

»Worauf wartest du dann noch?«

»Also vierhundert Pfund für ein Paar Schuhe?« Skeptisch legte Ruby den Kopf schief. »Ich habe Jonathan bisher immer nur einen schönen Bildband oder etwas in der Art zu Weihnachten geschenkt.«

»Einen Bildband! Ruby O'Neill, du kannst deinem Ehemann zu Weihnachten doch kein Buch schenken«, rief Jasmine und schüttelte mitleidig den Kopf. »Also das kannst du vergessen.«

»Aber er mag Bücher.«

»Ach, Ruby!«
»Tut er wirklich. Er liebt diese großen, schweren Bildbände mit tollen Landschaftsfotografien.«
»Jetzt kauf ihm schon die Schuhe.«
»Vierhundert Pfund! Das wäre fast so viel wie unsere monatliche Rate für die Hypothek.«
»Okay, okay. Ich gebe auf.«
Die beiden Frauen waren seit fast einem Jahr eng befreundet. Seit Jasmine zusammen mit Ruby in einer kleinen, aber gutgehenden Boutique in der eleganten Ravenhill Road nahe dem Stadtzentrum von Belfast arbeitete. Das Geschäft gehörte Theodora Kelly, einer rüstigen alten Dame von 82 Jahren, die nie geheiratet hatte und ihr Haar wie die Queen in silberweißen Wellen trug.
Jasmine war 27, groß und superschlank, hatte dunkelblaue Augen und langes, honigblondes Haar. Ruby war zwar auch erst 31 und mit ihren haselnussbraunen Augen und dem glatten, schwarzen Bob eine hübsche junge Frau, aber manchmal hätte sie auch gut und gern 51 sein können, wie Jasmine fand. Ruby war einfach viel zu vernünftig.
»Entspann dich, Ruby! Manchmal bist du ein echter Geizkragen«, murmelte Jasmine in sich hinein.
Doch Ruby hatte sie genau gehört. »Du bist Single. Du musst nicht so vorsichtig sein mit deinem Geld«, sagte sie und versuchte ihr Bestes, um Jasmine nicht zu nahe zu treten.
»Entschuldige bitte, natürlich muss ich das. Ich muss schließlich auch meine Miete zahlen.«
»Ja, natürlich. Die Miete.«
»Genau, eine Wuchermiete noch dazu. Ich bezahle wahr-

scheinlich mehr für mein Einzimmer-Appartement, als manche Paare für ein freistehendes Haus hinblättern müssen. Vor allem wenn sie es vor dem Immobilienboom gekauft haben. Und ich habe niemanden, mit dem ich mir die Nebenkosten teilen kann.«

»Du hast ja recht«, räumte Ruby ein und biss sich unschlüssig auf die Lippe.

»Vielleicht sollte ich wieder anfangen, Lotto zu spielen«, überlegte Jasmine laut.

»Nein, bloß nicht! Du hast doch selbst gesagt, dass es wie eine Sucht ist«, rief ihr Ruby in Erinnerung.

»Ja, stimmt. Also schön, dann lass uns die Sache mal zum Abschluss bringen. Kannst du dir diese Schuhe leisten?«, fragte Jasmine unverblümt.

»Ja, das schon«, gab Ruby zur Antwort.

»Okay. Hör mir zu, Ruby. Warum tust du nicht ein Mal in deinem Leben etwas Verrücktes? Ich war zwar erst ein paar Mal bei euch zu Hause, aber soweit ich das beurteilen kann, hat Jonathan bereits mehr als genug Bücher. Also jetzt spring schon da rein und kauf deinem Mann ein anständiges Weihnachtsgeschenk«, bestimmte Jasmine im Befehlston, bahnte sich mit Ruby einen Weg durch das Gewühl und steuerte geradewegs auf die Ladentheke aus schwarzem Marmor zu.

»Könnte ich die bitte einmal in Größe 45 sehen?«, stotterte Ruby und deutete auf die glänzenden Herrenschuhe mit feinsten Budapester Lochmustern.

Die junge Verkäuferin stellte die schweren, schwarzen Schuhe vor Ruby hin und holte tief Luft. Verkaufsgespräche waren meist lang und kompliziert, und man sah ihr an, dass das Weihnachtsgeschäft sie geschafft hatte.

Aber Jasmine ließ ihrer Freundin keine Bedenkzeit. »Die sind perfekt. Die nehmen wir. Könnten Sie sie bitte als Geschenk einpacken? Vielen Dank«, sagte sie entschieden.

Ruby reichte der Verkäuferin widerstandslos ihre Kreditkarte, tippte ihre PIN ein und tauschte einige höfliche Floskeln mit ihr aus.

»Gut gemacht, Ruby – er wird sich riesig freuen und mit Sicherheit die ganze Woche nicht mehr die Finger von dir lassen«, bemerkte Jasmine beiläufig, warf ihr langes Haar zurück und überprüfte ihr glitzerndes Augen-Make-up in dem riesigen Rokoko-Spiegel, der an der Wand hing.

»Hoffentlich«, flüsterte Ruby, und ihr Gesicht begann sich vor Aufregung zu röten.

»Ganz bestimmt. Er wird diese Schuhe lieben«, sagte Jasmine. »Also, wenn wir jetzt mit dem Shoppen fertig sind, dann gönnen wir uns ein Steak-Sandwich und ein Glas Wein in der Bar nebenan. Da gibt es den ganzen Tag Live-Musik. Und der Leadsänger ist ziemlich sexy«, fügte sie grinsend hinzu.

»Ja, meinetwegen«, willigte Ruby ein. »Geh du schon mal vor und bestell was für uns beide. Ich komme in einer Minute nach.« Die Verkäuferin war mit den Schuhen irgendwohin verschwunden. »Aber für mich bloß eine Apfelschorle. Ich muss noch fahren.«

»Alles klar«, sagte Jasmine, die eine riesige Tragetasche umklammert hielt, in der sich ihr neuer und geradezu sagenhaft schicker weißer Mohair-Mantel befand, den sie gerade zu einem Schnäppchenpreis erstanden hatte. »Ich liebe Shoppen, aber das nächste Mal werde ich flache Ballerinas tragen!«

»Dann ab mit dir«, sagte Ruby. »Ich komme gleich nach. Aber bitte: Finde erst mal heraus, ob dein sexy Sänger eine eifersüchtige, schlechtgelaunte Freundin hat, bevor du ihm schöne Augen machst.«

»Ich muss doch sehr bitten! Als ob mir so etwas schon passiert wäre, Ruby. Und wenn, dann ist es in neun von zehn Fällen nicht meine Schuld«, entgegnete Jasmine und verzog gespielt das Gesicht. »Kann ich was dafür, dass mich so viele Jungs attraktiv finden?«

Aber Ruby wusste schon, dass sie das nur im Scherz gesagt hatte. Na ja, vielleicht auch nur halb im Scherz ...

»Na schön, es tut mir leid«, erwiderte sie seufzend. Jasmine war eigentlich eine tolle Freundin.

»Entschuldigung angenommen. Also, lungere hier nicht rum und halt die Angestellten mit deinem Geplapper von der Arbeit ab«, sagte Jasmine lachend. »Vergiss nicht, dass ich heute Abend um acht zu einer Party eingeladen bin.«

Mit diesen Worten marschierte sie in ihren hochhackigen Stiefeln, ihrer hautengen Jeans und ihrer kurzen Lederjacke davon.

Ruby bemerkte, dass Jasmines lange Beine die anerkennenden Blicke der herumstehenden Männer auf sich zogen. Ihr selbst wurde nicht so oft nachgesehen, obwohl sie eigentlich auch ganz hübsch war, wie sie fand. Aber wenn Männer ihren langen, schwarzen Mantel und ihre biker-mäßigen Stiefel sahen, wussten sie gleich, dass Ruby nicht der Typ Frau war, den man auf der Straße ansprach. Sie wirkte zwar nicht unbedingt einschüchternd, doch sie hatte etwas an sich, das sie irgendwie unnahbar erscheinen ließ. Ruby war sich dessen wohl bewusst, aber im Grunde machte es ihr nichts aus. Der einzige Mann, der sie interessierte, war Jonathan. Für Ruby zählte nur, dass sie ihm gefiel und dass er sie liebte.

Und so strahlte Ruby vor Glück, als sie sich zu Hause an ihren Küchentisch setzte und die kunstvolle Verpackung mit der großen, schwarzen, reflektierenden Schleife betrachtete, in der sich der Schein des kleinen Windlichts spiegelte und wie tausend Sterne schillerte. Das Geschenk sah in dieser Verpackung in der Tat ungemein teuer aus. *Wie aufregend,* dachte sie und fand langsam Gefallen an der Vorstellung, gelegentlich Geld für besondere Dinge hinauszuwerfen.

Jonathan würde schon bald von der Arbeit heimkehren. Heute war die Weihnachtsfeier in seinem Büro, bei der sich die Kollegen einander alberne oder neckische Geschenke machten. Doch Ruby wusste, dass ihr Mann niemals Alkohol trank, wenn er noch Auto fahren musste. Genauso wenig würde er nicht absichtlich die Gefühle eines anderen Menschen verletzen, indem er beispielsweise dem Kollegen, der vor kurzem zum dritten Mal Vater geworden war, zu Weihnachten Kondome schenkte. Stattdessen hatte er demjenigen, der ihm beim traditionellen Weihnachtswichteln zugeteilt worden war, vermeintlich langweilige, aber nützliche Geschenkgutscheine bei *Marks & Spencer* gekauft. Jonathan O'Neill war eben nicht nur sexy, sondern er besaß auch einwandfreie Manieren und ein großes Herz. Genau aus diesem Grund hatte sich Ruby in ihn verguckt. Ja, ihr Jonathan war einfach perfekt.

Sie strich noch einmal liebevoll über die verpackte Schachtel, und ihr Herz zog sich vor Aufregung ein bisschen zusammen. Vielleicht würde Jonathan während der Feiertage ja tatsächlich nicht die Finger von ihr lassen? Vielleicht hätten sie dann im nächsten Jahr schon ihr erstes Kind? Sie goss sich ein kleines Glas Merlot ein und saß eine Minute lang einfach glücklich da. Draußen vor dem Küchenfenster war der Himmel in ein dunkles Violett getaucht, und zwischen den gespensterhaften Wolken sah man vereinzelte Sterne. Jonathan kam bestimmt bald nach Hause. Dann würden sie gemütlich zusammen essen und gemeinsam den Baum schmücken – der eigentlich jeden Moment geliefert werden sollte. Anschließend wollten sie noch einen kleinen Spaziergang in ihrer Nachbarschaft unternehmen, um sich den Weihnachtsschmuck der anderen Häuser anzusehen. Und danach würden sie sich auf dem Sofa zusammenkuscheln und fernsehen.

Mit der neu erwachten Hoffnung, vielleicht noch in diesem Monat schwanger zu werden, sprang Ruby vom Tisch auf und begann das Haus vorzubereiten. Sie schaltete die Zentralheizung und die verschiedenen Tischleuchten an, öffnete die Weihnachtspost, die noch in letzter Minute eingetroffen war, und steckte die Karten im Flur in den schicken Kartenhalter aus Draht. Dann stellte sie einen Rinderschmortopf zum Aufwärmen in den Ofen, saugte noch schnell die Teppiche im Flur und ordnete die Mäntel und Jacken an der Garderobe.

So, dachte sie bei sich, *jetzt sieht das Haus doch prima aus.* Was blieb noch zu tun? Irgendetwas wollte sie doch noch erledigen. Ach ja, zu Hause anrufen.

Ruby nahm das Telefon mit in die Küche und drückte auf die Kurzwahltaste, um ihre Eltern auf dem Land anzurufen. Ihr für nur zwei Personen eigentlich viel zu großes

Haus lag am Ende einer sehr langen, sehr dunklen Zufahrt im County Fermanagh im Westen des Landes. Ruby hatte es dort nie gefallen. Ihre Eltern waren ziemlich vermögend, seitdem sie in den 1980er Jahren das Land, das Rubys Vater von seiner Familie geerbt hatte, mit großem Gewinn verkauft hatten. Von dem Erlös und den Zinsen konnten sie seither ganz gut leben.

»Hallo?«, sagte Rubys Mutter zögerlich.

»Hallo, Mum! Ich bin's«, rief Ruby fröhlich.

»Hallo, Liebes«, erwiderte ihre Mutter auf ihre gewohnt gedämpfte Art und Weise.

»Frohe Weihnachten, Mum!«

»O ja. Das wünsche ich euch auch.«

»Hast du schon alles für morgen fertig?« Ruby hoffte, dass sie ihre Mutter zu einem kleinen Plausch verleiten konnte. Die Chancen waren zwar gering, aber sie wollte nicht aufgeben.

»Alles fertig? Was redest du denn da? Wir sind doch nur zu zweit«, meinte ihre Mutter mit ausdrucksloser Stimme.

»Ja, aber es ist doch trotzdem immer viel zu tun, nicht wahr? Der Pudding muss gekocht werden, die Sahne geschlagen, Tischtuch und Servietten gebügelt, und der Truthahn füllt sich auch nicht von alleine.«

»Wir kommen schon zurecht, Ruby. Bei uns gibt es in diesem Jahr nur eine Truthahnbrust aus dem Supermarkt. Letztes Jahr konnten wir nicht einmal die Hälfte aufessen, und den Rest habe ich am zweiten Weihnachtstag in den Müll geworfen.«

»Aber ohne Truthahn ist es doch kein richtiges Weihnachten!«, beharrte Ruby.

»Wenn du es sagst.«
»Du klingst ein wenig erschöpft.« Ruby versuchte so mitfühlend zu klingen, wie sie es nur vermochte.
»Hast du mich etwa angerufen, um mir das zu sagen? Das ist wirklich nicht sehr nett. Es geht mir gut.«
»Okay, okay, tut mir leid.«
»Nein, wirklich, es geht mir gut«, sagte Rubys Mutter seufzend.
»Was ist los, Mum?«
»Gar nichts. Alles in Ordnung.«
»Du kannst es mir ruhig erzählen, wenn irgendetwas nicht stimmt.«
»Es geht mir gut, Herrgott noch mal!«
»Ihr könntet doch beide am ersten Weihnachtstag zu uns kommen. Ich habe das Haus schön dekoriert«, wagte Ruby hoffnungsvoll einen weiteren Vorstoß. »Ihr seid immer noch herzlich willkommen, morgen mit uns zu feiern.«
»Du weißt doch, wie ungern ich das Haus allein lasse, Ruby. Diebe nehmen sich niemals frei.«
»Aber ihr habt doch jetzt eine Alarmanlage.«
»Die benutze ich nicht gern.«
»Ach, Mum!«
»Sie ist so laut, wenn sie losgeht.«
»Das soll sie ja auch sein«, erwiderte Ruby mit sanfter Stimme.
»Wie dem auch sei, was nützt es schon? Hier draußen hört doch keiner das Gejaule, und sie würden uns das ganze Haus durchwühlen und ausrauben, ohne dass es jemand merkt.«
Obwohl die Alarmanlage auf dem neusten Stand war, hatte ihre Mutter keinerlei Vertrauen in die Technik.

»Und du bist dir auch ganz sicher, dass wir nicht stattdessen auf einen Besuch zu euch kommen sollen?«
»Nein, nein, nein«, antwortete ihre Mutter bestimmt. »Sei doch vernünftig, um Himmels willen! Sie haben Schnee vorausgesagt. Ich will nicht dafür verantwortlich sein, wenn ihr auf der Straße liegenbleibt und erfriert! Und selbst, wenn ihr es bis hier heraus schaffen würdet, säßt ihr wahrscheinlich tagelang hier fest, und dann würden sie bei euch einbrechen!«
Beide stießen einen tiefen Seufzer aus.
»Okay, Mum. Dann bis bald.«
»Ja, bis bald.«
»Ich wünsche dir einen schönen Tag morgen.«
»Ja, ich dir auch.«
»Grüß Dad von mir, ja?«
»Das werde ich. Er ist draußen in der Garage und raucht.«
»Also gut. Dann noch einmal frohe Weihnachten.«
»Ja, ja. Bis dann, Liebes.«
»Tschüss, Mum. Ich liebe dich.«
»Ja, ich dich auch.«
Als Ruby auflegte, verspürte sie wieder einmal dieses fahle Gefühl der Enttäuschung, wie immer, wenn sie mit ihrer Mutter oder mit ihrem Vater gesprochen hatte. Ihre Eltern lebten sehr zurückgezogen und hatten gern ihre Ruhe, sie mochten kein »albernes Getue«, wie sie es nannten. Sie blieben Weihnachten meist zu Hause und wollten nicht den Stress auf sich nehmen, Gäste einzuladen. Selbst Jonathan war nach siebenjähriger Ehe und zehnjähriger Beziehung mit Ruby für sie immer noch ein Gast.
Ruby hing ihren Gedanken noch kurz nach, entschied sich dann aber, Jonathan anzurufen.

»Hallo, Liebling, wie ist die Party denn so?«
»Hallo, Schatz. O Gott, ich hab schon Seitenstechen vom vielen Lachen. Jemand hat Robert ein Paar extra-superstarke Schuheinlagen gegen Fußgeruch geschenkt, und er ist total ausgeflippt, hat den Weihnachtsbaum umgeworfen, die Lichterkette zerrissen und ist dann noch draufgefallen und hat sich in dem Lametta verheddert. Er ist sturzbesoffen.«
»Armer Robert. Riechen seine Füße denn wirklich so schlimm?«
»Nur ein bisschen.«
»Und was hat Susan bekommen?«
Susan war die Quasselstrippe des Büros.
»Halt dich fest. Einen Maulkorb!«
»Ist nicht wahr! War sie sehr wütend?«
»Nein, im Gegenteil, sie war begeistert. Sie trägt ihn schon die ganze Zeit. Er ist weiß und mit rosafarbenen Steinchen verziert. Sie sagt, sie wird ihn heute Abend im Bett anziehen und ihren Freund damit heiß machen.«
»Also hat sie es mit Humor genommen?«
»Ach, Susan ist schon in Ordnung. Ein verrücktes Huhn, aber in Ordnung.«
»Bleibst du noch lange?«, fragte Ruby ungeduldig.
»Nein, ich mache mich bald auf den Weg. Hier ist sowieso langsam Schluss. Ich muss nur noch ein paar Papiere bei einem Klienten in Ballynahinch abgeben, und danach komme ich sofort zu dir nach Hause. Es hat eine halbe Ewigkeit gedauert, bis ich die Bücher in Ordnung gebracht hatte, so ein Durcheinander war es.«
»Ballynahinch? Aber das ist doch so weit weg, Liebling. Hat es nicht bis nach Weihnachten Zeit?«

»Nein, leider nicht. Es geht um ein dringendes Konkursverfahren. Die Versteigerung soll am sechsundzwanzigsten stattfinden. Ich bin nun mal der Chef, also ist es nur fair, wenn ich die Papiere abgebe. Und dieser Haufen hier ist sowieso viel zu betrunken.«
»Na gut. Der arme Kerl. An Weihnachten in Konkurs zu gehen, wie furchtbar.«
»Ja, finde ich auch. Es dauert höchstens noch eine Stunde, dann bin ich bei dir. Versprochen.«
»Es ist ziemlich viel Verkehr auf den Straßen«, rief ihm Ruby in Erinnerung.
»Ich weiß, ich weiß. Aber dann habe ich zwei Wochen frei«, erwiderte er fröhlich.
»Ich auch. Ist das nicht himmlisch?«, seufzte sie. »Wir können endlich mal wieder ausschlafen.«
»O ja. Ich frage mich bloß, was wir mit der ganzen freien Zeit anfangen sollen. Obwohl … eine Sache fällt mir vielleicht ja schon ein!« Er lachte und fügte hinzu: »Ich liebe dich.«
»Ich liebe dich auch«, antwortete sie automatisch.
»Du bist ein Schatz. Ich werde mich beeilen.«
»Okay. Ich habe übrigens gestern Abend einen Rinderschmortopf gekocht. Er wärmt gerade im Ofen auf.«
»Wunderbar. Ich kann es kaum erwarten. Die Party-Häppchen waren nicht schlecht, aber deine Schmortöpfe sind nun einmal unschlagbar.«
»Vielen Dank«, lachte Ruby.
»Wurde der Baum schon geliefert?«
»Nein, noch nicht.«
»Sie sind ein bisschen spät dran, findest du nicht?«, fragte er mit leicht besorgt klingender Stimme.

»Du hast doch nicht vergessen, ihn zu bestellen?«, witzelte sie.
»Nein, natürlich nicht!«
Jonathan dekorierte den Baum am liebsten am späten Heiligabend. Es war eine Art Tradition für ihn, genauso wie der Spaziergang über die Ravenhill Road. Händchenhaltend wie Frischverliebte sahen sie sich dann die anderen Weihnachtsbäume an, die in Erkerfenstern und Dielen funkelten, und gaben sich auf dem Heimweg unten am Gartentor einen Kuss.
»Warte mal, hier kommt gerade die nächste Runde Konfetti-Bomben«, rief Jonathan. »Hey, passt auf, Leute! Ihr fackelt mir noch das ganze Gebäude ab! Und der Teppichboden war auch nicht billig!«
Im Hintergrund ertönten ausgelassene Beifallsrufe, als die Konfetti-Salven losgingen. Jonathan bekam einen Lachanfall. »Hast du das gehört, Ruby? O Gott, das ist wirklich ein übergeschnappter Haufen. Robert schläft seelenruhig in einer Ecke, und nicht einmal die Knallerei weckt ihn auf.«
»Hör zu, Jonathan, ich habe dir heute ein tolles Geschenk gekauft«, sagte Ruby zögernd. Sie konnte einfach nicht anders, sie musste es erwähnen. Sofort tadelte sie sich in Gedanken dafür, aber jetzt war es nun einmal heraus.
»Wirklich? Da bin ich aber gespannt!«
»Jasmine hat mich dazu überredet.«
»Jasmine? Dann war es bestimmt nicht billig. Ich habe dir aber dieses Jahr auch etwas Besonderes gekauft.«
»Ach ja? Dann lass uns doch heute um Mitternacht die Geschenke auspacken!«
»Warum nicht. Ich bin dabei.«

»Sei vorsichtig auf der Heimfahrt, ja? Der Verkehr ist wirklich schlimm.«
»Ich bin doch immer vorsichtig«, erwiderte er liebevoll.
»Ja, ich weiß. Dann sehen wir uns ja bald.«
»Bis gleich, mein Schatz.«
»Bis gleich.«
Ruby legte auf und nippte nachdenklich an ihrem Wein. Jonathan hatte überhaupt nicht verärgert geklungen, als sie ihm von ihrem Geschenk erzählt hatte. Im Gegenteil, er schien sich gefreut zu haben. Sie lächelte ihr Spiegelbild in dem dunklen Fenster an.
»Die Schuhe werden ihm gefallen, da bin ich mir sicher«, sagte sie sich mit einem glücklichen Lächeln.

Kapitel 2

Der Baum

Ruby war gerade dabei, in ihrem Lieblingssessel einzudösen, als es plötzlich laut an der Haustür klopfte. Erschrocken fuhr sie zusammen und verschüttete dabei ein paar Tropfen Rotwein auf ihrem schwarzen Pullover mit dem runden Ausschnitt.

»Du dummes Huhn«, murmelte sie ihn sich hinein und stellte ihr Glas auf dem Tisch ab. *Was ist nur mit mir los? Bloß weil ich ausnahmsweise einmal mit dem Geld um mich geworfen habe, muss ich doch nicht so nervös sein.* Sie tupfte den Wein rasch mit einem Geschirrtuch ab und eilte zur Tür, vor der sie die Weihnachtssänger ihrer Ortskirche vermutete. Sie öffnete mit einem herzhaften Gähnen.

»Baum für Ruby O'Neill?«, fragte ein großer Mann mit ziemlich langem braunem Haar, das er sich hinter die Ohren geklemmt hatte. Seine dunklen Augen blickten ernst drein und wiesen die Anfänge tiefer Krähenfüße auf. Erleichtert, dass es nicht der Chor war, atmete sie auf. Die Weihnachtssänger fanden oft einfach kein Ende und sangen weiter vor sich hin, während Ruby nur dastand und idiotisch lächelte. Jonathan versteckte sich immer in der Küche und schmunzelte über ihre Verlegenheit. Wahrscheinlich waren sie dieses Mal schon früher gekommen, als sie sich noch mit Jasmine in der Bar vergnügt hatte. Mit einem Mal bekam sie ein schlechtes Gewissen, weil

sie es versäumt hatte, ihnen ein paar Pfund für ihre Sammelbüchse zu geben.
»Das hier ist doch die richtige Adresse?«
Ruby wurde sich bewusst, dass sie dastand und den Mann mit dem Baum anstarrte. »Äh, ja, natürlich. Entschuldigen Sie, ich dachte, es seien die Weihnachtssänger.«
»Tut mir leid, Sie enttäuschen zu müssen«, erwiderte er schüchtern.
»Aber nein, so ist es nicht.«
»Ich hoffe, ich störe nicht?«, fragte der Mann und warf einen Blick in den Flur hinter ihr.
»Nein, ganz und gar nicht«, erwiderte Ruby und schenkte ihm ein freundliches Lächeln. Das war nicht der junge Mann aus dem Gartencenter, den sie kannte, aber er schien recht nett zu sein. Er hatte wirklich schöne braune Augen. Sah eigentlich gut aus, obwohl er schon Mitte vierzig sein musste. Außerdem hatte er eine tolle tiefe Stimme. Sehr beruhigend.
»Möchten Sie den Baum noch haben?«, fragte der Mann und griff hinunter, um ihn von dem gepflasterten Weg aufzuheben.
»Aber ja, natürlich.«
Er richtete sich wieder auf. »Zweieinhalb Meter hohe Fichte? Kein Ständer erforderlich. Stimmt das?«
»Ja, das stimmt. Ich habe immer noch den Ständer aus dem letzten Jahr.«
»Okay. Das macht dann bitte fünfunddreißig Pfund.«
»Einen Augenblick.« Ruby flitzte in die Küche zurück, um ihr Portemonnaie zu holen.
Als sie ihn bezahlt hatte, bedankte er sich und wünschte ihr ein schönes Weihnachtsfest.

»Ihnen auch«, erwiderte Ruby sogleich und zog den schweren Baum in seinem Netz weiter in den Flur. »Sind Sie neu im Gartencenter?«
»Nein, ich komme von Camberwell. Ich bin dort der leitende Gärtner. Na ja, ehrlich gesagt, bin ich der einzige Gärtner, aber leitender Gärtner klingt besser.«
»Camberwell? Das herrschaftliche Anwesen mit den großen Parkanlagen?«
»Richtig. Wir verkaufen jetzt auch Weihnachtsbäume. Züchten sie seit zehn Jahren gewerbsmäßig, und nun war die erste Gruppe so weit, um sie zu Weihnachten zu verkaufen.«
»Ich verstehe. Wie schön!«
»Ja. Das Gartencenter hat ziemlich viele für uns verkauft. Ich war gerade da und habe die mitgenommen, die noch übrig waren. Sie waren die letzte Adresse auf ihrer Liste, und da habe ich angeboten, diesen Baum hier auf dem Nachhauseweg bei Ihnen vorbeizubringen. Da mussten sie sich nicht die Mühe machen, bei dem Verkehr noch extra zu Ihnen rauszufahren. Mein Name ist Tom. Tom Lavery.«
»Und ich bin Ruby. Ruby O'Neill.«
»Ja, ich weiß. Das stand auf der Liste.«
»Oh, natürlich …«
Tom streckte ihr die Hand hin, und Ruby warf rasch einen Blick auf ihre eigene, ob sie irgendwelche verräterischen Rotweintropfen entdecken konnte, aber sie schien sauber zu sein. Mit festem Griff schüttelten sie einander die Hände. Dabei bemerkte Ruby, dass sein freundlicher Händedruck trotz der eisigen Kälte draußen angenehm warm war.

Sie blickten einander kurz an, bevor jeder seine Hand wieder zurückzog.

»Vielen Dank, Tom. Dann habe ich dieses Jahr wohl einen piekfeinen Baum ergattert?«, lachte Ruby, die es kaum erwarten konnte, das Netz aufzuschneiden und den dicken, duftenden Baum zu dekorieren. Sie hatte eine 120er Lichterkette, deren Lämpchen wie kleine, rote Beeren aussahen, und dazu eine ganze Kiste voller Weihnachtsmänner und Engel aus Pappmaché.

»Oh, das ist mein Schmortopf«, sagte sie, als sie das kurze Klingeln der Zeitschaltuhr ihres Backofens hörte. »Ich muss den Ofen ausschalten.«

»Lassen Sie sich von mir nicht abhalten«, antwortete Tom und wandte sich zum Gehen. »Machen Sie's gut.«

»Sie auch, Tom. Kommen Sie gut nach Hause. Und ein frohes Weihnachtsfest noch mal«, erwiderte Ruby strahlend, winkte ihm nach, als er den Weg hinunterging, und schloss dann leise die Haustür.

Nachdem er in seinen Landrover gestiegen war, drehte Tom Lavery die Heizung höher und rieb sich die Arme, um die Durchblutung anzuregen. Aus irgendeinem Grund war ihm sonderbar zumute, und er fröstelte. Er musste sich erst wieder fangen, bevor er weiterfahren konnte. Sein Herz pochte wie ein Vorschlaghammer in der Brust, so dass er Angst hatte, einen Herzanfall zu bekommen.

Was ist nur mit mir los?, schalt er sich. *Ich benehme mich ja wie ein verknallter Teenager.*

Es war schon einige Jahre her, seit er sich das letzte Mal so gefühlt hatte – seit er etwas anderes empfunden hatte als ohnmächtige Wut, unendliche Trauer und das immer gegenwärtige Bedauern über all die Dinge, zu denen sie vor Kates Tod nicht mehr gekommen waren. Nicht zu vergessen dieses schreckliche Gefühl der Einsamkeit, das ihn seit seinem Verlust quälte.

»Hör damit auf«, sagte er laut. »Reiß dich zusammen, verdammt noch mal!«

Er drehte den Kopf zu Ruby O'Neills dreistöckigem Haus. Das Licht im Wohnzimmer ging mit einem Mal an, und die mit einem Rosenmuster geschmückten Wände wurden von einem wunderschönen, altmodisch aussehenden Kronleuchter erhellt. Tom sah helle Möbel und zwei riesige weiße Sofas mit einem Haufen rosafarbener und weißer Kissen.

Ein hübsches Zimmer, wenn man Rosa mag, dachte er bei sich.

Er hätte nicht dortbleiben und diese wunderschöne Frau anstarren sollen, die er gerade erst getroffen hatte, aber er konnte einfach nicht anders. Die große Neugier, die ihn erfasst hatte, konnte er nicht mehr verleugnen, auch wenn sein Puls immer noch gefährlich schnell raste.

»Neugier ist noch niemanden bekommen«, murmelte er in sich hinein.

Unter seinen Blicken schleifte Ruby den riesigen Baum zum Erkerfenster herüber und steckte den Ständer auf den Stamm, dann stellte sie das ganze Ding aufrecht hin, befreite es rasch von seinem Netz, schüttelte die Zweige, damit sie sich entfalten konnten, und sah sich den Baum von allen Seiten an, um die schönste zu finden.

»Geschickt gelöst«, sagte Tom leise. Es war gar nicht so einfach, einen Baum von dieser Größe allein aufzustellen.

Ruby kniete sich hin und drehte den Weihnachtsbaum Zentimeter für Zentimeter, bis sie seine Schokoladenseite erwischt hatte. Dann verließ sie das Zimmer und kehrte zwei Minuten später mit einem Glas Rotwein und einer großen Kiste zurück, aus der sie Dekorationen hervorzog. Tom bemerkte, dass ihr sorgfältig geschnittener Bob so seidig glänzte wie die Flügel eines Raben. Sie war recht groß und hatte eine kurvenreiche Figur, bewegte sich aber mit einer Anmut, die ihm gefiel. Doch was ihn am meisten faszinierte, war die Ruhe, die sie ausstrahlte. Sie schien einen inneren Frieden zu besitzen, um den Tom sie beneidete.

»Wer bist du, Ruby O'Neill?«, flüsterte er.

Während Ruby dort stand, den Baum betrachtete und verschiedene große und kleine Anhänger an die üppigen, blaugrünen Zweige hielt, schüttelte er diesen Tagtraum ab, startete den Landrover und ordnete sich vorsichtig in den Feierabendverkehr ein.

»Nimm endlich Vernunft an! Was bringt es schon, sie anzusehen?«, seufzte er leise. *Sie ist verheiratet. Sie muss verheiratet sein. Sie trug einen Ehering. Selbst, wenn sie nicht in festen Händen wäre, würde sich eine so schöne Frau wie sie niemals für einen Mann wie mich interessieren. Außerdem bin ich immer noch nicht über Kate hinweg. Und werde es auch niemals sein. Gott, was soll ich nur tun? Wie schaffe ich es, ein weiteres verfluchtes Weihnachtsfest allein zu überstehen?*

Er holte tief Luft und zwang sich, nicht alles so düster zu sehen. Er war doch gar nicht allein. Nicht wirklich. Er hatte Noah, seinen treuen schwarzen Labrador, mit dem er reden und spazieren gehen konnte. Noah war Kates

Hund gewesen. Sie hatte ihn als Welpen gekauft und ihn Noir genannt. Aber mit den Jahren war der Name irgendwie zu Noah geworden, was auch viel besser zu ihm zu passen schien. Also blieb es bis heute bei Noah. Wenn er und die Gärten von Camberwell nicht gewesen wären, um die er sich kümmern musste, dann wäre Tom heute Abend wohl wirklich nahe am Abgrund gewesen.

Er bewegte sich langsam Richtung Saintfield Road und machte sich unterwegs in Gedanken eine Liste all der Dinge, die noch zu erledigen waren.

Zunächst musste er im Supermarkt Hundefutter besorgen, dann Kates Eltern in Hillsborough anrufen, um ihnen frohe Weihnachten zu wünschen. Anschließend wollte er die drei nicht verkauften Bäume in dem Jugendheim in der Nähe von Camberwell abgeben. Die Erzieher hatten gesagt, dass sie in diesem Jahr für jede Spende dankbar wären, egal wie spät, da sie für den Silvesterabend eine große Party planten. Dann galt es noch, die acht Weihnachtsbäume in Camberwell House zu gießen und die Gewächshäuser auf Frost zu überprüfen. Außerdem durfte er nicht vergessen, das Geld vom Gartencenter in den Tresor zu legen. Vielleicht würde er danach auf ein Bier oder auch zwei in den Pub gehen – aber nur, wenn er sich dem gewachsen fühlte und in der Stimmung für eine Unterhaltung war. Manchmal fiel es ihm unglaublich schwer, an Weihnachten allein zu sein. Doch dann gab es auch wieder Zeiten, in denen es noch schwerer war, Menschen um sich zu haben, die nicht verstanden, was er durchmachte.

Er wusste, dass sie es eigentlich nur gut meinten und dass er nicht überempfindlich reagieren sollte, wenn sie ihm wieder einmal sagten, dass die Zeit alle Wunden heilt. *Beiß dir einfach auf die Zunge, nicke und bedanke dich,* wies er sich in Gedanken zurecht.

Aber ab und zu wünschte sich Tom Lavery nichts sehnlicher, als irgendwo am Ende der Welt zu stehen, wo ihn niemand sehen und hören konnte, und sich die Lunge aus dem Hals zu schreien.

Als Tom nach Camberwell zurückkehrte, kam ihm Noah am Tor entgegengerannt, um ihn zu begrüßen. Tom bremste sogleich ab, denn er hatte immer Angst, dass der Hund in seiner Freude unter die Räder geriet.

»Ruhig Blut, mein Junge, ruhig Blut«, sagte er warnend durch das geöffnete Fenster auf der Fahrerseite.

Er parkte den Landrover auf der Rückseite des Hauses und eilte in die Küche, um zu sehen, ob noch etwas vom Abendessen übrig geblieben war. Hin und wieder stellte ihm die Köchin, Mrs. Kenny, eine Portion Lammragout oder Geflügelsalat in den Kühlschrank. Glücklicherweise gab es heute Abend eine leckere Auswahl: eine große Schüssel mit Hühnersuppe, drei butterbeschmierte Brötchen mit Cheddarkäse und Schinken und sechs kleine in Alufolie gewickelte Küchlein mit einer Füllung aus Dörrobst und Sirup.

»Sie sind ein echter Schatz, Mrs. Kenny«, sagte Tom freudig in die leere Küche hinein, und zum ersten Mal an diesem Tag besserte sich seine Laune.

In der Ravenhill Road hatte sich auch Ruby zu einem einsamen Abendessen an den Tisch gesetzt. Sie tat sich gerade eine zweite Portion von dem Rinderschmortopf auf und schüttelte den Kopf, während sie Salz und Pfeffer darüberstreute.

Hoffentlich ist der Verkehr nicht allzu schlimm, ging ihr durch den Kopf. *Ich wette, es wird bei dieser Eiseskälte ewig dauern, bis er in Ballynahinch und wieder zurück ist.* Jonathan hätte die Papiere besser durch einen Kurierdienst zustellen lassen, anstatt sie persönlich abzugeben. Er war einfach viel zu gewissenhaft. Nur weil es seine Firma war, sie sich in einer Rezession befanden und er es sich nicht leisten konnte, einen Klienten zu verlieren. Inzwischen könnten die Straßen vereist oder irgendwo ein Lastwagen liegengeblieben sein, der die ganze Straße blockierte. Im schlimmsten Fall würde die Polizei den Verkehr regeln, und dann säßen die Leute für eine halbe Ewigkeit fest und könnten sich eine Unterkühlung zuziehen.

Sie huschte zu dem kleinen tragbaren Fernseher hinüber, schaltete ihn ein und versuchte sich mit einer Serie abzulenken. Zumindest konnte man sich bei den Seifenopern immer sicher sein, dass es den Leuten noch viel schlimmer ging als einem selbst. Nach einer Weile merkte Ruby jedoch, wie ihre Gedanken immer wieder zu irgendwelchen Schreckensszenarien abdrifteten.

Es hat doch wirklich keinen Sinn, Trübsal zu blasen und mich zu quälen, mahnte sie sich streng. *Mein gutmütiger Ehemann unterhält sich wahrscheinlich gerade mit dem armen Kerl, der bankrottgegangen ist. Versucht ihn ein wenig aufzuheitern. Oder vielleicht hat er unterwegs auch noch einmal angehalten, um mehr Wein oder Pralinen zu kaufen oder um eine Zeitung zu besorgen. Um Himmels willen, Ruby O'Neill, jetzt hör endlich auf! Du bist auf dem besten Wege, so zu werden wie deine Mutter und hin-*

ter jeder Ecke eine Katastrophe zu vermuten. Wenn das so weitergeht, wirst du dich nie mehr amüsieren können, aus Angst, dass dir das Leben einen Strich durch die Rechnung macht.

Ruby goss sich noch ein kleines Glas Wein ein. Dann setzte sie sich wieder vor den Fernseher. Aus irgendeinem Grund glaubte sie, dass Jonathan schneller zu Hause sein würde, wenn sie in der Küche auf ihn wartete. Es war albern, aber sie würde sich allein auf dem Sofa im Wohnzimmer bestimmt einsam vorkommen. Außerdem fühlte sie sich hier wohl, und es herrschte eine angenehme Wärme.

Entschlossen, sich nicht mehr länger irgendwelche Sorgen zu machen, wandte Ruby sich dem Geschehen auf dem Bildschirm zu. Jonathan würde bestimmt jeden Augenblick zur Tür hereinkommen und hoffentlich so hungrig sein, dass er noch nicht einmal bemerkte, dass sie ein bisschen sauer war, weil er sie so lange warten ließ. Wenn er sich nicht beeilte, würde sie schon einmal allein den Baum schmücken! Und sollte er es wagen, sich zu beschweren, weil sie mit ihrer ach so kostbaren Tradition gebrochen hatte, dann konnte er aber mit einer Standpauke rechnen. Weihnachten hin oder her. Der Mann wurde ja in letzter Zeit immer mehr zum Workaholic! Männer und ihre verdammte Sturheit!

»Und was geht bei euch schon wieder vor sich?«, fragte Ruby die Darsteller ihrer Lieblingsseifenoper, die sich seit Jahren mit Intrigen, Liebeskummer und anderen Schicksalsschlägen herumquälten. Bestimmt führte wieder irgendjemand was im Schilde …

Kapitel 3
Der Unfall

Kurz vor neun begann sich Ruby allerdings ernsthafte Sorgen zu machen. Sie stand vorne am Erkerfenster und hielt Ausschau nach Jonathans Wagen. In den sieben Jahren ihrer Ehe war er am Heiligabend noch niemals so spät nach Hause gekommen. Sie hatte ihm bereits dreimal eine SMS geschickt und ihn zweimal angerufen, aber er war nicht an sein Handy gegangen und hatte sie auch nicht zurückgerufen. Er hatte sich doch wohl hoffentlich nicht von seinen Kollegen überreden lassen, nach der Rückkehr aus Ballynahinch mit ihnen in einen Pub zu gehen? Er konnte doch unmöglich an ihrem Saufgelage teilnehmen, oder? Und das nach all dem Alkohol, den sie bereits getrunken hatten. Wie konnte er vergessen haben, sie anzurufen und ihr zu versichern, dass es ihm gut ging? Er wusste doch, dass sie am Heiligabend allein zu Hause sein würde. *Ich benehme mich ja schon wie ein richtiger Hausdrachen*, schoss es ihr plötzlich durch den Kopf. Hatte ihr Mann nicht das Recht auf ein bisschen Spaß nach diesem harten Jahr?

»Okay, jetzt beruhige dich und schmücke den Baum zu Ende«, mahnte sie sich streng.

Mit pochendem Herzen entwirrte sie die beiden langen roten Lichterketten, drapierte sie geschickt über die Zweige und schaltete sie ein. Dann hängte sie den eleganten Weihnachtsschmuck sorgfältig verteilt am ganzen Baum auf.

»Jetzt hat er das Dekorieren verpasst, aber was soll's«, sagte sie zu einem Rentier aus Pappmaché. »Er macht wahrscheinlich einen drauf, und ich sitze hier und werde verrückt vor Sorge! Ich hätte wirklich Lust, ein schönes, langes Schaumbad zu nehmen …«

Aber das tat sie natürlich nicht.

Schließlich entschied sich Ruby, die mäkelige Ehefrau zu spielen und die Pubs abzutelefonieren, in denen Jonathan sein könnte. Vielleicht im *Merchant* oder im *The Errigle* oder dem *Europa*? Aber gerade als sie auf das Telefon im Flur zuschritt, begann es zu läuten. Ruby griff nach dem Hörer.

»Jonathan? Bist du das? Wo steckst du denn, Liebling?«

»Hallo? Spreche ich mit Mrs. Ruby O'Neill?«, fragte eine Männerstimme.

Sie klang sehr ernst. Vor Schreck krampfte sich Rubys Herz von einer Sekunde auf die andere zusammen.

»Ja, das tun Sie«, erwiderte sie mit zittriger Stimme.

»Sind Sie die Ehefrau von Jonathan O'Neill?«, erkundigte sich der Mann. »Fährt er einen silbernen BMW?«

»Wer ist denn da?«, fragte Ruby ängstlich. Ihr Gesicht und ihre Hände wurden plötzlich eiskalt, so angespannt war sie. Versuchten Jonathans Kollegen etwa, sie aufzuziehen? Wenn dem so wäre, würde sie niemals wieder ein Wort mit ihnen wechseln.

»Mein Name ist Dr. Doonan. Ich bin Facharzt im Royal Victoria Hospital.«

»O Gott, was ist passiert?«, keuchte Ruby, ließ sich auf den kleinen Stuhl neben dem Telefon fallen und begann heftig zu zittern.

»Es tut mir sehr leid, Mrs. O'Neill, aber Ihr Mann war in

einen schweren Unfall verwickelt. Könnten Sie bitte sofort zum Krankenhaus kommen? Haben Sie jemanden, der Sie begleitet?«

»Ja, ja, das habe ich. Ich bin gleich da. Muss ich in die Notaufnahme?«

»Ja, passen Sie auf sich auf. Bis gleich.«

Ruby legte mit fahrigen Fingern den Hörer auf, griff aber sofort wieder danach und rief Jasmine an. Doch dann fiel ihr ein, dass sie ja gar nicht in ihrer Wohnung in den Bell Towers war, weil sie heute Abend auf irgendeine Party gehen wollte.

»Bitte, lieber Gott, lass Jasmine das Handy eingeschaltet haben«, schluchzte sie.

Sie beendete die Verbindung und tippte stattdessen Jasmines Handynummer ein.

»Bitte geh ran, Jasmine, bitte geh ran«, flehte Ruby immer lauter, doch es klingelte und klingelte.

»Hallo, Ruby, wie geht's dir? Frohe Weihnachten!«, schrie Jasmine schließlich, als sie nach einer gefühlte Ewigkeit ranging. »Gott, ich bin schon völlig blau.«

»Bitte, Jasmine, du musst mir helfen«, rief Ruby mit weinerlicher Stimme.

»Was ist denn los?«, fragte Jasmine alarmiert und klang sofort wieder nüchtern.

»Es geht um Jonathan. Er ist im Krankenhaus.«

»Was ist denn passiert?«

»Er hatte einen Verkehrsunfall.«

»Wie geht es ihm?«

»Ich weiß es nicht. Sie haben es mir nicht gesagt. Oder sie wollten es mir nicht sagen ...«

»Verstehe«, flüsterte Jasmine.

Sie wussten beide, dass dies kein gutes Zeichen war.
»Ich fahre zum Krankenhaus. Kommst du bitte mit mir?«, fragte Ruby. »Ich bin völlig neben mir.«
»Natürlich komme ich mit. Kannst du mich abholen? Die Party ist nicht weit von meiner Wohnung entfernt, aber ich muss erst noch nach Hause laufen und mir etwas anderes anziehen. Im Minirock möchte ich ungern ins Krankenhaus. Kannst du mich unten am Haupteingang abholen?« Seit sie ihr kleines, aber unglaublich teures Appartement in den Bell Towers bezogen hatte, konnte sich Jasmine kein eigenes Auto mehr leisten.
»Ja, ja«, stammelte Ruby unter Tränen. »Ich hatte selbst zwei kleine Gläser Wein, aber es wird schon gehen. Außerdem würde ich so spät am Heiligabend eh kein Taxi mehr bekommen. Ich bin in zwei Minuten da.«
»Okay.«
»Danke, Jasmine«, stieß Ruby hervor, knallte den Hörer auf die Gabel und rannte los, um ihren Mantel und die Autoschlüssel zu holen.
Wenige Minuten später hielt sie vor Jasmines Wohnung. Tränen kullerten ihr über die Wangen, als sie mehrmals auf die Hupe drückte. Sie hatte vergessen, die Lichter am Weihnachtsbaum auszumachen, aber das spielte jetzt keine Rolle. Nach einigen quälend langen Minuten kam Jasmine durch den Haupteingang herausgerannt. Ruby stieg aus dem Wagen und schrie über die Straße: »Hallo, Jasmine, hier bin ich! Auf deiner Seite war kein Platz zum Halten.«
»Ich komme schon«, rief Jasmine zurück, rannte zwischen dem Verkehr über die vierspurige Straße und sprang in Rubys alten Audi. »Wie geht es dir, Süße?«

»Furchtbar.«
»Es tut mir ja so leid, Ruby … Aber es ist bestimmt alles nur halb so schlimm …«
»Und wenn nicht? Ich muss diesen Dr. Doonan finden … Außerdem habe ich schon was getrunken«, weinte Ruby. »Was wird er nur von mir denken?«
»Es ist Heiligabend, du dumme Nuss! Wer hat denn da nichts getrunken? Komm schon, Mädchen, du schaffst das«, ermunterte sie Jasmine.
»Okay.«
Ruby ordnete sich in den fließenden Verkehr ein und bog nach rechts in Richtung der Ormeau Road.
»Bitte lass ihn nicht schlimm verletzt sein, lieber Gott«, wiederholte sie wie ein Mantra, als sie sich langsam durch das Holy-Lands-Viertel die Great Victoria Street hinunter und hinüber zur Falls Road bewegten.
»Dieser verdammte Verkehr! Hört das denn nie auf?« Als die Ampel trotzig auf Rot umschaltete, liefen noch mehr Tränen über ihr Gesicht. Sie trat scharf auf die Bremse und schlug frustriert auf das Armaturenbrett. »Haben all diese verfluchten, bescheuerten Leute denn kein Zuhause?«
»Ruby, jetzt beruhige dich, sonst verunglücken wir am Ende noch selbst«, meinte Jasmine besänftigend.
»Ja, du hast recht. Tut mir leid. Ich habe die Beherrschung verloren. Ich bin wirklich froh, dass du bei mir bist, Jasmine. Ich danke dir dafür …«
Schließlich sahen sie die Tore des Krankhauses im Scheinwerferlicht des Wagens gespenstisch vor sich aufragen.
»Hör zu, Ruby. Du musst Zuversicht ausstrahlen, wenn du zu Jonathan gehst«, begann Jasmine behutsam. »Er darf nicht merken, wie dich das Ganze mitnimmt. Das

macht es nur noch schwerer für ihn, falls er wirklich ernsthaft verletzt sein sollte. Sei stark.«

»Ja, ich weiß, ich weiß. O Gott, Jasmine! Es ist bestimmt etwas Schreckliches passiert. Das weiß ich einfach«, sagte Ruby, als sie ihren Wagen quer über drei Behinderten-Parkplätze abstellte. »Vergiss den Parkscheinautomat. So spät an einem Heiligabend wird niemand kontrollieren. Komm schon. Beeil dich!«

»Alles wird gut, Ruby«, sagte Jasmine hoffnungsvoll, als die beiden Frauen untergehakt in Richtung Notaufnahme hasteten. »Alles wird gut, warte nur ab.«

»Entschuldigen Sie, Schwester, wir sind wegen Jonathan O'Neill hier. Er hatte einen Unfall«, setzte Ruby an.

»Einen Verkehrsunfall«, fügte Jasmine hinzu. »Das hier ist Ruby O'Neill, seine Frau.«

»Bitte sagen Sie uns, was passiert ist«, flehte Ruby, während Jasmine einen Arm um ihre Freundin legte und ein Stoßgebet zum Himmel schickte, dass es gute Neuigkeiten geben möge.

Ruby zitterte von Kopf bis Fuß. Sie hatte seit Jahren kein Krankenhaus mehr betreten. Es kam ihr jetzt schon alles so unwirklich vor. Als wäre sie versehentlich in der Kulisse einer Krankenhausserie gelandet.

»Bitte nehmen Sie doch Platz. Ich werde dem Arzt Bescheid sagen, dass Sie hier sind«, erwiderte die Krankenschwester ruhig.

»Ist mein Mann schlimm verletzt?«, fragte Ruby.

»Der Arzt wird Ihnen alles erklären, Mrs. O'Neill.«

»Bitte sagen Sie mir doch etwas. Irgendetwas«, bat Ruby.

»Ruby, lass die Frau ihren Job machen«, flüsterte Jasmine

ihr zu und versuchte sie mit sanfter Gewalt zum Sitzbereich hinüberzuziehen.
»Sagen Sie mir nur, ob es ihm gut geht«, beharrte Ruby.
»Bitte nehmen Sie dort drüben Platz, Mrs. O'Neill. Vielen Dank.« Die Schwester wandte sich von Ruby und Jasmine ab und begann auf der Tastatur ihres Computers herumzutippen.
»Es könnte doch irgendetwas Harmloses sein«, sagte Jasmine mit gespielter Fröhlichkeit, als sie Ruby zu einem Stuhl führte. »Ein gebrochener Arm oder ein gebrochenes Bein vielleicht. Eine angeknackste Rippe oder eine leichte Gehirnerschütterung. Ja, das wird es sein. Eine Gehirnerschütterung. Und sie machen sicherheitshalber eine CT.«
»Wenn das alles wäre, warum sagen sie es mir dann nicht?«, schluchzte Ruby, während die anderen Leute im Wartebereich in verlegenem Schweigen auf die Poster an den Wänden starrten.
Nach zehn Minuten kam der Arzt angehetzt, der Ruby angerufen hatte. Ein Mann Ende fünfzig mit einem weißen Haarschopf und einer frischen Gesichtsfarbe. Er führte Ruby und Jasmine den Flur entlang zu einem kleinen Zimmer mit zwei schlichten Sesseln, einem dazu passenden Sofa und einem niedrigen, hölzernen Couchtisch, auf dem eine große Schachtel mit Papiertüchern stand.
»O Gott, ich wusste es, ich wusste es!«, sagte Ruby unter Tränen und sank auf das beige Sofa. »Er ist tot, nicht wahr? Er ist tot.«
Der Arzt reagierte ein wenig überrascht. Für gewöhnlich mussten die Angehörigen erst davon überzeugt werden, dass ein geliebter Mensch verstorben war, bevor sie es zu akzeptieren vermochten.

»Ist Rubys Mann wirklich … tot?«, flüsterte Jasmine ungläubig.
»Nun, ich fürchte, ich habe keine guten Neuigkeiten. Er wird im Moment künstlich am Leben gehalten. Aber so leid es mir tut … es gibt keine Hoffnung mehr.« Der Arzt schüttelte den Kopf.
»O mein Gott!«, entfuhr es Jasmine.
Der Arzt nickte nur und seufzte.
»Nein, das kann nicht sein! Das glaube ich einfach nicht«, keuchte Ruby, die Augen vor Schreck weit aufgerissen. »Jasmine, ich glaube, mir wird schlecht … Das muss ein Irrtum sein, Herr Doktor. Haben Sie auch alles getan, um ihn zu retten?«
»Ja, das haben wir.«
»Aber es muss doch noch irgendetwas geben!«
Wieder schüttelte der Arzt den Kopf und blickte zum Boden.
Für einen Moment kehrte Stille ein, und dann begann Ruby laut zu weinen.
»Wissen Sie, was passiert ist?«, fragte Jasmine, die sich neben Ruby setzte, ihr den Arm um die Schultern legte und sie fest an sich drückte.
»Ein Lkw hat Mr. O'Neills Wagen im Kreisverkehr von Carryduff geschnitten. Er hat versucht auszuweichen und ist gegen eine Steinmauer gefahren. Dabei hat er sich das Genick gebrochen.«
»O Jonathan! Das kann doch nicht wahr sein«, rief Ruby entsetzt. »Nicht mein Jonathan. Er ist ein hervorragender Autofahrer. Und der Verkehr kam doch nur stockend voran, niemand ist so schnell gefahren, dass ein solcher Unfall geschehen konnte.«

»Ich fürchte doch.«
»Scheiße«, entfuhr es Jasmine. »Tut mir leid«, setzte sie schuldbewusst gleich hinterher.
»Er hat nicht gelitten, Mrs. O'Neill«, sagte der Arzt. »Dessen können Sie sicher sein. Es hat einen Zeugen gegeben. Offenbar fuhr der Fahrer des Lkw zu schnell und hat das Tempo nicht gedrosselt, als er in den Kreisverkehr einbog. Er meinte, dass er aufgrund der vereisten Straßen nicht habe anhalten können. Er wurde verhaftet.«
Ruby antwortete dem Arzt nicht. Sie hatte das Gefühl, ihren Körper verlassen zu haben und irgendwo hoch oben über dem Krankenhausgebäude zu schweben. Lächerlicherweise wanderten ihre Gedanken zu dem Geschenk, das sie ihrem Mann vor ein paar Stunden gekauft hatte. Nun musste sich Jonathan keine Sorgen mehr darüber machen, dass sie so viel Geld für ein Paar Schuhe ausgegeben hatte. Er würde jetzt keine neuen Schuhe mehr benötigen. Nie wieder. Sie schloss die Augen und gab ein leises Stöhnen von sich.
»Mrs. O'Neill, geht es Ihnen gut?«, fragte der Arzt besorgt.
Ruby nickte energisch. Ja, es ging ihr gut. Sie vermochte im Augenblick nur keinen zusammenhängenden Satz zu bilden, das war alles.
»Haben Sie irgendwelche Fragen, bevor Sie zu Ihrem Mann gehen?«, erkundigte sich der Arzt. »Über das, was als Nächstes geschieht?«
Ruby wandte sich von ihm ab, genau so, wie sich die Schwester von ihr abgewandt hatte. Sie konnte es nicht ertragen, mit jemandem zu reden. Draußen vor den nackten Fenstern setzte gerade ein feiner Schneeregen aus rei-

nem Weiß ein. Ruby betrachtete die wirbelnden Flocken mit in der Ferne verlorenem Blick, so als wäre sie vollkommen distanziert von dem, was gerade in diesem Raum vor sich ging. Sie fühlte sich wie betäubt und starr.

»Ruby?« Jasmine beugte sich zu ihrer Freundin hinüber.

»Nein, danke«, erwiderte Ruby schließlich. »Mir fällt nichts ein.«

»Sollen wir dann nach oben gehen?«, erlaubte sich der Arzt vorsichtig zu fragen.

»Ja, vielen Dank, Doktor«, antwortete Ruby höflich.

»Ja, vielen Dank«, flüsterte Jasmine mit einer schockierten Stimme.

»Möchten Sie etwas zur Beruhigung haben?«, erkundigte sich der Arzt diskret.

»Nein, lieber nicht«, erwiderte Ruby leise. »Zumindest jetzt noch nicht. Nicht, bevor …«

»In Ordnung«, stimmte ihr der Arzt zu. Es gab seiner Ansicht nach ohnehin viel zu viele Leute, die Tabletten für ihre Nerven nahmen.

»Hätten Sie vielleicht eine Tasse Tee für Ruby?«, fragte Jasmine mit einem Mal. »Sie ist eiskalt und zittert.«

»Ja, das wäre schön«, wisperte Ruby. »Ich fühle mich ein wenig schwach. Muss an der Hitze liegen. In Krankenhäusern ist es immer zu warm, nicht wahr?«

Jasmine nickte nur und drückte sie noch fester an sich.

»Ich werde mich darum kümmern«, sagte der Arzt und verließ das Zimmer.

Wenige Minuten später brachte eine Krankenschwester den Tee auf einem Tablett. Rubys Herz flatterte wild in ihrer Brust. Was wäre, wenn ihr Herz durch die ganze Aufregung versagen würde? Aber, ehrlich gesagt, was für einen Unterschied machte das jetzt noch? War es wirklich erst eine Stunde her, dass sie ihren Weihnachtsbaum geschmückt und Rotwein getrunken hatte? Von teuren Schuhen, lange im Bett liegen und Neugeborenen mit samtweichen Wangen geträumt hatte?

»Er war so jung«, sagte sie mit stockender Stimme. »Erst achtunddreißig.«

»Du musst jetzt stark sein.« Jasmine nahm ihre Hand und reichte ihr eine Tasse Tee mit zwei Stücken Zucker darin.

»Ja, ich weiß, ich weiß.«

Reiß dich zusammen, zischte Ruby innerlich ihrem bestürzt dreinblickenden Spiegelbild in dem dunklen Fenster zu. *Reiß dich jetzt sofort zusammen, Ruby O'Neill. Was soll denn das? Menschen sterben doch andauernd.* Aber hier ging es nicht um irgendjemanden. Nein, hier ging es um ihren Geliebten, ihren besten und engsten Freund auf der ganzen Welt, um ihren wunderbaren Ehemann Jonathan. Plötzlich stieg jähe Panik in ihr auf, und halb hustend, halb nach Luft schnappend begriff sie, dass Jonathan im Sterben lag.

»Aber ich will nicht, dass er stirbt!«, weinte sie. »Das ist nicht fair! Ich will nicht, dass er mich einfach so verlässt. Wir hatten noch so viele Pläne. Er ist mein bester Freund! Ich habe doch niemanden sonst ... Nur dich, Jasmine ... Meine Eltern sind hoffnungslos, einfach hoffnungslos. Ich kann ohne Jonathan nicht weiterleben. Er kann doch nicht einfach sterben! Wir wollten zusammen ein Kind haben. Eine richtige Familie sein. Und ich habe ihm doch diese teuren Schuhe zu Weihnachten gekauft ...«

»Ruby, Süße, meine arme, arme Ruby«, flüsterte Jasmine mit sanfter Stimme und zog Ruby enger an sich.

»Nein!«, schluchzte Ruby.
»Atmen Sie langsam und tief durch«, sagte die Schwester eindringlich und legte ihr die Hand auf die Schulter.
»Ich glaube, ich hätte doch lieber etwas zur Beruhigung«, antwortete Ruby mit stockender Stimme.
Die Schwester zog einen kleinen Behälter mit weißen Tabletten aus ihrer Tasche und gab ihr eine davon.
»Wir werden bald nach oben gehen«, entschied der Arzt. Je länger sie hier in diesem emotionalen Vakuum saßen, desto schlimmer würde es werden.
»Geht es jetzt etwas besser, Ruby?«, erkundigte sich Jasmine.
»Ich glaube, ja.« Die Stimme ihrer Freundin klang leise, und sie nahm einige Schlucke von dem heißen, süßen Tee, um den bitteren Geschmack der Tablette wegzuspülen. »Gehen wir.«
Der Arzt und die Schwester wechselten besorgte Blicke, als sich alle vier auf den Weg zum Aufzug machten und einstiegen.
Ruby schien jetzt ein kleines bisschen ruhiger zu sein. Aber als der Aufzug ruckelnd zum Stehen kam, begann ihr Herz wieder heftiger zu schlagen. Irgendwie schaffte sie es, sich kurz mit einem anderen Arzt über eine Spende von Jonathans Organen zu unterhalten. Sein Genick war gebrochen, aber ansonsten war sein Körper in einem tadellosen Zustand. Sie hatten ihn künstlich am Leben erhalten, damit Ruby sich von ihm verabschieden konnte. Sie nickte nur, als sie der andere Arzt fragte, ob sie einige Organe ihres Mannes entnehmen durften, und fragte nicht weiter. Dann stand sie vor dem Zimmer, in dem Jonathan lag. Sie nahm all ihre Kraft zusammen, bevor sie es betrat.

»Er sah immer so gut aus«, flüsterte Ruby versonnen, während sie Jonathan einen Kuss auf die Stirn gab und ihre schmalen Hände auf die seinen legte, die ein ganzes Stück größer waren. »Ist er nicht ein toller Mann, Jasmine?«

»O Gott, Ruby. Es tut mir so leid«, erwiderte Jasmine, der die Tränen über das erschütterte, bleiche Gesicht liefen.

»Er hat wunderschöne, große blaue Augen«, fuhr Ruby leise fort. Sie hielt am Ende des Satzes ihren Atem an, um die Hysterie in Schach zu halten, die sie zu überkommen drohte. »Eisblau. Als ich das erste Mal in seine wundervollen Augen geblickt habe, da wusste ich, dass ich ihn immer lieben würde. Ich hatte mein Portemonnaie verloren, und er hat mir das Busticket für die Rückfahrt vom College nach Hause bezahlt. So haben wir uns kennengelernt. Wir waren so glücklich zusammen. Hätte ich doch nur begriffen, *wie* glücklich wir waren! Aber jetzt ist es zu spät.« Sie klammerte sich für einen Moment an Jasmine, um nicht nach dem nächstbesten Gegenstand zu greifen und damit vor lauter Verzweiflung das ganze Zimmer zu demolieren.

»Es tut uns sehr leid, dass wir nicht mehr für Ihren Mann tun konnten, Mrs. O'Neill«, sagte der andere Arzt sichtlich um Zurückhaltung bemüht.

Der Anblick von Jonathans nackten Schultern weckte Erinnerungen in Ruby, wie sie beide, nachdem sie sich leidenschaftlich geliebt hatten, eng umschlungen im Bett lagen. Er sah aus, als würde er schlafen. So ein warmherziger und begehrenswerter Mann! Zuerst immer ein bisschen schüchtern, aber wenn man ihn erst besser kannte, konnte man eine Menge Spaß mit ihm haben. Er war doch

noch warm, atmete noch. Wie konnte er für immer verloren sein?
»Sind Sie sich auch wirklich ganz sicher, dass es keine Hoffnung mehr gibt?«, fragte sie.
»Ja, das sind wir, Mrs. O'Neill. So leid es uns tut«, erwiderte Dr. Doonan.
»Ich zahle auch für eine weitere Behandlung. Selbst, wenn er ins Ausland gebracht werden müsste. Ich könnte das Haus verkaufen. Es dürfte mindestens eine halbe Million wert sein …«
»Ich fürchte, das nützt leider auch nichts.«
»Ruby, quäle dich nicht so«, flüsterte Jasmine.
»Aber ich liebe ihn so sehr.«
»Das weiß ich«, seufzte Jasmine.
Ruby küsste Jonathan zärtlich auf den Mund.
»Also gut, ich bin bereit«, sagte sie nach scheinbar endlosen Minuten.
Das Abschalten der Maschinen ging ruhig und ohne viel Aufwand vonstatten, und irgendwann verließen sie alle das Zimmer und standen auf dem Flur.
Ruby weinte, bis sie nicht mehr atmen konnte und ihre Augen rot anschwollen. Auch Jasmine liefen Tränen über das Gesicht. Selbst die Schwester war sichtlich mitgenommen.
»Ich will jetzt nach Hause«, wimmerte Ruby, die sich mit einem Mal ganz taub fühlte, nach einer Weile. »Ich möchte nicht hier sein, wenn sie ihn … wenn sie …«
»Ist schon gut, ich fahre«, sagte Jasmine.

»Bist du immer noch betrunken?«, fragte Ruby, als sie in den Wagen einstiegen.

»Nur noch ein bisschen«, gestand Jasmine.
»Kannst du denn überhaupt fahren? Ich kann es auf gar keinen Fall. Ich zittere am ganzen Körper.«
»Ja, das geht schon. Kein Problem.«
»Wie viel Uhr ist es?«
»Halb zwölf.«
»Immer noch Heiligabend«, sagte Ruby mit matter Stimme.
»Ja.«
Jasmine schaltete automatisch das Radio ein, aber Ruby schaltete es gleich wieder aus.
»Bitte nicht. Wenn sie ein trauriges Lied spielen, bringe ich mich um«, erklärte sie.
»Tut mir leid. Macht der Gewohnheit.«
Der Verkehr hatte erheblich nachgelassen. Ruby sprach kein Wort, als Jasmine sie im Schneckentempo nach Hause fuhr.
Die roten Lichter leuchteten hell im Erkerfenster, als Jasmine den Wagen vorsichtig vor dem Haus parkte.
»Gott sei Dank war keine Polizei unterwegs«, sagte sie. Sie hatte das Lenkrad so fest umklammert gehalten, dass ihre Hände weiß waren. »Ich schwöre dir, ich habe so was noch nie gemacht.«
»Das weiß ich. Und ich danke dir dafür.« Ruby begann wieder zu weinen.
»Komm mit, Süße. Wir gehen rein, da kannst du dich aufwärmen, in Ordnung?«
Als Ruby den Schlüssel ins Schloss steckte, klang das schrecklich laut. Das ganze Haus war von einer unheimlichen Stille erfüllt. Jasmine schloss leise die Tür hinter ihnen, und sie gingen zur Küche durch, die sich im hinteren

Teil des Hauses befand. Wie ferngesteuert schaltete Ruby das Radio ein. Sie wählte einen Sender, auf dem nur geredet wurde, und stellte ihn dann ganz leise, so dass man zwar die Stimme des Moderators hören konnte, aber nicht genau, was er sagte. So wurde wenigstens diese schreckliche Stille übertönt.

»Soll ich uns einen Tee machen?«, erkundigte sich Jasmine.

»Ja, bitte … Nein, warte, lieber einen Brandy. Für mich bitte einen doppelten, ja?«

»Geht klar. Wo hast du noch mal die Gläser?«

»Auf der Anrichte«, sagte Ruby.

Als sich die beiden Frauen mit ihren Drinks an den Küchentisch setzten, erblickten sie Jonathans Geschenk, das auf einem Stuhl stand. Die glänzende Verpackung wirkte nun wie ein Vorwurf.

»Tut mir leid, dass ich dich zu dem Geschenk überredet habe, Ruby«, flüsterte Jasmine bedrückt und holte tief Luft.

»Sei nicht albern«, erwiderte ihre Freundin. »Es war eine großartige Idee. Die Schuhe sind wunderschön.«

Einige Zeit verging, ohne dass eine von ihnen etwas sagte.

»Soll ich jemanden für dich anrufen?«, fragte Jasmine schließlich. »Verwandte? Freunde?«

»Nein«, antwortete Ruby mit abgewandtem Blick. »Jonathan hatte keine nennenswerte Verwandtschaft. Seine Eltern sind vor einigen Jahren gestorben. Er hat keine Geschwister und ich auch nicht. Und ich möchte nicht, dass seine Kollegen hier auftauchen. Ich fühle mich dem nicht gewachsen.«

»Nein, natürlich nicht. Aber was ist mit deinen Eltern? Soll ich deine Eltern anrufen?«

»Nein, lass nur, ich werde ihnen morgen früh Bescheid sagen«, erwiderte Ruby mit ausdrucksloser Stimme. »Sie sind jetzt ohnehin in der Christmette. Die würden sie um nichts in der Welt verpassen. Sie sitzen kerzengerade in der ersten Reihe, halten ihre besten Messbücher und ihre besten Rosenkränze umklammert, murmeln ihre guten Vorsätze zu irgendeinem Heiligen und beten für andere Leute, anstatt persönlich mit diesen Leuten zu *reden* und ihnen zuzuhören …«

»Okay«, sagte Jasmine zögernd. Sie hatte keine Ahnung, wovon Ruby da redete. Jasmine war zwar Anglikanerin, hatte aber mit Religion nicht viel am Hut. Die Kirche ihrer Gemeinde betrat sie nur zu besonderen Anlässen. Religion war ihrer Ansicht nach etwas für alte Leute, die sowieso ständig nur an den Tod dachten, für Leute, die an einem Sonntagmorgen nichts anderes zu tun hatten.

»Ich werde keine große Totenwache abhalten, wenn du dich das fragen solltest«, fuhr Ruby plötzlich fort.

»Nein?«

»Nein. Ich bin katholisch, aber Jonathan war Presbyterianer. Außerdem war er kein allzu religiöser Mensch. Er hätte nichts Übertriebenes gewollt. Er hat einmal gesagt, dass eine Einäscherung in aller Stille die respektvollste Sache sei, wenn jemand stirbt. Eine Menge weißer Blumen, aber keine großen Worte am Grab.«

»Nun, du musst das tun, von dem du glaubst, das es in seinem Sinne wäre …«

»Im Augenblick möchte ich bloß für eine Weile hier sitzen, Jasmine. Nur für mich, wenn es dir nichts ausmacht.

Du musst auch morgen nicht vorbeikommen. Oder heute Nacht hierbleiben – du hast doch bestimmt Pläne für den ersten Weihnachtstag.«

»Hast du sie noch alle? Natürlich bleibe ich heute Nacht hier, Ruby. Ich bleibe so lange, wie du mich brauchst. Wenn es sein muss, die ganzen Feiertage. Das ist überhaupt kein Problem. Ich würde sonst bestimmt sowieso nur auf irgendwelche dummen Partys gehen und Blödsinn reden.«

»Aber du hast doch gesagt, dass du zu einem großen Familientreffen gehen würdest. Deine Mum wollte doch einen Gänsebraten machen.«

»Schhh. Ich werde nirgendwohin gehen. Aber jetzt, wo du es erwähnst, werde ich meine Eltern kurz anrufen und sie wissen lassen, wo ich bin. Und dann werde ich uns etwas zu essen machen.«

»Ja, geh nur, das Telefon steht im Flur. Aber ich möchte nichts essen.«

»Aber irgendetwas musst du zu dir nehmen. Wenigstens ein bisschen Suppe?«

»Nein, wirklich nicht. Geh du nur zu Bett. Das Gästezimmer ist im ersten Stock. Es ist das hellblaue mit den roten Vorhängen und der roten Bettdecke. Handtücher und Schlafanzüge sind im Wäscheschrank neben dem Badezimmer.«

»Na schön. Aber bitte ruf mich, wenn du mich brauchst. Also dann, spätestens bis morgen.«

Als Jasmine das Zimmer verlassen hatte, stürzte Ruby ihr Glas hinunter und goss sich einen weiteren großen Brandy ein. Zusammen mit der Tablette, die sie zuvor genommen hatte, stellte sich schnell eine wohlige wärmende

Wirkung ein. Ihr Kopf fühlte sich schwer wie Blei an. Und ihr Herz so zerbrechlich und leicht wie ein leerer Vogelkäfig.

Pass bloß auf, mahnte sie sich selbst noch im Stillen. *Fang nicht mit dem Trinken an! Du willst doch nicht als Alkoholikerin enden, die an der Bushaltestelle mit sich selbst redet, von den Nachbarn gemieden wird und mit zwei unterschiedlichen Schuhen an den Füßen einkaufen geht.*

Dann nahm sie Jonathans Geschenk und trug es ins Wohnzimmer, wo sie das Paket ehrfürchtig unter dem Baum plazierte. Sie setzte sich vorsichtig daneben, trank ihren Brandy und weinte leise, bis sich das kalte Morgenlicht über die Dächer stahl und der erste Weihnachtsfeiertag anbrach.

Als Jasmine am nächsten Morgen um neun Uhr die Treppe hinuntergeschlichen kam, entdeckte sie zwei Dinge: erstens Ruby, die vollständig bekleidet und mit einer starken Brandyfahne tief und fest auf dem Sofa schlief, und zweitens, dass es draußen kräftig schneite.

Kapitel 4

Nachwirkungen

Ruby? Wach auf, Süße«, sagte Jasmine leise und rieb ihrer Freundin sanft über den Arm.

»Was ist denn?«, murmelte Ruby, immer noch vom Brandy benebelt.

»Es ist nicht gut für deinen Rücken, wenn du hier liegst.«

»Lass mich in Ruhe. Es geht mir gut.«

»Nein, es geht dir nicht gut. Du wirst als Krüppel enden. Komm schon, steh auf.«

»Nein, lass mich weiterschlafen.«

»Ruby O'Neill, du bist immer noch blau und gehörst ins Bett. Wach sofort auf, sonst rufe ich einen meiner Brüder an, damit er dich die Treppe hinaufträgt.« Jasmine hievte Ruby in eine sitzende Position und versuchte sie vorsichtig vom Sofa hochzuziehen. Einige der rosafarbenen und weißen Zierkissen fielen dabei zu Boden. Jasmine schob sie mit dem Fuß aus dem Weg.

»Ich bin wirklich müde«, stöhnte Ruby.

»Ich weiß«, erwiderte Jasmine beruhigend.

»Ich will schlafen.«

»Ja, das wirst du auch gleich wieder. Kannst du die Treppe hinaufgehen? Im Bett hast du es viel bequemer.«

»Okay, ich werd's versuchen.«

»Braves Mädchen. Wie viel hast du getrunken?«

»Nicht viel.«

»Ach ja? Wer's glaubt …«

Ruby erhob sich schwankend, und Jasmine half ihr langsam die breite Treppe hinauf. Ruby schlief schon wieder, bevor ihr Kopf überhaupt das Kissen berührte. Jasmine zog ihr die klobigen Stiefel aus und deckte sie mit dem dicken Federbett zu. Die arme Ruby war wirklich in einer schlechten Verfassung. Jasmine fragte sich für einen Moment, welchen Sinn es machte, sich zu verlieben, wenn das Märchen auf eine solche Weise enden konnte. Vielleicht war es doch besser, sich nicht allzu sehr auf jemanden einzulassen?
»Schlaf dich erst mal aus, ich werde dann später nach dir sehen«, flüsterte Jasmine. Sie zog die Vorhänge zu und schlich sich leise aus dem Zimmer, obwohl Ruby so tief und fest schlief, dass es sie wohl nicht einmal aufgeweckt hätte, wenn eine Horde Trommler durch ihr Schlafzimmer marschiert wäre.
Während ihre Nachbarn in der Ravenhill Road Weihnachten feierten und ihre Geschenke auspackten, lag Ruby zusammengerollt in ihrem Bett und träumte von ihrem Leben mit Jonathan. In ihren Träumen waren sie mal jung, alberten als Studenten herum und tranken billiges Bier in der Bar der Studentenvereinigung, dann war es wieder die Zeit vor ihrer Hochzeit, als sie lachten und kicherten, weil sie so verrückt waren, gemeinsam durchzubrennen. Wie Filmstars, hatte Jonathan damals gesagt. Wie Filmstars …
»Ich habe dir auch etwas Hübsches gekauft«, hörte sie eine Männerstimme sagen. Und mit einem Mal saß sie aufrecht und hellwach in ihrem Bett und fragte sich, ob Jonathans Geist zu ihr zurückgekommen war.
»Jonathan, bist du hier?«, flüsterte sie mit weit aufgerisse-

nen Augen. Sie wollte ihn nicht verschrecken. Und Jasmine sollte nicht denken, dass sie verrückt wurde.

Aber im Zimmer war es mucksmäuschenstill.

»Es ist in Ordnung, Jonathan, du kannst mit mir reden. Ich werde es niemandem erzählen«, fügte sie unter Tränen hinzu. Aber außer dem kleinen Schneegestöber, das draußen vom Wind die Straße hinaufgeweht wurde, war nichts zu hören.

Nach einigen weiteren Minuten der Stille fiel ihr ein, dass er diese Worte gestern Abend am Telefon gesagt hatte. *Er hat gesagt, dass er mir etwas Hübsches gekauft hat.* Was das wohl sein mochte?

Auf einmal wurde ihr bewusst, dass ja der erste Weihnachtsfeiertag war. Ruby schlüpfte aus dem Bett und machte sich auf die Suche nach ihrem Geschenk. Sie öffnete leise den Schrank und durchsuchte den hinteren Teil, aber dort waren nur ein paar Kartons, in die sie Stiefel und Schuhe gepackt hatte. Sie schaute in Jonathans Nachtschrank und in seiner Kommode nach, konnte aber nichts finden außer perfekt gebügelten T-Shirts und sorgfältig zusammengelegten Socken.

Ich hatte so viel Zeit mit ihm, dachte sie. *So viel Zeit.* Wir *hatten so viel Zeit. Und dennoch habe ich sie damit verschwendet, T-Shirts zu bügeln und Socken zusammenzulegen und Schuhe in Kartons zu packen. Und er hat seine Zeit damit verschwendet, Unterlagen durch die Gegend zu fahren, damit seine Klienten sie unterschreiben konnten. Warum nur haben wir nicht mehr Zeit* miteinander *verbracht? Warum haben wir unsere Zeit nicht damit verbracht, gemeinsam schöne Dinge zu tun?*

Aber auf diese Frage gab es wie auf so viele andere keine

zufriedenstellende Antwort. Ruby setzte sich auf das Bett und zermarterte sich das Hirn. Es musste ein Schmuckstück sein, entschied sie. Jonathan musste ihr Schmuck gekauft haben. War es nicht das, was Männer ihren Frauen zu Weihnachten kauften? Für gewöhnlich bekam sie von ihm irgendeinen Schnickschnack, weil sie Glaskerzenleuchter und hübsche Kissen echtem Schmuck vorzog. Aber in diesem Jahr hatte er es sich wohl anders überlegt.

»Also suche ich nach einer kleinen Schachtel«, murmelte sie.

Sie blickte sich auf der Suche nach einem Hinweis im Zimmer um.

»Wo würde er wohl eine kleine Schachtel verstecken?«

Ihr Blick blieb an seiner Lieblingsgitarre hängen, einer Akustikgitarre, die in einer Ecke des Raums auf einem schwarzen Gitarrenständer aus Metall stand. Er spielte nicht mehr sehr oft, hatte ihr aber einmal gesagt, dass er die Gitarre gern ansah. Ruby schlich sich über den Teppich und griff vorsichtig hinter das Instrument. Ihre Fingerspitzen berührten etwas, und als sie es hervorholte, sah sie, dass es sich um ein winziges Kästchen handelte.

»O Jonathan«, seufzte sie. Sie starrte das Kästchen einige Augenblicke lang an und öffnete es dann vorsichtig. Zu ihrem Erstaunen enthielt es einen diamantenen Verlobungsring. Als sie ihn unter ihrer Nachttischleuchte näher betrachtete, sah sie, dass er die Worte *Ich liebe dich, Ruby. Dein J.* hatte eingravieren lassen. Ruby streifte den Ring über ihren Finger. Er passte perfekt.

Zum Teufel mit dir, dachte sie. *Du hast immer gesagt, dass du mir eines Tages einmal einen hübscheren Ring kaufen würdest. Zum Teufel mit dir, weil du so perfekt warst.*

Jetzt wünschte ich, ich wäre dir nie begegnet. Wärst du doch nur ein schrecklicher Ehemann gewesen, der mir die ganze Zeit auf die Nerven gegangen wäre. Wärst du doch nur ein saufendes Großmaul gewesen oder ein unverbesserlicher Frauenheld oder ein stinkfauler Nichtsnutz, dann wäre ich jetzt froh, dich los zu sein.

Sie legte sich wieder ins Bett und zog sich die Decke über das Gesicht, um ihr lautes Schluchzen zu dämpfen. Sie weinte und weinte, bis ihr der Kopf zu platzen drohte und ihre Augen brannten.

Als Jasmine um die Mittagszeit in das Zimmer kam, um nach Ruby zu sehen, schlief diese wieder tief und fest. Der neue Ring umfing nun warm und behaglich ihren Finger. Jasmine sah das leere Kästchen und Rubys alten Ring auf dem Nachttisch liegen und ahnte, was geschehen war.

Er muss wirklich ein ganz besonderer Mann gewesen sein, dachte sie traurig.

Ein leises Klopfen an der Haustür zog ihre Aufmerksamkeit auf sich, und sie eilte die Treppe hinunter, um die Tür zu öffnen, bevor Ruby von dem Geräusch wach wurde. Es war ein zu dunkler Tag, um feststellen zu können, wer die beiden Gestalten auf der anderen Seite des Glases waren. Sie hoffte inständig, dass es sich nicht um zwei Geistliche handelte, als sie leise und vorsichtig die Tür öffnete. Für gewöhnlich wurde sie in Gegenwart von Priestern rasch nervös.

»Mum! Dad! Gott sei Dank seid ihr es nur. Was macht ihr denn hier?«, sagte sie freudig, zog ihre Eltern in die Diele und schloss die Tür rasch wieder, weil der Wind Schneeflocken auf den makellosen Dielenteppich pustete.

»Wir besuchen dich, junge Dame! Es ist verdammt kalt da draußen«, beschwerte sich Jasmines Vater. »Ich hätte mir beinahe einen steifen Rücken geholt, so kalt ist es.«

»Und die Straßen bei uns sind spiegelglatt«, fügte ihre Mutter äußerst hilfreich hinzu. »Irgendwelche Bengel haben Wasser auf die Straße geschüttet, damit sie darauf rutschen können.«

»Ihr hättet bei diesem Wetter nicht von einem Ende der Stadt zum anderen fahren sollen«, schalt Jasmine sie.

»Ich wollte meine einzige Tochter aber am ersten Weihnachtsfeiertag sehen«, erwiderte Mrs. Mulholland mit Nachdruck.

»Ja, es war uns zu langweilig, bloß mit unseren fünf Söhnen, ihren Frauen und Kindern zu reden«, fügte ihr Vater zwinkernd hinzu und gab ihr mit seinen eiskalten Lippen einen sanften Kuss auf die Wange.

»O mein Gott, ihr seid ja kurz vorm Erfrieren«, sagte Jasmine erschrocken. »Kommt mit in die Küche, bevor ihr mir noch zusammenklappt. Dort ist es viel wärmer. Was ist denn in den Tüten, Mum?«

»Ich habe dir ein paar Sachen für die Beerdigung aus deiner Wohnung mitgebracht. Nur für den Fall, dass du Ruby nicht allein lassen möchtest, um sie zu holen. Ist es nicht praktisch, dass ich einen Ersatzschlüssel habe? Und ich habe auch etwas Warmes zu essen mitgebracht«, erklärte ihre Mutter lächelnd.

»Etwas zu essen? Ich hatte gehofft, dass du das sagen würdest«, erwiderte Jasmine erfreut. »Danke, dass du mir meine Sachen mitgebracht hast. Ich habe mir den schwarzen Hut und den Mantel zwar letztes Jahr gekauft, um sie zu einem schicken Abendessen im *Hotel Europa* zu tragen, aber ich schätze, sie eignen sich auch für eine Beerdigung.«

»Oh, das tut mir leid. Wie geht es Ruby?«

»Sie schläft. Sie ist völlig fertig. Am Boden zerstört und außerdem blau wie sonst was«, antwortete Jasmine mit einem Seufzer.

»Die Ärmste. Ist schon jemand von der Familie hier?«, fragte ihre Mutter.

»Nein, sie haben beide keine nennenswerte Verwandtschaft mehr. Es haben schon einige Freunde angerufen, aber ich sage jedem, dass Ruby noch schläft. Ich glaube, sie hat noch gar nicht so richtig begriffen, was passiert ist. Es gab da so einen Vorfall im Krankenhaus, als sie es ihr gesagt haben. Ich dachte schon, sie würde durchdrehen.«

»Ja, es wird wohl eine ganze Weile dauern, bis sie akzeptiert hat, dass er fort ist«, sinnierte Mr. Mulholland.

»Ich kann mir nicht vorstellen, dass Ruby im Augenblick nach Essen zumute ist, aber du solltest etwas in den Magen bekommen«, sagte ihr Mutter, stellte die Tüte mit den Lebensmitteln auf einen Stuhl und blickte sich suchend nach der Besteckschublade um. »Das ist ja eine schicke Küche«, fügte sie hinzu und betrachtete die grün gestrichenen Küchenzeilen und die grauen Arbeitsplatten aus Granit.

»Ruby und ihr Mann haben den größten Teil der Arbeit selbst erledigt«, erklärte Jasmine. »Sie hat mir erzählt, dass es zwei Jahre gedauert hat, bis sie das ganze Zeug so günstig wie möglich zusammenbekommen hatten. Sie hat eine Schwäche für Kinkerlitzchen, nicht wahr?«, fügte sie hinzu, als Mrs. Mulholland die verschiedenen hübschen Krüge, Schüsseln und Körbe auf der Anrichte bewunderte.

»Ja, das hat sie. Also schön, kann ich dein Essen in die Mikrowelle tun, um es aufzuwärmen? Wo ist sie?«

Jasmine zeigte es ihr. »Hinter dieser Tür da.«

»Wunderbar. Und könntest du uns vielleicht einen Kaffee machen, um die Kälte aus den Knochen zu vertreiben?«

»Klar, Mum. Danke noch mal, dass ihr heute hergekommen seid. Ich habe euch heute Morgen wirklich vermisst«, sagte Jasmine. »Aber Ruby braucht mich jetzt. Sie hat niemanden, der ihr Gesellschaft leistet. Zumindest niemanden, den sie in ihrem derzeitigen Zustand sehen will.«

»Schon gut, mein Schatz«, erwiderte ihr Vater. »Wir sind ja jetzt hier, und ansonsten musst du uns nur anrufen, falls du uns brauchst.«

Dann nahmen sie alle zu einem merkwürdigen Weihnachtsessen am Tisch Platz, bei dem Jasmine zwei Portionen Gänsebraten mit Röstkartoffeln verdrückte, während ihre Eltern Kaffee tranken und sie liebevoll dabei beobachteten.

Ruby öffnete die Augen und blinzelte einige Male angesichts der gespenstischen Weiße des Schlafzimmers. Sie warf einen Blick auf den Wecker, der auf ihrem Nachttisch stand. Es war sieben Uhr. Sieben Uhr *abends* am ersten Weihnachtsfeiertag! Ja, es musste Abend sein, mutmaßte sie. Aber das Licht, das durch die Vorhänge schimmerte, war eigenartig weich und flackernd. Das gesamte Zimmer leuchtete wie der Heiligenschein eines Engels. Plötzlich begriff Ruby, was vor sich ging: Offenbar schneite es kräftig. Vielleicht hatte es schon den ganzen Tag geschneit. Die flackernden Muster auf ihren Schlafzimmerwänden waren die Schatten, die die Schneeflocken

warfen, während sie um die Straßenlaternen vor ihrem Fenster tanzten.
»Jasmine?«, rief sie mit besorgter Stimme. »Bist du noch da? Schneit es?«
»Ja, es schneit, und mach dir keine Sorgen, Süße, ich bin immer noch hier«, erwiderte Jasmine sogleich vom Fuß der Treppe. »Wenn du wach bist, komme ich hoch und bringe dir etwas zu essen.«
Kurz darauf klopfte sie an Rubys Schlafzimmertür und kam mit einem Tablett in den Händen herein, auf dem sich ein mit Alufolie abgedeckter Teller, zwei starke Schmerztabletten und eine Kanne Tee befanden.
»Ich habe die leere Brandy-Flasche unter dem Couchtisch gefunden«, sagte Jasmine grimmig und stellte das Tablett auf der Bettkante ab. »Gott sei Dank war es nur eine kleine Flasche, sonst hättest du vielleicht nicht überlebt … oh, tut mir leid … dir muss der Schädel platzen.«
»Es kommt mir so vor, als hätte mir jemand eins mit dem Hammer übergezogen«, flüsterte Ruby und verzog das Gesicht, »aber der Brandy hat seinen Zweck erfüllt, sonst hätte ich bestimmt kein Auge zugetan.«
»Na gut. Dann iss jetzt erst mal etwas. Du hattest gestern schließlich nichts zum Abendessen und hast heute den ganzen Tag noch nichts gegessen. Ich will nicht, dass du mir am Ende noch aus den Latschen kippst. Komm schon, setz dich auf.«
»Wo kommt denn das tolle Essen her?«, fragte Ruby, als Jasmine die Alufolie herunterriss und darunter ein prächtiger Gänsebraten mit Röstkartoffeln zum Vorschein kam, auf den selbst so mancher Fernsehkoch stolz gewesen wäre.

»Mum und Dad sind vorhin hier gewesen«, antwortete Jasmine scheu. »Ich hoffe, das war in Ordnung?«
»Aber ja, natürlich.«
»Sie haben etwas Gänsebraten, kleine Kuchen mit Dörrobst und Sirup und noch ein paar andere Sachen mitgebracht. Ich hatte dein Essen im Ofen aufgewärmt, weil ich dich ohnehin jetzt wecken wollte.«
»Danke, Jasmine.«
»Und ich soll dir von Mum und Dad ausrichten, wie leid es ihnen tut, was geschehen ist. Sie haben auch noch einige Schachteln mit Teebeuteln und Keksen und zwei Tabletts mit belegten Broten dagelassen. Sie dachten, es würde eine Totenwache geben.«
»Weil ich katholisch bin?« Ruby lächelte matt.
»Ja. Sie hatten schon Angst, ins Haus zu kommen, weil sie befürchteten, beim Gebet zu stören oder über einen Priester zu stolpern.«
Ruby starrte schweigend an die Wand, ehe sie plötzlich sagte: »Ich hoffe, du hast ihnen einen Tee gemacht.«
»Natürlich. Kaffee, um genauer zu sein. Als Mum erfuhr, dass niemand hier ist, hat sie sich gefreut, mal einen Blick auf deine Küche werfen zu können. Und auch wenn es nicht gerade der ideale Zeitpunkt ist: Ich soll dir sagen, dass du ein wunderschönes Haus hast.«
»Danke. Das ist wirklich lieb von ihr. Erinnere mich dran, dass ich sie später einmal anrufe und mich für das Essen bedanke, ja?« Ruby griff nach Messer und Gabel. Ihr brummte der Schädel, und sie hoffte, dass der Kater nicht schlimmer werden würde. »Liegt viel Schnee?«
»Ja, in den Nachrichten hieß es, es sei ein Rekord für Belfast. Es soll die ganze Nacht so weiterschneien. Ich glaube

nicht, dass die Straßen bis Samstag wieder geräumt sind. Gut, dass das Bestattungsinstitut nur zwei Minuten entfernt ist.«

»Haben sie sich gemeldet?«

»Ja, sie haben heute Morgen angerufen. Und heute Nachmittag erneut. Sie werden sich morgen früh noch einmal melden, um das mit den Blumen und der Musik und so weiter zu bestätigen. Ich habe ihnen schon gesagt, dass nur weiße Blumen auf den Sarg sollen.«

»Danke, Jasmine. Gab es Probleme wegen des Datums?«

»Nein. Ein Gottesdienst und eine Beerdigung wären wohl zur Weihnachtszeit sehr viel schwieriger zu organisieren gewesen, aber eine schlichte Einäscherungsfeier geht in Ordnung.«

»Gut. Vielen Dank. Ich bin ja so froh, dass Jonathan mir gegenüber einmal das mit der Einäscherung erwähnt hat. Ich könnte es nicht ertragen, im Schnee auf einem Friedhof zu stehen, während uns der Wind wie ein Messer durchdringt. Es gibt nichts Traurigeres als ein Begräbnis im Schnee.«

Ruby schloss die Augen, ließ Messer und Gabel fallen und presste sich die Hände vor den Mund. Sie durfte jetzt nicht schon wieder mit dem Weinen anfangen. Nicht, während ihr dieser Kater zu schaffen machte. Ihr gemartertes Gehirn würde durch den zusätzlichen Druck wahrscheinlich einfach implodieren.

»Ich habe diesen Verlobungsring gefunden«, sagte sie und hielt Jasmine ihre Hand hin.

»Ich habe ihn vorhin schon bemerkt. Er ist wunderschön.«

»Mein Weihnachtsgeschenk von Jonathan.«

»Ja, das dachte ich mir. Würdest du bitte versuchen, ein paar Happen zu essen, bevor alles kalt wird? Ich traue mich nicht, es noch länger warm zu halten. Nachher bekommst du noch eine Lebensmittelvergiftung oder sonst was. Gänsebraten ist zwar nicht unbedingt das, was ich nach einer durchzechten Nacht empfehlen würde, aber du musst bei Kräften bleiben, also iss bitte noch etwas, ja?«

»Deine Mutter ist eine fantastische Köchin«, sagte Ruby und nahm eine kleine Gabel voll. »Das hier schmeckt himmlisch.«

Sie wollte Jasmine nicht gestehen, dass ihr der bloße Gedanke an fettes Essen Übelkeit verursachte.

»Braves Mädchen. Also, ein paar von Jonathans Freunden haben angerufen. Sie haben seinen Wagen in den Nachrichten gesehen und eins und eins zusammengezählt. Ich habe ihnen gesagt, ich würde ihnen im Laufe des Tages wegen der Beisetzungsfeierlichkeiten Bescheid geben. Und Theodora, die gute Seele, war vorhin hier und hat Blumen für dich gebracht. Sie ist die ganze Ravenhill Road in ihren kleinen Pelzstiefelchen hinaufgelaufen. Sie möchte natürlich auch zu der Trauerfeier kommen.«

»Ach ja, die Trauerfeier. Jasmine, passiert das alles wirklich? Als ich aufwachte, dachte ich für den Bruchteil einer Sekunde, es sei nur ein böser Traum gewesen.«

»Es wird sich schon alles finden«, sagte Jasmine behutsam. »Ich werde keine einzige Sekunde von deiner Seite weichen. Und zerbrich dir nicht den Kopf, ob du hinterher irgendjemanden zum Essen in ein Restaurant einladen sollst. So kurzfristig ist im Augenblick sowieso nirgendwo etwas verfügbar.«

»Nun ja, aber ich könnte doch vielleicht ein paar Leute zu Tee und Kuchen hierher einladen. Mal abwarten, wie ich mich fühle. Haben meine Eltern angerufen?«

»Ja, um zehn Uhr heute Morgen. Und noch einmal vor ein paar Minuten. Sie schienen nicht zu wissen, was geschehen ist, als sie das erste Mal anriefen. Sie sagten, sie wären draußen gewesen, um Kaminholz zu sammeln, und hätten keine Nachrichten gehört.«

»Kaminholz? Das ist ja ganz was Neues. Ich dachte, sie hätten einen Gasofen in ihrer Küche. Wie auch immer, jedenfalls schauen sie keine Nachrichten und lesen auch keine Zeitung.«

»Verstehe. Nun, ich habe es ihnen gesagt. Ich hoffe, das war dir recht.«

»Ja, danke, Jasmine. Danke für alles. Wann werden sie hier sein? Ich fürchte, bei diesem Wetter werden sie mit dem Auto drei Stunden benötigen.«

»Ruby, die Sache ist die … sie werden nicht kommen. Sie sind eingeschneit.«

»Was? Sie kommen überhaupt nicht?«

»Nein. Es tut mir leid. Deshalb haben sie zurückgerufen. Sie sagen, dass ihr Dorf völlig von der Außenwelt abgeschnitten ist. Der schwerste Schneefall seit Menschengedenken. Die Straßen sind im Westen des Landes viel schlechter. Man kommt nicht einmal mehr mit einem Traktor nach Blackskull hinein oder von dort weg.«

»Und was ist mit der Beisetzung?«

»Tja, sie sagten, dass sie es versuchen würden … aber dass es sehr fraglich sei.«

»Vielleicht sollte ich sie besser verschieben?«, fragte sich Ruby besorgt. »Dieser verdammte Schnee! Ich will es

nicht länger hinauszögern, Jasmine, sonst drehe ich noch durch.«
»Vielleicht sind die Straßen ja bis morgen Nachmittag geräumt, dann könnten sie es schaffen.«
»Ja, vielleicht. Aber ich bezweifle es.« Rubys Augen füllten sich mit frischen Tränen. »Ich hätte wissen müssen, dass so etwas passiert. Sie finden immer eine Entschuldigung, um nicht herzukommen, Jasmine. Vor zwei Jahren sind sie das letzte Mal in diesem Haus gewesen. Ich fasse es einfach nicht!«
»Sie können doch nichts dafür, dass sie eingeschneit sind, Ruby! Würdest du bitte noch eine weitere Tablette nehmen? Nur eine, ja? Ich glaube, das wäre besser.«
»Ich habe aber keine mehr.«
»Die Schwester hat heute Morgen ein paar Tabletten vorbeigebracht. Also nimm eine, und dann werden wir sie nie wieder erwähnen, in Ordnung?«
»Gut«, stimmte Ruby zu. »Aber nur die eine.«
»Keine Ursache.« Jasmine zog die Tabletten aus ihrer Tasche und legte eine in Rubys Hand. »Hier, bitte schön, schluck die runter.«
»O Gott, ich bin eine wandelnde Katastrophe.«
»Du schlägst dich gut.«
»Ich bin ein hoffnungsloser Fall.«
»Nein, das bist du nicht.«
Ruby aß noch ein paar Bissen, dann legte sie die Gabel zur Seite und blickte ihre Freundin entschuldigend an.
»Es tut mir leid, dass ich die ganze Zeit weine, Jasmine. Ich stehe einfach völlig neben mir. Wir wollten ein Baby, weißt du? Jetzt an Weihnachten wollte ich versuchen, schwanger zu werden mit Jonathans Baby.« Ruby schloss

wieder die Augen und versuchte sich vorzustellen, irgendwo anders oder jemand anders zu sein.
Jasmine tätschelte ihr die Hand. Es gab nichts mehr, was sie hätte sagen können. Stattdessen goss sie Ruby etwas Tee ein und saß stumm neben ihr, während sie ihn trank.
»Also dann, Süße«, sagte Jasmine schließlich. »Wenn du mit dem Essen fertig bist, steh auf.«
»Aufstehen? Warum denn?«
»Um dich frisch zu machen. Ich werde dir ein schönes heißes Bad einlassen, ja? Denn du hast bestimmt nicht die nötige Energie, um dich unter die Dusche zu stellen.«
»Da magst du recht haben. Du bist wirklich ein Engel, Jasmine. Vielen, vielen Dank.«
»Nichts zu danken, Ruby. Ich weiß, du würdest für mich das Gleiche tun.«

Kapitel 5

Die Trauerfeier

Am Samstagmorgen zogen die beiden Freundinnen ihre dunklen Mäntel und Hüte an und wagten sich in die glitzernde Schneelandschaft hinaus, in die sich die Ravenhill Road verwandelt hatte. Alles in Sichtweite war mit einer frischen Schneeschicht bedeckt. Die Reihenhäuser im viktorianischen Stil hatten sich in riesige, mit Zuckerguss überzogene Torten verwandelt. Die Autos, die am Straßenrand parkten, sahen aus wie gewaltige Schneebälle auf Rädern. Die Gartengeländer glichen zarten Spinnweben, die im schwachen Morgensonnenschein glitzerten, und die nackten Äste der Bäume bogen sich unter dem bläulich weißen Schnee. Aber vor allem war es außergewöhnlich ruhig.

»Ich glaube, die meisten Leute haben sich wohl heute freigenommen«, sagte Ruby im Flüsterton und hakte sich bei Jasmine unter.

»Es ist Samstag, Ruby«, entgegnete die mit ernster Stimme. »Du hast dein Zeitgefühl verloren.«

»Ja, das habe ich wohl«, erwiderte Ruby ein wenig beschämt. »Das passiert wohl, wenn man diese Psychopillen schluckt. Pass auf, als Nächstes habe ich den Namen unseres Premierministers vergessen.«

»Jetzt sei aber still, du machst deine Sache wirklich gut«, beruhigte sie Jasmine. »Man kann sich auch leicht vertun. Es ist immer viel weniger Verkehr auf der Ravenhill als auf der Ormeau Road. Außerdem waren es erst zwei Tabletten, und du wirst sie ja nicht bis in alle Ewigkeit nehmen.«

»Das will ich nicht hoffen«, sagte Ruby seufzend und drückte Jasmines Hand.

Sie gingen mit knirschenden Schritten die Straße hinauf und hinterließen dabei zwei schlängelnde Fußspuren. Überraschenderweise standen viele Wagen auf dem Parkplatz des Bestattungsinstituts.

»Es scheinen doch einige Leute gekommen zu sein«, murmelte Ruby nervös.

»Es braucht schon mehr als ein bisschen Schnee, um die Leute davon abzuhalten, jemandem die letzte Ehre zu erweisen. Jonathan war sehr beliebt«, sagte Jasmine und fügte rasch hinzu: »Keine Sorge, ich werde den ganzen Tag nicht von deiner Seite weichen.«

In der verglasten Vorhalle standen zwei prächtige Blumengestecke aus weißen Rosen mit hängendem Efeu und Farnwedeln. Selbst in der kühlen Morgenluft erfüllte der berauschende Duft der Rosen Rubys Herz mit Liebe, und sie konnte beinahe Jonathans Stimme hören, der ihr zurief: *Ich liebe dich.*

»Mein Brautstrauß war aus weißen Rosen«, sagte Ruby mit ausdrucksloser Stimme. »Ich dachte, wir würden hundert Jahre zusammen sein.«

»Ich weiß, Ruby, es ist alles so verdammt ungerecht.«

»O Gott, Jasmine, ich glaube nicht, dass ich da reingehen kann«, stammelte Ruby, nachdem sie einen Blick durch eine der Glasscheiben in den Innenraum mit seinen vollbesetzten Bänken und dem Meer aus weißen Blumen geworfen hatte. Das Gefühl der Endgültigkeit, das mit diesem Moment verbunden war, traf sie mit einem Mal wie ein Faustschlag. »Ich würde mich fürchterlich zum Narren machen. Nein, ich kann das nicht. Ich gehe wieder nach Hause. O Gott! Wo hast du die Pillen? Ich brauche dringend eine.«

»Jetzt komm schon, Süße. Du kriegst das schon hin.«

»Nein, kriege ich nicht.«

»O doch. Du wirst diese letzte Sache für Jonathan tun«, erklärte Jasmine. »Er hat immer gesagt, dass Bestattungen würdevoll sein sollten.«

»Ja, das hat er gesagt … also gut. Aber versprich mir, dass du bei mir bleiben wirst!«

»Das werde ich. Versprochen.«

Sie öffneten die schweren Holztüren und schritten aneinandergeklammert durch den Innenraum bis zur ersten Reihe, wo sie trotz der dort herrschenden Hitze zitternd Platz nahmen.

Ruby wäre beinahe zusammengebrochen, als die kurzen Feierlichkeiten begannen, aber irgendwie schaffte sie es, ihren Verstand abzuschalten. Stattdessen starrte sie auf die wunderschönen Kränze, die sie selbst, ihre Chefin, Miss Theodora Kelly, Jonathans zahlreiche Kollegen, andere Bekannte und Jasmine und ihre Familie geschickt hatten.

Die Musik begann, und Ruby drückte Jasmines Hand ganz fest und schloss dann einfach ihre Augen, während sie tief ein- und ausatmete …

Sie ließ ihre Gedanken zurückschweifen zu der Zeit, als sie und Jonathan Studenten gewesen waren und sich an der Bushaltestelle an der Queen's Union kennengelernt hatten. Sie erinnerte sich an die zugigen, spärlich möblierten Zimmer, die sie sich geteilt hatten, an die Kerzen, deren Wachs an den Seiten billiger Weinflaschen herablief, an die Mahlzeiten aus Pommes und Bier. Sie dachte zurück an den Tag, an dem er ihr den Heiratsantrag gemacht und ihr von seinem ersten anständigen Lohn einen kleinen Verlobungsring gekauft hatte. An ihren perfekten Hochzeitstag im schottischen Hochland. Sie hatten sich entschieden, heimlich in Schottland zu heiraten, um Rubys fromme Eltern nicht zwingen zu müssen, der Zeremonie beizuwohnen, die zu ihrer konfessionellen »Mischehe« führte. Im gemütlichsten Cottage der Welt hatten sie ihre Flitterwochen verbracht, mit dem Luxus einer Badewanne, die groß genug war für zwei. Kurz darauf hatten sie dann ihr großes, wenn auch ziemlich baufälliges Haus in der Ravenhill Road gekauft und es zusammen renoviert, Pläne für die Zukunft geschmiedet, Küsse am Gartentor getauscht …

Ruby schluchzte am Ende leise vor sich hin, während sie die Hände der Trauergäste schüttelte. Sie bedankte sich bei den Bestattern, bewunderte die Blumen und entdeckte schließlich doch noch ein kleines Gebinde aus langen, weißen Trompetenlilien, das ihre Eltern geschickt hatten. Ruby las die Mitteilung auf der Karte: *Mit aufrichtigem Beileid von Mr. und Mrs. Nightingale.*

Bald standen Jasmine und sie wieder draußen im Schnee, und alles war vorbei. Als sie sich gemeinsam mit den Trauernden zu Rubys Haus aufmachten, bemerkten sie gar nicht, dass ein Reporter der Lokalzeitung ein Foto von ihnen schoss.

In der Nacht nach der Trauerfeier konnte Ruby nicht schlafen. Eine Menge Leute waren mit zurück zum Haus gekommen. Jasmines Mutter hatte sich um die Sandwiches und die Getränke gekümmert und alles ganz wunderbar serviert. Ruby staunte aufs Neue über die Güte dieser Frau, der sie zuvor noch nie begegnet war. Gleichzeitig versuchte sie nicht allzu wütend auf ihre eigenen Eltern zu sein, weil sie in Blackskull eingeschneit waren. Es war ja nicht ihre Schuld, dass das Land die schwersten Schneefälle seit Jahrzehnten erlebte. Aber schließlich und endlich waren die beiden ein ungeselliges Paar alter Dinosaurier und hätten zumindest ein bisschen mehr Anstrengung zeigen können, um es zur Trauerfeier ihres Schwiegersohnes zu schaffen. Jasmines Eltern wäre es bestimmt irgendwie gelungen. Aber vielleicht waren manche Familien einfach entschlossener als andere, in Kontakt zu bleiben. Sicher, sie hätte ihre Eltern zurückrufen sollen, aber insgeheim war sie zu sauer auf sie. Sie würde es morgen tun.

Ruby gab sich größte Mühe, aber es gelang ihr einfach nicht einzuschlafen. Sie wollte nicht schon wieder eine Tablette nehmen und hatte Angst, eine weitere Flasche Brandy zu öffnen. So lag sie ganz steif auf ihrer Seite des Bettes, bis sie vor Frustration und Trauer am liebsten laut geschrien hätte. Am Ende entschied sie sich, aufzustehen und etwas Nützliches zu tun, um sich die Zeit bis zum Morgen zu vertreiben. Also räumte sie leise die Küche auf, putzte und wienerte, bis es blitzte. Anschließend sortierte sie in der kleinen Wäschekammer im hinteren Teil des Hauses den Recycling-Müll in Plastikkisten. Um zwei Uhr in der Nacht setzte sie sich neben den Weihnachtsbaum im Wohnzimmer, blätterte alte Fotoalben durch, weinte leise vor sich hin und presste ihre Wange an ihr

Hochzeitsfoto. Um drei Uhr machte sie sich eine Tasse Kakao, rollte sich mit einer leichten Decke auf dem Sofa zusammen und trank ganz langsam die heiße Schokolade, um länger etwas davon zu haben. Jasmine, die darauf bestanden hatte, noch zwei weitere Nächte bei Ruby zu bleiben, schlief in der Zwischenzeit tief und fest im Gästezimmer.

Ruby brachte ihrer Freundin um halb fünf eine glühend heiße Tasse Tee, in der Hoffnung, sie wach vorzufinden. Aber Jasmine schlummerte noch, hatte sich die Bettdecke bis zu den Augenlidern hochgezogen. Ruby lächelte und verließ das Zimmer auf Zehenspitzen. Sie wusste es wirklich zu schätzen, dass Jasmine auf all ihre Partys und die Chance, unter dem Mistelzweig einen netten Mann kennenzulernen, verzichtet hatte. Ruby wusste nicht, ob sie die letzten Tage ohne sie überstanden hätte.

Sie bemühte sich allerdings, nicht über die Jahre nachzudenken, die vor ihr lagen. Diese Vorstellung war einfach zu beängstigend.

Zwei Tage später saß Tom Lavery lange Zeit in seinem Gartenschuppen in Camberwell House und starrte wie betäubt auf Rubys Foto im *Belfast Telegraph*. Der Fotograf hatte sie aufgenommen, als sie gerade Arm in Arm mit ihrer Freundin aus dem Bestattungsinstitut kam. Rubys Gesicht wirkte wie erstarrt, als sei alles Leben daraus gewichen.

Sie hatten auch ein Foto von Jonathan abgedruckt, das vor sieben Jahren an seinem Hochzeitstag gemacht worden war. Ein gutaussehender Mann, das musste Tom zugeben. Klare Gesichtszüge und wache, intelligente Augen, dazu ein freundliches und dennoch schelmisches Lächeln. In dem Artikel hieß es, dass dem Lkw-Fahrer bis zum Beginn der Gerichtsverhandlung die Fahrerlaubnis entzogen worden war, dass man ihm aber wahrscheinlich nicht den Tod von Jonathan O'Neill wegen riskanten Fahrverhaltens anlasten könne. Offenbar fehlte es an Beweisen. Ein einziger Augenzeuge reichte für gewöhnlich nicht aus, um einen Schuldspruch zu erreichen.

Es sei eine »schöne, besinnliche Totenfeier« gewesen, hatte der *Telegraph* einen der Trauergäste zitiert, was den Reporter zweifellos enttäuscht haben dürfte, der gewiss auf hasserfüllte Beschimpfungen des Lkw-Fahrers gehofft hatte.

»Arme Frau«, sagte Tom traurig. Neben ihm stellte Noah die Ohren auf und blickte mitleidig drein. »Ruby O'Neill ist jetzt Witwe, mein Junge. Sie ist jetzt auch allein. Ich wünsche niemandem, dass er das durchmachen muss, was ihr bevorsteht. Nicht mal meinem ärgsten Feind.«

Er faltete die Zeitung langsam zusammen und schob sie in eine Schublade seines alten Aktenschranks. Doch dann brachte ihn die Sorge, dass jemand sie dort finden und glauben könnte, er stelle Ruby O'Neill nach, dazu, sie wieder hervorzuholen und auf den Haufen von Papier-Müll neben der Tür zu legen.

»Komm, Noah«, sagte er zu seinem Hund und erhob sich aus dem bequemen Sessel neben dem kleinen Gasofen. »Gibt heute nicht viel für uns zu tun. Machen wir einen Spaziergang, ja?« Noah sprang auf und lief eifrig zur Tür, während Tom eine warme Jacke anzog. »Nur einen kleinen Spaziergang«, fügte Tom hinzu, mehr um sich selbst davon zu überzeugen, dass es Noah gegenüber nicht zu grausam war, in dem hohen Schnee draußen herumzulaufen. Aber er hätte sich keine Sorgen machen müssen. Denn kaum hatte sich Noah ein paar Schritte in den Schnee gewagt, trottete er sofort wieder in den Schuppen zurück. Dort legte er sich in seinen warmen, mit einer Decke ausgeschlagenen Korb in der Nähe des Ofens und weigerte sich, wieder aufzustehen.

»Mach, was du willst«, sagte Tom, ließ die Tür einen Spaltbreit offen und machte sich ohne seinen verwöhnten Hund auf den Weg.

Während er mühselig durch den Schnee stapfte, kehrten seine Gedanken zu dem Foto von Ruby zurück, und er fragte sich, wie sie wohl zurechtkam. Er selbst war schon seit ein paar Jahren Witwer, und es schien nicht leichter zu werden. Ehrlich gesagt, wurde es mit der Zeit schlimmer. Je mehr er sich von den Menschen zurückzog, desto schwerer fiel es ihm, in den gewohnten Alltag zurückzufinden. Andererseits war der Zeitpunkt noch immer nicht gekommen, an dem er sich bereit fühlte, wieder in die »Normalität« zurückzukehren.

Mach dir doch nichts vor, sagte er zu sich. *Du bist ein Einsiedler.*

Und das war er wirklich. Er verließ das Anwesen eigentlich nur, wenn er etwas erledigen musste.

Zumindest sahen Camberwell House und die Gärten so schön aus wie immer. An einem winterlich verschneiten Tag wie heute, wenn der sich still anhäufende Schnee die Formschnittgärten und die architektonischen Details des Hauses hervorhob, zeigte das Anwesen sich von seiner besten Seite. Tom überprüfte, ob sämtliche Nebengebäude verschlossen waren, bevor er Noah aus dem Schuppen holte und mit ihm in sein verlassen dastehendes Cottage am Rande des Herrensitzes fuhr.

Sein kleines Haus war auf allen Seiten von einer dichten Anpflanzung von Weihnachtsbäumen umgeben, doch seit Kates Tod hatte er sich nie mehr die Mühe gemacht, einen Baum drinnen aufzustellen. Tom entzündete ein Feuer im Kamin, fütterte Noah, wärmte sich selbst ein Fertiggericht in der Mikrowelle auf und schaltete den Fernseher ein. Aber er schenkte dem Geschehen auf dem Bildschirm keine große Aufmerksamkeit. Noah lag auf dem Sofa neben ihm, die klugen Augen vor Zufriedenheit halb geschlossen.

»Wir sind schon ein tolles Paar, mein Junge«, sagte Tom leise, tätschelte den Kopf des Hundes und zog sich dann eine warme Decke über die Brust. »Echte Stimmungskanonen. Tja, bald haben wir ein neues Jahr, Noah. Ich möchte das Schicksal nicht herausfordern, aber vielleicht werde ich nächstes Jahr aufhören, so ein jämmerlicher Miesepeter zu sein. Vielleicht werde ich mir nächstes Jahr nicht mehr länger wünschen, an Kates Stelle gestorben zu sein.«

Für Ruby O'Neill ist es allerdings kein Neubeginn, dachte er traurig. Als er sich an den Schmerz von Kates Beerdigung und an den Wahnsinn der folgenden Monate erinnerte, schloss er unwillkürlich die Augen. Es waren Zeiten, in denen er geglaubt hatte, vor Kummer den Verstand zu verlieren. Ja, Ruby stand leider erst am Anfang mit ihrem Leid.

Kapitel 6

Das Haus

Aber das Leben ging einfach weiter, wie es das immer tat. Auch wenn Ruby das Gefühl hatte, als bewege sich alles in Zeitlupe. Selbst Jasmine, die all den Weihnachtsspaß und die ausgelassenen Silvesterpartys versäumt hatte, kam es so vor. Nach einigen Tagen kehrte Jasmine wieder in ihre schicke kleine Wohnung zurück, während Ruby unzählige Stunden zusammengerollt im warmen roten Schein ihres Weihnachtsbaums verbrachte. Manchmal saß sie nur da, hielt Jonathans neue Schuhe in den Händen und weinte bitterlich. Dann wieder bekam sie abwechselnd Hitzewallungen und kalte Schweißausbrüche vor lauter Angst oder sie schlief stundenlang.

Die Polizei kam zweimal bei ihr vorbei, aber sie sagten, dass sie bis zum Beginn der Gerichtsverhandlung nichts weiter unternehmen konnten. Sie schlugen ihr vor, sich einer Trauergruppe anzuschließen, doch Ruby war noch weit davon entfernt, mit irgendjemandem über das Geschehene reden zu können. Schon gar nicht war sie bereit, irgendjemandem für Jonathans Tod zu vergeben. Ganz gewiss nicht dem Lkw-Fahrer! Und noch nicht einmal Jonathan selbst! Sie hatte ihn gebeten, sich am Heiligabend freizunehmen, damit sie gemeinsam die letzten Einkäufe erledigen konnten. Selbst Theodora hatte Jasmine und ihr einen halben Tag freigegeben und die Boutique ab mittags geschlossen. Aber nein, Jonathan hatte diesen schwierigen Fall gehabt, den er unter Dach und Fach bringen wollte, und dann war da noch die Büroparty, zu der er gehen musste. Die durfte er ja nicht verpassen, weil sie ihn sonst alle aufziehen und als Weichei bezeichnen würden. Und dann hatte er unbedingt noch schnell nach Ballynahinch fahren müssen …

Nein, Ruby war alles andere als bereit, sich mit irgendwelchen Experten zu unterhalten. Sie versuchte sich immer noch damit abzufinden, dass sie ihren Mann verloren hatte. Sie erklärte der Polizei, dass sie keine Pläne für die Zukunft gemacht habe. Nicht einen einzigen.

Aus diesem Grund stand Ruby automatisch einfach jeden Morgen auf, zog sich an und ging still zur Arbeit. Sie bediente die Kunden, machte den Laden sauber und plauderte mit Jasmine über Belanglosigkeiten. Sie stellte Jonathans Asche auf seinen Nachttisch und plazierte eine gerahmte Fotografie von ihm davor. Sie war noch nicht in der Lage, irgendetwas anderes mit der kleinen, bronzenen Urne anzufangen. Jeden Abend wanderte sie durch das Haus und räumte Zimmer auf, die bereits aufgeräumt waren. Jede Nacht weinte sie sich in den Schlaf oder lief die Treppe hinauf und hinunter wie ein ruheloser Geist. Sie spülte die restlichen kleinen weißen Tabletten die Toilette hinunter und verbot sich, weiteren Alkohol zu kaufen. Sie wusste, dass es kein Zurück mehr geben würde, wenn sie noch eine Woche länger Brandy als Schlafmittel benutzte.

»Ich werde niemandem zur Last fallen«, sagte sie tapfer zu ihrem Spiegelbild im Bad. »Ich besitze nur noch meine Würde, und die werde ich bestimmt nicht mitsamt allem anderen wegwerfen.«

Ab und zu rief sie ihre Eltern an. Dabei versuchte sie sich nicht einzugestehen, wie selten sie sich bei ihr meldeten, um sich nach ihrem Befinden zu erkundigen. Ihre Eltern fanden unzählige Entschuldigungen, um nicht nach Belfast zu kommen, und im Gegenzug erklärte sie ihnen, dass sie zu erschöpft sei, um sie zu Hause zu besuchen. Auf einer unbewussten Ebene war sowohl Ruby als auch ihren Eltern bewusst, dass ihre Beziehung nicht stark genug war, um den Tod eines Familienmitglieds zu verkraften. Die Versicherungsleute hatten einen Haufen von Dokumenten, die sie unterschreiben musste. Jasmines Mutter schickte ihr regelmäßig Pakete mit Essen. Ihre Nachbarn waren rührend bemüht, sandten Blumen und fragten Ruby, ob sie irgendwelche Besorgungen für sie erledigen konnten. Sie bedankte sich immer und immer wieder bei allen und betete, dass irgendwann einmal der Tag kommen würde, an dem sie aufwachte und sich wieder ganz normal fühlte. Insgeheim glaubte sie aber nicht daran, dass dieser Tag wirklich jemals kommen würde.

Sieben Monate später jedoch ereignete sich, wie so oft im Leben, eine unvorhergesehene Fügung des Schicksals. Die kleine Boutique, in der Ruby und Jasmine arbeiteten, wurde zum Verkauf angeboten, und plötzlich hatten die Freundinnen nur drei Monate Zeit, einen neuen Job zu finden. Überraschenderweise regte sich Jasmine schrecklich darüber auf. Für gewöhnlich war sie hart im Nehmen, aber als ihnen Theodora sagte, dass sie den Laden nun doch endlich verkaufen und zu ihrer verwitweten Schwester Amelia nach Essex ziehen würde, da war Jasmine den Tränen nahe. Theodora erklärte ihnen, dass Rubys Schicksalsschlag ihr vor Augen geführt habe, wie überaus kostbar die Zeit war.

»Ich verstehe«, sagte Jasmine traurig. »Nun, ich werde den Laden schrecklich vermissen. Ich bin hier sehr glücklich gewesen. Aber Sie müssen natürlich tun, was Sie für das Beste halten, Miss Kelly«, fügte sie hinzu und nickte, als halte sie das Ganze für einen großartigen Plan.

Aber Tatsache war, dass Jasmine ihren Job in dem exklusiven Geschäft heiß und innig liebte und eher tot umgefallen wäre, als mit einer Thermoweste bekleidet in einem Supermarkt zu arbeiten. Falls es ihr überhaupt gelingen würde, etwas Besseres zu finden. Schließlich musste sie ihre Miete bezahlen.

Ruby dagegen war nicht allzu erschüttert. Der Laden war zwar seit Jonathans Tod ihre Rettung gewesen, hatte ihr einen Grund geliefert, morgens aufzustehen, sich anzuziehen und zu frühstücken, aber für Ruby war ein Job nur ein Job und sie wusste, dass sie letzten Endes etwas anderes finden würde. Dank dem kürzlich eingegangenen Scheck von Jonathans Lebensversicherung war das Haus abbezahlt, und mit ihren eigenen Ersparnissen auf der Bank wusste sie, dass sie nicht verhungern würde. Im Gegensatz zu Jasmine, die wild entschlossen war, finanziell auf eigenen Beinen zu stehen und nicht bei den ersten Anzeichen von Schwierigkeiten zu ihren Eltern zurückzurennen, die in einem kleinen Reihenhäuschen in der Sandy Row lebten.

»So ein Mist! Ich werde es wirklich vermissen, mit dir zusammenzuarbeiten, Ruby«, sagte Jasmine niedergeschlagen, nachdem Theodora den Laden einer kurzen Inspektion unterzogen hatte, um dann für den Rest des Tages eine Freundin zu besuchen. »Wie stehen wohl die Chancen, dass wir zwei neue Jobs an ein und demselben Arbeitsplatz finden? Oder zumindest nah genug, um uns hin und wieder zum Mittagessen zu treffen?«

»Vielleicht haben wir ja Glück«, erwiderte Ruby, die eine der Glasvitrinen wienerte, bis sie strahlte, und dann den Modeschmuck darin umräumte. »Es kann doch sein, dass uns der neue Besitzer weiterbeschäftigt. Und falls nicht, werden sie sich sicherlich anderswo um uns reißen – bei all der Erfahrung, die wir im Einzelhandel haben! Komm schon, Jasmine. Kopf hoch!«

Aber Jasmine war sich da nicht so sicher. Vielleicht fiel es den anderen netten, kleinen Boutiquen ja zunehmend schwerer, in diesen konjunkturschwachen Zeiten Gewinne zu machen. Mit diesem Gedanken quälte sie sich den ganzen Morgen herum.

»Wir beide könnten im Odyssey-Kino landen und in knallroten Overalls Popcorn in riesige Pappcontainer schaufeln«, jammerte sie. »Und um Mitternacht müssen wir dann Erbrochenes aus den Klos wischen ...«

»Über so etwas macht man keine Witze, Jasmine! Ich wünschte, Theodora hätte diese schrecklich riesigen Bernstein-Anhänger nie gekauft. Da kann man sich ja gleich einen Mühlstein um den Hals hängen, so schwer sind die.«

»Ja, kleiner wären sie wirklich schöner. Aber wie auch immer, Ruby, ich bin echt stinkig. Dieser Laden war auch noch so bequem von meiner Wohnung aus zu erreichen.«

Jasmine liebte ihr schickes Einzimmer-Appartement in den Bell Towers, einer großartigen neuen Siedlung auf dem Gelände des alten Ormeau Convent. Sie war so stolz auf ihr luftiges Zuhause, seine klaren, modernen Linien und die großzügigen Einbauschränke im Schlafzimmer. Sie sprach ständig von ihren schokoladenbraunen Küchenarbeitsplatten und den Einbauleuchten im Bad. Die Miete war erheblich höher als die in ihrer alten Wohnung. Etwa einhundertfünfzig Pfund höher, um genau zu sein. Aber Jasmine hatte dieses spezielle Problem gelöst, indem sie das Rauchen und das Lottospielen aufgegeben hatte. Außerdem verkniff sie sich Pay-TV, Wein unter der Woche und die leckeren Fish and Chips, die sie jedes Mal einen Fünfer gekostet hatten.

»Genießt du immer noch die gute Luft da oben?«, zog sie Ruby auf. Jasmines Wohnung befand sich im fünften Stock des Gebäudekomplexes. Sie hatte ihren eigenen schmiedeeisernen Balkon mit Topfpflanzen und einem Metallstuhl, von dem aus sie an den Sonntagnachmittagen Leute beobachtete.

»Ja, genau das tue ich - und ich lebe auch gern allein«, erwiderte Jasmine dickköpfig, denn sie war trotz der schlechten Neuigkeiten sehr zufrieden mit sich. Doch dann wurde sie ganz still, weil sie befürchtete, Ruby an Jonathans Tod erinnert zu haben. »Also, eigentlich wollte ich damit sagen, dass es mir anfangs etwas seltsam vorkam, alleine zu wohnen. Ich habe mir Sorgen wegen der Einbrecher und irgendwelcher Spinner in den anderen Wohnungen gemacht und so weiter. Und ich habe mich auch ein bisschen einsam gefühlt, weil abends niemand da war, mit dem ich reden konnte. Aber jetzt ist es großartig! Kein Durcheinander anderer Leute! Und man muss sich nicht die ganze Zeit irgendeinen Blödsinn und Klatsch und Tratsch anhören. Wenn es auch zugegebenermaßen ganz nett wäre, zur Abwechslung wieder mal einen anständigen Kerl kennenzulernen und eine kleine Romanze zu haben. Auch wenn ich Lichtjahre davon entfernt bin, einen Mann bei mir wohnen zu lassen. Denk doch nur an all den Technikkram, den die meisten Typen zu sammeln scheinen. Diese grässlichen riesigen Lautsprecher oder Verstärker. Und Kisten voller alter Schallplatten und mindestens zwei Gitarren, die in einer Ecke verstauben … Oh! Tut mir leid! Jonathan hatte auch Gitarren, nicht wahr? Das tut mir wirklich furchtbar leid, Ruby. Ich mache alles nur noch schlimmer mit meinem ganzen Gefasel … Ich koche uns lieber einen Tee, ja?«

(Wenn Theodora wüsste, dass sie außerhalb ihrer offiziellen Mittagspause Tee tranken und das auch noch mitten im Laden, nicht etwa in der eigens dafür vorgesehenen kleinen Küche, würde sie ihnen mit Sicherheit einen Vortrag über Arbeitsschutzvorschriften halten.)

»Ja, bitte«, antwortete Ruby lächelnd. Während sie kurze Zeit später nachdenklich ihren Tee tranken, kam Ruby eine Idee.

»Jasmine, mach dich auf etwas gefasst! Das mag jetzt ziemlich verrückt klingen, aber ich werde ein Gebot für den Laden abgeben«, verkündete sie in einem atemlosen Flüstern.

»Du wirst was? Ein Gebot für den Laden? Für diesen Laden?« Jasmine war völlig überrascht. »Kannst du dir das denn leisten?«, fragte sie, und ihr Herz begann vor Hoffnung und Aufregung schneller zu schlagen. Hatte Ruby nicht erst vor ein paar Monaten gezaudert, ein Paar Schuhe zu kaufen?

»Ich glaube schon. Ich werde nämlich das Haus verkaufen«, sagte Ruby entschieden.

»Was? Das Haus verkaufen? Aber denk doch nur an die Kosten und den Aufwand! Und du hast das Haus so hübsch hergerichtet.«

»Ja, ich weiß. Aber es ist an der Zeit, sich zu verkleinern, findest du nicht? Ich habe bisher noch nicht einmal Jonathans Sachen ausgeräumt. Das ganze Haus ist wie ein Schrein für ihn. Seit er tot ist, laufe ich nur darin herum und küsse mitten in der Nacht sein Foto wie eine schrullige Einsiedlerin.« Ruby sah aus, als würde sie gleich in Tränen ausbrechen, doch sie holte tief Luft und fuhr fort: »Jetzt oder nie, Jasmine.«

»Aber umzuziehen ist eine wirklich große Veränderung im Leben, egal zu welcher Zeit«, merkte Jasmine behutsam an. Sie hegte die Befürchtung, dass Ruby ihr schönes Haus aus einer Laune heraus verkaufen und es dann schmerzlich vermissen könnte. »Ist das nicht vielleicht im Augenblick ein bisschen viel für dich? Jonathan ist doch erst seit einem halben Jahr tot. Warum wartest du nicht noch etwas?«

»Der Laden wird an jemand anderes verkauft werden, wenn ich warte. Und ich fühle mich in der Lage, mit einer solchen Veränderung fertig zu werden. Ich bin zweiunddreißig, keine siebzig. Hast du nicht dein klappriges, möbliertes Zimmer gegen eine tolle, neue Wohnung eingetauscht? Kein Garten, der in Schuss gehalten werden muss, sondern ein hübscher Balkon, auf dem du deinen Morgenkaffee genießen kannst! Und hast du mir nicht erzählt, dass sich dein ganzes Leben verändert hat, weil du nun endlich genügend Einbauschränke im Schlafzimmer hast und an den Sommerabenden jede Menge Licht durch die großen Fenster fällt?«

»Ja, schon. Aber ich hatte ja auch nichts zu verlieren. Ich habe doch ohnehin in einem alten Dreckloch gewohnt. Außerdem habe ich rein gar nichts fürs Gärtnern übrig. Wo willst du überhaupt wohnen, wenn du das Haus verkaufst? Miete zahlen ist doch rausgeschmissenes Geld. Ich tue es nur, weil ich bei meinem Gehalt keine Hypothek bekomme. Und ich habe ja auch nur ein Schlafzimmer … Oh, aber du bist natürlich herzlich eingeladen, für ein paar Wochen auf meinem Bettsofa zu schlafen!«

»Keine Panik, Jasmine! Du musst dir keine Sorgen über ungebetene Gäste machen! Ich weiß, wie sehr du an deiner Wohnung hängst, und ich werde nicht bei dir einziehen und dein Leben in Unordnung bringen! Hier über dem Laden ist doch eine völlig ausreichende Wohnung vorhanden.« Ruby nickte zur Treppe hinüber.

»O ja … Aber die ist doch voller Kartons und Spinnen«, erwiderte Jasmine mit verzogenem Gesicht. »Es ist eher ein Lager als eine richtige Wohnung. Es gibt da nur eine Toilette, keine Dusche oder Wanne. Und müsstest du nicht eine separate Vordertür auf Straßenhöhe einbauen lassen? Das würde sicher eine Menge Theater mit dem Bauamt und den Versicherungsleuten bedeuten.«

»Ja, wahrscheinlich müsste ich jede Menge Formulare ausfüllen. Aber ich habe doch in meiner Freizeit nicht viel anderes zu tun. Außerdem habe ich schon lange von meinem eigenem Geschäft geträumt, aber Jonathan war immer so vernünftig, wenn es ums Geld ging. Er wollte nicht, dass wir irgendwelche größeren finanziellen Risiken eingehen.«

»Es ist nichts Schlimmes daran, wenn jemand vernünftig ist«, erwiderte Jasmine freundlich und wischte mit einem

Stück Küchenpapier über die Theke, wo ihre Tasse einen Ring hinterlassen hatte.

»Ja, ich weiß. Aber Jonathan ist nun nicht mehr hier, um sich Sorgen um finanzielle Risiken zu machen, nicht wahr? Ich werde ja nur einen kleinen Laden leiten und keine Riesenfabrik. Und wenn ich hier das Sagen habe, dann können wir Tee trinken, wann immer wir wollen, und das Geschäft zur Mittagszeit verlassen, um einige Besorgungen zu machen. Und du darfst sogar auf die Toilette gehen, ohne mich vorher um Erlaubnis zu bitten.«

»Wirklich? Warum hast du das nicht gleich gesagt? Also, dann sieht die Sache natürlich ganz anders aus«, lachte Jasmine. »Allerdings verspreche ich dir, dass ich die Kasse niemals unbeaufsichtigt lassen werde. Aber ich habe dich gewarnt, also komm nachher nicht angerannt, weil du es bereust. Einige Leute hängen sehr an ihren Häusern.«

»Ich glaube, ich werde es schon schaffen«, entgegnete Ruby. »Das Haus ist jetzt viel zu groß für mich. Und was das Geschäft angeht, arbeite ich nicht seit Jahren hier? Ich glaube, ich weiß, wie man einen solchen Laden führt. Außerdem war ich in grauer Vorzeit einmal auf der Kunsthochschule. Ich kann durchaus gutes Design von schlechtem unterscheiden.«

»Das stimmt. Wenigstens hättest du nicht diese riesigen Anhänger gekauft.«

»Da hast du allerdings recht. Also gut, ich werde mein Haus schätzen lassen, sobald ich es auf Vordermann gebracht habe. Ich muss das einfach tun, Jasmine. Ich muss aus meiner alten Umgebung raus und etwas Neues anfangen, bevor mich das bisschen Mut, das ich habe, für immer verlässt.«

»Okay, Ruby. Viel Glück, Süße.«
»Danke.«
Und damit war es entschieden.
Theodora Kelly war sehr erfreut, als Ruby ihr eröffnete, dass sie den Laden gern kaufen würde. Sie gab Ruby sechs Wochen Zeit, um ihre Finanzen zu ordnen, bevor sie irgendein anderes Gebot für das Geschäft akzeptierte. Zwar sahen sich viele potenzielle Käufer die Räumlichkeiten an, aber als die Wochen vergingen, lag immer noch kein verbindliches Gebot auf dem Tisch. Die drohende Rezession schien die Leute abzuschrecken. Langsam begann Ruby daran zu glauben, dass ihr Traum von einem eigenen Geschäft doch noch wahr werden könnte.
In der Zwischenzeit hatte sie eine Menge zu tun. Jeden Abend nach der Arbeit zwang sie sich, mindestens fünf Dinge auszuwählen, die ihrem verstorbenen Mann gehört hatten, und sie dann – auch wenn es ihr furchtbar schwerfiel – im Wohnzimmer auf verschiedene Haufen zu sortieren. Einer war für eine Wohltätigkeitsorganisation bestimmt, ein anderer für den Abfall und ein letzter zum Aufbewahren. An ihren freien Tagen spazierte sie zum Laden der Heilsarmee und gab dort große Tüten mit Kleidung ab. Oder sie brachte traurig Säcke zur Mülltonne und verdrückte ein paar Tränen, bevor sie den Deckel über einem Haufen von Jonathans alten Socken oder rostigen Rasierern schloss. Seine persönlichen Dinge, an denen sie hing, wickelte sie vorsichtig in Seidenpapier und verpackte sie für den Umzug. In ihrem neuen Zuhause würde sie nicht mehr so viel Platz haben, deshalb behielt sie nur eine begrenzte Zahl von Sachen, wie beispielsweise seinen Ehering, seine neuen Schuhe, seine Lesebrille und

sein gutes ledernes Portemonnaie. Seine vier Akustikgitarren spendete sie ebenso wie seine Fotoapparate und die große Sammlung von Fotobüchern dem Gemeindezentrum der Ortskirche. Auch der Großteil des Küchengeschirrs und eine kleine Esszimmergarnitur gingen dorthin.

Schließlich war nichts anderes mehr im Haus übrig außer den größeren Möbelstücken, dem Teppichboden und den Gardinen. Ruby wusste, dass der Augenblick gekommen war, da sie das Haus, in dem sie mit ihrem Mann so glücklich gewesen war, endlich loslassen musste. Sie rief mit zitternden Händen eine örtliche Maler- und Raumgestalterfirma an und vereinbarte mit ihr, das ganze Haus von innen und außen frisch streichen zu lassen. In Elfenbeinfarben, um die architektonische Gestaltung und die hohen Decken gut zur Geltung zu bringen. Als die Farbe trocken war, ließ sie die strapazierfähigen beigen Teppichböden durch vornehme, neue aus einer schweren Wollmischung ersetzen. Die alten Gardinen und Vorhänge wurden abgenommen und landeten auf dem Müll. Stattdessen bestellte Ruby einige schicke Raffrollos in neutralen Farben und staunte, wie hübsch sie aussahen und wie viel größer die Zimmer wirkten, wenn sie hochgezogen waren. Der kleine Vorgarten und der Garten hinter dem Haus waren ohnehin sehr gepflegt, und so blieb ihr nichts anderes mehr zu tun, als Geld in zwei hohe Kübel aus Stahl zu investieren, die sie mit duftendem Lavendel bepflanzte.

Der Immobilienmakler erklärte sich bereit, die Hausbesichtigungen während ihrer Arbeitszeit abzuhalten, so dass Ruby nicht dabei sein musste. Sie versicherte ihm, dass es nichts Wertvolles mehr zu stehlen gab, denn sie hatte all ihre kostbarsten Andenken bereits in drei robusten Weidenkörben verstaut und für eine Weile in Jasmines Wohnung untergestellt. Einzig ein paar geschmackvolle Dekorationsgegenstände waren noch übrig: die hellen Kirchenkerzen in den verschiedenen Kaminen und ein paar Stücke des hübschen, weißen Porzellans auf der Küchenanrichte. Der Makler war davon überzeugt, dass sich Rubys Haus ungeachtet der zunehmend schwierigen Marktbedingungen rasch verkaufen lassen würde.

»Es ist einfach perfekt«, strahlte er und schüttelte Ruby die Hand, nachdem sie ihm die Ersatzschlüssel gereicht hatte. »Das hier ist das hübscheste Haus, das wir seit vielen Jahren in unserem Angebot hatten.«

Wie erwartet ging das Haus schnell an ein junges, gutbetuchtes Paar, und Ruby erzielte einen Preis, der sie in die Lage versetzte, den Laden sogleich zu kaufen. Die Formalitäten wurden problemlos abgewickelt, denn in diesem Jahr wurden in der Stadt nicht allzu viele Verkäufe abgeschlossen, und so waren sämtliche Parteien darauf bedacht, den Handel so schnell wie möglich zu besiegeln. Also packte Ruby ihre Kleidung ein und bewahrte sie in vier Pappkartons in der kleinen Küche im Laden auf.

An dem Tag, an dem sie den neuen Besitzern die Schlüssel übergab, genehmigte sie sich ein kleines Glas Wein in einem nahe gelegenen Pub, um ihre Nerven zu beruhigen.

»Es ist mir ein Rätsel, wie Sie dieses wunderbare Haus verkaufen können«, sagte die vor Freude strahlende junge Frau, als Ruby sie und ihren Mann an jenem Nachmittag in die Diele hineinbat. »Wir haben uns sofort in es verliebt, als wir zur Tür hereinkamen.«

Ruby betrachtete ihre glücklichen Gesichter und wollte ihnen diesen Tag nicht dadurch verderben, dass sie ihnen vom Tod ihres Mannes erzählte. Und dass sie jetzt aus diesem Haus ausziehen musste, weil sie sonst den Rest ihres Lebens darin verbracht hätte und niemals darüber hinweggekommen wäre, was hätte sein können und was ihr durch die Unberechenbarkeit des Lebens widerfahren war.

Das junge Paar stand gerade erst am Beginn seines gemeinsamen Lebensweges, und es wäre ihnen gegenüber nicht fair gewesen. Beide waren Akademiker. Er ein gutaussehender Zahnarzt in einer marineblauen Chinohose mit athletischen Armen und perfekten Zähnen. Sie eine hübsche, blonde Grundschullehrerin in einem pastellfarbenen Etuikleid und passender Strickjacke. Sie hatten am College hart gearbeitet, um sich eine so hohe Hypothek leisten zu können, und verdienten jetzt einige aufmunternde Worte. Der Makler hatte offenbar auch entschieden, nichts davon zu erzählen, dass Ruby erst kürzlich Witwe geworden war.

»Ich kann Ihnen versichern, dass ich hier sehr, sehr glücklich gewesen bin«, sagte Ruby munter. »Es ist ein großartiges Haus, nicht wahr? Aber jetzt mache ich mein eigenes Geschäft auf und muss mich ein wenig verkleinern. Ich werde einfach nicht mehr die Zeit haben, all diese hübschen, großen Zimmer zu genießen. Aber ich hoffe dennoch, dass Sie gut auf das Haus aufpassen werden. Es ist mir ans Herz gewachsen und verdient es, pfleglich behandelt zu werden.«

»Wir werden uns gut darum kümmern. Seien Sie sich dessen sicher«, antwortete der junge Mann. »Wir werden keine baulichen Veränderungen vornehmen, nicht einmal neu streichen. Uns gefällt alles so, wie es ist. Die Rollos und die Teppichböden sind ganz wunderbar«, fügte er höflich hinzu.

»Das freut mich«, erwiderte Ruby lächelnd und schluckte ihre Tränen hinunter.

Mit einem Mal fiel ein kräftiger Strahl der Septembersonne ins Wohnzimmer und ließ den Kamin aufleuchten. Ruby spürte, dass sie jetzt lieber allein sein wollten, um von Zimmer zu Zimmer zu laufen, sich zu küssen, zu umarmen und zu überlegen, welchen Raum sie in ein Arbeitszimmer, ein Kinderzimmer oder ein Ankleidezimmer verwandeln wollten. Sie warf einen kurzen Blick auf ihre Armbanduhr, um ihnen anzudeuten, dass sie sich bald zu verabschieden gedachte.

»Dürfte ich bitte ein letztes Mal durchs Haus gehen?«, fragte sie schüchtern im Flur. »Um mich zu verabschieden?«

»Aber sicher«, erwiderten beide sofort. »Wir sind derweil hinten im Garten und genießen den Sonnenschein. Lassen Sie es uns wissen, wenn Sie so weit sind.«

So stieg Ruby ins oberste Stockwerk des Hauses hinauf, schritt ein allerletztes Mal langsam durch die Zimmer, um in jedem einzelnen kurz zu verharren und sich ihren Erinnerungen hinzugeben.

Als sie aus dem Schlafzimmerfenster schaute, entdeckte sie zu ihrer Überraschung ein kleines Rotkehlchen, das auf der Fensterbank saß. Es blickte sie mit zur Seite gelegtem Kopf an.

»Hallo«, meinte Ruby überrascht und lächelte auf das Vögelchen herab. »Was machst du denn hier? Ich habe heute keine Krümel für dich, tut mir leid.« Das Rotkehlchen starrte Ruby noch einen Moment an, und dann flog es mit einem Mal in Richtung des Parks davon, der auf der anderen Straßenseite lag.

Oh, Ruby O'Neill, du wirst langsam wirklich sonderbar. Jetzt redest du schon mit Vögeln!, dachte sie sich, während sie auf ihrer Abschiedstour wieder unten im Haus anlangte und den neuen Besitzern vom Küchenfenster aus zuwinkte.

»Ich mache mich jetzt auf den Weg«, meinte sie fröhlich, als die beiden aus dem Garten hereingekommen waren, und legte die Schlüssel auf die Küchenanrichte.

Das junge Paar nickte und wartete respektvoll, als Ruby zur Haustür hinausging.

»Auf Wiedersehen und alles Gute für Sie«, rief sie über die Schulter zurück.

»Auf Wiedersehen, Mrs. O'Neill. Und noch einmal vielen Dank.«

Als Ruby das Gartentor hinter sich zuzog, drohte sie ihr Kummer zu überwältigen, aber sie dachte rasch an ihren kleinen Laden, an Jasmines Freundschaft und an all die großartigen Veränderungen, die sie im Geschäft vornehmen wollte. Dann wandte sie ihr Gesicht der Sonne zu und spazierte mit zügigem Schritt über die Ravenhill Road, als wäre dies ein ganz normaler Herbsttag wie jeder andere auch.

Kapitel 7

Der Laden

Beinahe war Ruby froh darüber, dass die Renovierungsarbeiten im Laden so lange gedauert und so viel Lärm und Dreck verursacht hatten. Auch die schier endlosen Treffen mit den Planungs- und Versicherungsleuten schafften sie so, dass sie jeden Abend hundemüde in ihr Bett fiel. Manchmal wäre sie fast schon beim Zähneputzen, noch am Waschbecken stehend, eingeschlafen.
Sie war in die Räume über dem Laden gezogen und übernachtete auf einer Matratze auf dem Boden, während die Arbeiten vorangingen und im gesamten Gebäude neue elektrische Leitungen gelegt wurden. Natürlich hatte Jasmine Ruby zigmal angeboten, auf ihrem eleganten Bettsofa im Wildleder-Look zu übernachten. Aber Ruby wusste, dass sie es nur aus Höflichkeit tat. Sie fand es ohnehin irgendwie gemütlich, jeden Abend neben ihrem tragbaren Fernseher zu liegen, den Teekessel auf einer Keksdose griffbereit in der Nähe. Sie ernährte sich von Fish and Chips von einer Imbissbude auf der nahe gelegenen Ormeau Road, was ihr einige dringend benötigte Pfunde zurück auf die Rippen gebracht hatte. Es fühlte sich ein bisschen wie ein Campingurlaub an. Es gab kaum Hausarbeit zu erledigen. Außerdem hatte sie sich daran gewöhnt, abends allein zu sein. Es war schon schön, sich den ganzen Tag mit Jasmine über alles Mögliche unterhalten zu können, aber am Abend war Ruby froh über die Stille.

Jonathan wäre sehr stolz auf sie gewesen, das wusste sie. Er hätte nicht gewollt, dass sie die nächsten vierzig Jahre ganz allein in dem großen Haus wohnte. Auf diese Weise hätte sie immer etwas zu tun. Es galt für die verschiedenen Jahreszeiten, Feiertage und sonstige Anlässe zu planen, sie konnte sich mit den Kunden unterhalten, und natürlich wäre da immer noch Jasmine, die ihr Gesellschaft leistete. Zumindest so lange, wie sie Lust hatte, für sie zu arbeiten. Aus diesem Grund zahlte sie ihr immer noch den Lohn, obwohl der Laden für einige Wochen geschlossen war. Ja, auf diese Weise bestand eine geringe Chance, dass sie nicht doch noch vor Einsamkeit durchdrehte. Zwar hatte der Arzt angeboten, ihr Antidepressiva zu verschreiben – insbesondere in den schweren Tagen nach der Einäscherung –, aber Ruby hatte abgelehnt. Sie zog es vor, mit ihrem Schicksal als junge Witwe auf die altmodische Weise fertig zu werden: tagsüber viel arbeiten und sich abends in den Schlaf weinen.

Wann immer sie sich überfordert oder den Tränen nahe fühlte, setzte sich Ruby an ihre kleine Nähmaschine, die sie seit ihrer Studentenzeit besaß, und verfiel in eine Art Trance, zwang ihren Verstand, sich auf die Näherei zu konzentrieren und gerade Nähte hervorzubringen, anstatt an andere, traurigere Dinge zu denken.

Das Nähen wurde zu einer nützlichen Ablenkung für sie. Sie hatte in den Monaten seit Jonathans Tod sieben Abendtaschen aus weichem Samt fertiggestellt. Nichts, wofür sie selbst einmal wirklich Verwendung haben würde. Es waren einfach nur hübsche Dinge, und Ruby liebte nun einmal hübsche Dinge. Die Taschen waren sorgfältig in den Weidenkörben in Jasmines Appartement verstaut, um sie vor dem allgegenwärtigen Staub in der Wohnung zu schützen.

Beschäftige dich, mahnte sie sich immer wieder. *Du musst dich irgendwie beschäftigen.*

Als die Baumaßnahmen schließlich nach sechs langen Wochen beendet und der Putz und die Farbe trocken waren, sah alles ganz wunderbar aus. Besonders die Wohnung über dem Laden mit den schicken Einbauleuchten, die Jasmine für jedes Zimmer empfohlen – oder vielmehr auf denen sie bestanden – hatte.

»Glaub mir, Ruby, diese elenden alten Staubfänger sind so was von out«, hatte sie mit Entschiedenheit gesagt.

Der weiche, cremefarbene Teppichboden rundete das neue Erscheinungsbild des kleinen Appartements harmonisch ab.

Ruby hielt die endgültigen Kosten der neuen Ausstattung fest und schrieb auf der Rückseite eines alten Briefumschlags einige einfache Berechnungen nieder. Bloß um sich in Erinnerung zu rufen, wie viel Geld sie jeden Monat im Laden verdienen musste, um die Dinge am Laufen zu halten. Ohne eine Hypothek, die sie abzahlen musste, und mit lediglich einer Angestellten schien es machbar. Sie war froh, dass sie sowohl für das Innere des Ladens als auch für die Wohnung darüber ein helles Zartrosa gewählt hatte, denn die umgestalteten Räume schienen vor Licht und Frische zu leuchten. Die alten Vitrinen im Laden waren mit einigen Schichten Farbe in einem dezenten, freundlichen Blauton auf Vordermann gebracht und dann an den Ecken behandelt worden, um ihnen einen Antik-Look zu verpassen. Sie hatte die Bodenfliesen im Laden von einem Fachmann reinigen und eine schicke Markise über dem Schaufenster anbringen lassen. Darauf stand ihr eigener Name, *Ruby O'Neill,* auf einem klassischen Hintergrund aus eleganten, schmalen rosa und weißen Streifen.

Sie hatte noch nicht viele Möbel in ihrer Wohnung stehen, doch sie entschied sich, dieses kleine Projekt für eine Weile auf Eis zu legen, bis sie bereit war, der Welt als Single gegenüberzutreten und sich auf die Jagd nach ein paar hübschen Schränken und Kuriositäten für ihr neues Heim zu machen. Vielleicht noch ein großes, mit Blumen gemustertes Sofa und einige hübsche Kissen und Teppiche. Aber für den Moment war es sauber, gepflegt und auf eine reduzierte, fast schon klösterliche Weise hübsch. Mit nur einem Kaffeehaustisch und zwei Stühlen in der kleinen Küche, einem modernen weißen Sofa im Wohnzimmer und einem Bett, das beladen war mit schlichten, weißen Kissen, im Schlafzimmer. Sie hatte eine hübsche Stehlampe mit Fransen an ihrem Bett stehen, in deren Licht sie lesen konnte. Ihre Kleidung hing an einem Rollständer aus Chrom, den sie aus dem alten Lagerraum gerettet hatte. Ja, für den Moment würde es reichen. Die Hauptsache war der Laden, und der sah himmlisch aus. Selbst Ruby mit ihrer bescheidenen und zurückhaltenden Art musste sich eingestehen, dass ihr Laden bei weitem der hübscheste in der ganzen Stadt war. Und natürlich stimmte Jasmine ihr zu.

»Also, Ruby O'Neill, ich muss dir ganz ehrlich sagen, dass ich in meinem ganzen Leben noch nie etwas so Schönes gesehen habe!«, rief Jasmine begeistert, als sie zu ihrem ersten vollen Arbeitstag nach der Renovierung zurückkehrte. »Ich wusste ja, dass du das schaffst, aber es ist noch viel besser geworden, als ich erwartet habe. Endlich sind wir dieses langweilige Beige los! Die liebe Theodora war ein großer Beige-Fan, nicht wahr? Und all die hübschen Schränke anstelle der wackeligen alten Kleiderständer! Und die neue Markise ist wirklich toll. Todschick! So etwas hat man sonst nur in Paris. Ich konnte sie schon aus einer halben Meile Entfernung sehen.«

»Danke, Jasmine«, entgegnete Ruby lachend. »Das ist der Sinn und Zweck der Sache. Ich dachte, ein wenig kostenlose Werbung könne nicht schaden. Es wird noch hübscher aussehen, wenn im Sommer die Pflanzen in den Blumenkästen blühen.«

»O ja, bestimmt … Ruby, also bitte versteh mich jetzt nicht falsch, aber findest du nicht, dass das alles vielleicht ein bisschen *zu* hübsch und *zu* teuer aussieht und die Leute Angst haben könnten, den Laden zu betreten?«, fragte Jasmine nachdenklich. »Ich will ja nicht wie ein Spielverderber klingen, und ich habe auch ganz bestimmt keine negative Einstellung zu der ganzen Sache, denn das alles ist einfach unwiderstehlich, aber du weißt doch, wie die Belfaster sind. Sie tendieren dazu, vor allem, was ein bisschen zu viel des Guten ist, zurückzuschrecken aus Angst, es sich nicht leisten zu können, sobald sie erst einmal durch die Tür sind. Denn das wäre ihnen schrecklich peinlich.«

»Schon möglich. Vielleicht mag es anfangs ein wenig einschüchternd wirken. Aber sobald die Leute einen Blick auf die Dinge werfen, die ich ins Schaufenster stelle, werden sie beruhigt feststellen, dass das hier kein Laden nur für Millionäre ist. Ich werde ein paar kleine Münzportemonnaies, hübsche, flauschige Hausschuhe und gepolsterte Kleiderbügel hineintun. Nette luxuriöse Kinkerlitzchen, um den impulsiven Käufer anzulocken, verstehst du?«

»Gute Idee.«

»Und wenn sie dann hereinkommen, werden sie sehen, dass unsere Preise eigentlich ganz passabel sind und die Kleider und Schuhe von hoher Qualität … «

Jasmine nickte zustimmend. Sie entschloss sich, Ruby nicht danach zu fragen, ob die neue Markise gegen Vandalismus versichert war. Das war jetzt nicht der richtige Moment, um Schwarzmalerei zu betreiben. Hoffentlich sah der Laden so hübsch und friedlich aus, dass sich die jungen Rabauken der Stadt ihm nicht nähern würden.

»Es ist alles so aufregend. Ich liebe den Geruch von frischer Farbe am Morgen«, sagte Jasmine seufzend und ließ das alles auf sich wirken. »Ich weiß noch, dass es sich in meinem Appartement ungefähr sechs Wochen lang genauso anfühlte. Frischer Farbgeruch hat einfach etwas an sich, das mich an Neuanfänge denken lässt.«

»Dann lass uns auf diesen Neuanfang anstoßen, ja? Ich habe eine Flasche Schampus kalt gestellt«, lachte Ruby und dachte vergnügt an ihre neue kleine Küche hinten im Laden. »Das heißt, lass uns anstoßen, nachdem wir hier alles vorbereitet haben, um den Laden endlich wieder aufzumachen.«

»Werden wir denn keine große Wiedereröffnungsfeier veranstalten?«, fragte Jasmine ein wenig verwundert.

»Nein, tut mir leid, das habe ich nicht vor. Ich möchte nicht, dass man mich für großspurig hält. Es soll ganz still vonstattengehen. Ich will das Schicksal nicht herausfordern. Wir öffnen den Laden einfach wieder. Mit der Zeit werden die Leute schon Gefallen daran finden. Ich baue auf Mund-zu-Mund-Propaganda, weißt du? Wie bei den Harry-Potter-Büchern.«

»Wahrscheinlich hast du recht.«

»Aber wir beide werden feiern«, sagte Ruby fröhlich. »Lass uns heute Abend irgendwo schön essen gehen, ja?«

»Aber Ruby, du bist doch seit Jonathans Tod nicht mehr aus gewesen«, erwiderte Jasmine leise. »Du hast gesagt, das würde sich so anfühlen, als ob du seine Erinnerung verrätst, wenn du ohne ihn in einem Restaurant isst.«

»Ich weiß. Aber wir werden irgendwohin gehen, wo es nett ist, die Atmosphäre angenehm, ja? Was hältst du von dem Italiener auf der Malone Road? Die sind dort sehr freundlich, und es geht ganz zwanglos zu. Sie würden mich bestimmt nicht hinauswerfen, wenn ich anfange, in meine Spaghetti zu heulen.«

»Okay«, antwortete Jasmine und umarmte ihre Freundin kurz. Sie verstand, wie schwer es für Ruby war, wieder aus dem Schneckenhaus herauszukriechen, in das sie sich seit Jonathans Tod zurückgezogen hatte.

»Wir setzen uns an einen Tisch in der Nähe der Tür, und falls mir dann wirklich die Tränen kommen sollten, bitten wir einfach um die Rechnung und türmen«, verkündete Ruby. »Ich bringe genug Bargeld mit, dann geht es schneller mit dem Bezahlen. Ich lade dich übrigens ein. Und wir werden auch ein paar Cocktails trinken.«

»Klingt prima.«

»Großartig! Dann machen wir uns jetzt einmal daran, diese Kisten zu öffnen und die neue Ware einzuräumen«, sagte Ruby entschlossen. »Lass uns die Sachen thematisch und nach Farben anordnen und nicht mehr nach Größe wie früher.«

»Sollen wir das ganze alte Zeug hinten auf einen Ständer für reduzierte Ware hängen?«, fragte Jasmine. »Oder besser gesagt, in einen *Schrank* für reduzierte Ware?«

»Ja, aber hängen wir es auch nach Farben sortiert auf, damit es nicht allzu wahllos wirkt. Außerdem werden wir kein großes Schild mehr anbringen, auf dem *Sonderangebot* steht. Wir zeichnen die Ware einfach nur neu aus und halten alles ganz diskret.«

»Wir können die Kunden ja auf die Angebote hinweisen, wenn sie danach fragen.«

»Genau. Schau mal, ich habe diese neuen Tragetaschen anfertigen lassen. Die Zeiten der beigen Plastiktüten sind vorbei, Jasmine!«

Ruby öffnete vorsichtig einen großen Pappkarton und zog einen Stapel rosa und weiß gestreifter Papiertragetaschen mit schwarzen Kordelgriffen hervor. Auf allen war Rubys Name in schwarzer, schwungvoller Schrift auf einem hübschen, weißen, oval geformten Etikett zu lesen. Es gab zwei Größen: eine kleine und eine sehr viel größere Tasche.

»Mensch, die sehen aber toll aus! Waren die sehr teuer?«, entfuhr es Jasmine.

»Nicht wirklich. Nun ja, vielleicht ein bisschen. Aber ich bin sicher, dass sie es letzten Endes wert sein werden. Jeder Kunde bekommt eine Tragetasche, selbst wenn er nur ein kleines Portemonnaie oder einen Armreif kauft, in Ordnung?«

»Okay. Da wäre noch eine Sache.«

»Ja?«

»Darf man in diesem unglaublichen Sessel sitzen?« Jasmine deutete auf den riesigen, dick gepolsterten, rosa geblümten und in Handarbeit gefertigten Designer-Sessel, der den ganzen Weg von London hierher transportiert worden war.

»Ich denke schon«, antwortete Ruby zögernd. »Aber es darf auf keinen Fall Tee oder Kaffee dort getrunken werden. In Erinnerung an die liebe Theodora und ihre Besessenheit mit den Arbeitsschutzvorschriften! Hoffentlich hat sie noch ein paar schöne, ruhige Jahre vor sich.«

»Bravo! Hätte ich nicht besser sagen können«, lobte Jasmine. »Aber wird es uns nicht komisch vorkommen, Tee zu trinken, ohne jedes Mal in die Küche zu rennen, wenn Theodora in der Tür auftaucht? Ich glaube, ich habe eine richtige Phobie vor alten Damen entwickelt.«

»Ja, ich weiß, was du meinst«, erwiderte Ruby lachend. »Ist es nicht ein großartiges Gefühl, dass uns endlich niemand mehr auf die Finger schaut?«

»Das kann man wohl sagen.«

Die beiden Frauen wurden immer aufgeregter, als sie von Hoffnung erfüllt die neue Ware in dem frisch gestrichenen Laden aufhingen. Ruby drapierte einige der hübschesten Kleider und Accessoires zusammen mit einer Reihe von Tragetaschen im Schaufenster, während Jasmine Klarschiff machte. Zur Mittagszeit waren sie fertig und bereit, das reizend altmodische Türschild auf GEÖFFNET zu drehen.

»Dann mal los!«, trällerte Ruby, machte den Champagner auf und goss ihn in zwei hohe, rosafarbene Gläser.

»Auf den Neuanfang!«, rief Jasmine vergnügt, klatschte in die Hände und bewunderte erneut den prächtigen Sessel. »Auf die eleganteste Boutique, die Belfast je gesehen hat!«

Kapitel 8

Die Ravenhill Road

Als der Dezember vor der Tür stand, dachte Tom Lavery wieder einmal an Ruby O'Neill. Oder besser gesagt, er erlaubte sich, an sie zu denken, ohne deshalb ein schlechtes Gewissen zu haben. Nicht, dass sie ihm in den letzten elf Monaten, seitdem er zum ersten Mal mit ihr gesprochen und ihre Hand auf der Türschwelle ihres hübschen Hauses in der Ravenhill Road geschüttelt hatte, jemals ganz aus dem Sinn gegangen wäre. Aber als überall in der Stadt die Weihnachtsdekorationen hervorgeholt wurden, fragte er sich immer wieder, wie Ruby dieses erste Weihnachtsfest nach dem Tod ihres Mannes durchstehen würde. Er wusste aus bitterer Erfahrung, dass von nun an alles Schöne, das Ruby einmal an eine glückliche Zeit erinnert hatte, ihr nur noch stärker ins Gedächtnis rufen würde, wie viel sie verloren hatte.

Trotz alledem hegte Tom die leise Hoffnung, dass Ruby wieder einen Weihnachtsbaum bestellen würde, damit er zumindest vorbeifahren und ihr frohe Weihnachten wünschen konnte. Oder auch nur, um hallo zu sagen. Vielleicht war *frohe* Weihnachten unter den gegebenen Umständen doch ein wenig fehl am Platz. Aber ihr Name tauchte nicht auf der Bestellliste des Gartencenters auf. Und als er eines Tages beim Ausliefern einiger bepflanzter Kübel an ihrem eleganten Haus in der Ravenhill Road vorbeifuhr, erblickte er zu seiner Bestürzung ein junges

Paar, das aus dem Haus kam. Sie zogen die Eingangstür hinter sich zu und schritten fröhlich den kurzen, gepflasterten Weg zur Straße hinunter. Die Frau war ganz offensichtlich schwanger, und der Mann benahm sich ihr gegenüber sehr fürsorglich. Sie gingen Hand in Hand. Tom drosselte das Tempo und blickte durch das Erkerfenster. Die Rosenmuster-Tapete war von den Wohnzimmerwänden verschwunden. Stattdessen erblickte er einige große, moderne Drucke und zwei hohe Chromlampen. In diesem Moment wusste Tom, dass Ruby ihr Haus verkauft hatte und weggezogen war. Auf einmal verspürte er einen weiteren schmerzhaften Stich in seinem Herzen.

Du lieber Himmel, jetzt reiß dich aber zusammen! Er seufzte laut. *Sie war nicht einmal eine Freundin gewesen. Du hast ihr nichts bedeutet. Fünf Minuten nachdem du an jenem Abend von diesem Haus weggegangen bist, hatte sie dich wahrscheinlich schon vergessen. Werd endlich wieder klar im Kopf!*

Aber irgendwie war es tröstlich gewesen, an Ruby zu denken, wie sie in ihrem hübschen, rosafarbenen Haus herumwerkelte.

Tom vermisste es schmerzlich, ein weibliches Wesen in seinem Leben zu haben. Selbst eins, das so weit weg war wie Ruby O'Neill, hatte in den langen, einsamen Nächten in dem Cottage auf dem Camberwell-Anwesen seine Gedanken gefüllt. Die muntere Mrs. Kenny und ihre leckeren Reste aus der Küche waren in diesen Tagen das, was einem Familienleben für ihn am nächsten kam. Er hielt sich nicht gern in dem Café in Camberwell auf, aus Angst, mit Gästen in ein harmloses Gespräch übers Gärtnern verwickelt zu werden. Gott, er war zu einem richtigen

Spinner geworden. Es brach ihm schon der kalte Schweiß aus, wenn ihn nur jemand ansprach und über Pflanzen reden wollte.

»Na ja, ich habe ja nie behauptet, eine Stimmungskanone zu sein«, sagte er laut vor sich hin. *Ist es etwa meine Schuld, dass die Mehrzahl der Menschen in diesem verdammten Land in der Lage ist, einem ein Ohr abzuschwätzen?*, dachte er. *Ist es meine Schuld, dass ich nicht herumlaufe und jedem mein Herz ausschütte? Vielleicht bin ich ja der Normale, und alle anderen sind zu neugierig und aufdringlich?*

Als er gerade immer tiefer in seiner düsteren Stimmung versank, erblickte er die rosa und weiß gestreifte Markise eines Kleidergeschäfts ein Stück weiter die Straße hinauf. Er fuhr ganz langsam daran vorbei und las Rubys Namen darauf. Nun begriff er, was geschehen war. Ruby hatte die Ravenhill Road gar nicht verlassen, sie war lediglich ein Stück weitergezogen. Offenbar hatte sie das Geschäft übernommen. Es musste sich einfach um dieselbe Ruby O'Neill handeln. Alle Achtung!

Tom stellte auftragsgemäß seine Lieferung zu und entschied sich dann spontan, den Landrover zu parken und einen kleinen Spaziergang die Straße entlang zu unternehmen. *Nur um mir die Beine zu vertreten,* sagte er sich. Nicht etwa aus Neugierde! Nein, lediglich um sich selbst zu beweisen, dass er sich nicht in einen verrückten Einsiedler verwandelte. Auch wenn er insgeheim wusste, dass er das schon längst getan hatte.

»Alles in Ordnung«, murmelte er vor sich hin. »Alles ganz wunderbar.« Doch dann hielt er lieber den Mund, denn es wäre ihm ganz schön unangenehm gewesen, wenn ihn jemand dabei erwischte, wie er in Selbstgespräche vertieft über die Straße lief.

Als er am Schaufenster von Rubys Laden vorbeikam und einen schüchternen Blick hineinwarf, vollführte sein Herz aber dennoch einen kleinen Freudensprung. Unbewusst blieb er stehen und merkte dabei gar nicht, dass er die Hände in den Taschen vor Aufregung zu Fäusten geballt hatte.

»O mein Gott«, flüsterte er.

Dort war sie. Trank Tee oder Kaffee aus einer Tasse und lächelte über irgendetwas, das die andere Frau zu ihr sagte. Dem Aussehen nach zu urteilen, musste das Rubys Freundin sein. Tom erinnerte sich von dem Foto im *Belfast Telegraph* an sie. Der Laden war in femininen Pastelltönen gehalten, und es gab jede Menge feine Mohair-Pullover und bestickte Jacken auf gepolsterten Bügeln. Daneben flauschig aussehende Hausschuhe, elegante Hüte und mit Perlen verzierte Schals im Fenster. (Nicht gerade das, was seine verstorbene Frau Kate getragen hätte. Kate war eher ein Jeanstyp gewesen.) Aber alles sehr hübsch anzusehen. Ruby erinnerte Tom mit ihrem glatten, schwarzen Haar, ihrem anmutigen, hellen Gesicht und ihrer offensichtlichen Vorliebe für alles, was glitzerte, an eine Elster.

Mit einem Mal drehte Ruby den Kopf und schaute in Toms Richtung. Für einen Augenblick erschien ein Ausdruck auf ihrem Gesicht, als würde sie ihn wiedererkennen. Auch Jasmine wandte sich der Schaufenster zu und starrte ihn geradewegs an. Mit einem Lächeln stellte Ruby plötzlich ihre Tasse auf der Theke ab. Dann hob sie sogar die Hand und winkte ihm freundlich zu, während Jasmines Augen vor Neugierde immer größer wurden. Tom

winkte verlegen zurück. Sein Herz schlug ihm bis zum Hals.
Auf einmal spürte er, wie er über und über errötete. Gesicht, Hände und sogar seine Zehen erglühten. Ein unbehagliches Gefühl befiel ihn, als flirte er hinter Kates Rücken mit einer anderen Frau. Was für eine idiotische Idee von ihm, überhaupt hierherzukommen! Ruby würde glauben, dass er sie verfolgte. Oder im besten Fall in seinen schäbigen alten Gartenklamotten etwas in ihrem Laden kaufen wollte! Er streckte geistesgegenwärtig die Hand aus und berührte einen der Blumenkästen, als bewundere er die zarten Winterpflanzen darin und nicht etwa Ruby. Aber es nützte nichts, denn nun kam sie bereits auf ihn zu. Großer Gott, sie hatte doch nicht etwa vor, ihn in ihren Laden zu bitten, damit er ihre Freundin kennenlernte, oder? Während er in seinen ältesten Sachen dastand und aussah, als hätte er unter irgendeiner Brücke geschlafen!
Toms Mut verließ ihn wie ein Schwarm aufgescheuchter Stare. Er machte auf dem Absatz kehrt, floh die Straße hinunter und bog um die Ecke, wo sein Landrover auf ihn wartete. Als Ruby die Tür ihres Ladens öffnete und auf die Straße hinaustrat, um nach ihm Ausschau zu halten, befand sich Tom bereits wieder auf dem Weg Richtung Camberwell und sein Puls raste, während der Wagen dahinsauste.
Du verdammter Narr, schalt er sich, als er den Stadtrand erreichte und die Abzweigung nach Camberwell nahm. *Ich muss schon sagen, das war wirklich ein kluger Schachzug. Gut gemacht, Kumpel! Wirklich ganz toll. Jetzt hält sie dich bestimmt für einen Stalker. Ihr anzügliche Blicke*

durchs Fenster zuzuwerfen und dann davonzurennen wie ein Kind, das Klingelstreiche spielt! Sieh zu, dass du nach Hause kommst, bevor du noch mehr Schaden anrichtest. Man darf dich wirklich nicht auf die Straße lassen.

»Wer war das?«, fragte Jasmine ihre Freundin, als diese wieder in den Laden zurückkam.
»Ach, niemand«, murmelte Ruby. Leider ohne Nutzen, denn sie wusste ganz genau, dass ihr nun ein Verhör bevorstand.
»Ich habe doch gesehen, wie der Kerl dich angestarrt hat«, erwiderte Jasmine beharrlich. »Er kannte dich, Ruby. Und du kanntest ihn. Er war das, was meine Mutter als ungeschliffenen Diamanten bezeichnen würde. Komm schon, erzähl es mir. Ich will zumindest einen Namen hören.«
»Du liebe Güte, Jasmine, es war niemand Besonderes. Bloß dieser Gärtner, der mir letztes Jahr zu Weihnachten den Baum vorbeigebracht hat, das ist alles. Ich kenne ihn wirklich überhaupt nicht.«
»Ah, alles klar«, gab Jasmine mit einem gedehnten Lächeln auf den Lippen zurück. »Der gutaussehende Gärtner, wie? Lady Chatterleys Liebhaber? Verstehe.«
»Nein, gar nichts verstehst du, denn es gibt nichts zu verstehen«, entgegnete Ruby entschieden.
»Warum bist du dann nach draußen gegangen?«, fragte Jasmine.
»Aus reiner Freundlichkeit. Um Hallo zu sagen.«
»Ach, aus *Freundlichkeit*«, hielt Jasmine mit vielsagendem Tonfall dagegen. »Wenn du das sagst.«
»Er hat sich ohnehin nicht an mich erinnert«, fügte Ruby hinzu. »Oder falls doch, dann wollte er nur mit einem

Kopfnicken grüßen. Er hatte ja offensichtlich keine Lust auf eine Unterhaltung. Sonst hätte er nicht die Beine in die Hand genommen, als er mich kommen sah. Wahrscheinlich dachte er, ich würde versuchen, ihm irgendetwas zu verkaufen. Oder ihn bitten, weiterzugehen und aufzuhören, den Gehweg zu versperren.«

»Vermutlich«, stimmte Jasmine ihr zu, und ihre Augen funkelten nur so vor Übermut. »Das wird es gewesen sein. Er hatte Angst, dass du ihn bittest weiterzugehen. Denn jeder weiß doch, dass den Ladenbesitzern auch der Gehweg vor ihren Geschäften gehört!«

»Freches Biest!«

»Ich frage mich, ob du wohl in diesem Jahr auch wieder einen Weihnachtsbaum bestellen wirst, Ruby. Vielleicht wollte er das von dir wissen, bevor er die Nerven verloren hat?«

»O nein, ich glaube nicht«, erwiderte Ruby rasch. »Es ist noch viel zu früh für all das, denke ich. Außerdem habe ich in meiner Wohnung keinen Platz für einen echten Baum. Zumindest keinen, der auch eine ordentliche Größe hat.«

»Vielleicht stelle ich aber in diesem Jahr einen echten Baum auf«, dachte Jasmine laut nach. »Ich habe genug Platz in meinem Appartement. Wo hast du deinen denn letztes Jahr gekauft?«

»Im Gartencenter in Saintfield«, antwortete Ruby beiläufig, bevor sie in die kleine Küche verschwand, um einen Staubwedel zu holen.

»Wirklich? Vielleicht schaue ich da nach der Arbeit mal vorbei«, sagte Jasmine vor sich hin, genau so laut, dass ihre Freundin es in der Küche hören konnte.

»Er arbeitet nicht dort, falls du irgendwelche verrückten Ideen haben solltest«, rief Ruby zurück. »Er ist nur ihr Lieferant.«

»Und wo arbeitet dieser geheimnisvolle Mann dann?«, wollte Jasmine wissen.

»Das werde ich dir ganz bestimmt nicht verraten. Selbst ich bin nicht *so* bescheuert.« Ruby lächelte in sich hinein, während sie es hinauszögerte, Jasmines Blick zu begegnen, indem sie für einige Minuten den Putzschrank aufräumte.

»Süße, ich kann ganz leicht herausfinden, wo er arbeitet«, erklärte Jasmine störrisch.

»Ganz bestimmt«, bestätigte Ruby. »Du bist sehr erfinderisch.«

»Wir sollten ihn im Hinterkopf behalten. Ein ziemlich gutaussehender Mann, wenn auch zugegebenermaßen in fortgeschrittenem Alter«, sagte Jasmine. »Aber nicht *zu* alt! Er ist immer noch sexy.«

»Ja, ich finde auch, dass er nicht schlecht aussieht«, stimmte ihr Ruby zu, die für einen Moment ihre Zurückhaltung vergessen hatte. »Ich mag seine Nase – trotz des kleinen Höckers in der Mitte. Und er hat schöne Augen. Gütige Augen. Er sieht wie ein netter Mensch aus, findest du nicht auch?«

Auf einmal lief Jasmines Eifer, sich als Kupplerin zu betätigen, auf Hochtouren.

»Vielleicht ist er ja ein bisschen in dich verknallt«, wagte sie zu äußern.

»O nein, das bezweifele ich«, widersprach Ruby und begab sich sogleich wieder in Abwehrhaltung.

»Wieso denn nicht? Du siehst wie Juliette Binoche aus,

seit du diesen Bob trägst. Und er hat diesen bohemienhaften, zerzausten Look, fast wie ein Künstler. Ihr würdet wunderbar zusammenpassen«, erklärte Jasmine, die sich nicht mehr bremsen konnte.

»Oh, Jasmine, du bist eine hoffnungslose Romantikerin«, seufzte Ruby. »Soso, bohemienhaft und zerzaust! Der Mann ist Gärtner, du dumme Nuss.«

»Irgendjemand muss ja romantisch sein«, konterte Jasmine. »Irgendjemand muss ja an ein Happy End glauben. Also gut, dein geheimnisvoller Fremder ist ein wenig verlottert, das kann man nicht von der Hand weisen. Aber ich wette, er sieht toll aus, wenn er erst einmal richtig abgeschrubbt ist. Und du bist auch ziemlich groß, also gebt ihr ein schönes Paar ab.«

»Hübscher Plan, aber er wird nicht funktionieren«, entgegnete Ruby entschieden, die wieder in den Raum zurückkehrte und sich auf einen Stuhl stellte, um den Kronleuchter abzustauben, obwohl der das eigentlich gar nicht nötig hatte. Aber sie war zu zappelig, um sich hinzusetzen.

»Ich weiß, ich weiß, ich verrenne mich da in etwas, und es ist eigentlich noch zu früh für dich, um dich mit dem Gedanken anzufreunden, dass du dich wieder verlieben könntest«, sagte Jasmine behutsam.

»Dazu wird es immer zu früh sein. Im Übrigen wäre ich bei der Partnersuche ein hoffnungsloser Fall. Ich war so an Jonathan gewöhnt, weißt du? Ich habe andere Männer nicht einmal angesehen. Ich glaube, mein Romantikradar oder was auch immer dafür nötig sein mag, um sich zu einem anderen Mann hingezogen zu fühlen, ist längst deaktiviert.«

»Mag sein«, meinte Jasmine. »Aber man kann ja nie wissen.«

»Jasmine, ich glaube, wir haben eine Kundin«, sagte Ruby, als eine gutgekleidete Dame an der Tür läutete.

»Schon gut, ich habe verstanden«, brummte Jasmine und drückte auf den Knopf, um sie hereinzulassen. Trotzdem fragte sie sich den Rest des Tages, wer wohl Rubys Verehrer war und ob doch noch jemals die Chance darauf bestand, dass Ruby eines Tages tatsächlich wieder in Erwägung ziehen könnte, sich ein weiteres Mal für die Liebe zu öffnen.

Kapitel 9
Die Samthandtaschen

Mühevoll schleppten Ruby und Jasmine die Weidenkörbe in die Wohnung über der Boutique. Es war Zeit, dass sie in der Ecke ihres kleinen Schlafzimmers ein neues Zuhause fanden. Außerdem musste Jasmine ein wenig Platz in ihrem Appartement schaffen, um es weihnachtlich zu schmücken. Sie erwähnte Ruby gegenüber zwar nichts, aber da sie im letzten Jahr so viele Partys zur Weihnachtszeit verpasst hatte, weil sie ihre Freundin in ihrer Trauer nicht alleinlassen wollte, hatte sie in diesem Jahr großen Nachholbedarf. Auch Ruby erwähnte es Jasmine gegenüber nicht, welch ein großer Schritt es für sie war, Jonathans Sachen in ihr neues Heim zu bringen. So als würde sie sich selbst gegenüber zugeben, dass er nie mehr zurückkam und diese Dinge nun nur noch ein Andenken darstellten – und nicht etwa Jonathans privates Eigentum, das nur darauf wartete, dass er nach Hause kam und es beanspruchte.

Nachdem sie alles vorsichtig ausgewickelt hatte, warf Ruby noch einen langen Blick auf Jonathans Sachen, die sie aufgehoben hatte, und legte sie dann liebevoll in die unterste Schublade ihres brandneuen Kleiderschranks.

»Was ist das hier?«, fragte Jasmine, als eins der Päckchen aufplatzte und eine dunkelrote Abendtasche mit einem dicken Samtband als Griff zum Vorschein kam.

»Ach, die habe ich genäht, um mir die Zeit in den Nächten nach der Beisetzung zu vertreiben, als ich nicht schlafen konnte«, erwiderte Ruby, die beim Anblick der Tasche von ihren Gefühlen überwältigt wurde.

»Aber sie ist wirklich hübsch«, meinte Jasmine und nahm das Stück genauer unter die Lupe. »Das Satinfutter gefällt mir.«

»Ich habe sieben Stück genäht«, gestand Ruby schüchtern.

»Alle in derselben Farbe?«

»Alle im selben Design, aber in verschiedenen Farben. Eine dunkelrote, eine nachtblaue, eine pechschwarze, eine in Babyrosa … «

»Eine in Blassgold, eine in Apfelgrün und eine in Dunkelviolett«, beendete Jasmine die Aufzählung für sie, nachdem sie den Rest des Schatzes unter einigen Lagen weichem Seidenpapier entdeckt hatte.

»Es war dumm von mir, sieben Täschen zu nähen, die ich sowieso niemals benutzen werde«, sagte Ruby lächelnd.

»Wieso denn nicht? Eines Tages kannst du sie bestimmt gut gebrauchen«, erwiderte Jasmine.

»Das glaube ich nicht.«

»Es wäre aber eine Schande, sie einfach so in der Schublade liegen zu lassen«, gab Jasmine zurück und zupfte die Schleifen auf den Vorderseiten zurecht, ehe sie die Taschen in einer akkuraten Reihe nebeneinander auf Rubys Bett legte.

»Was soll ich denn sonst mit ihnen anfangen?«, fragte Ruby und machte Anstalten, sie wieder wegzuräumen.

»Verkauf sie«, schlug Jasmine mit einem Mal vor.

»Oh, das geht nicht«, entgegnete Ruby protestierend.

»Warum nicht? Das ist doch genau die Art von Sachen, die wir verkaufen.«

»Aber wir verkaufen keine handgefertigten Dinge.«
»In gewisser Weise schon. Es wird doch alles irgendwo von irgendjemandem gefertigt.«
»Aber ich finde nicht, dass die Taschen gut genug sind«, erklärte Ruby entschieden.
»Machst du Witze? Sie sind toll. Und ich finde, dass wir sie in der großen Vitrine am Fenster plazieren sollten.«
»Nein, also wirklich … «
»Schh!« Jasmine hob abwehrend die Hand, sammelte rasch die sieben Taschen ein und eilte mit ihnen die Treppe hinunter, bevor Ruby sie aufzuhalten vermochte. Innerhalb von fünf Minuten hatte sie sie mit Seidenpapier gefüllt, mit Preisschildchen versehen und in der Vitrine drapiert, so dass jede hübsch zur Geltung kam. Unter den winzigen Strahlern mit Regenbogen-Effekt sahen sie ziemlich kostspielig und dekadent aus.
»Hundert Pfund pro Stück?«, fragte Ruby ungläubig, als sie einen Blick auf die Preisschilder geworfen hatte. »Fünfzig hätten es auch getan.«
»Blödsinn! Würdest du bitte endlich einmal aufhören, so verdammt bescheiden zu sein? Das hier ist eine Modeboutique, kein Ramschladen. Hundert Pfund sind ein absolut vertretbarer Preis angesichts all der Zeit und Mühe, die du darauf verwandt hast.«
»Schon gut, reg dich nicht gleich wieder auf! Sie sehen eigentlich ganz hübsch aus, wenn sie so nett präsentiert werden«, gab Ruby zögernd zu.
»Ja, das tun sie. Und jetzt lass uns eine Tasse Tee trinken, um zu feiern«, sagte Jasmine und flitzte in die Küche, um frischen Tee zuzubereiten.
»Es scheint dir irgendwie zu Kopf gestiegen zu sein, dass

du jetzt bei der Arbeit Tee trinken darfst, wann immer dir danach ist«, rief Ruby ihr lachend hinterher. »Kein Wunder, dass du ständig aufs Klo rennst.«
»Na ja, wir werden keinen freien Moment mehr haben, sobald erst einmal der Weihnachtsrummel begonnen hat, da sollten wir zusehen, dass wir so viel Tee wie möglich in uns reinkriegen, um einen guten Vorrat aufzubauen.«
»Ich hoffe, wir werden vor Arbeit kein Bein mehr auf den Boden bekommen«, meinte Ruby traurig. »Ich hoffe, wir werden nicht die Zeit haben, zu essen oder zu schlafen oder uns zu unterhalten, weil wir so viel zu tun haben.« Dabei dachte sie nicht nur an das Geld.
»Es wird irgendwann besser werden, Ruby«, versprach Jasmine, die die Angst ihrer Freundin verstand.
»Wird es das?«
»Bestimmt. Die Welt ist voller lustiger Witwen, wie mein Vater immer zu sagen pflegt.«
»Mag sein. Aber ich habe meinen Mann so sehr geliebt, dass es mir nach wie vor den Atem raubt. Ich kann immer noch nicht glauben, dass er fort ist. Manchmal vergesse ich, was passiert ist, und glaube, er sei auf einer Geschäftsreise oder habe mich wegen einer anderen Frau verlassen. Das ist albern, ich weiß, aber ich kann es einfach immer noch nicht richtig akzeptieren.«
»Vielleicht hilft es dir, wenn du dich nur an die guten Zeiten erinnerst. Dass du ihn geliebt hast und er dich? Es gibt so viele Menschen, die in ihrem ganzen Leben niemals einen anderen Menschen wirklich lieben. Sich nicht einmal die Bohne für die wirklich wichtigen Dinge interessieren.«
»Ich weiß.« Ruby blickte nachdenklich aus dem Fenster.

»Können wir jetzt das Thema wechseln?«, fragte Jasmine.

»Ja, bitte«, erwiderte Ruby lächelnd.

»Da wäre nämlich noch eine Sache. Darf ich den Laden bitte mit ein paar Weihnachtskugeln und anderen Sachen schmücken? Ich werde nicht übertreiben, keine Sorge. Nur ein paar Kleinigkeiten, versprochen. Um die richtige Atmosphäre für all die Partykleider zu schaffen?«

»Ja, okay«, stimmte Ruby zu. »Ich glaube, ich verschwinde für eine Weile und gehe die Bücher durch«, fügte sie hinzu. Der Gedanke an Weihnachtsschmuck rief zu viele Erinnerungen in ihr wach.

»In Ordnung«, sagte Jasmine, die so tat, als würde sie es nicht bemerken. »Ich melde mich, wenn ich fertig bin, ja?«

»Ja, ja«, antwortete Ruby abwesend und ging schnurstracks auf die Tür zu.

Es graute ihr vor Heiligabend. Aber irgendwann würde es so weit sein, und es gab nichts, was sie dagegen tun konnte.

Ich werde früh zu Bett gehen und alles verschlafen, nahm sie sich vor, als sie die Treppe zu ihrer kleinen Wohnung hinaufstieg. *Ich werde alles verschlafen, dann wird es schon gehen. Hoffentlich.*

Kapitel 10

Das erste Geheimnis

Es war ein kalter, aber sonniger Tag mitten im Dezember. Rubys Laden hatte seit gut einem Monat geöffnet, und das Geschäft war glücklicherweise rege gewesen. Erwartungsgemäß gingen zwar hauptsächlich kleine Münzportemonnaies und andere Kinkerlitzchen über die Ladentheke, aber sie gewannen einen ansehnlichen Stammkundenkreis. Und allmählich verkauften sie auch ein paar ihrer Designer-Kleider und Jacken. Jeder versicherte ihnen, wie hübsch die größere Umkleidekabine mit dem kleinen, goldfarbenen Stuhl und dem riesigen passenden Spiegel war, der an der Wand lehnte. Ganz zu schweigen von der Schale mit frischen weißen Rosen auf der Theke und den schicken gestreiften Tragetaschen, von denen insbesondere die kleineren so entzückend waren! Ruby hegte den Verdacht, dass einige ihrer Kunden die Taschen sogar sammelten, denn sie bemerkte, dass sie immer nur jeweils einen Artikel mitnahmen.

Genau an diesem Tag geschah etwas Eigenartiges. Sie packten gerade eine Kiste mit Hausschuhen aus Italien aus, als Jasmine eine kleine, nachlässig gekleidete Frau in einer verwaschenen Jeans und einem abgetragenen schwarzen Pullover bemerkte. Die Frau drückte sich auf verdächtige Art und Weise auf dem Gehweg vor dem Erkerfenster herum. Sie blickte immer wieder nervös die Straße hinauf und hinunter, als fühle sie sich verfolgt. Jasmine schätzte sie auf Anfang vierzig. Sie hatte langes, mattbraunes Haar, das sie zu einem losen Pferdeschwanz zurückgebunden hatte, und trug kein Make-up. Ihr Interesse galt Rubys schönen Samthandtaschen.

»Pass auf, gleich haben wir den Salat«, flüsterte Jasmine warnend und nickte mit dem Kopf zu der Fremden hinüber. »Scheint so, als hätten wir es mit einer etwas nervösen Ladendiebin zu tun, die die Lage peilt.«

»Gut beobachtet«, erwiderte Ruby. »Vielleicht macht sie ja auch nur einen Schaufensterbummel, aber wenn sie läutet, dann sind wir vorbereitet.« Ruby hatte bei den Renovierungsarbeiten extra etwas mehr investiert und eine neue Klingelanlage mit Zugangskontrollsystem installieren lassen, worüber sie nun sehr froh war.

»Geben wir ihr erst einmal einen Vertrauensbonus, in Ordnung? Sie wird schon keinen bewaffneten Überfall geplant haben.«

»Sieh nur, da kommt sie«, zischte Jasmine, und das vertraute Glockenspiel erklang aus einem verborgenen Lautsprecher hinter der Theke.

Ruby drückte auf den Knopf, die Tür öffnete sich, und die Frau betrat zögernd den Laden.

Die drei standen da und lächelten einander eine halbe Ewigkeit lang an, ehe Jasmine schließlich hinter der Theke hervorkam und mit einer Freundlichkeit, der man ihren Argwohn nicht anmerkte, fragte: »Kann ich Ihnen helfen?«

»Danke, ich, äh, ich interessiere mich für diese Handtaschen dort in der Vitrine«, sagte die Frau mit leiser, zerbrechlicher Stimme. »Besonders für die schwarze Samttasche mit dem rosafarbenen Futter.«

»Sie ist bezaubernd, nicht wahr?«, antwortete Jasmine begeistert. »Ein reizendes Stück, von der Inhaberin handgefertigt.« Sie deutete mit ihrer mit einem Cocktailring geschmückten Hand zu Ruby hinüber. »Soll ich sie Ihnen einmal aus der Auslage holen, damit Sie sie sich genauer ansehen können?«

»Wenn es Ihnen nichts ausmacht. Ich habe sie gestern entdeckt und bekomme sie nicht mehr aus dem Kopf. Sie erinnert mich an ein Partykleid, das meine Großmutter einmal besessen hat. Ehrlich gesagt, erinnert sie mich an alte Parfümflakons und überhaupt an meine Kindheit, wenn das für Sie einen Sinn ergibt.«

»Wirklich? All diese Erinnerungen hervorgelockt von einer kleinen Handtasche?«, erwiderte Jasmine freundlich, die mit einem Mal Mitleid mit der Frau hatte.

»Ja, und deshalb dachte ich, ich mache mir einmal selbst ein Geschenk zu meinem Geburtstag. Meinem vierzigsten. Wie ich meinen lieben Mann kenne, wird er mir nur den üblichen Strauß Nelken von der Tankstelle mitbringen«, erzählte die Frau traurig. »Kennen Sie diese Sträuße? Die Blumen sind immer schon ganz braun am Rand. Das heißt, wenn er sich überhaupt an meinen Geburtstag erinnert.«

»Nun, es ist die Geste, die zählt, nicht wahr?«, versuchte es Ruby fröhlich. »Viele Männer sind einfach zu schüchtern oder zu beschäftigt, um zu einem richtigen Floristen zu gehen.«

»Und außerdem bekommt man bei den richtig guten Blumengeschäften selten einen Parkplatz«, fügte Jasmine unterstützend hinzu.

»Mein Mann macht sich keine Gedanken über ein Geschenk für mich, er kauft mir einfach nur einen Strauß halbverwelkter Blumen, damit ich nicht sagen kann, er habe mir nichts geschenkt. Mein Mann ist in dieser Hinsicht sehr clever.«

Jasmine und Ruby tauschten einen besorgten Blick. Ob die arme Frau wohl gleich in Tränen ausbrechen und ihnen ihr Herz ausschütten würde?

»Um auf die Tasche zurückzukommen«, sagte Jasmine. »Würden Sie sie gern sehen?«

»Ja, bitte«, antwortete die Frau.

Jasmine schloss schweigend die Vitrine auf und trug die schwarze Tasche ehrfürchtig zur Theke hinüber. Derweil trat die Frau näher und wartete geduldig darauf, sie in Augenschein nehmen zu dürfen. Jasmine öffnete sie zur Gänze, damit die Kundin einen Blick auf das rosafarbene Futter werfen konnte. Diese Handtasche bedurfte keines besonderen Verkaufsarguments. Sie sprach für sich selbst.

»Wirklich wunderschön«, sagte die Frau mit überraschend sanfter Stimme. Sie fuhr mit dem Finger über das schimmernde Satinfutter und betrachtete es mit sehnsüchtigem Blick. »So wunderschön. Handgefertigt, sagen Sie? Von der Besitzerin?« Sie warf Ruby einen kurzen Blick zu.

»Ja, genau«, erwiderte Jasmine strahlend. Sie wusste, dass Ruby erröten würde, und die tat ihr auch prompt den Gefallen. »Sie kostet einhundert Pfund«, fügte sie vorsichtig hinzu. Hatte ihre potenzielle Kundin denn nicht den Preis bemerkt?

»Ja, das habe ich gesehen«, entgegnete die Frau ruhig.

»Es ist eigentlich ein Schnäppchen, denn es wurde nur eine sehr begrenzte Stückzahl angefertigt«, erklärte ihr Jasmine. »Ruby O'Neill ist eine neue Designerin mit Sitz hier in Belfast und sie stellt von jeder Kollektion nur eine geringe Anzahl her.«

»Verstehe.«

»Von diesen Samttaschen hier mit dem Satinfutter gibt es lediglich sieben Stück. Die anderen aus dieser Kollektion sind alle in verschiedenen Farben gestaltet, wie Sie sehen können. Daher ist jede Tasche ein Unikat. Der Preis ist, wie schon gesagt, ein echtes Schnäppchen.«

»Nun, das klingt ja, als wäre sie wirklich etwas Besonderes. Also schön, ich nehme die Tasche.«

»Ehrlich?«, fragte Jasmine.

»Sie wollen die Tasche kaufen?« Ruby war verblüfft.

»Es ist nun einmal mein Geburtstag«, sagte die Frau entschlossen. »Und ich gönne mir selten etwas. Eigentlich nie. Dann kann ich ja heute das Versäumte nachholen.« Sie zog eine Kreditkarte aus ihrer Jeanstasche und legte sie vorsichtig auf die Theke.

Ruby und Jasmine versuchten ihre Überraschung zu verbergen. Sie schauten auf den Namen, der auf der Karte stand: *Mrs. M. Stone.*

»Ja. Das bin ich. Mrs. Mary Stone.«

Jasmine hüllte die Handtasche sorgfältig in mehrere Lagen weißen Seidenpapiers, bevor sie sie in eine von Rubys gestreiften Tragetaschen legte.

»Vielen herzlichen Dank«, sagte Ruby mit einem breiten Lächeln. Sie verspürte nicht den geringsten Anflug von Bedauern, dass diese wunderschöne Tasche, die sie mit ihren eigenen Händen genäht hatte, den Laden verließ. Sie freute sich stattdessen, dass sie von jemandem getragen werden würde, der das handwerkliche Können zu würdigen wusste, das sie in diese Arbeit gesteckt hatte. Mary

Stone mochte vielleicht nicht gerade eine glamouröse Frau sein, aber sie hatte etwas Liebenswürdiges an sich, und Ruby spürte, dass sie von einer inneren Zerrissenheit geplagt wurde, die sie gut nachempfinden konnte.
»Ja, danke vielmals«, fügte Jasmine hinzu und dachte bei sich, dass man doch niemals voreilige Schlüsse ziehen sollte.
Mary Stone nahm die Kreditkarte und die Tüte mit ihrem Einkauf an sich, machte auf dem Absatz kehrt und verließ eilig den Laden.
»Also, die sah so aus, als könne sie sich nicht einmal ein Paar neue Socken leisten, geschweige denn eines der hübschesten Stücke aus dem Laden«, meinte Jasmine, nachdem ihre merkwürdige Kundin schon eine Weile verschwunden war. Beide hatten einen Moment benötigt, um sich von der Ergriffenheit zu erholen, dass gerade die erste Handtasche aus Rubys Kollektion verkauft worden war.
»Ich weiß, aber vielleicht ist sie ja eine exzentrische Millionärin«, gab Ruby hoffnungsvoll zu bedenken.
»Oder eine Künstlerin«, schlug Jasmine vor.
»Auch möglich. Viele Leute aus der Kunstszene ziehen sich leger an. Aber Jasmine«, fügte sie nachdenklich hinzu, »ich werde das Gefühl nicht los, dass das noch nicht das Letzte war, was wir von Mary Stone gehört haben.«
Und Ruby sollte Recht behalten.
Kurz vor Geschäftsschluss am folgenden Tag betätigte ein stämmiger Mann mit einer Stupsnase und einem herablassenden Gesichtsausdruck die Türklingel und stürzte in den Laden. Er schwenkte die hundert Pfund teure Handtasche und verlangte sein Geld zurück.

»Meine Frau leidet an einer klinischen Depression!«, fuhr er Jasmine grob an. »Sie ist ein hoffnungsloser Fall! Ein einziges Nervenbündel! Wie können Sie es wagen, Geld von einer psychisch Kranken anzunehmen?«

»Wie bitte? Jetzt aber mal langsam! Es tut mir leid, aber Ihre Frau hatte eine gültige Kreditkarte«, entgegnete Jasmine und starrte den Mann wütend an. »Wenn sie zu krank ist, um einzukaufen, dann sollte sie keine Kreditkarte zur Verfügung haben. Ich finde es übrigens nicht gerade nett von Ihnen, auf diese Art und Weise über Ihre eigene Frau zu reden. Kein Wunder, dass sie unter Depressionen leidet, wenn Sie so über sie sprechen. Sie sollten besser den Laden verlassen, bevor wir die Polizei rufen.«

»Für wen zum Teufel halten Sie sich?«, knurrte er.

»Für wen zum Teufel halten *Sie* sich?«, zischte Jasmine ungehalten. »Hier so herumzuschreien! Und uns weismachen wollen, dass Ihre Frau verrückt ist, Sie Trottel!«

»Halten Sie doch die Klappe, Sie dummes Stück!«, schrie er und ballte seine freie Hand zu einer Faust.

Reflexartig griff Jasmine zu einer Schere, die sie unter der Theke liegen hatte.

»*Sie* halten jetzt die Klappe, sonst schneide ich Ihnen die Zunge raus, Sie Fettsack!«, schrie sie zurück und fuchtelte mit der Schere wild in der Luft herum.

Für einen Moment verstummte der Mann tatsächlich geschockt.

»Und jetzt raus hier!«, brüllte Jasmine weiter.

Ruby hatte Angst, dass Jasmine die sehr teuer aussehende Krawatte des Mannes abschneiden könnte. Oder vielleicht sogar wirklich seine Zunge, wie sie es angedroht hatte.

»Jasmine, ich kümmere mich darum, vielen Dank«, warf

sie rasch ein. »Gibt es ein Problem mit der Handtasche, Sir?«

»Und ob es ein Problem gibt! Ich lasse mich doch nicht von ein paar idiotischen Weibern wie Ihnen um mein Geld bringen! Meine Frau war dämlich genug, sich in diesem Laden abzocken zu lassen. Aber ich will jetzt mein Geld zurück, sonst schalte ich einen Anwalt ein!«

»Zeigen Sie mir bitte die Tasche«, antwortete Ruby ruhig und betrachtete die Tasche eingehend, nachdem er sie auf die Theke geknallt hatte. »Es tut mir leid, aber der Griff wurde seit dem Verkauf beschädigt. Sehen Sie, hier.« Sie zeigte ihm eine Stelle, an der die Naht aufgerissen war.

»Dann melden Sie es eben Ihrer Versicherung«, kläffte er.

»Nein, das werde ich nicht tun«, erwiderte Ruby entschieden.

»Die Tasche war bereits beschädigt, als dieses dämliche Miststück sie gestern mit nach Hause gebracht hat«, beschuldigte sie der Mann.

»Mr. Stone, nehme ich an? Sie sollten sich wirklich beruhigen«, setzte Ruby an, aber Jasmine fiel ihr ins Wort.

»So geht das nicht, Mr. Stone! Die Tasche war in einwandfreiem Zustand. Ich habe sie selbst eingepackt«, rief sie mit lauter Stimme, die Hand auf dem Telefon. »Und wir können es auch beweisen, denn wir haben erst gestern Morgen Fotos von sämtlichen Auslagen gemacht! Sie sollten jetzt besser gehen. Sie können nicht einfach hier hereinstürmen und uns bedrohen. Vielleicht springen Sie ja so mit Ihrer Frau um, aber keine von uns ist mit Ihnen verheiratet. Und wir danken Gott dafür!«

»Sie werden es noch bereuen, dass Sie so mit mir geredet haben«, brummte er kochend vor Wut.

»Es tut mir wirklich leid, Mr. Stone«, hielt Ruby mit sanfter Stimme dagegen, »aber diese Handtasche wurde Ihrer Frau definitiv nicht in diesem Zustand verkauft. Und ich werde keinen Versicherungsbetrug begehen, nur weil Sie und Ihre Frau eine Meinungsverschiedenheit hatten. Ich schlage vor, Sie gehen jetzt nach Hause und entschuldigen sich bei ihr dafür, dass Sie sie auf diese Weise in Verlegenheit gebracht haben. Ich wünsche Ihnen einen guten Tag.«

Mittlerweile war das Gesicht des Mannes vor Wut dunkelviolett angelaufen, aber Ruby hatte keine Angst mehr vor ihm. In ihrem Leben hatte sie schon schlimmeren Dingen ins Auge blicken müssen als diesem aufgeblasenen Fiesling, der darüber verärgert war, dass sich seine Frau, die er offenbar wie den letzten Dreck behandelte, eine schöne Abendtasche gekauft hatte. Mary Stone war nicht psychisch krank. Davon war Ruby überzeugt. Aber vielleicht litt sie an einer Depression, das mochte schon sein. Welche Frau täte das nicht, wenn sie mit einem solchen Idioten verheiratet wäre? Auf jeden Fall hatte Ruby nicht vor, sich ihre beste Arbeit auf so unverschämte Art und Weise vor die Füße werfen zu lassen.

»Sie werden noch von mir hören«, brüllte er, als er zur Tür hinausstürmte, diese hinter sich zuknallte und die wunderschöne Handtasche in Rubys zitternden Händen zurückließ.

»Was für ein Drecksack«, stieß Jasmine hervor. »Versucht uns in seine verdammten Eheprobleme hineinzuziehen! Das Geld hatte gar nichts damit zu tun. Das war ein Armani-Anzug, den er da trug. Er ist bloß ein Kontrollfreak … Fettes Schwein! Manche Leute sind doch einfach unglaublich! Für wen hält der sich eigentlich?«

»Du lieber Himmel«, keuchte Ruby und wedelte mit der Hand vor ihrem Mund. »Das war ziemlich heftig. Wir hatten Glück, dass er nicht auf uns losgegangen ist.«

»Ha, dann hätte er aber meine Schere zu spüren bekommen!«

Ruby war ganz blass.

»Geht's dir gut?«, fragte Jasmine besorgt.

»Ja, aber versprich mir, dass du niemals auf einen Kunden losgehen wirst, ja?«, murmelte Ruby. »Und wenn, dann nur in Notwehr!«

»Na schön, abgemacht. Du warst übrigens großartig. Ich musste mich unheimlich zusammennehmen, um ihm nicht den Kopf abzureißen. Was für ein Idiot!«

»Ja, er war ein Idiot, aber könntest du bitte versuchen, nicht im Laden herumzubrüllen, wenn wir Kundschaft haben? Selbst wenn es sich um so schreckliche Kundschaft handelt wie den Kerl eben?«

»Okay, okay. Ich werd mir Mühe geben.«

»Danke. Und danke auch dafür, dass du für mich eingetreten bist.« Ruby atmete einige Male tief durch. »Ich koche uns einen Tee, ja? Ich glaube, den haben wir uns verdient. Und stell die Tüte nicht so weit weg, denn ich bin sicher, dass Mary Stone vorbeikommen wird, um ihre Tasche abzuholen. Ich werde den Griff wieder festnähen. Ein paar Stiche, dann ist er so gut wie neu. Die arme Frau! Kein Wunder, dass sie gestern so eingeschüchert wirkte, wo sie doch mit diesem Penner verheiratet ist. Allein von dem Gedanken, dass einen so ein Widerling anfasst, bekomme ich Gänsehaut! Igitt! Wenn der noch mal hier auftaucht, lassen wir ihn nicht rein.«

»Worauf du dich verlassen kannst.«

Drei Tage später stand Mary Stone wieder vor dem Laden. Sie trug immer noch ihre verwaschene Jeans und den abgetragenen Pullover, aber dieses Mal zierten die verblassenden Überreste eines handfesten Veilchens ihr linkes Augenlid, ihre Unterlippe war leicht geschwollen und eingerissen.

»Ich hätte bitte gern meine Handtasche zurück«, sagte sie lächelnd, wobei sie vor Schmerz zusammenzuckte. »Und bevor Sie fragen, ja, mein Mann hat mich geschlagen, weil ich hundert Pfund für einen Handtasche ausgegeben habe. Und nein, es tut mir trotzdem nicht leid, denn er vergeudet jedes Jahr fünfzehntausend Pfund für Fußballtickets. Und ja, ich habe ihn verlassen.«

»O Gott«, entfuhr es Jasmine, der vor lauter Schreck der Mund offen stehen blieb.

»Schön für Sie«, sagte Ruby und holte die schwarze Handtasche mit dem rosafarbenen Futter unter der Theke hervor. »Ich wusste, dass Sie wiederkommen würden. Ich habe den Schaden für Sie behoben. Tut mir leid wegen dieses … Vorfalls mit Ihrem Mann. Aber wir konnten das Geld nicht zurückerstatten, als wir gesehen haben, dass die Tasche beschädigt war.«

»Das geht schon in Ordnung. Er hat versucht, sie zu zerreißen, aber sie war zu gut genäht, deshalb ging nur der Henkel kaputt. Vielen Dank, dass Sie sie für mich aufbewahrt haben. Ich versuche schon seit neun Jahren den Mut zu finden, diesen Tyrannen zu verlassen. Diese Handtasche hat mir schließlich die nötige Motivation gegegeben, es endlich zu tun«, erklärte sie fast schon vergnügt und drückte die Tasche an ihre Brust. »Sie sah so wunderschön aus, wie sie da in der Glasvitrine lag. Sie hat mich daran erinnert, dass ich selbst auch einmal schön gewesen bin und an mich geglaubt habe. Und dass ich nicht länger dieses unglückliche Leben führen muss.«

»Alle Achtung! Gut gemacht!«, flüsterte Jasmine und musste dabei ihre Tränen zurückhalten. »Wenn man sich nach neun Jahren Ehe noch nicht einmal eine hübsche kleine Handtasche kaufen kann, dann ist das schon ein Armutszeugnis für eine Beziehung.«

»Wir sind schon seit zwanzig Jahren verheiratet«, meinte Mary und verzog das Gesicht. »Aber es ist erst in den letzten neun so schlimm gewesen. Ich glaube, er hat mir nie verziehen, dass ich nach den Kindern etwas aus dem Leim gegangen bin und wir mein Gehalt verloren haben. Wir haben fünf Kinder.«

Jasmine und Ruby waren vor Wut einfach nur sprachlos, da sie nicht begreifen konnten, was jemanden zu einer solchen Grausamkeit trieb. Ruby hatte immer geglaubt, dass Ehepaare einander bedingungslos lieben sollten. Dies rief ihr wieder die schiere Ungerechtigkeit ins Bewusstsein, Jonathan verloren zu haben, wo sie einander doch so sehr geliebt hatten. In all der Zeit, die sie zusammen gehabt hatten, hatten sie nicht ein einziges Mal richtig gestritten. Natürlich gab es hin und wieder Zankereien wegen Kleinigkeiten, aber sie waren niemals zu Bett gegangen, ohne sich vorher zu vertragen.

»Glauben Sie denn, dass er Sie jetzt in Ruhe lassen wird?«, erkundigte sich Ruby. »Und uns auch? Oder sollten wir die Polizei bitten, auf der Ravenhill Road verstärkt Streife zu gehen?«

»Ich denke nicht, dass Polizeischutz nötig ist«, antwortete Mary, die sich große Mühe gab, trotz der Schmerzen, die

ihre Verletzung dabei verursachte, zu lächeln. »Er wird wohl keinen von uns in nächster Zeit mehr belästigen.«
»Warum denn nicht?«, fragte Jasmine wie aus der Pistole geschossen. »Haben Sie ihn etwa vergiftet?«
»Jasmine!«, schimpfte Ruby. »Das ist wirklich unmöglich!«
»Schon gut«, lachte Mary zaghaft. »Autsch, das hat wehgetan! Nein, ich habe ihn nicht vergiftet. Auch wenn ich ab und an daran gedacht habe. Aber nein, ich bin endlich zur Polizei gegangen und habe ihnen von seinen Prügelattacken erzählt.«
»Toll!«, sagte Jasmine. »Das war das einzig Richtige!«
»Danke. Als er mich an jenem Tag geschlagen hat, da wusste ich, dass es das letzte Mal ist, dass ich mich so von einem Mann behandeln lasse. Ich wollte nicht, dass er einfach so davonkommt. Er wurde verhaftet. Und sie haben ihn über Nacht dabehalten.«
»Ha! Geschieht ihm recht!«, triumphierte Jasmine.
»Aber lustigerweise nicht, weil er mich jahrelang misshandelt hat, sondern weil er sich der Festnahme widersetzt und einen Polizeibeamten angegriffen hat. Egal, Ende gut, alles gut, würde ich mal sagen. Ich wohne zurzeit mit den Kindern in einem Frauenhaus, aber sobald ich alles geregelt habe, werden wir nach England ziehen. Dort lebt eine alte Freundin von mir, die mir dabei helfen wird, einen Job und eine Wohnung zu finden. Vielleicht finde ich sogar eine Arbeit mit Pferden. Ich konnte früher immer gut mit Pferden umgehen. Und den Kindern würde es auch gefallen.«
»Was sagt man dazu!«, seufzte Jasmine mit einer gewissen Erleichterung.

»Ich wollte mich eigentlich nur bedanken, dass Sie ihm Paroli geboten haben«, sagte Mary leise zu Ruby und Jasmine. »Ich glaube, das ist ihm noch nie passiert. Sie haben ihn so richtig aus dem Konzept gebracht. Ausgerechnet *zwei dumme Weiber in einem dämlichen Handtaschenladen,* wie er sich ausdrückt – das hat ihm doppelt zugesetzt. Was auch immer geschehen mag, ich bin diesen grässlichen Mann auf jeden Fall los. Ich werde mich sofort von ihm scheiden lassen.«

Ruby nickte nur, während Jasmine nach einer neuen Tragetasche griff und die umstrittene Handtasche ein zweites Mal verpackte. Dann nahm Mary ihren kostbaren Einkauf und ging damit Richtung Tür.

»Nochmals vielen Dank«, rief sie über ihre Schulter zurück, als die Tür zu Rubys Laden aufschwang. »Ich würde ja gern sagen, man sieht sich, aber ich rechne nicht damit, dass ich so schnell zurückkehren werde, wenn überhaupt jemals. Machen Sie's gut!«

Damit fiel die Tür hinter ihr ins Schloss.

Einen Moment lang waren Ruby und Jasmine zu betroffen und betrübt, um etwas zu sagen.

»Die arme Frau! Hast du ihr Auge gesehen? Es hätte auch eine von uns erwischen können … Na ja, ich glaube, ich bin an der Reihe mit Teekochen.«

Während sich Jasmine in der Küche zu schaffen machte, versuchten sie beide, das Geschehene zu verdauen.

»Ich glaube, sie hat alles viel zu lange in sich hineingefressen, Jasmine. Ich könnte mir denken, dass es ihr gutgetan hat, darüber zu reden. Aber was hätte sie mit so einem Veilchen auch sonst sagen sollen? Es wäre doch mehr als demütigend gewesen, wenn sie so getan hätte, als wäre sie gegen eine Tür gelaufen. Glaubst du, dass sie zurechtkommen wird?«

»Ja, ich denke schon«, erwiderte Jasmine zuversichtlich. »Ihr Mann wird sie in Ruhe lassen. Wenn so ein Fiesling merkt, dass es ihm mehr Mühe bereitet, seine aktuelle Partnerin weiter zu quälen, als sich ein neues Opfer zu suchen, dann ist sie aus dem Schneider.«

»Es sei denn, er ist ein totaler Psycho«, gab Ruby zu bedenken. »Dann könnte er sie vielleicht aufspüren und umbringen.«

»Die Chance besteht, ja.«

»Oh, Jasmine … Wie hat die Menschheit nur so lange überleben können?«, meinte Ruby nachdenklich und schüttelte traurig den Kopf. »Das ist alles so verkorkst.«

»Weil wir Single-Frauen in der Hoffnung leben, ein solches Prachtstück wie deinen Jonathan zu ergattern, deshalb«, entgegnete Jasmine. »Schokoladenkeks gefällig?«

»Warum nicht? Ach, bring gleich die ganze verdammte Dose mit. Wir dürfen uns heute einen Extrakeks gönnen, schließlich haben wir gerade eine Kundin aus einer schrecklichen Beziehung gerettet.«

Während sich die beiden Freundinnen durch eine halbe Packung Schokoladenkekse futterten, hing jede ihren Gedanken nach. Jasmine musste immer wieder daran denken, dass sie sich wirklich fast dazu hätte hinreißen lassen, auf jemanden einzustechen. Ruby erkannte, dass es vielleicht an der Zeit war, damit aufzuhören, sich ausschließlich durch die Ehe mit ihrem verstorbenen Mann zu definieren. Oder zumindest damit aufzuhören, sich in Gedanken immerzu mit ihrem Verlust zu befassen. Schließlich hatte sie gerade gesehen, was passieren konnte, wenn man sich zwanzig Jahre lang an einen Mann klammerte. Selbst wenn es sich dabei um einen guten Mann wie Jonathan handelte, war dies keine gute Idee – sie hatte es doch selbst erlebt und wäre an seinem Tod fast zerbrochen. Nein, emotionale Abhängigkeit, ganz gleich welcher Art, war offenbar kein Weg zum Glück.

»Jasmine«, meinte Ruby nach einigen Momenten nachdenklich, »ich weiß nicht, ob es ein Geheimnis gibt oder vielleicht sogar eine ganze Liste von Geheimnissen, wie man glücklich wird, aber das eine kann ich dir sagen: Das erste Geheimnis vom Glücklichsein ist emotionale Unabhängigkeit. Weißt du, was ich meine? Man kann nicht erwarten, dass einen ein anderer Mensch glücklich macht oder einem das Glück bringt oder einem erlaubt, glücklich zu sein – als ob man dazu erst einen anderen um Erlaubnis bitten müsste. Du musst Glück und Zufriedenheit irgendwie *in dir selbst* finden und darfst nicht zulassen, dass ein anderer sie dir nimmt.«

»Alle Achtung, Ruby«, erwiderte Jasmine und nickte zustimmend. »Zehn von zehn möglichen Punkten für diese Erkenntnis. Dabei liegt es doch eigentlich auf der Hand, nicht wahr?«

»Vermutlich«, murmelte Ruby, die gerade einen Schluck von ihrem Tee nahm. Für Jasmine mochte es auf der Hand liegen, aber Ruby fing gerade erst an, es zu verstehen.

Kapitel 11

Das Labyrinth von Camberwell

Tom freute sich immer, wenn das Wetter schlechter wurde. Darauf war er nicht gerade stolz, schließlich arbeitete er als Gärtner in einem Land, in dem ein überaus feuchtes Klima herrschte. Aber in den letzten Jahren hatte er Perioden feuchtkalten und windigen Wetters zunehmend mit innerem Frieden und äußerlicher Ruhe in Verbindung gebracht. Denn wenn die grauen, unheilverkündenden Wolken aufzogen und sich der Himmel plötzlich mit dem Versprechen eines sintflutartigen Regens verdunkelte, schien der schreckliche Druck auf seinem Herzen ein wenig nachzulassen. Schwere, sommerliche Platzregen mochte er am liebsten. Diese riesigen, fetten Regentropfen, die von den ausgetrockneten Blumenbeeten und den Kieswegen geradezu abprallten und sich schließlich in der Mitte des Rasens sammelten. Zum einen ersparte es ihm viele Stunden der Bewässerung und ermüdender Bodenpflege. Zum anderen verschaffte es ihm etwas dringend benötige Ungestörtheit, wenn sich die plappernden Besucher in die behagliche Wärme des Cafés und in den gutbestückten Souvenirladen retteten.

Er hatte beinahe sein ganzes Erwachsenenleben als leitender Gärtner in Camberwell House gearbeitet. Die meiste Zeit über war er auch der einzige Gärtner auf der Gehaltsliste gewesen. Aber es machte sich besser auf seinem Mitarbeiterausweis, wenn sie so taten, als ob sich noch ein paar andere Helfer mit grünem Daumen im Hintergrund abmühten. In Wahrheit war Tom seit ein paar Jahren der einzige Angestellte, der sich um die Außenanlagen des Anwesens kümmerte. Es kostete viel Geld, das Haus und die Gärten instand zu halten. Ein Großteil der jährlichen Einnahmen diente dazu, das zweite Zuhause der Besitzer und deren überaus komfortablen Lebensstil auf den Bahamas zu finanzieren. Also gaben sich Tom und Mrs. Kenny große Mühe, alles picobello zu halten und die Nachmittagstees zur allgemeinen Zufriedenheit zu gestalten. Im Stillen hofften sie aber, dass die gegenwärtigen Besitzer von Camberwell House es eines Tages an jemanden verkaufen würden, der sich tatsächlich etwas aus historischen Bauwerken machte.

Bis es so weit war, suchte Tom Zuflucht in seinem offiziellen Arbeitsraum, dem großen, dunkelgrün gestrichenen Gartenschuppen, der an der Rückseite des Hauses hinter dem Küchengarten versteckt stand. Dort konnte er sich in seinem gemütlichen, alten Sessel entspannen, während sich Noah in seinem Körbchen zusammenrollte und im blauen Schein des sachte flackernden Gasofens schlief.

In dem Schuppen bewahrte Tom die Vorräte an Saatgut und seine wertvollsten Gartengeräte auf. Außerdem eine Dose mit Keksen, eine Whiskyflasche und ein gerahmtes Foto seiner verstorbenen Frau Kate.

Nicht, dass er viel trank. Nein, das tat er wahrlich nicht. Er hatte gesehen, wie der Alkohol das Leben der Menschen ruinieren konnte, und er wollte nicht, dass ihm dasselbe widerfuhr. Aber an manchen besonders verregneten Nachmittagen legte er die Beine auf die schmale Bank,

goss sich einen großen Whisky ein und schwelgte in Erinnerungen.
Es war nun fünf Jahre her, dass Toms geliebte Frau an Brustkrebs gestorben war. Ab und an wachte er immer noch in dem Glauben auf, dass es sich nur um einen bösen Traum handelte, und sie neben ihm im Bett lag. Er war beinahe dankbar, dass es in Camberwell so viel für ihn zu tun gab und er jeden Tag mehr als zwölf Stunden beschäftigt war. Endlose Hecken mussten getrimmt und gepflegt, der Küchengarten bepflanzt, die Blumenbeete vor Frost und Schädlingen geschützt und die Tannenpflanzung im Auge behalten werden. Dieses letzte Projekt war seine eigene Idee gewesen. Die Schaffung einer nützlichen Einnahmequelle aus einigen ungenutzten Feldern mit einem ziemlich langweiligen Blick auf ein Transformatorenhäuschen. Die Bäume umgaben das Anwesen inzwischen auf drei Seiten und fungierten als eine Art Barriere zwischen ihm und der Außenwelt. Zudem war es Tom gelungen, die gelangweilten Jugendlichen aus der Stadt davon abzuhalten, vorbeizuschauen und das Anwesen zu verwüsten, indem er das Gerücht in Umlauf brachte, dass es in der Pflanzung spukte.
Tom musste lachen, als er sich daran erinnerte, wie er diese Schauergeschichte ganz spontan vor ein paar Jahren in die Welt gesetzt hatte. Er war es leid gewesen, die leeren Getränkedosen, zersplitterten Apfelwein-Flaschen und zerknüllten Zigarettenpäckchen zwischen den Bäumen aufzusammeln, und da hatte er den jungen Mädchen, die im Café arbeiteten, erzählt, dass er eines Nachts dort einen Geist gesehen hatte. Den Geist eines alten Mannes in altertümlicher Kleidung und mit nur einem Arm, der auf

die Engelsstatue in der Mitte der Schonung zugehumpelt war. Niemand wusste, warum eine so hübsche Statue eines weinenden Engels an einer derart merkwürdigen Stelle errichtet worden war, und die Geschichte fiel auf fruchtbaren Boden. Bald schon hatten die Mädchen das Gerücht überall in der Stadt verbreitet, und die leeren Dosen, Flaschen und die glimmenden Zigarettenkippen gehörten der Vergangenheit an.

Es war schon erstaunlich, welch eine Angst die Menschen vor den Toten hatten, dachte Tom bei sich, während der Regen auf das Holzdach seines behaglichen kleinen Verstecks prasselte. Dabei konnten ihnen die Toten doch gar nichts mehr tun. Sie sollten sich lieber vor den Lebenden hüten. Wenn es wirklich Geister gäbe, dann hätte er Kate inzwischen bestimmt wiedergesehen. Er hoffte seit fünf langen Jahren auf einen nächtlichen Besuch, aber sein einsames Schlafzimmer war nach wie vor eine geisterfreie Zone. Wenn Kate in der Lage gewesen wäre, zurückzukommen und ihn wissen zu lassen, dass es ihr gut ging, so hätte sie das sicherlich getan. Nein, sein Schlafzimmer war seit einem halben Jahrzehnt traurigerweise leer.

Er musste tief durchatmen, denn mit einem Mal schoss ihm das Bild von Ruby O'Neill, wie sie würdevoll beim Begräbnis ihres Mannes aufgetreten war, durch den Kopf. Ohne irgendwelche Schimpfkanonaden gegen den anderen Fahrer loszulassen. Keine peinlichen Fotos, auf denen sie mit wutverzerrtem Gesicht Beleidigungen schrie – worauf der Fotograf sicherlich gehofft hatte.

Ruby O'Neill war eine faszinierende, kluge, attraktive Frau, und er konnte sie einfach nicht vergessen. Diese Weihnachtsbaumlieferung im letzten Jahr war ihm aus irgendwelchen Gründen im Gedächtnis geblieben. Er hatte doch lediglich die nicht verkauften Bäume vom Gartencenter abgeholt, um sie an das Jugendheim weiterzugeben. Ansonsten wäre er Ruby überhaupt nicht begegnet. Wäre er an jenem Tag fünf Minuten später im Gartencenter eingetroffen, hätte ein anderer Rubys Baum in diesem hübschen Haus in der Ravenhill Road abgeliefert, und ihre Wege hätten sich niemals gekreuzt. Es war schon seltsam, wie sich die Dinge manchmal fügten.

Ja, Ruby O'Neill war auf eine ruhige und elegante Weise attraktiv. Ganz anders als Kate mit ihrem von Sommersprossen übersäten Gesicht, ihrem quirligen Temperament, ihrer roten Lockenmähne und ihrem natürlichen, legeren Stil. Ruby O'Neill besaß perfekte Wangenknochen und vollendet geschwungene Augenbrauen, aber da war noch mehr. Etwas in ihrem Blick verriet Tom, dass sie von tiefer Trauer erfüllt war. An jenem Tag der Beerdigung, auf diesem Foto in der Zeitung, hatte sie schon so anders ausgesehen als die vergnügte, aufgeregte Frau, deren Hand er zuvor geschüttelt hatte. Als sie ihn dann, damals vor ihrem Laden, angelächelt hatte, war ihm gleich klar gewesen, dass sie immer noch unter dieser großen Traurigkeit litt. Gab es da vielleicht etwas, was er sich von Ruby erhoffte? Würde es ihm vielleicht helfen, mit jemandem zu reden, dessen Herz auch gebrochen war? Würde Ruby verstehen, was er empfand? Dass er sich die meiste Zeit über nur zur Hälfte lebendig fühlte. Wäre sie imstande, ihn aus dieser Einsamkeit zu erlösen? Könnten sie einander möglicherweise retten?

Er hätte so gern mehr über sie herausgefunden, aber es war wohl keine gute Idee, Nachforschungen über sie anzustellen. Die Leute würden annehmen, dass er Kates Verlust verarbeitet hatte, und beginnen, ihn wieder ganz normal zu behandeln. So weit war er einfach noch nicht. Tom war weder bereit, eine andere Frau in sein Herz zu lassen, noch sich irgendwelche Frotzeleien über eine neue Freundin anzuhören.

»Vergiss es«, sagte er zu niemand Bestimmtem. Obwohl Noah seine Ohren aufstellte und leise knurrte. »Was macht das schon? Ich werde sie nie wiedersehen. Außerdem werde ich sowieso niemals aufhören, Kate zu lieben. Und ich bezweifele ohnehin, dass eine so tolle Frau wie Ruby O'Neill Interesse an einer Beziehung mit einem verlotterten alten Brummbären wie mir hätte.«

Er war zwar erst fünfundvierzig, aber Tom wusste, dass sein wettergegerbtes Gesicht faltig war und erschöpft aussah. Für gewöhnlich unternahm er keinerlei Anstrengungen, sich zurechtzumachen. Vielmehr überschlug er sich, seinem Ruf als hart arbeitender, aber ungeselliger Gärtner von Camberwell gerecht zu werden. Das bedeutete wenigstens, dass sich niemand die Mühe machte, ihn zu irgendwelchen peinlichen geselligen Treffen einzuladen, an denen er ohnehin kein Interesse hatte.

Aber als der Regen weiterhin auf Camberwell House und die umliegenden Gärten und Nebengebäude niederprasselte, stahl sich Rubys lächelndes Gesicht wieder einmal in Toms Gedanken.

»Als ich sie das erste Mal sah, habe ich mich normal gefühlt«, erklärte er Noah. »Natürlich nur für höchstens eine halbe Minute. Aber es war ein gutes Gefühl. Doch es hat mir auch Angst gemacht. Ich fühle mich schon so lange Zeit nicht mehr unbeschwert, dass ich gar nichts mit

mir anzufangen wusste.« Noah gähnte und schlief wieder ein.
Tom warf einen Blick auf den Kalender an der Wand. Das Winterprogramm ging langsam zu Ende, und ehe er sich versah, stünde der Sommer vor der Tür mit seinen Busladungen von Besuchern, die von nah und fern kamen, um durch das frisch wiederhergestellte Buchsbaumhecken-Labyrinth zu laufen und dessen Komplexität zu bestaunen.
»Ich schätze, ich sollte mich mal um das Labyrinth kümmern«, erklärte er seufzend. »Damit es im nächsten Sommer auch wirklich unser Prunkstück ist.«
Ja, wenn der Regen aufhörte, würde er seinen Schnurballen holen und sicherstellen, dass die dichten grünen Wände des riesigen Labyrinths perfekt gerade und gleichmäßig waren, und gleichzeitig auch hier und da etwas nachschneiden. Außerdem gab es noch so viele weitere Aufgaben zu erledigen.
»Als hätten wir nicht schon genug mit den aufgeregten Ausflüglern am Hut«, sagte er an Noahs schlafendes Gesicht gewandt. »Aber was soll's, schließlich muss das tolle Leben auf den Bahamas ja irgendwie finanziert werden, nicht wahr? Ja, ich weiß. Ich könnte alles hinschmeißen und mir einen besser bezahlten Job woanders suchen. Aber dazu habe ich nun einmal keine Lust.«
Also würde er sich um das Labyrinth kümmern, wenn der Regen nachließ. Und anschließend den Küchengarten jäten. Außerdem musste er noch den Komposthaufen wenden und sieben große Birken entlang der Auffahrt pflanzen. Hoffentlich war er bis zum Abend, wenn er sich in seinem kleinen Cottage schlafen legte, zu müde, um über

Ruby O'Neill und diesen verräterischen, versonnenen Ausdruck in ihren Augen nachzudenken. Vielleicht würde er sofort einschlafen und stattdessen von Kate träumen. Er hatte das Gefühl, als wäre er ihr untreu, bloß weil er an eine andere Frau dachte. Trotzdem fragte er sich, wie Ruby ihr erstes Weihnachtsfest allein wohl überstanden hatte. Und ob er letztes Jahr mit seinen alten Klamotten und den schäbigen Stiefeln einen schrecklichen ersten Eindruck bei ihr hinterlassen hatte. Ihm war nicht entgangen, dass Rubys Laden ein Muster an Vollkommenheit war. Nein, sie hatte ihn gewiss längst vergessen. *Vergessen, vergessen, vergessen,* schien der Regen zu sagen, und Tom wurde mit einem Mal unruhig.

»Ich muss hier raus, Noah«, rief er. »Ich muss mich beschäftigen.«

Er tätschelte sanft den Kopf des Hundes, zog seine Öljacke und den Hut an, schlüpfte mit Schnur, Kehrbesen und seiner schärfsten Heckenschere bewaffnet aus dem Schuppen und stapfte zum Labyrinth hinüber. Sein eigenes Herz mochte immer noch von den Dornen der Einsamkeit bedeckt sein, aber wenn das Labyrinth im Sommer der Öffentlichkeit zugänglich gemacht wurde, sollte es perfekt sein. Während der Regen immer weiter nachließ und zu einem leichten Nieseln wurde, schnitt, richtete, kehrte und säuberte Tom. Verbrauchte all die nervöse Energie und all die einsamen Stunden. Dabei dachte er an Kate, die über etwas lachte, was er gesagt hatte, und dann wieder an Ruby, die ihn aus ihrem kleinen, funkelnden Laden anlächelte, bis er sich schließlich zwang, an gar nichts mehr zu denken.

Kapitel 12

Das zweite Geheimnis

Es war mittags am Silvestertag. Ruby hatte sich entschieden, den Laden für ein paar Stunden zu öffnen, in der Hoffnung auf einige Kunden, die noch etwas für die anstehenden Partys suchten. Und auch, weil sie keine anderen Pläne hatte und nicht allein in ihrer Wohnung herumgeistern wollte. Sie hatte Jasmine angeboten, sich den Tag freizunehmen, aber die behauptete, nichts geplant zu haben. In Wahrheit hatte sie einige Einladungen zu Silvesterpartys für den Fall ausgeschlagen, dass Ruby einen Zusammenbruch haben würde. Ihrer stets besorgten Freundin hatte sie aber erklärt, dass sie sich wohl eine Erkältung eingefangen habe.

Ohnehin waren ihr in den letzten Wochen auf einigen Partys keine brauchbaren Männer über den Weg gelaufen. Jasmine hegte den schrecklichen Verdacht, dass all die netten Kerle entweder schwul, verheiratet oder nach Australien oder Neuseeland ausgewandert waren. Daran waren wahrscheinlich all diese blöden Fernsehsendungen schuld, in denen sich bleichgesichtige Familien an irgendwelchen exotischen Stränden austobten. Sie hätte es wohl selbst in Betracht gezogen, nach Australien zu gehen, wenn sie beruflich qualifizierter gewesen wäre, aber zweifellos gab es dort bereits genug Verkäuferinnen. Tja, sie musste eben das Beste aus dem machen, was das gute alte Belfast zu bieten hatte – in puncto Job wie auch in puncto Männer!

Bei diesem Gedanken fragte sich Jasmine, ob sie es wagen sollte, Ruby noch einmal nach diesem schüchtern wirkenden Mann zu fragen, der das Gartencenter mit Weihnachtsbäumen belieferte. Spontan entschied sie sich dafür.

»Dieser Kerl hat dir doch ein kleines bisschen gefallen, Ruby, oder nicht?«, wagte sie einen vorsichtigen Versuch, während Ruby eine verirrte Weihnachtskugel unter einem der Schränke hervorholte.

»Wovon zum Teufel redest du da, Jasmine? Wer soll mir gefallen?«, fragte Ruby, als sie die Kugel wieder in die Dekoration zurückbefördert hatte.

»Dieser gutaussehende ältere Mann? Nun ja, er war nicht wirklich alt. Aber es war schwer, sein Alter unter all den schäbigen Klamotten zu schätzen. Ich meine den, der dich vor ein paar Tagen durchs Schaufenster beobachtet hat. Wer war der eigentlich wirklich? Vielleicht kennst du ihn ja doch näher, als du zugeben willst.«

»Nein, ich kenne ihn nicht! Er hat im letzten Jahr meinen Weihnachtsbaum vorbeigebracht, das ist alles. Das habe ich dir doch schon gesagt. Und ich mag ihn ganz gewiss nicht auf diese Art. Bist du denn vollkommen verrückt geworden?«, sagte Ruby verärgert. Wie konnte Jasmine nur darüber Witze machen? Wo Jonathan doch erst ein Jahr tot war!

»Komm schon, jetzt sei nicht gleich sauer, Ruby. Es war doch nur eine Frage! Ich habe diesen komischen Ausdruck in deinen Augen gesehen, als du heute Morgen die Weihnachtsdekoration auf der Theke in Ordnung gebracht hast. Da hast du nämlich seit langer Zeit zum ersten Mal wieder glücklich ausgesehen.«

»Zu deiner Information: Ich habe mich daran erinnert,

wie ich einmal an Weihnachten mit Jonathan nach London gereist bin und wir in einem Art-déco-Hotel übernachtet haben. Sie hatten genau solche großen Glaskugeln wie die hier an einer riesigen Nordmanntanne im Foyer hängen. Hör zu, kann es sein, dass wir mit dem Staubsaugen in den letzten Tagen ein wenig nachlässig waren? Was ich damit sagen will, ist, dass diese Kugel schon eine ganze Weile dort drunter gelegen haben muss, ohne dass es eine von uns bemerkt hat.«

»Tut mir leid, Ruby«, erwiderte Jasmine sofort. »Ich wollte nicht gefühlskalt klingen. Ich hänge einfach nur wieder meinen romantischen Gedanken nach. Beachte mich gar nicht. Ich sehe immer Liebesgeschichten, wo gar keine sind.«

»Schon gut. Und mir tut es leid, dass ich dich so angeblafft habe. Es ist nur so, dass ich mich niemals in einen anderen Mann verlieben könnte, Jasmine. Nie im Leben! Ich habe das Gefühl, als ob ich Jonathan erst gestern verloren hätte.«

»Aber du bist noch so jung, Ruby! Erst zweiunddreißig! Ist es nicht noch viel zu früh für dich, um mit der Liebe abzuschließen?«

»Das mag für andere Leute zutreffen, Jasmine. Aber im Augenblick schaffe ich es gerade einmal, den Laden in Schwung zu halten, sauber und gepflegt zu erscheinen und mich daran zu erinnern, drei Mahlzeiten am Tag zu essen. Ich kann dir versichern, dass es noch sehr, sehr lange keinen Mann in meinem Leben geben wird. Falls überhaupt jemals wieder.«

»Aber du hast diesen Kerl an diesem Tag so eigenartig angesehen.«

»Weil er *mich* eigenartig angesehen hat. Er muss mich mit jemandem verwechselt haben, das ist alles. Ich bin mir sicher, dass er sich gar nicht mehr an mich erinnert. Vielleicht wollte er ein Geschenk für seine Frau oder für seine Freundin besorgen und hat dann gekniffen. Du weißt doch, welche Ängste manche Männer entwickeln, wenn sie Weiberkram kaufen müssen.«

»Okay, tut mir leid, dass ich davon angefangen habe. Ich benehme mich albern – das muss an meinem derzeitigen männerlosen Zustand liegen. Warte mal, Ruby. Sieh nur, da draußen steht jemand und starrt die Abendtaschen an. Der sieht aber gut aus. Könnte es sein, dass wir gleich unseren zweiten Verkauf abschließen werden?«

Rubys Herz vollführte einen hoffnungsvollen Hüpfer. Sie hatte begonnen, den Verkauf ihrer wunderschönen Handtaschen als eine Art Omen anzusehen. Sollte sich dieser Kunde für eine von ihnen interessieren, so wäre das ein gutes Zeichen für das neue Jahr. Durfte sie es wirklich wagen, daran zu glauben, dass ihr Laden langfristig Erfolg haben würde?

»Der Kerl schaut immer noch«, flüsterte Jasmine.

»Starr ihn nicht so an. Du wirst ihn noch vertreiben«, erwiderte Ruby, holte ein Staubtuch hervor und wischte damit nervös über die Glastheke. Im selben Moment ertönte auch schon die Türklingel, und der Mann betrat den Laden. Er war groß, schlank und sehr attraktiv. Ganz offensichtlich fühlte er sich sehr unbehaglich in diesem kuscheligen Nest weiblicher Frivolitäten.

Jasmine warf sofort einen prüfenden Blick auf seine Hand, um zu sehen, ob er einen Ehering trug, was er tat, woraufhin sie die Augen verdrehte und sich abwandte.

»Wie teuer ist diese dunkelblaue Tasche dort bitte?«, fragte er Ruby mit einer übertrieben wirkenden Fröhlichkeit.
Jasmine sah Ruby an. Ob sich ihre Freundin wohl trauen würde, den vollen Preis zu verlangen? Sie entschied sich, diesen Verkauf der Chefin zu überlassen, schenkte ihr und dem Kunden ein Lächeln und begann einige rosafarbene Schirme mit gedrechselten Griffen auszuzeichnen, die sie gerade erst ausgepackt hatten.
»Jede dieser Taschen kostet hundert Pfund«, sagte Ruby mit schüchterner Stimme. Sie vermochte sich kaum zu überwinden, die Worte laut auszusprechen.
»Oh. Das ist ganz schön viel …«
»Es sind Unikate, wissen Sie. Ich habe sie selbst angefertigt. Hier, ich werde sie Ihnen zeigen«, erklärte Ruby, holte die Tasche aus der Vitrine und setzte sie ehrfürchtig auf die Theke. »Sehen Sie, das zitronengelbe Futter, alles in liebevoller Handarbeit gefertigt.«
»Hm. Ein Unikat, sagen Sie? Dann werde ich die Tasche nehmen«, antwortete der Mann, der leicht zu schwitzen begann. Man sah ihm an der Nasenspitze an, dass er sich in der Nähe von flauschigen weißen Hausschuhen und fliederfarbenen gepolsterten Bügeln wie ein Fremdkörper vorkam. Aber die blaue Samthandtasche hatte aus irgendeinem Grund seine Aufmerksamkeit erregt, und er wusste einfach, dass er sie haben musste. Er legte seine Kreditkarte auf die Theke, während Ruby die Tasche geschwind einpackte und dann fachmännisch die Karte durchzog.
»Sie ist für meine Frau«, sagte der Mann plötzlich für den Fall, dass sie glauben könnten, er kaufe sie für sich selbst. »Ich bin nicht etwa ein Transvestit oder so. Allerdings

jetzt, wo ich es gesagt habe, werden Sie natürlich glauben, dass sie für mich ist.«

Ruby und Jasmine tauschten verschmitzte Blicke.

»Es gibt solche und solche«, sagte Jasmine zwinkernd.

»Jasmine, lass das«, mahnte Ruby.

»Tut mir leid«, entschuldigte sich Jasmine seufzend.

»Nein, wirklich, sie ist für meine Frau«, sagte der Mann wieder.

»Sie wird ihr bestimmt gefallen.« Jasmine nickte grinsend.

»Jasmine, ich sagte, du sollst das lassen. Ich hoffe, Ihre Frau hat Freude an der Tasche. Sie kann sie im Alltag benutzen oder um Schmuck darin aufzubewahren oder auch zu besonderen Gelegenheiten tragen. Sie ist wirklich sehr robust, aber sie sollte nicht nass werden, weil der Samt sonst leicht nachdunkelt.«

»Das werde ich ihr ausrichten«, erwiderte der Mann, wohl wissend, dass er sich niemals an all das würde erinnern können, was Ruby gerade gesagt hatte. »Es geht ihr nicht so gut, wissen Sie. Leider. Gar nicht gut.«

»Oje«, murmelte Ruby. »Tut mit leid, das zu hören.« Ruby schenkte ihrem neusten Kunden ein herzliches Lächeln. Männer aus Belfast taten sich für gewöhnlich schwer damit, etwas aus ihrem Privatleben preiszugeben, das wusste sie. Ihr Lächeln vertiefte sich, und er schien sich ein wenig zu entspannen.

»Ja. Sie ist ziemlich niedergeschlagen. Seit zwei Jahren eigentlich schon. Sehr niedergeschlagen, wenn Sie wissen, was ich meine?«

»Leidet sie an Depressionen?«, fragte Jasmine frei heraus.

»Jasmine, vielen Dank auch!«, entgegnete Ruby energisch. »Es tut mir wirklich leid.« Sie wandte sich wieder zu dem ein wenig verlegen gewordenen Mann.

Aber Jasmine tat es nicht leid. Sie hoffte, dass Rubys hübsche Handtaschen zu einem weiteren Seelenstriptease führen würden.

»Schon gut«, fuhr der Mann nach einem kurzen Moment fort. »Sie ist wirklich depressiv. Ich möchte natürlich, dass sie wieder gesund wird. Das wollen wir alle, die ganze Familie. Aber ich fürchte, sie hat aufgegeben. Sie macht sich nicht einmal mehr die Mühe, mit irgendeinem von uns zu reden. Selbst eine einfache Unterhaltung scheint sie zu sehr anzustrengen.«

Ruby und Jasmine setzten verständnisvolle Mienen auf.

»Du meine Güte«, seufzte Jasmine.

»Ja, es ist sehr frustrierend. Sie nimmt auch nicht ihre Tabletten, isst nicht vernünftig und will nicht einmal etwas von den Vitaminen wissen, die ihr der Arzt empfohlen hat. In diesem Jahr hat sie sogar völlig das Interesse an Weihnachten verloren. Dabei hat sie immer so gern gebacken. Aber sie weigert sich, das Rauchen aufzugeben. Sie sitzt den ganzen Tag auf dem Sofa, raucht eine Zigarette nach der anderen und wird immer lethargischer.«

»Du liebe Zeit«, entfuhr es Ruby. »Das klingt wirklich nach einer schlimmen Depression.«

»Im Grunde genommen weiß ich gar nicht mehr, was ich mit ihr anfangen soll.«

»Wir furchtbar«, sagte Ruby voller Mitgefühl.

»Manchmal … manchmal möchte ich sie am liebsten anschreien … aber das tue ich natürlich nicht. Vielleicht ginge es mir danach besser, aber meiner Frau würde es gewiss nicht helfen. Entschuldigen Sie, ich schwafele hier vor mich hin. Ich weiß auch nicht, warum ich Ihnen das alles erzähle«, endete er kläglich.

»Hören Sie, wir beide wünschen Ihnen, dass für Sie und Ihre Frau alles gut ausgeht«, antwortete Ruby mitfühlend und tat ein paar kleine Duftkissen und eine Schachtel mit bestickten Taschentüchern zu der blauen Samthandtasche in die Tragetüte. »Wir können unmöglich nachvollziehen, was Sie durchmachen, aber es muss schrecklich für Sie sein, nichts tun zu können, um Ihrer Frau zu helfen. Aber ich bin mir sicher, dass es ihr viel bedeutet, Sie an ihrer Seite zu wissen. Wahrscheinlich mehr, als Sie glauben.«

»Danke«, meinte der Mann, und sein Gesicht hellte sich ein wenig auf. »Ich weiß, dass viele Menschen unter Depressionen leiden. Es kommt einem nur manchmal so vor, als sei man der Einzige, dessen Welt auseinandergebrochen ist, wissen Sie. Und man möchte ja niemandem zur Last fallen, also behält man seine Sorgen für sich.«

»Ja, so ist es«, erwiderte Ruby lächelnd. »Ich hoffe aber, dass es Ihrer Frau bald wieder gut geht. Und Sie sollten auch nicht vergessen, sich um Ihre eigene Gesundheit zu kümmern! Oft sind es die Angehörigen, die am Ende schlimmer dran sind, heißt es. O Gott, ich wollte Ihnen wirklich nicht zu nahe treten …«

»Aber nein. Das ist schon in Ordnung. Ich danke Ihnen für Ihren Rat. Ich sollte wirklich besser auf mich aufpassen.«

»Nun ja, vielleicht könnten Sie selbst ein paar von diesen Vitaminen nehmen und versuchen, vernünftig zu essen, selbst wenn Ihre Frau im Augenblick wenig Appetit hat. Und halten Sie das Haus sauber und ordentlich. Ein gemütliches Heim ist für mich ein wahres Wunderelixier, wenn es mir einmal nicht so gut geht. Vielleicht kaufen Sie ihr auch gelegentlich einen Blumenstrauß.«

»Das werde ich. Ich danke Ihnen für Ihre Tipps.«

»Ich bin mir sicher, dass sie dieses hübsche Geschenk aufheitern wird«, sagte Ruby schließlich und stellte die gestreifte Tragetasche auf die Theke. »Ich wünsche Ihnen beiden ein frohes neues Jahr.«

»Das wünsche ich Ihnen auch.« Der Mann hob seinen kostbaren Einkauf vorsichtig in die Höhe und nickte Ruby und Jasmine zum Abschied zu. Als er den Laden verließ und die Ravenhill Road hinunterschritt, war sein Gang ein wenig beschwingter als zuvor.

»Der arme Kerl.« Jasmine atmete schwer ein, während sie ihm vom Erkerfenster aus nachblickte. »Seine Frau weiß gar nicht, was sie an ihm hat. Dieser Laden verwandelt sich langsam in eine Beratungsstelle für die vom Leben Gebeutelten. Ich hoffe nur, er hat jetzt kein Geld ausgegeben, das sie eigentlich gar nicht haben.«

»Mein Bauchgefühl sagt mir, dass seine Frau im Augenblick eine kleine Überraschung sehr gut gebrauchen kann«, entgegnete Ruby ruhig. »Vielleicht erinnert es sie daran, dass die Sonne eines Tages wieder für sie scheinen wird. Ich hoffe, dass diese kleine Geste jeden Penny wert sein wird.«

»Dein Wort in Gottes Ohr«, antwortete Jasmine und faltete mit gespielt frommer Miene die Hände.

»Weißt du was, Jasmine? Wo wir gerade dabei sind, alle unsere Herzen zu öffnen, muss ich dir gestehen, dass du recht hattest. Da war wirklich vor kurzem so ein komischer Funke zwischen diesem Mann und mir. Aber ich habe keine Ahnung, warum. Wir sind uns schon einmal begegnet, das hatte ich dir ja erzählt. Es war wirklich nur dieses eine Mal und hat maximal zwei Minuten gedauert. Er ist der leitende Gärtner in Camberwell House. Und ich habe heute wahrscheinlich nur deshalb einen so frohen Eindruck auf dich gemacht, weil ich erleichtert bin, mein erstes Weihnachtsfest ohne Jonathan überstanden zu haben. Ich hätte nicht gedacht, dass ich es schaffe. Es war nicht toll, aber es war auch kein völliger Alptraum, wie ich es befürchtet hatte. Ich war also lediglich zufrieden, dass ich es durch die Feiertage geschafft hatte, weißt du?«

»Okay.«

»Und dieser Mann? Also sein Name ist Tom Lavery ... Aber er hat nichts damit zu tun, dass ich heute fröhlicher bin als sonst. Zugegeben, er sieht nicht schlecht aus, wenn auch auf eine etwas wilde, struppige Art und Weise. Und ja, ich habe mich aus irgendeinem Grund ein kleines bisschen zu ihm hingezogen gefühlt, als wir uns das erste Mal begegnet sind. Das heißt, ich fand ihn im letzten Jahr nett, bevor ich von Jonathans Unfall wusste. Aber ich würde jetzt nicht einmal in Erwägung ziehen, auch nur mit ihm zu flirten. Dafür ist es noch viel zu früh. Im Übrigen ist er verheiratet, denn er trug einen Ring.«

»Du hast damals auf seine Hände geschaut?«

»Ja, aber nicht mit Absicht.«

»Bist du dir da auch ganz sicher?«, fragte Jasmine lächelnd.

»Ja, ich habe den Ring zufällig bemerkt, das ist alles. Als ich ihn im letzten Jahr für den Baum bezahlte, da habe ich ihn an seinem Finger glitzern sehen. Seine Haut war stark gebräunt, und er hatte sehr dunkle, braune Augen. Ich weiß noch, dass ich mich gefragt habe, ob er vielleicht spanische oder italienische Wurzeln hat.«

»Interessant«, meinte Jasmine und biss sich auf die Lippe, damit sie nicht irgendetwas Deplaziertes sagte und Ruby dazu brachte, jegliche zaghaften Gefühle, die sie für diesen neuen Mann hegen mochte, abzuwürgen.

»Da hast du es«, schloss Ruby. »Es war nett, mit ihm zu reden, aber er war ganz offensichtlich nicht frei, und ich bin im Moment gewiss nicht auf der Suche nach einem Freund.«

»Damit wäre die Sache also erledigt«, sagte Jasmine langsam. »Verstehe. Dann lass uns nicht mehr darüber reden. Meine Lippen sind versiegelt.«

»Okay.«

Aber Jasmine wäre nicht Jasmine, wenn sie so leicht aufgegeben hätte.

»Ist das der Grund, warum du in diesem Jahr keinen Baum hattest, Ruby? Um diesen Tom Lavery nicht wiedersehen zu müssen? Weil die Chemie zwischen euch gestimmt hat?«

»Nein, red doch keinen Unsinn, Jasmine. Ich wollte einfach keinen Baum haben, das ist alles. Ich hätte ihn mir ja auch woanders bestellen können.«

»Das stimmt allerdings.«

»Genau. So, damit wäre also die zweite Abendtasche verkauft. Jetzt sind nur noch fünf übrig.«

»Ich hoffe, wir verkaufen für ein paar Tage keine mehr. Ich glaube, ich könnte im Augenblick keine weiteren weltbewegenden Enthüllungen mehr verkraften«, stöhnte Jasmine.

»Ja, dieser arme Kerl. Ich hoffe, dass es seiner Frau bald wieder bessergeht«, entgegnete Ruby bedrückt.

»Meinst du das im Ernst, Ruby? Die Frau klang für mich wie ein hoffnungsloser Fall. Hast du denn nicht gehört, was er über sie erzählt hat?«

»Doch, schon.«

»Sie sitzt einfach nur da. Tut nichts, sagt nichts. Hat kein Interesse an Weihnachten mehr. Hat keine Lust, einen Kuchen zu backen. Oder mit ihrer eigenen Familie zu reden.«

»O Gott«, sagte Ruby leise, während sich ihre Augen vor Schreck weiteten.

»Was ist? Hast du den Herd in der Wohnung angelassen?«, fragte Jasmine und blickte kurz zur Decke hinauf.

»Meine Mutter, Jasmine! Meine Mutter.«

»Was ist mit ihr?«

»Ich glaube, sie leidet an Depressionen«, flüsterte Ruby mit angsterfüllter Stimme.

»Wie kommst du denn darauf?«

»Sie verhält sich schon seit Jahren so wie diese Frau. Hat kein echtes Interesse an irgendetwas. Hat keine Lust, mit mir zu telefonieren …«

»Aber das wäre doch jemandem aufgefallen, wenn es wirklich so schlimm um sie stünde«, antwortete Jasmine und schüttelte ungläubig den Kopf.

»Wem denn? Ich bin doch nie mehr bei ihnen. Und sie kommen mich nicht besuchen.«

»Aber dein Vater hätte es doch bemerkt«, entgegnete Jasmine.

»Nein, das glaube ich nicht. Er ist so an sie gewöhnt. Wahrscheinlich würde er es gar nicht mitbekommen, wenn es ihr schlechter ginge. Meine Güte, ist es wirklich schon über ein Jahr her, seit ich das letzte Mal bei meinen Eltern gewesen bin? Wo ist nur die Zeit geblieben?«

»Es wäre eigentlich ihre Pflicht gewesen, herzukommen und sich um dich zu kümmern, Ruby. Du warst diejenige, die gelitten hat. Wie auch immer, die Nachbarn hätten es dir schon gesagt, wenn es deiner Mutter nicht gut ginge.«

»Das glaube ich nicht. Sie sehen ihre Nachbarn doch nie. Dort, wo sie leben, sagen sich Fuchs und Hase gute Nacht. Außerdem haben sie nicht gern Besuch. Sie grüßen wohl jeden nach der Sonntagsmesse, aber das sind doch keine echten Freunde, denen man sich anvertrauen kann. O Gott, ich wette, meine Mutter leidet schon seit Jahren an Depressionen, und ich erkenne das erst jetzt. Deshalb sind sie auch nicht zu Jonathans Beerdigung gekommen, verstehst du?«

»Aber das war doch wegen des Schnees, schon vergessen?«, erwiderte Jasmine.

»Stimmt. Aber warum sind sie dann nicht danach gekommen? Im neuen Jahr? Nein, ich bin davon überzeugt, dass es Mum nicht über sich gebracht hat.« Rubys Augen füllten sich mit Tränen.

»Jetzt wein doch nicht, Ruby. Es ist doch nicht deine Schuld.«

»Doch, das ist es. Ich hätte etwas tun sollen.«

»Was denn zum Beispiel?«

»Öfter zu ihnen fahren? Weihnachten bei ihnen verbringen, ohne ihre Einwände zu beachten? Ich weiß es nicht genau. Aber irgendetwas hätte ich tun sollen.«

»Tja, dann besuche sie eben jetzt«, schlug Jasmine vor

und begann die Einnahmen zusammenzuzählen. »Steig in deinen Wagen und besuch sie, ohne vorher anzurufen. Bleib über Nacht und feiere Silvester mit ihnen. Dann kannst du dir ein Bild machen und herausfinden, ob deine Mutter wirklich an Depressionen leidet oder ob die beiden einfach zwei ungesellige alte Landeier sind. Wir können den Laden ja für zwei Tage schließen, meinst du nicht?«

»Eine gute Idee! Das werde ich machen.«

»Braves Mädchen. Ich werde auf den Laden und die Wohnung aufpassen, während du weg bist.«

»Kommst du denn heute Abend allein klar?«, fragte Ruby.

»Na sicher! Irgendjemand in den Bell Towers wird schon eine Party schmeißen und ich werde mich einfach selbst einladen, keine Sorge. Falls nicht, bleiben mir immer noch meine Eltern, die mit ihren Freunden zu Hause feiern. Da sind dann zwar nur Oldies, die zu Abba tanzen, aber es ist eigentlich immer lustig.«

»Danke, Jasmine«, sagte Ruby und trocknete ihre Tränen mit einer übrig gebliebenen Weihnachtsserviette. »Ich mache mich gleich auf den Weg, sobald wir den Laden geschlossen haben. Ich werfe einfach ein paar Klamotten in eine Tasche und fahre schnurstracks zu ihnen. Ich muss mich unbedingt davon überzeugen, dass es ihnen gut geht.«

»Ja, tu das.«

»Das ist das zweite Geheimnis, nicht wahr?«

»Wie bitte?«

»Na, das zweite Geheimnis vom Glücklichsein. Gesundheit! Gesundheit von Körper und Seele!«

»Geheimnisse vom Glücklichsein? Du solltest wirklich öfter mal unter Leute gehen, Ruby O'Neill«, sagte Jasmine streng und schüttelte mit gespieltem Mitleid den Kopf.

»Ja, ich weiß«, erwiderte Ruby lächelnd. »Es gibt eine Menge Dinge, die ich tun sollte, Jasmine. Aber zuerst muss ich mich einmal um meine verrückten Eltern kümmern.«

»Aber fahr bitte vorsichtig, ja?«, mahnte Jasmine und blickte dabei verlegen zur Seite.

»Keine Sorge, ich werde schon aufpassen«, beruhigte Ruby sie.

»Und sei nachsichtig mit ihnen. Versprochen?«

»Versprochen.«

»Sie können ja bestimmt nichts dafür, dass sie ein bisschen eigenartig sind.«

»Okay.«

»Sie kommen vom Land, vergiss das nicht.«

»Jaha …«

»Wie viel? Hundert Pfund? Willst du mich auf den Arm nehmen? Bist du wahnsinnig?«

Ruby und Jasmine hatten keine Ahnung, dass sich genau in diesem Augenblick die Empfängerin der zweiten Handtasche von ihrem durchgesessenen Sofa aufrappelte und auf das Bad zusteuerte, um zu duschen. Wenn ihr schwer geprüfter Ehemann begann, ihre Ersparnisse für überteuerte Samthandtaschen zu verschwenden, die sie realistisch betrachtet niemals benutzen würde, dann war es höchste Zeit, auf die Füße zu kommen. Und wieder das Kommando über die Finanzen zu übernehmen.

»Hundert Pfund, ist das zu fassen?«
Da hatte sich ihr Mann ja schön ausnehmen lassen!
»Du hättest stattdessen lieber Heizöl kaufen sollen! Oder einen neuen PVC-Belag für den Badezimmerboden! Oder ein verdammtes Tor für den Vorgarten, das nicht jedes Mal so erbärmlich quietscht, wenn es jemand öffnet! Du bist ja wohl verrückt geworden!«
»Ich gehe einen trinken«, antwortete ihr Mann ruhig. »Du kannst tun und lassen, was du willst. Ehrlich gesagt, ist mir das egal.«
Damit verließ er das Haus und zog leise die Tür hinter sich zu.
Sie sah ihm nach, wie er die Straße hinunterging, und etwas von der Anspannung in ihrem Herzen schien ein wenig nachzulassen. Vielleicht könnte man die Tasche ja umtauschen.
Nach einer ausgiebigen Dusche begann sie endlich, ihre Antidepressiva zu nehmen, und machte einen dringend benötigten Termin beim Friseur aus. Eine frische Farbe und ein neuer Schnitt, ja, genau das brauchte sie – mindestens fünfzehn Zentimeter würde sie abschneiden lassen.
»Ich sehe aus wie eine Vogelscheuche«, erklärte sie der Friseurin am Telefon. »Ehrlich, Sie werden umfallen, wenn Sie mich sehen.«
Sie griff nach der nachtblauen Handtasche und schleuderte diese empört durch das Zimmer.
»Dieser Idiot!«
Andererseits wäre es vielleicht auch gut, wenn sie die Tasche behielt, als Mahnung dafür, wie gleichgültig sie in den letzten Jahren geworden war.
»Und hier müsste dringend mal aufgeräumt werden«,

keuchte sie und warf ihre Glimmstengel und die Streichhölzer in den Abfalleimer in der Küche.
Schließlich entschied sie sich, ihre Antidepressiva in der nachtblauen Abendtasche mit dem zitronengelben Futter aufzubewahren. Auf diese Weise würde sie zumindest nicht vergessen, die verdammten Dinger zu nehmen.

Kapitel 13
Das Dorf

Während der ganzen Fahrt über die breite, graue Autobahn und entlang der gewundenen Straßen von Fermanagh zermarterte sich Ruby das Hirn bei dem Versuch, sich zu erinnern. Ihre Mutter war schon immer ein sehr introvertierter, distanzierter Mensch gewesen. Nie der Typ, der kicherte, tratschte und mit Freundinnen einen draufmachte. Oder alberne Sache machte, wie den Kochtopf mit dem angebrannten Curry in den Gartenteich zu werfen, wie es Jasmines Mutter einmal getan hatte. Danach waren sämtliche Fische eingegangen … Aber nein, Rubys Mutter war kein Mensch, der sich in aller Öffentlichkeit zur Schau stellte. Deshalb hatte sie sich auch immer hinter diesen Bruchsteinmauern und dem großen, schweren Tor verkrochen. Nicht, weil sie ein depressiver, einsiedlerischer, ungeselliger oder versnobter Spinner war, sondern ein äußerst zurückhaltender Mensch …

»Aber sie muss unter Depressionen leiden«, sagte Ruby nach ein paar weiteren Minuten, die sie in Gedanken versunken verbracht hatte, während draußen ein nieseliger Regen fiel und den Wagen einhüllte. Sie musste bis zu einem gewissen Grad unter Depressionen leiden. Deshalb war sie im letzten Jahr nicht zu Jonathans Beerdigung gekommen. Okay, es hatte geschneit. Aber sie hätten später kommen können. Doch sie wusste, dass ich es bemerkt hätte, wenn sie anders gewesen wäre, und dass ich nicht lockergelassen hätte, bis sie ihre Depressionen eingesteht. *Warum zum Teufel hast du mir nichts davon erzählt, Dad?*

Insgeheim wusste Ruby sehr wohl, warum. Ihr Vater wollte sie nicht damit belasten, weil er wusste, dass sie immer noch um Jonathan trauerte.

Ruby drehte die Heizung im Wagen höher und widerstand dem Drang, den Wagen zu wenden und schnurstracks wieder nach Belfast in ihre gemütliche Wohnung über der Boutique zurückzukehren. Sie sehnte sich danach, unter ihre Steppdecke zu kriechen, in einen tiefen Schlaf zu fallen und all das zu ignorieren.

Ich sollte sie einfach links liegenlassen, so wie sie es im letzten Jahr mit mir getan haben, dachte sie und spürte einen leichten Kopfschmerz hinter ihren Augen, der schon bald schlimmer werden würde. Sie bekam vom Fahren im Dunkeln immer Kopfschmerzen. Zumindest war der Schnee, den sie in diesem Winter gehabt hatten, geräumt.

Oh, Mum. Arme Mum.

Ein ganzes Jahr lang war sie insgeheim stinksauer auf ihre Mutter gewesen, weil sie sie nach Jonathans Tod nicht unterstützt hatte. Dabei hatte die arme Frau die ganze Zeit über wahrscheinlich gegen ihre eigenen Dämonen gekämpft. Ruby war immer der Ansicht gewesen, dass ihr Vater die Launen seiner Frau allzu leicht hinnahm. Der passive Gegenpart zu der herrischen Natur ihrer Mutter …

Gott, hört das denn niemals auf?, dachte Ruby. *Warum kann ich nicht zwei normale Eltern haben? Im Ausgleich dafür, dass ich keinen Mann mehr habe und kein Kind.*

Der Regen wurde stärker, und Ruby war gezwungen, sich

auf die Straße zu konzentrieren. Nach drei Stunden Fahrtzeit lenkte sie ihren alten Audi endlich vorsichtig durch das große Eisentor und über den schmalen Weg zum Haus. Die Grasspur in der Mitte des schmalen Fahrstreifens war von Unkraut überwuchert. Die Bäume schienen auch seit vielen Monaten nicht mehr geschnitten worden zu sein.

»Das ist aber in der Tat ein bisschen seltsam«, murmelte Ruby zunehmend besorgt. »Was zum Teufel ist hier los?«

Mit einem Mal tauchte das große Haus im Lichtkegel ihrer Autoscheinwerfer auf. Beim Anblick der vertrauten grauen Wände mit ihren Moos- und Flechtenflecken lief es Ruby kalt über den Rücken.

Sie hatte dieses abweisende Gemäuer, das weniger ein Herrenhaus als ein überdimensioniertes Bauernhaus war, nie gemocht. Es war ihr als Kind immer böse und finster vorgekommen, so als hätte das Haus eine eigene Persönlichkeit. Als hätte es nicht gewollt, dass Ruby und ihre Eltern dort wohnten.

Aber heute Abend war irgendetwas anders. Schon bevor sie den Wagen abstellte und sich das Haus genauer ansah, fühlte sie, dass etwas verändert war. Es hatte etwas von seiner kargen, strengen Art verloren, schien ein wenig resigniert. Der schmutzige Kies war mit wucherndem Unkraut getüpfelt, und die Lorbeerhecken waren seit Ewigkeiten nicht mehr getrimmt worden, die Vorhänge nicht wie gewohnt perfekt symmetrisch zu den Seiten gebunden und die Fußmatte lag schief auf der Treppe. In der Nähe des Fußabstreifers hatte jemand achtlos eine leere Zigarettenschachtel hingeworfen. Ruby parkte den Wa-

gen an der Hausseite, klingelte an der Haustür und hielt den Atem an.
»Daddy?«, sagte sie gedehnt, als ihr Vater nach einer Weile in einer alten Strickjacke und mit einer Zigarre im Mundwinkel öffnete. Eine Zigarre!
»Ruby!«
»Rauchst du jetzt etwa Zigarren?«, fragte sie beunruhigt. »Oder ist das nur eine Ausnahme, weil heute Silvester ist? Warum ist kein Licht an? Habt ihr einen Stromausfall?«
»Ruby, Schätzchen«, antwortete er mit einem leisen Seufzen. »Was in Gottes Namen machst du hier?«
»Vielen Dank, Dad. Ich freue mich auch, dich zu sehen.«
»So war es nicht gemeint.«
»Wie war es dann gemeint?«
»Du hättest nicht den weiten Weg hierher machen sollen, ohne vorher Bescheid zu sagen.«
»Warum denn nicht? Das hier ist doch schließlich keine verdammte Botschaft, bei der man sich vorher anmelden muss«, erwiderte Ruby gereizt. »Brauche ich etwa einen Termin, um meine eigenen Eltern zu besuchen? Wo ist Mum? Es ist eiskalt hier draußen. Willst du mich nicht hereinbitten?«
»Deine Mutter? Tja, das ist die große Frage. Wer weiß schon, was sie vorhat.« Er seufzte wieder. »Also ich bestimmt nicht. Ich bin ja nur ihr Ehemann.«
»Jetzt reicht es aber!« Ruby schüttelte energisch den Kopf und trat an ihrem Vater vorbei in die hohe Diele. »Ich will wissen, was hier vor sich geht. Warum habt ihr mich seit einem Jahr nicht besucht? Und wo ist meine Mutter? Ich glaube, ich weiß, was mit ihr los ist, Dad. Wir beide werden uns einmal in aller Ruhe unterhalten.«

»Schätzchen, ich bin viel zu müde für so was – ich war die ganze letzte Nacht wach«, protestierte er. Aber es hatte keinen Zweck.
Ruby marschierte bereits den Flur hinunter, woraufhin er der Haustür einen kleinen Tritt mit dem Fuß versetzte, so dass sie ins Schloss fiel.
»Was soll das bitte schön, Daddy?«, stieß Ruby hervor, als sie in der Küche ankam und das Trümmerfeld erblickte. Leere Pizzakartons stapelten sich neben dem Abfalleimer, Zigaretten- und Zigarrenpäckchen zierten die Fensterbank, und mehrere Billigfeuerzeuge lagen in der Obstschüssel. Überall standen dreckige Teller verstreut, die Vorhänge waren geschlossen und zerknittert, die Spüle stank und war mit benutzten Tassen und klebrigen Löffeln gefüllt.
»Dad, diese Küche ist ein Saustall. Und es riecht nach Zigarettenqualm.«
»Nun, was hast du erwartet? Ich wusste ja nicht, dass du kommst«, verteidigte er sich. »Wenn ich das gewusst hätte, hätte ich aufgeräumt.«
»Dad, bis jetzt hielt ich es für ein Gerücht, dass Männer nicht in der Lage sind, Ordnung zu halten. Das hier ist lächerlich! Hättest du nicht die paar Schritte bis zur Mülltonne draußen machen können? Oder mal ein Fenster öffnen, um frische Luft hereinzulassen? Hat Mum dich jetzt etwa verlassen?«
»Ja, Ruby, das hat sie, wenn du es genau wissen willst.«
»Wie bitte? Willst du mich auf den Arm nehmen?«
»Sie hat mich bereits vor drei Wochen verlassen.«
»Was redest du denn da, Dad?«
»Du hast gefragt«, erwiderte er achselzuckend und klopf-

te die Asche von seiner Zigarre in einen leeren Pizzakarton ab.

»Dad, lass das. Du wirst noch das ganze Haus anzünden. Ich habe doch nur einen Witz gemacht. Willst du mir etwa sagen, dass sie tatsächlich weggegangen ist?«

»Leider ja.«

»Aber du bist achtundsechzig Jahre, verdammt noch mal! Und sie ist fünfundsechzig. Ihr könnt euch doch in eurem Alter nicht einfach so trennen. Ihr habt es den ganzen Weg bis hierher geschafft. Da könnt ihr doch jetzt nicht einfach so aufgeben!«

»Offenbar doch. Zumindest scheint deine Mutter es zu können. Denn sie ist nicht mehr hier.«

»Ach du lieber Gott. Das kann doch alles nicht wahr sein.« Ruby ließ sich langsam auf einen Küchenstuhl sinken und schloss die Augen. »Okay, ich werde ganz ruhig bleiben, versprochen. Erzähl mir einfach, was passiert ist.«

»Da gibt es nicht viel zu erzählen«, antwortete er leise und wedelte mit der Zigarre in einer Geste der Hoffnungslosigkeit in der Luft herum. »Eines Morgens hat sie wie gewöhnlich das Haus sauber gemacht. Ich habe sie gefragt, ob sie nicht ein wenig spät dran sei, um die Weihnachtsdekorationen aufzuhängen. Und sie stand einfach da, hat den Handfeger und die Kehrschaufel hingeschmissen und mir erklärt, dass sie sich zu Tode langweile.«

»Zu Tode langweile? Das waren ihre genauen Worte?«

»Das hat sie gesagt, ja. Also habe ich ihr vorgeschlagen, einen Ausflug mit dem Wagen zu machen und vielleicht zu Mittag in der Stadt zu essen. Und sie sagte nein. Sie würde nicht nur die Hausarbeit langweilen, sondern alles andere auch.«

»Alles andere?«
»Genau das habe ich auch gefragt. Da hat sie geantwortet: Genau. Weihnachten, ich, unsere Ehe, das Haus, das Dorf, ihr ganzes Leben bisher langweile sie.«
»Du lieber Himmel! Und was hat sie dann getan?«
»Dann ist sie nach oben gegangen, hat einen kleinen Koffer gepackt, ein Taxi gerufen und ist gegangen.«
»Ich kann es nicht fassen. Wo ist sie hingefahren?«
»Zum Flughafen.«
»Und du hast nicht versucht, sie aufzuhalten?«, stieß Ruby hervor.
»Nicht, nachdem sie mir gedroht hat, mich verhaften zu lassen, wenn ich es täte.«
»Jetzt nimmst du mich auf den Arm!«
»Nein, tue ich nicht. Ich habe die Taxifirma angerufen, nachdem sie verschwunden war. Sie sagten, sie habe darum gebeten, zum internationalen Flughafen gebracht zu werden. Der in der Nähe von Belfast, weißt du.«
»Ich weiß, wo der Flughafen ist, Daddy.«
»Richtig. Sie sei nicht in Eile gewesen, sagten sie. Sie hatte sich noch nicht entschieden, wo sie hinwollte.«
»O Gott. Und seitdem hast du nichts mehr von ihr gehört?«
»Keinen Ton. Hör zu, ich mache mir keine Sorgen. Wir haben beide Verwandte in London. Ich habe den leisen Verdacht, dass sie bei einem von ihnen wohnt. Einen kleinen Urlaub allein unternimmt.«
»Warum hast du mir denn nichts davon gesagt?«
»Ach, Ruby. Weil ich einfach angenommen hatte, dass sie nur für ein paar Tage in London bleiben, ein paar Weihnachtseinkäufe machen und dann wieder nach Hause zu-

rückkommen würde. Ich habe nicht geglaubt, dass sie für immer geht. Sie könnte ja jede Minute wieder zurück sein. Sie war schon immer ein wenig launisch, wie du weißt.«

»Also warst du Weihnachten ganz allein?«

»Ja, aber das war nicht schlimm.«

»Als ich dich am ersten Weihnachtsfeiertag angerufen habe, da hast du doch gesagt, Mum sei mit der Zubereitung des Essens beschäftigt, und hast mir Grüße von ihr ausgerichtet.«

»Da habe ich dich angelogen, Schätzchen.« Als ihn Ruby daraufhin mit einem bösen Blick bedachte, fügte er gleich hinzu: »Ich wollte nicht, dass du dir Sorgen machst. Es war wirklich nicht so schlimm. Ich habe die Zeit mit ein paar Drinks und einem Film im Fernsehen ganz gut herumgekriegt. Und ich habe einen langen Spaziergang am See gemacht. Sie wird schon wiederkommen, wenn sie ihre innere Unruhe losgeworden ist.«

»Woher willst du das wissen?«

»Weil sie das von Zeit zu Zeit so macht. Für gewöhnlich fährt sie dann allerdings ans Meer. In eine Pension in Galway oder Donegal. Manchmal auch nach Dublin. Aber bisher war sie nie länger als fünf Tage fort. Außerdem hat sie noch nie ihren Reisepass mitgenommen. Ich wusste nicht einmal, dass sie einen hat. Wir sind noch nie im Ausland gewesen.«

»Wie lange geht das schon so, Dad?«

»Oh, ich weiß nicht. Ein paar Jahre.«

»Wie lange genau?«

»Arbeitest du jetzt bei der Polizei?«

»Sag es mir, Dad.«

»Mehr als vierzig Jahre.«
»Verdammter Mist ... Ist dir nie in den Sinn gekommen, dass Mum unter Depressionen leiden könnte?«
»Natürlich ist es das. Ich bin nicht völlig beschränkt, Ruby. Aber was konnte ich schon tun? Sie hat sich geweigert, zum Arzt zu gehen, aus Angst, dass man sie mit Tabletten vollstopfen würde. Oder dass man sie ins Irrenhaus stecken könnte. Wir sind mit ihren Launen immer irgendwie zurechtgekommen, Ruby. Es war nicht perfekt, aber es hat funktioniert.«
»Man sperrt die Leute heute nicht mehr weg, Dad«, entgegnete Ruby mit sanfter Stimme.
»Zu unserer Zeit hat man das aber getan. Hunderte wurden in dieser großen, hässlichen Anstalt in Tyrone weggeschlossen. Vor allem Frauen, die etwas an den Nerven hatten, die armen Seelen.«
»Ja, aber das ist über fünfzig Jahre her.«
»Deine Mutter hatte eine Tante, die einmal dort eingewiesen wurde, nachdem sie ein Baby bekommen hatte. Wahrscheinlich litt sie unter postnataler Depression oder sonst was. Das vergisst man nicht so schnell. Das Letzte, was wir von Cissy gehört haben, war, wie sie laut schreiend im Wagen des Arztes weggefahren wurde. Sie ist in der Anstalt gestorben. An Herzversagen, wie es hieß. Ich vermute, sie haben ihr zu viele Tabletten gegeben.«
»Gütiger Himmel! Hör zu, Dad. Heute laufen die Dinge anders. Menschen, die unter Depressionen leiden, werden nicht in Anstalten eingewiesen. Ich werde hierbleiben und dir helfen, in Ordnung? Wir telefonieren herum und versuchen herauszufinden, wo Mum steckt, ja? Morgen früh werden wir das Haus mal gründlich aufräumen, damit

alles wieder hübsch aussieht, wenn Mum nach Hause kommt. Wir könnten auch ein paar Blumen für die Diele kaufen. Und dann werden wir Mum gemeinsam überzeugen, fachkundige Hilfe wegen ihrer Depressionen in Anspruch zu nehmen.«

Aber Rubys Vater hörte ihr gar nicht richtig zu.

»Nein, Ruby. Wir tun gar nichts. Vielleicht leidet sie ja gar nicht an Depressionen. Vielleicht ist das nur ihre innere Unruhe. Niemand ist ständig und andauernd glücklich, es sei denn, er hat ein sehr schlichtes Gemüt.«

»Soll das heißen, du willst gar nichts tun?«

»Genau so ist es, Ruby. Ich möchte auch nicht, dass du etwas anfasst oder mit irgendjemandem redest.«

»Aber warum denn nicht?«

»Weil ich nicht will, dass deine Mutter davon erfährt, dass du hier gewesen bist, wenn sie wiederkommt. Ich möchte einfach, dass sie heimkommt, das Haus aufräumt, und dann werden wir so weitermachen wie bisher. Deshalb hinterlasse ich auch diese ganze Schweinerei. Dann hat sie etwas zu tun, wenn sie wieder da ist. Sie schwingt immer gleich den Staubwedel, wenn sie zurückkommt. Sie braucht das. So ist es immer.«

»Aber das ist nicht normal, Dad. Das ist absolut schräg«, stammelte Ruby, während ihre Augen sich mit Tränen füllten.

»Nein, das ist es nicht. So handhaben deine Mutter und ich die Dinge hier nun mal.«

»Dad, bitte lass mich ihren Arzt anrufen, um mir Rat zu holen, ja? Vielleicht sollte ich besser gleich die Polizei benachrichtigen.«

»Das kommt gar nicht in Frage! Ich verbiete es dir! Sie ist

ein rastloser Mensch, Ruby, das ist alles. Wenn sie diese innere Unruhe verspürt, muss sie für eine Weile los. Sie ist eine viel zu kluge Frau, um bloß hier draußen auf dem Land zu hocken und den ganzen Tag Staub zu wischen und Böden zu wienern.«

»Aber sie wollte doch nie Karriere machen, oder?«

»Doch, das wollte sie schon, aber sie hatte ja nie die Gelegenheit zu studieren«, erwiderte Rubys Vater mit ausdrucksloser Stimme, als erkläre dies alles. »Als wir jung waren, konnten sich nur die Kinder aus der Oberschicht eine Hochschulbildung leisten. Als wir dann das Geld hatten, war es für deine Mutter zu spät, das College zu besuchen.«

Das war der Moment, in dem Ruby die Beherrschung verlor. »Dad, ich kann diese alte Leier wirklich nicht mehr hören! Was soll denn dieser ganze Blödsinn von wegen *Oberschicht?* Wir reden hier von den späten siebziger Jahren und nicht vom vorletzten Jahrhundert, verdammt noch mal! Mum hätte jederzeit eine Ausbildung machen können. Ihr hattet genug Geld und nur ein Kind großzuziehen. Ihr hättet ein Kindermädchen für mich einstellen können und eine Haushälterin für den Rest. Es ist doch absoluter Quatsch, zu behaupten, Mum hätte nie irgendwelche Chancen gehabt. Sie bestraft dich bloß dafür, dass du so geduldig, nett und verständnisvoll bist.«

»Hör damit auf, Ruby.«

»Nein, das werde ich nicht. Sie ist völlig durchgedreht.«

»Ich hatte Glück, dass sie mich überhaupt geheiratet hat. Ich hatte Glück, dass sie einverstanden war, mit mir in die tiefste Provinz zu ziehen.«

»Ich bitte dich! Es ist so hübsch hier in Fermanagh. Ihr

habt dieses wunderschöne, große Haus! Wenn ihr es einmal streichen lasst und ein paar Lampen entlang der Zufahrt anbringt, ist es perfekt! Ich habe keine Ahnung, warum ihr das nicht schon vor Jahren gemacht habt, aber das ist ja jetzt egal. Ihr hättet näher an das Dorf oder sogar nach Enniskillen selbst ziehen können. Oder nach Belfast, um in meiner Nähe zu sein. Zu eurem einzigen Kind … Mum hätte Krankenschwester oder Ärztin oder was auch immer werden können.«

»Nein, nein, diese Dinge macht man, wenn man jung ist. Nicht erst mit fünfunddreißig. Denn so alt wäre sie gewesen, bis sie den nötigen Schulabschluss nachgeholt hätte, um studieren zu können.«

»Ach, es hat doch keinen Sinn, mit dir zu reden, Dad. Du bist genauso schlimm wie sie. Ihr spinnt beide, wenn du mich fragst. Dieses ganze Diva-Gehabe kommt einfach daher, dass ihr reiche Müßiggänger seid und euch zu Tode langweilt. An den Außenanlagen ist schon seit Monaten nichts mehr getan worden, also geht das Ganze hier wohl schon eine Weile so.«

»Was weißt du denn schon?«, fragte er plötzlich. »Du bist doch weit weg in Belfast mit deinem schicken Laden und all deinen hochnäsigen Freunden!«

»Wie bitte? Ich habe keine hochnäsigen Freunde, Dad! Bist du jetzt völlig verrückt geworden? Da sind nur meine alten Nachbarn und ein paar Freunde aus der Schule, die ich einmal im Jahr auf einen Kaffee sehe. Kennst du deine eigene Tochter überhaupt? Hast du vergessen, dass ich im letzten Jahr meinen Mann verloren habe? Du hast mich nicht einmal gefragt, wie ich mit allem klargekommen bin.«

»Ich wollte mit meinen Fragen keine schlimmen Erinnerungen wachrufen, Ruby.«
»Dad, Jonathan ist *tot.* Er ist bei einem Verkehrsunfall ums Leben gekommen. Dad, hörst du mir zu? Er ist an Heiligabend gestorben. Daran werde ich mich mein Leben lang erinnern«, rief Ruby wütend. »Ach, was nützt das schon? Du würdest lieber qualvoll sterben, als eine offene Unterhaltung mit deiner einzigen Tochter zu führen. Ich weiß wirklich nicht, warum ich mir die Mühe mache. Ich sollte besser die Telefonseelsorge anrufen, wann immer mir nach Reden zumute ist!«
»Werd nicht frech! Es tut mir leid, dass ich nicht der Vater bin, den du dir wünschst«, erwiderte er beleidigt. »Aber ich bin nun mal so, wie ich bin.«
»Ich würde mir wünschen, dass du ein ganz *normaler* Vater wärst, Dad. Und Mum eine ganze normale Mutter, verstehst du? Dass ihr euch auch für Kleinigkeiten interessiert. Mich fragt, wie es mir geht. Mich umarmt, wenn wir uns begrüßen.«
»Du hättest ja nach Jonathans Tod hierher zurückkommen können, wenn dir so viel daran gelegen ist, uns nahe zu sein«, sagte er mit anklagender Stimme.
»Wie bitte? Damit ich euer ganzes Theater aus nächster Nähe miterlebe?«
»Wir können doch nichts dafür, wie wir sind, Ruby. Wir sind eben zu Zurückhaltung erzogen worden. Wenn du mich fragst, wird das alles heute eh viel zu weit getrieben«, sagte er und starrte zur Decke hinauf. »Dieses ganze Geknutsche und Betätscheln zwischen wildfremden Menschen!«
Ruby stieß einen tiefen Seufzer aus. Offenbar würde sie

heute Abend von ihrem Dad keine Umarmung mehr bekommen.

»Also, nur zu deiner Information, ich bin eine trauernde Witwe, Dad, mit einem kleinen Laden auf der Ravenhill Road. Meine beste Freundin ist gleichzeitig meine Angestellte. Es vergeht kein Tag, an dem ich mir nicht wünsche, dass Jonathan durch die Tür tritt und mir erklärt, dass das Ganze nur ein Alptraum gewesen ist. Wir haben uns sehr geliebt, verstehst du? Aber was weißt du schon von meinem Leben? Du und Mum, ihr sitzt hier und treibt eure albernen Spielchen, habt all das Geld auf der Bank und so viel Zeit zur Verfügung! Welch ein Glück für euch, dass ich nicht einen Haufen Kinder bekommen habe, bevor mein Mann gestorben ist. Dann müsstet ihr euch nämlich mal wie richtige Großeltern benehmen und würdet endlich sehen, wie selbstsüchtig ihr in Wirklichkeit seid!«

»Jetzt wirst du aber verletzend – ich glaube, du solltest besser wieder nach Hause fahren und dich beruhigen, junge Dame.« Rubys Vater wandte sich ab und zündete sich eine neue Zigarre an.

»Ich bin zweiunddreißig, Dad, so kannst du nicht mehr mit mir reden. Ich lasse mir nicht sagen, dass ich mich beruhigen soll.«

»Ich bin immer noch dein Vater, und es wäre besser, wenn du jetzt gehst.«

»Keine Sorge, das werde ich«, zischte Ruby wütend und marschierte mit steifen Schritten auf die Tür zu. Sie war empört, dass ihr Vater sie sogleich wieder auf die dreistündige Rückfahrt schickte. Noch einmal drehte sie sich zu ihm um. »Es ist an der Zeit, dass du selbst endlich erwachsen wirst, Dad, und mit diesem Teenager-Gehabe aufhörst. Es kräht kein Hahn danach, was ihr hier draußen treibt. Die Nachbarn nicht und auch sonst niemand. Du versuchst hier einen Schein zu wahren, um den sich niemand schert. Du brauchst genauso Hilfe, begreifst du das denn nicht?«

»Du verstehst das nicht, Ruby. Deine Mutter wird bald zurück sein. Und wenn wir uns das nächste Mal treffen, dann wirst du nichts von alledem hier erwähnen. Wir brauchen keine Ärzte, die ihre Nasen in alles hineinstecken. Deine Mutter ist ein flatterhafter Mensch, das ist alles. Du machst aus einer Mücke einen Elefanten.«

»Wenn du das sagst. Dann wünsche ich dir einen guten Rutsch ins neue Jahr!«, schnappte Ruby, zog die Haustür hinter sich zu und kehrte mit so viel Würde, wie sie aufzubringen vermochte, zu ihrem Wagen zurück. »Du kannst mich gern anrufen und mich in Belfast besuchen«, rief sie laut, bevor sie in ihr Auto stieg. »Ich werde erst wiederkommen, wenn meine Eltern anfangen, sich wie richtige Erwachsene zu benehmen.«

Aber Rubys Vater kam nicht ans Fenster, um ihr zum Abschied zuzuwinken. Auch Ruby warf keinen Blick zurück, als sie langsam die mit Unkraut übersäte Auffahrt hinunterfuhr. Wenn ihr Vater mit seinen Zigarren und seinen verrückten Vorstellungen dort allein sitzen wollte, dann war das eben so. Ruby hatte nicht die Kraft, ihn zu überzeugen, mit einem Arzt oder einem Therapeuten zu sprechen. Sollte er doch glauben, es sei völlig normal, wenn seine Frau als eine Art Wiedergutmachung für ihre entgangene Karriere – eine Fantasiekarriere noch dazu – gelegentlich verschwand. Ihr Bedarf an Drama war fürs Erste gedeckt.

Ohne das Radio einzuschalten, fuhr sie nach Belfast zurück, genoss die dunklen, leeren Straßen und das Gefühl, allein zu sein und dennoch irgendwie verbunden mit der Welt dort draußen. Sie entschied sich, ein heißes Bad zu nehmen und sich danach mit einer Tasse Kakao ins Bett zu begeben. Sie würde den ganzen Neujahrstag in ihrem wärmsten Bademantel verbringen, sich alte Filme im Fernsehen ansehen, an Jonathan denken und ein bisschen weinen. Wenigstens blieb ihr das Bewusstsein, dass sie ihr Bestes gab, um in einer Welt, die manchmal alles andere als normal war, ein halbwegs normales Leben zu führen. Wenn ihre Eltern es als Nervenkitzel betrachteten, an ihrem Lebensabend zu schmollen und einander zu verletzen, dann war das ganz allein ihre Sache.

»Ich werde ihn nicht anrufen«, erklärte Ruby dem Lenkrad, als nach drei langen Fahrstunden im Dunkeln endlich die Lichter von Belfast in Sicht kamen. Es war fünf Minuten vor Mitternacht, und rasende Kopfschmerzen quälten sie. »Ich schwöre zu Gott, dass ich mich nicht mehr einmischen werde. Egal wie lange das Ganze auch dauern mag. Ich werde den Mund halten und kein Wort mehr sagen.«

Und es war ihr ernst damit. Obwohl ihr der Verstand sagte, dass sie schnurstracks hineingehen und die Polizei anrufen sollte, um ihre eigene Mutter als vermisst zu melden. Aber bitte, wenn ihre Eltern dieses Spielchen spielen wollten …

Zwei Tage später rief Rubys Vater im Laden an, um ihr mitzuteilen, dass sich ihre Mutter endlich gemeldet hatte. »Wo ist sie?«, erkundigte sich Ruby erschöpft, da sie befürchtete, ihre alberne Mutter nun von irgendwoher nach Hause holen zu müssen.

»Sie ist in Amerika«, antwortete ihr Vater seufzend. »In New York. Donegal war ihr dieses Mal anscheinend nicht weit genug …«

Kapitel 14
Das dritte Geheimnis

Inzwischen war es April. Ruby und ihr Vater sprachen nach wie vor nur sehr selten miteinander, während sich ihre Mutter immer noch in New York herumtrieb. Sie hatte einige Male angerufen und ihnen versichert, dass es ihr gut gehe und sie eine Weile für sich sein wollte. Ruby stand vor einem absoluten Rätsel: Es gab keinen friedlicheren Ort als Fermanagh. New York dagegen quoll über vor Menschen, oder etwa nicht? Aber sie wollte sich nicht noch mehr in die Ehe ihrer Eltern einmischen. Dazu besaß sie nun wirklich nicht die emotionale Stärke. Alle drei lagen daher in ihren Schützengräben, und es gab keinerlei Anzeichen dafür, dass einer von ihnen in absehbarer Zeit die weiße Fahne schwenken würde.

»Frag nicht«, brummte Ruby jedes Mal mit einem tiefen Seufzer, wenn Jasmine das Thema anschnitt.

Es war ein ruhiger Morgen im Laden gewesen, aber das sollte sich bald ändern.

Mit einem Mal ertönte ein ungeduldiges Klingeln der Tür, und als Ruby, die gerade die Kasse in Ordnung brachte, aufschaute, erblickte sie eine dunkelhaarige, sonnenbankgebräunte junge Frau, die erwartungsvoll an die Scheibe klopfte.

Als Ruby den Türöffner drückte, stürzte sie polternd in den Laden, blieb dabei aber fast im Türrahmen stecken, da sie zahlreiche voluminöse Einkaufstüten mit sich her-

umschleppte. Angesichts ihrer durchtrainierten Arme schien ihr das allerdings nicht schwerzufallen.
»Ach du Schande, Rebecca McCann! Sie war das offizielle Partyluder an meiner Schule …«, flüsterte Jasmine ihrer Freundin zu, und ihr Gesicht verfärbte sich augenblicklich. Sofort erkannte Ruby, dass Jasmine kein großer Fan von Rebecca McCann war.
»Hi, Jazzy, lange nicht gesehen!«, kreischte Rebecca. »Hi, ich bin Becky, bin mit Jazzy hier in die Schule gegangen«, fügte sie an Ruby gewandt hinzu.
»Hallo Becky, äh … wie läuft's denn so?«, erwiderte Jasmine mit stockender Stimme und musterte mit großen Augen Rebeccas Aufzug. Ihre engen Klamotten und die hochhackigen Schuhe wirkten ehrlich gesagt ein wenig nuttig, aber waren offensichtlich teuer. An ihrem Ringfinger funkelte ein nicht zu übersehender Diamantring. Scheinbar hatte sich die gute Becky einen reichen Freund geangelt. Jasmine schüttelte innerlich darüber den Kopf, da sie fand, dass sie selbst besser aussah und mehr Stil hatte als Becky, die schon in der Schule gerne das Möchtegern-Model gemimt hatte. Sie bemerkte, dass Becky schon Krähenfüße hatte und auch die ersten Falten um den Mund. *Das liegt wahrscheinlich an all den Zigaretten, die sie damals immer an der Bushaltestelle geraucht hatte,* erinnerte sich Jasmine gehässig.
»Super, danke der Nachfrage. Hast du denn noch nicht die tollen Neuigkeiten gehört? Ich hab letzte Woche im Lotto gewonnen!«, sagte Rebecca laut, warf den Kopf in den Nacken und öffnete den Mund zu einem meckrigen Lachen. Dabei entblößte sie eine Reihe perfekt verblendeter, grellweißer Zähne.

»Sie haben was? O mein Gott! Ist das wahr?«, rief Ruby, während Jasmine leicht zu schwanken begann und nach Luft schnappte.
»Und ob das wahr ist. Ich habe sieben Millionen abgeräumt«, trällerte Rebecca, deren dickes Augen-Make-up ihr das Aussehen eines aufgeschreckten Pandabären verlieh. »Sie machen heute Abend ein Interview mit mir auf UTV. Stell sich das mal einer vor: Ich im Fernsehen! Endlich berühmt! Und sie bringen es auch in den überregionalen Zeitungen. Ich bin deshalb schon ganz fertig – dabei sehe ich immer so furchtbar aus, wenn ich nervös bin!«
»Sieben Millionen Pfund? Solltest du das nicht besser für dich behalten? Hast du keine Angst, entführt oder ausgeraubt zu werden?«, brachte Jasmine heraus. »Eines Tages wird dich irgendein arbeitsloser Terrorist in einen Van schubsen, und du verschwindest auf Nimmerwiedersehen.«
Hoffentlich, schien Jasmines Gesichtsausdruck zu sagen.
»Jasmine, jetzt mach deiner Freundin doch keine Angst«, warnte Ruby. »Ich bin sicher, die Lottogesellschaft wird Becky schon vor solchen Dingen gewarnt haben.«
Aber Rebecca war nicht allzu besorgt um ihre Sicherheit. »Ich scheiß auf die Terroristen. Die sollen nur kommen. Ich hab zwei Bodyguards eingestellt«, erklärte sie und vollführte eine lässige Bewegung mit ihrer manikürten Hand. Beide Frauen starrten auf Beckys lange Kunstnägel, die weiß und rot lackiert und mit blauen Sternchen besetzt waren.
»Bodyguards?«, keuchte Jasmine. »Im Ernst?«
»Aber klar doch. Zwei reizende Jungs von einer Agentur in London. Ex-Soldaten. Die sind verdammt fit. Einen

riesigen Bizeps!«, flötete sie und spannte ihren Arm an. »Ich ziehe ohnehin bald aus Belfast weg. Suche mir irgendwo eine Villa in der Sonne. Mit Swimmingpool und allem Drum und Dran! Ich weiß bloß noch nicht genau, wo. Aber eins ist sicher: Ich werde schnellstmöglich aus diesem eiskalten Kaff die Kurve kratzen. Wer hätte das gedacht, was? Ich spiele schon seit Jahren jede Woche Lotto.«

Jasmine öffnete den Mund, um etwas zu sagen, aber es kamen keine Worte heraus.

»Nun, herzlichen Glückwunsch«, gratulierte Ruby stattdessen strahlend und versuchte zu ignorieren, dass Jasmine aussah, als müsste sie sich übergeben. »Es ist toll, dass einmal jemand aus Belfast im Lotto gewonnen hat. Ich wünsche Ihnen alles Gute und hoffe, dass der Geldregen Ihnen Glück bringt.« Ruby war nur höflich, doch das schien Becky gar nicht zu bemerken – oder es war ihr einfach egal.

»Danke«, sagte Becky und schnipste sich eine Ponyfranse aus den Augen.

»Und was können wir für Sie tun?«, fragte Ruby, die bestrebt war, Becky aus dem Laden zu bekommen, bevor Jasmine versuchte, sie mit einem der glitzernden Schals zu erdrosseln.

»Ich möchte diese grüne Handtasche aus dem Fenster kaufen«, antwortete Becky und gab sich große Mühe, unter der Last der sechs Einkaufstüten, die allein an ihrem rechten Arm baumelten, darauf zu zeigen.

»Würde eine Chanel-Tasche nicht besser zu deinem Lottogewinn passen?«, erkundigte sich Jasmine mit zuckersüßer Stimme.

»Sie ist nicht für mich, sondern für meine Mutter. Sie hat sie neulich im Schaufenster gesehen und möchte sie gern haben.«

»Ich werde sie für Sie einpacken«, sagte Ruby. »Und bitte richten Sie Ihrer Mutter aus, dass ich mich freue, dass ihr meine Handtasche gefällt.« Dann setzte sie stolz hinzu: »Ich fertige diese Taschen nämlich selbst in Handarbeit an.«

»Oh, ich wünschte, ich wäre auch so geschickt! Ich werde es ihr sagen«, erwiderte Becky, schälte ein paar Banknoten von einer dicken Rolle, die sie aus ihrer Tasche holte, und ließ sie salopp auf die Theke fallen, als handele es sich um alte Bonbonpapierchen.

»Vielen Dank auch«, sagte Ruby und legte das Geld in die Kasse. Sie hätte Becky die Tasche auch umsonst geben können, da sie Jasmines alte Schul»freundin« war, aber sie wollte Jasmine nicht noch weiter aufregen. Auf deren Stirn pochten gleich mehrere Venen. Ruby wickelte die apfelgrüne Tasche in Seidenpapier, steckte sie in eine gestreifte Tragetasche und übergab sie ihrer neuen Kundin.

»Wo sind deine Leibwächter denn heute?«, fragte Jasmine mit gespieltem Unschuldston.

»Im Auto. Sie machen eine kleine Zigarettenpause«, gab Becky zu und verriet damit gleichzeitig, dass sie all ihre Einkäufe nur mit in Rubys Laden gebracht hatte, um vor Jasmine damit anzugeben. Offenbar hatte Becky bereits gewusst, dass sie hier arbeitete.

»Falls wir uns nicht wiedersehen sollten, wünsche ich dir viel Glück«, presste Jasmine mit einem gezwungenen Lächeln hervor. »Pass nur auf, dass du dir in deiner neuen Villa keinen Sonnenbrand holst. Vergiss nicht, dass wir

hier in Nordirland so bleich sind, dass wir schon nach nur fünf Minuten in der Sonne Hautkrebs bekommen!«
Endlich wirkte Becky ein wenig verunsichert.
»Hautkrebs?«, sagte sie und versuchte mit all dem Botox erfolglos die Stirn zu runzeln.
Jasmine nickte nur mit großen Augen.
»Noch einmal meinen herzlichsten Glückwunsch«, mischte sich Ruby ein, kam hinter der Theke hervorgeschossen und hielt Rebecca McCann, die nun eine der reichsten Einwohnerinnen Belfasts war, die Tür auf. »Stell sich das mal einer vor! Eine echte Lottogewinnerin in meinem Laden!«
»Danke«, sagte Becky und lachte schon wieder laut. »Oh, und ich bin jetzt auch verlobt. Hast du den Ring bemerkt, Jazzy?«
»O ja, der ist wirklich nicht zu übersehen«, entgegnete Jasmine gehässig. »Ich war mir nicht sicher, ob er nicht vielleicht aus Glas ist.«
»Nein, nein, der ist natürlich echt. Ich hab mich letztes Jahr von meinem Freund getrennt. Der war 'ne ziemliche Nullnummer«, erklärte Becky und verdrehte die Augen. »Hat dauernd anderen Frauen nachgeschaut. Bloß, dass es nicht beim Schauen geblieben ist, wenn du verstehst, was ich meine. Dieser Volltrottel.«
»Hmm. Und wer ist jetzt der Glückliche?« Diese Frage konnte sich Jasmine dann doch nicht verkneifen.
»Jimmy White.«
»Jimmy White aus unserer alten Schule?«, hakte Jasmine ungläubig nach, und ihre Stimme zitterte. Der attraktivste Kerl im ganzen Viertel, blonder Bürstenhaarschnitt, kantige Gesichtszüge und strahlend blaue Augen.

»Genau der. Wir haben uns vor einer Weile über Facebook getroffen.«
»Nachdem du im Lotto gewonnen hattest oder vorher?«, fragte Jasmine.
»Jasmine, sei doch nicht so neugierig«, trällerte Ruby.
»Zufälligerweise nach meinem Gewinn. Wir haben uns gleich nach sechs Tagen verlobt. Aber er ist nicht etwa hinter meinem Geld her, wenn du das meinst«, plauderte Becky. »Er war vom ersten Tag an in mich verliebt, hat er gesagt. Ich habe meinen Verlobungsring zwar selbst gekauft, aber er hätte es auch getan, wenn er das Geld gehabt hätte. Wer hat schon hunderttausend Pfund so herumliegen? Außerdem muss er Alimente für seine beiden Kinder zahlen, und deren Mütter sind zwei richtige Miststücke!«
»Der arme Kerl ... So lange war er schon in dich verliebt, sagst du? Wie romantisch«, erklärte Jasmine mit einem strahlenden Lächeln, obgleich ihre Augen hart und dunkel waren wie Feuersteine.
»Ja, ein echter Traum! Also dann, man sieht sich!«, rief Becky schließlich und marschierte vergnügt zur Tür hinaus.
Ruby winkte ihr nach und blieb dann kichernd am Fenster stehen, als Becky ihre Einkäufe in eine schwarze Stretchlimousine mit getönten Scheiben verfrachtete und dabei fast in den Wagen fiel. Als der Wagen davonfuhr, stieg eine kleine Rauchwolke aus Zigarettenqualm durch das Schiebedach in die Höhe.
»Das war ja zum Totlachen!«, sagte Ruby und schüttelte ungläubig den Kopf. »Das ist vielleicht eine!«
Aber Jasmine schlurfte mit hängenden Schultern zu dem

Sessel hinten im Laden und ließ sich verzweifelt hineinsinken.

»Eine dumme Kuh ist das«, gab sie verbittert zurück. »Stell dir nur vor, dass so jemand sieben Millionen gewinnt!«

»Kein Neid, Jasmine«, sagte Ruby sogleich.

»Bitte?«

»Kein Neid. Das ist das dritte Geheimnis vom Glücklichsein.«

»Wovon redest du denn da, Ruby?«

»Ich überlege, eine Liste aufzustellen. Ich habe in den letzten Tagen viel darüber nachgedacht. Und das wäre dann das dritte Geheimnis vom Glücklichsein.«

»Welche Tabletten nimmst du diese Woche?«, fragte Jasmine und schloss vor lauter Anstrengung, Rebecca McCann zu hassen, die Augen.

»Erinnerst du dich denn nicht mehr an meine ersten beiden Geheimnisse? Also, zuerst solltest du emotional unabhängig werden und dich dann um deine Gesundheit kümmern. Und als Drittes alle negativen Emotionen wie zum Beispiel Neid loswerden.«

»Ruby, diese blöde Schnepfe hat gerade sieben Millionen Pfund im Lotto gewonnen!«

»Na und? Du solltest dich für sie freuen.«

»Du kennst sie nicht. Sie freut sich diebisch, diese eingebildete Ziege. Sie wollte mir das unter die Nase reiben und hat jede Sekunde davon genossen. Sie ist wirklich der letzte Mensch, der sieben Millionen Pfund gewinnen sollte.«

»Natürlich freut sie sich. Sie hat jahrelang gespielt und wie jeder auf den großen Gewinn gehofft.«

»Ach, Quatsch! Wenn ich an all die tollen Sachen denke,

die ich mit dem Geld anstellen könnte. Ein hübsches Haus für meine Eltern kaufen, damit sie sich zur Ruhe setzen können, meiner behinderten Cousine helfen …«

»Nun, ich bin sicher, dass wir alle tolle Dinge mit einem Lottogewinn anstellen könnten«, meinte Ruby mit ruhiger Stimme und lächelte. »Aber jetzt reiß dich endlich zusammen, Jasmine. Es ist doch nur Geld.«

»Du hast leicht reden. Du hast ja genug davon«, erwiderte Jasmine abweisend.

»Die lustige Witwe, die praktischerweise die Lebensversicherung kassiert hat, wie?«

»So war das nicht gemeint, und das weißt du ganz genau«, verteidigte sich Jasmine.

»Doch, genau so hast du es gemeint. Ja, natürlich bin ich froh, dass mir der Laden und die Wohnung oben gehören, aber ich würde sie gleich morgen verschenken, wenn ich dafür Jonathan zurückhaben könnte.«

»Tut mir leid, Ruby. Das weiß ich doch.«

»Entschuldigung angenommen. Aber warum hasst du diese Frau denn so?«

»Ach, keine Ahnung. Als wir Teenager waren, hat sie sich wie ein kleines Flittchen aufgeführt und anderen Mädchen die Freunde ausgespannt. Außerdem war sie ein verwöhntes Einzelkind und hat immer alles bekommen. Sie hat jahrelang dieses Mädchen in unserer Klasse schikaniert, weil die Kleine rote Haare hatte. Das ist alles einfach nicht fair.«

»Das Leben ist nun einmal nicht fair. Das habe ich am eigenen Leib erfahren.«

»Ich weiß, Ruby. Und ich weiß auch, dass es im Grunde nicht wirklich wichtig ist. Aber es ist einfach nicht fair.«

»Versuch einfach, nicht mehr an sie zu denken.«
»Aber sie ist nicht einmal dankbar, Ruby. Für sie ist das Ganze nur ein großer Spaß.«
»Ja, ich glaube auch nicht, dass sie sich bewusst ist, was für ein Geschenk sie da erhalten hat. Sie scheint eher simpel gestrickt zu sein, nicht wahr? Ich an ihrer Stelle hätte eine Höllenangst davor, von Verbrechern nach Hause verfolgt zu werden, und würde wohl hinter jedem Baum einen Entführer vermuten. Aber sie ist wie ein Kind im Spielzeugladen, stimmt's? Ich wäre gern selbst ein wenig so wie sie. Wie gewonnen, so zerronnen.«
»Ernsthaft? Also ich finde, Leuten wie ihr sollte es verboten sein, Lotto zu spielen«, sagte Jasmine verbittert.
»Ach, Jasmine, das ist jetzt aber wirklich ein bisschen übertrieben!«, entgegnete Ruby lächelnd.
»Ich wette, sie wird bald an einem großartigen Ort wohnen«, schimpfte Jasmine weiter. »Einem Paradies für Millionäre. In einer Villa mit Riesenpool im Garten und Angestellten, die hinter ihr herputzen. Sie wird den ganzen lieben langen Tag nichts anderes zu tun haben, als zu shoppen und sich von ihrem Chauffeur in der Limousine herumfahren zu lassen. Wie eine echte Fußballerehefrau.«
»Die sind doch auch nicht immer glücklich. Und dazu haben sie noch einen Mann, der nichts kann außer Fußballspielen.«
»Das ist allerdings wahr.«
»Bei all der Shopperei, die Becky ganz offensichtlich zu ihrer Hauptbeschäftigung erkoren hat, wird sie in spätestens zwei Jahren ohnehin pleite sein«, fuhr Ruby fort. »Ich meine, eine Stretchlimo und zwei Leibwächter, bloß um einkaufen zu gehen? Dieser Jimmy ist bestimmt auch

nur auf ihr Geld aus. Ein anständiger Mann würde nie seine Kinder im Stich lassen, um mit seiner neuen Frau ins Ausland zu gehen, stimmt's?«

»Oh, Ruby, du schaffst es immer, mich aufzumuntern, vielen Dank! Jimmy war schon früher ein ziemlicher Schluckspecht, wenn ich mich recht erinnere. Mit dreizehn konnte er zwei Liter Apfelwein kippen und ist trotzdem noch heimlich mit dem Wagen seines Vaters gefahren. Und er hat immer viel gespuckt. Ich konnte Jungs, die auf die Straße rotzen, noch nie leiden!«

»Er wird Beckys Geld bestimmt für protzige Autos aus dem Fenster schmeißen und es auf den Kopf hauen, als wenn es kein Morgen gäbe. Ich verstehe ja, dass man ein wenig neidisch ist auf Lottogewinner, aber ich finde, du reagierst ein bisschen übertrieben. Du hast doch ein tolles Leben, Jasmine.«

»Ja, ich arbeite in einem kleinen Laden in Belfast und gebe mein ganzes Geld für die Miete meines winzigen Appartements aus«, murmelte Jasmine.

»Nein, du hast einen guten, nicht zu anstrengenden Job in einer exklusiven Boutique und eine überaus nette Chefin. Deine Familie liebt dich, und du lebst in einem Luxus-Appartement mit Balkon und jeder Menge Einbauschränken«, sagte Ruby feierlich. »Außerdem siehst du bezaubernd aus, Jasmine. Becky besteht doch eigentlich nur aus Haarverlängerungen, falschen Zähnen und künstlichen Fingernägeln.«

»Mein Benehmen tut mir leid, Ruby. Da wäre nur noch eine Sache«, seufzte Jasmine.

»Schieß los.«

»Bitte nenne mich niemals *Jazzy*«, sagte Jasmine leise.

»Das würde ich niemals wagen«, antwortete Ruby lächelnd.

Drei Wochen später hörte Ruby in den Lokalnachrichten, dass Jimmy White, der Verlobte von Lottogewinnerin Rebecca McCann, zwei Millionen Pfund von ihrem gemeinsamen Konto abgeräumt und damit das Land verlassen hatte. Anschließend hatte die Polizei einen Entführungsversuch von Rebeccas Eltern vereitelt. Drei maskierte Männer wollten sie auf dem Parkplatz eines Supermarkts entführen. Es wurde mit Pistolen herumgefuchtelt, Mrs. McCann fiel in Ohnmacht und schlug sich den Kopf an einem Einkaufswagen auf. Rebecca und ihre Eltern waren nun irgendwo in England an einem geheimen Ort untergetaucht. Fotos von Jimmys Kindern waren in den Zeitungen unter Schlagzeilen wie »Komm wieder nach Hause, Daddy!« abgedruckt.

»Die arme Becky«, meinte Jasmine, als Ruby ihr die letzte Ausgabe einer Zeitung zeigte. »Jetzt tut sie mir tatsächlich ein bisschen leid. Auch wenn sie eine dumme Nuss ist und bleibt.«

Das schien sie auch ehrlich so zu meinen, denn da war kaum noch ein verräterisches Blitzen in Jasmines blauen Augen.

Kapitel 15

Die Blumenschau

Endlich kam der Juni, und die Sonne strahlte von einem perfekten blauen Himmel. Nach wochenlangem tristen Nieselregen und feuchten Wetter schien der Sommer beschlossen zu haben, der Stadt einen Überraschungsbesuch abzustatten.

»Ich kann einfach nicht glauben, dass du mich überredet hast, dieses alberne Kleid anzuziehen«, zischte Ruby, als sie neben Jasmine in der langen Warteschlange stand. Seit über einer Stunde harrten sie bereits ungeduldig vor der ersten jährlichen Belfaster Blumenschau aus.

»Sei still, du siehst toll aus«, antwortete Jasmine leise. »Das ist nur die Nervosität, weil du schon so lange nicht mehr unter Leuten warst. Jetzt beruhige dich mal.«

»Wie soll ich das denn anstellen, Jasmine, wenn ich zum Fürchten aussehe? Bist du dir sicher, dass es diese Kleider nur mit Glockenröcken gibt? Ich habe das Gefühl, ein Zirkuszelt zu tragen. Sei ehrlich, du hast die Sachen von einem Kostümverleih, stimmt's?«

»Hör endlich auf, so einen Blödsinn zu reden«, flüsterte Jasmine zurück, die nur mit großer Mühe ihr Lachen unterdrücken konnte, um ihrem eleganten Auftritt nicht zu schaden. »Du siehst zum Anbeißen aus. Das tun wir beide. Ausgestellte Röcke sind in diesem Jahr der Renner. Und diese Blumenkleider sind der letzte Schrei.«

Das war für Ruby jedoch kein Trost. Sie strich die Falten

auf der Vorderseite ihres rot- und orangefarbenen Kleides glatt. Zumindest war das Muster ziemlich klein, versuchte sie sich zu trösten. Jasmines Kleid dagegen zierten riesige schwarze und blaue Gänseblümchen, und vorn am Bund befand sich eine große Schleife. Zu Rubys Leidwesen hatte sie sich außerdem für neonblaue Schuhe entschieden.

»Als hätte dich in dem Kleid allein sonst keiner bemerkt«, murrte Ruby und starrte auf Jasmines leuchtende Füße.

»Ruby, würdest du bitte versuchen, dich ein bisschen zu entspannen? Wir sind bald durch das Tor, und dann wird uns niemand auch nur im Geringsten beachten, weil sie alle nur noch Augen für die Blumen und das ganze ... Zeugs haben werden.« Jasmine reckte den Kopf, um zu sehen, ob irgendwelche Prominente durch das Seitentor hineingingen.

Bei Jasmines letzter Bemerkung begann Ruby nervös zu kichern. Ihre Freundin hatte nicht die geringste Ahnung vom Gärtnern, ja sie besaß nicht einmal einen Garten, bloß einen Balkon mit zwei Töpfen und einem winzigen Stuhl. Aber Jasmine war offensichtlich entschlossen, nicht untätig zu Hause herumzusitzen und alt und langweilig zu werden wie Ruby, wo dem Belfaster Veranstaltungskalender doch jedes Jahr neue Ereignisse hinzugefügt wurden.

Ruby konnte ihr das ja nicht einmal verdenken. Genau genommen bewunderte sie ihre Freundin wegen ihrer lebhaften, temperamentvollen Art. Sie wünschte sich bloß, sie hätten etwas Unauffälligeres tragen können, das war alles. Was wäre, wenn sich hier Leute vom Fernsehen mit Kameras herumtrieben? Ruby begann unter ihrem makellosen Make-up kräftig zu schwitzen.

»Du siehst wirklich toll aus«, sagte Jasmine mit einem Mal. »Dieser neue Glanzpuder steht dir wirklich gut. Du strahlst ja förmlich.«
Ruby hätte natürlich zugeben können, dass sie vor Nervosität schwitzte, aber entschied sich dagegen und seufzte bloß. Sie hatte ihre Meinung zu den Kleidern kundgetan. Die Schlange bewegte sich ein Stückchen nach vorn. Offenbar war nun endlich Einlass.
»Dem Himmel sei Dank, es bewegt sich was«, flüsterte Ruby erleichtert. »Ich kann es kaum erwarten, mir die Beine zu vertreten. Hoffentlich regnet es nicht wieder. Denn dann hätte ich ja bloß diese sogenannte *Stola,* um mich warm zu halten.«
»Nichts zu danken«, entgegnete Jasmine betont freundlich, entschlossen, sich durch Rubys Jammerei nicht den Tag verderben zu lassen. Sie hakte sich bei ihrer Freundin unter und bugsierte sie vorwärts. »Sieh nur, da ist Jimmy Nesbitt! O Gott, ist das etwa seine Frau? Die ist aber hübsch. Und sie hat einen umwerfenden Mantel an! Also ehrlich, Ruby, ich glaube, wir zwei sind eher zu einfach gekleidet. Wir hätten auch noch die Hüte tragen sollen, wie ich es vorgeschlagen habe.«
Ruby entfuhr ein Kichern, obwohl ihr die vielen Menschen, die sich zur Blumenschau versammelt hatten, Angst machten. Vielleicht würde sie sich besser fühlen, wenn sie alle erst einmal durch das Tor hindurch waren und sich zu zerstreuen begannen. Die Ausstellung erstreckte sich über ein weites Gebiet. Und sollte sie nachher kein Taxi bekommen, konnte sie immer noch zu Fuß nach Hause gehen. Es war eigentlich gar nicht so weit weg von der Ravenhill Road. Für den Fall, dass ihre roten Schuhe zu

drücken begannen, hatte sich Ruby trotzdem ein paar bequeme Ballerinas in die Handtasche gesteckt.

»Hurra, wir sind drin«, rief Jasmine, als die Schlange wieder vorwärtswogte.

Nachdem sich die beiden Freundinnen schließlich durch die engen Eingangstore gequetscht hatten und versuchten, sich einen Überblick über die Anlage zu verschaffen, fiel Rubys erster Blick auf den geheimnisvollen Christbaumlieferanten Tom Lavery höchstpersönlich. Er saß auf dem Fahrersitz seines uralten, verbeulten Landrovers und trank aus dem Plastikbecher einer karierten Thermoskanne. Seine großen Hände waren schwarz vor Dreck, und selbst sein langes, braunes Haar war staubig. Er schien die ganze Sache genauso sattzuhaben wie Ruby. An seinem Wagen befand sich ein großer Anhänger voller leerer Pflanzgefäße und den Überresten Dutzender von Blumenerdesäcken. Offenbar nahm er an der Ausstellung teil und präsentierte irgendwo seine Gartenkunst. Ruby fragte sich, was er wohl vorbereitet haben mochte, und vergaß darüber ganz ihre Nervosität. Jasmine gegenüber erwähnte sie nichts, denn die Freundin war viel zu beschäftigt, nach weiteren Promis Ausschau zu halten, die im VIP-Zelt Champagner tranken.

Die beiden Frauen spazierten über die vorgesehenen Wege und erfreuten sich schon bald an den verschiedenen Sehenswürdigkeiten der Schau. Es waren unendlich viele wunderschöne Gartenhäuser zu sehen, dazu Wasserspiele, Skulpturen, Formschnittgärtnerei und eine verschwenderische Vielfalt von Blumen. Dazwischen gab es jede Menge Platz, um herumzuschlendern, wie Ruby dankbar bemerkte. Sie hatte schon befürchtet, gegen einen Lkw gedrückt zu werden oder Ähnliches. Seit sie in ihre hübsche Wohnung über der Boutique gezogen war und nicht einmal mehr die Straße hinauf zur Arbeit gehen musste, fühlte sie sich unwohl in großen Menschenmengen.

Jasmine hatte richtig Spaß an den ausgestellten Blumen: »Ich habe dir ja heute Morgen prophezeit, dass das ein guter Tag werden würde. Ah, da drüben ist das Zelt, in dem man Erfrischungen kaufen kann. Was hältst du von einem kleinen Snack zur Stärkung?«

»Aber wir sind doch gerade mal eine Dreiviertelstunde hier«, protestierte Ruby.

»Wenn wir noch länger herumgammeln, sind die besten Kuchen weg. Ich habe auf dem Plakat gesehen, dass sie eine dreistöckige Zitronentorte mit Blätterteig haben. Komm schnell, sonst sind nur noch irgendwelche Plunderteilchen übrig«, entgegnete Jasmine. So schritten sie durch den recht stattlichen Eingang, der mit rosa- und fliederfarbenen Fähnchen geschmückt war. Im selben Moment stimmte eine Blaskapelle auf der anderen Seite der Ausstellung ein Lied an. Ruby entdeckte einen ruhigen Tisch in der Nähe des Zelteingangs, während Jasmine sich ein Tablett griff und es mit Gabeln, Papierservietten und Tellern belud. Bald schon nippten sie an Roséchampagner, plauderten angeregt und verspeisten ihre beiden großen Tortenstücke, wobei Jasmine ihr Kleid prompt mit Zitronenfüllung bekleckerte. Doch Ruby versicherte ihr, dass das zwischen den riesigen Gänseblümchen niemandem auffallen würde.

Nach einer Weile wurde Ruby jedoch immer stiller, räumte den Tisch auf und hinterließ ein Trinkgeld für die Kellnerin.

»Was ist los, Ruby? Du siehst ein bisschen müde aus.«
»Ach, ich habe in der letzten Zeit nicht gut geschlafen. Ich mache mir Sorgen um Mum und Dad.«
»Das überrascht mich nicht. Unglaublich, dass sie sich immer noch nicht wieder versöhnt haben.«
»Wir haben nicht einmal eine Adresse von Mum in New York.«
»Ja, das ist wirklich schrecklich.«
»Bloß eine Handynummer.«
»Vielleicht solltest du beide noch einmal anrufen«, schlug Jasmine vorsichtig vor.
»Ja, ich weiß. Aber jedes Mal, wenn ich den Hörer in die Hand nehme, steigt wieder diese Wut in mir auf … Dabei weiß ich doch, dass sie nun einmal so sind, wie sie sind. Stur! Ich würde ihnen nur wieder ans Herz legen, sich in Therapie zu begeben, und das wäre bloß ein Schuss in den Ofen, verstehst du? Ich fürchte einfach, dass ich mit meiner Geduld am Ende bin. Ich weiß nicht mehr, was ich ihnen sagen soll. Mein Vater bekommt noch einen Herzinfarkt, wenn ich erneut Druck mache. Er raucht wohl unheimlich viel in letzter Zeit. Und wenn wir Mum auf die Nerven gehen, dann haut sie vielleicht wieder ab und dieses Mal an irgendeinen abenteuerlichen Ort, von dem wir noch nie gehört haben …«
»Schon gut, ich verstehe«, meinte Jasmine. »Schlafende Hunde soll man nicht wecken, richtig?«
»Richtig«, erwiderte Ruby seufzend.
»Na gut.«
»Sollen wir uns jetzt den Rest ansehen? Je früher wir unsere Runde beenden, desto eher sind wir hier raus«, sagte Ruby lächelnd.

»Okay«, stimmte Jasmine zu, griff nach ihrer Handtasche und schüttelte ein wenig Puderzucker von ihren gänseblümchenbedeckten Knien. »Dann wollen wir mal.«
Sie spazierten über die schön angelegten Wege, blieben ab und zu stehen, um irgendetwas zu bewundern, und unterhielten sich gelegentlich mit einem der Aussteller. Jasmine kaufte einen dicken, runden Kaktus, dessen lange, gefährlich aussehende Stacheln mit glitzernden Glasperlen verziert waren. Angeblich erinnerte er sie an Rebecca McCann. Die beiden Freundinnen lachten herzlich, und Ruby war nun doch froh, dass sie zu der Blumenschau gekommen war.
Dann vollführte ihr Herz einen kleinen Hüpfer, als sie ein zweites Mal Tom Lavery bemerkte, der vor dem Ausgang neben dem letzten Ausstellungsbereich stand, in dem sich ein Miniatur-Labyrinth aus Buchsbaum mit vollkommen glatten Seiten und Oberflächen befand, in dem moosbedeckte Statuen von Engeln und Rehkitzen standen. Das Labyrinth schien aus kurzen Abschnitten zusammengesetzt worden zu sein, die den Eindruck erweckten, als wären sie in langen, flachen Trögen angepflanzt worden. Die Leute warteten in Scharen, um es sich ansehen zu dürfen. Aber da das Labyrinth nur neun mal neun Meter groß war, mussten sie es in kleinen Dreier- oder Vierergruppen erkunden. Tom schien sich unbehaglich zu fühlen, fand Ruby, die ihn dabei beobachtete, wie er sich eine verirrte Haarsträhne aus dem Gesicht strich. Er hatte sich die Hände gewaschen und eine schickere Jacke angezogen, aber erweckte trotzdem den Eindruck, als widerstrebe ihm das alles. Er händigte Prospekte aus, versuchte die Gruppen zu organisieren, die durch das Labyrinth gehen

wollten, und verkaufte gleichzeitig zu Dutzenden Buchsbaumverschnitte.
Ruby blickte sich nach einem anderen Ausgang um, um zu vermeiden, mit ihm sprechen zu müssen, aber es gab keine andere Möglichkeit, das Gelände zu verlassen, als an Toms Ausstellungsfläche vorbeizugehen, wenn sie nicht wieder die ganze Strecke bis zum Eingangstor zurückmarschieren wollten. Sie konnte also nur darauf hoffen, dass er sich nicht an sie erinnern würde. Aber aus irgendeinem Grund wusste sie, dass sie ihm in Erinnerung geblieben war.
Plötzlich verspürte sie eine seltsame Aufregung. Doch mit Jasmine an ihrer Seite konnte sie unmöglich mit ihm reden.
Da fiel ihr auf einmal die Sonnenbrille in ihrer Handtasche ein. Schnell kramte sie sie hervor und setzte sie auf. Jasmine hatte sie ihr aufgeschwatzt – ein lächerlich großes Modell mit einem weißen Plastikgestell. Wahrscheinlich sah sie aus wie Paris Hilton für Arme! Egal, zumindest wäre sie auf diese Weise in der Lage, an diesem eigenartig verlockenden Mann vorbeizuschlüpfen und damit einem gezwungenen, höflichen Smalltalk, der seine Verlegenheit nur noch steigern würde, zu entkommen.
Aber Jasmines Adleraugen hatten Tom bereits entdeckt.
»Oh, Ruby! Ruby, sieh nicht hin, aber da ist dieser Kerl, der dir den Weihnachtsbaum vorbeigebracht hat«, quiekste sie aufgeregt. »Was steht da auf dem Schild? *Das Buchsbaum-Labyrinth von Camberwell House.* Möchtest du ihm hallo sagen? Ach, jetzt komm schon!«
»Jasmine, wage es ja nicht, diesen Mann anzusprechen! Und wir werden auch nicht durch das Labyrinth gehen.

Wir nicken nur kurz und gehen weiter, verstanden? Wir sind hier fast fertig und können endlich verschwinden.«

»In Ordnung, Ruby, du bist schließlich die Chefin.«

Doch gerade als sich Ruby an Toms Informationstisch vorbeistehlen wollte, hatte Jasmine urplötzlich etwas im Schuh.

»Bleib stehen«, befahl sie unvermittelt, packte Ruby am Ellenbogen und begann auf einem Bein herumzuhüpfen. »Steinchen im Schuh! Steinchen im Schuh!«

»Warte wenigstens, bis wir durch das Tor sind«, murmelte Ruby.

»Kann ich nicht. Tut zu weh!«, erwiderte Jasmine.

»Du hinterhältiges, kleines Biest«, brummte Ruby.

»Wie bitte?«

»Da ist überhaupt kein Steinchen, oder?«

»Und ob da eins ist«, gab Jasmine grinsend zurück, blieb stehen, zog umständlich ihren Schuh von den Füßen und schüttelte das angebliche Steinchen heraus. Dabei hielt sie sich die ganze Zeit an Toms Tisch fest, um nicht das Gleichgewicht zu verlieren, während Ruby kochend vor Wut danebenstand und auch noch mit ansehen musste, wie ihre Freundin nach dieser Aktion den attraktiven Tom Lavery grüßte und Interesse an seinem Labyrinth heuchelte.

»Das ist ja ein tolles Labyrinth, das Sie da haben«, flötete Jasmine keck.

Ruby hätte ihrer Freundin am liebsten eine gelangt, aber es blieb ihr nichts anderes übrig, als stehen zu bleiben, wenn sie nicht wie ein schmollender Teenager davonstürmen wollte.

»Sehr hübsch! Und diese Statuen! Wie niedlich! Sie ken-

nen mich nicht, aber ich bin Jasmine Mulholland, und das hier ist meine Freundin Ruby O'Neill«, fuhr Jasmine unbeirrt fort.
»Ja, ich erinnere mich«, erwiderte Tom und blickte schüchtern zu Ruby hinüber.
»Richtig, ihr beide kennt euch ja bereits«, erklärte Jasmine mit einem breiten Grinsen.
Ruby behielt ihre Sonnenbrille auf, bereit, sich jeden Moment zu verabschieden, aber Jasmine war noch nicht fertig.
»Und Ihr Name ist Tom, nicht wahr?«, fragte sie mit zuckersüßer Stimme und lächelte zu ihm auf. Er war sehr groß. Musste wohl über einen Meter neunzig sein im Vergleich zu ihren eins fünfundsiebzig. Jasmine fand, dass Tom aus der Nähe betrachtet wirklich gut aussah. Gar nicht so sonderbar wie an jenem Tag, als er die Straße vor Rubys Laden hinuntergerannt war.
»Äh, ja, Tom Lavery. Sind Sie schon einmal in *Camberwell House* gewesen? Ein hübscher Ort für einen Tagesausflug.« Tom wurde feuerrot. Eigentlich wollte er das Haus ihnen gegenüber gar nicht erwähnen, aber nachdem er schon den ganzen Tag Tausenden von Leuten davon erzählt hatte, war es ihm einfach so herausgerutscht.
»Nein, ich glaube nicht«, antwortete Jasmine, sah ihn mit großen Augen an und klimperte mit ihren Wimpern.
»Nein, sind wir noch nicht«, brummte Ruby.
»Also, das sollten wir uns doch wirklich mal ansehen, Ruby«, meinte Jasmine und stupste Ruby mit ihrem Ellenbogen in die Rippen.
»O ja, auf jeden Fall«, erwiderte Ruby lächelnd und erdolchte Jasmine hinter ihrer weißen Sonnenbrille mit ihren

Blicken. »Ich weiß gar nicht, warum wir bisher noch nicht dort gewesen sind, Jasmine, wo du alte Häuser doch so unheimlich magst.«

»Und wie ich das tue«, erwiderte Jasmine lachend. »Je älter, desto besser. All diese Stuckdecken und die ganzen Geheimgänge, die hinter Bücherregalen versteckt sind. Wir sehen uns dann dort wieder, Tom. Vielen Dank auch.«

Jasmine langte über den Tisch und schüttelte herzlich Toms Hand. Er wirkte ziemlich überrascht, fing sich aber rasch wieder und reichte ihr einige Prospekte.

»Damit kostet der Eintritt nur die Hälfte«, erklärte er.

Auf einmal, ohne zu wissen, warum, hielt Tom auch Ruby die Hand hin, und die blickte für einen Moment verdutzt auf seine ausgestreckten Finger, bevor sie höflich ihre schneeweiße Hand in seine dunkelhäutige legte. Toms große, starke Finger schlossen sich um Rubys zitternde Handfläche, und plötzlich hatte sie das Gefühl, als fahre ein Stromstoß durch ihren Arm. Ruby zuckte so heftig zusammen, dass ihr die Sonnenbrille von der Nase rutschte und zu Boden fiel.

»Oh, tut mir leid. Wenn Sie erlauben«, sagte er und beugte sich herab, um sie aufzuheben. Damit war der Zauber gebrochen.

Als er Ruby die Brille reichte, zwinkerte Jasmine hinter seinem Rücken und schnitt eine Grimasse. Ruby errötete bis zu den Ohren.

»Camberwell hat in den Sommermonaten sechs Tage die Woche geöffnet«, fügte Tom hinzu und fiel dabei automatisch wieder in seinen Verkäufer-Modus zurück. »Montags haben wir geschlossen. Wir servieren den ganzen Tag über warmes Essen und es gibt pünktlich zu jeder Stunde eine Führung.«

»Vielen Dank für den Prospekt«, sagte Ruby leise.

»Und jetzt werden wir einen Blick auf Ihr Labyrinth hier werfen«, verkündete Jasmine fröhlich.

»O nein, dafür haben wir leider keine Zeit mehr«, entgegnete Ruby schnell. »Wir müssen los. Tschüs!«

Sie packte Jasmine am Ellbogen und zog sie eilig in Richtung Ausgang, während Tom ihnen mit einer Spur von Enttäuschung in den dunkelbraunen Augen hinterherblickte.

»Das muss Liebe sein … Er hat dich eingeladen, dir alte Nachttöpfe anzusehen«, prustete Jasmine los, als sie auf den Gehsteig hinausstolperte und dabei ihren Kaktus fröhlich in ihrer schwer durchstochenen Tragetasche schwenkte.

»Ich warne dich, Jasmine Mulholland. Wenn du jemals wieder so etwas Wahnsinniges tust, werde ich dich augenblicklich feuern«, zischte Ruby.

»Tut mir leid«, erwiderte Jasmine unbeirrt. »Aber ich konnte einfach nicht anders. Der Kerl ist nicht ohne, oder? Er hat was. Und ich glaube, er steht auf dich. Er ist ja rot angelaufen wie ein Teenager beim Abschlussball.«

»Du bist total durchgeknallt.« Ruby schüttelte immer noch wütend den Kopf. »Völlig fixiert auf diese Sache. Ich glaube, du solltest dich mal mit einem Spezialisten unterhalten. Das ist krank, wirklich krank.«

»Wahrscheinlich lebe ich schon zu lange allein. Ich betrachte die Liebe eben durch eine rosarote Brille. Tut mir leid, wenn dir das peinlich war.«

»Schon gut.«

Aber in Wahrheit tat es Jasmine kein bisschen leid. Ehering hin oder her, sie wollte mehr über Tom Lavery herausfinden. Schließlich trug Ruby ihren Ring auch noch, dabei war sie gar nicht mehr verheiratet … Und da war eindeutig etwas zwischen den beiden. Sie konnte spüren, dass sie sich zueinander hingezogen fühlten, konnte es sogar *sehen.*

Jetzt war nur die Frage, wie sie ihre verschüchterte beste Freundin dazu bekam, hübsch herausgeputzt ins Auto zu steigen und mit ihr nach Camberwell House zu fahren, ohne dass sie ihr zuvor ein Beruhigungsmittel ins Essen mischen musste. Das würde nicht leicht werden. Aber einen Versuch war es wert. *Wer nicht wagt, der nicht gewinnt …*

Ruby war sehr still, als sie die endlos lange Schlange am Taxistand verließen und stattdessen in den Bus stiegen. Sie bemerkte nicht einmal, als eine Gruppe plappernder Schulmädchen in kurzen Röcken einstieg und wie wild über ihre altmodischen Kleider zu kichern begann. Beinahe hätte sie ihre Haltestelle verpasst, weil sie ihren Gedanken nachhing. Jasmine musste erst mit dem Finger vor ihrer Nase schnipsen, damit sie aufwachte.

»Ich würde zu gern wissen, was du gerade denkst«, sagte Jasmine, als sie ein paar Minuten später die Ravenhill Road hinaufhumpelten, da ihre neuen Schuhe nun schließlich doch zu drücken begannen.

»Ach, nichts Wichtiges«, entgegnete Ruby. »Ich finde, wir hätten uns vielleicht doch kurz einmal das Labyrinth ansehen sollen. Es hätte uns ja nicht umgebracht, ein wenig Interesse zu zeigen. Es sah außerdem wirklich sehr hübsch aus. Hoffentlich glaubt Tom nun nicht, dass uns seine Ar-

beit gelangweilt hat. Er hat sich solche Mühe damit gegeben. Und er sah müde aus. Hast du gesehen, wie müde er aussah?«
Jasmine antwortete nichts darauf, sondern wandte ihr Gesicht ab, damit Ruby nicht sehen konnte, dass sie von einem Ohr zum anderen grinste.

Kapitel 16

Das vierte Geheimnis

Als Ruby ein paar Tage nach der Blumenschau die Einladung zu einem Klassentreffen von ihrer alten Schule erhielt, war sie kurz davor, sie noch im selben Moment in den Mülleimer zu werfen und so zu tun, als habe sie sie nie gesehen. Ehrlich gesagt, war sie nicht besonders scharf darauf, auch nur in die Nähe ihres Heimatortes zu kommen. Denn es bedeutete für sie immer noch eine Reise in die Vergangenheit, und dafür hatte Ruby zurzeit nicht viel übrig. Nicht, solange sie sich noch nicht mit ihren Eltern versöhnt hatte. Ihre Schuldgefühle drohten sie wie eine alte, muffige Decke zu ersticken. Sie raubten ihr den Schlaf, und sie befand sich in einem Zustand ständiger Sorge.

Im letzten halben Jahr hatte sie ihren Vater selten angerufen, und auch er hatte sich nur sporadisch gemeldet, hatte ihr nicht einmal eine Geburtstagskarte geschickt. Doch das verzieh Ruby ihm, weil ihn wahrlich anderes beschäftigte.

Andererseits bestand die Möglichkeit, dass das alte Schlitzohr einen auf Mitleid machte. Aber sie hatte dieses Mal nicht vor, klein beizugeben und sich für ihren Streit zu entschuldigen. Oder anzubieten, als Vermittlerin zu fungieren. Nein, dieses Mal würde sie ausharren, bis ihre Eltern irgendeine Erleuchtung hatten und anfingen, sich ihrem Alter entsprechend zu benehmen. Dennoch war

die Situation inzwischen so angespannt, dass Ruby jedes Mal, wenn in ihrer Wohnung das Telefon klingelte, ein schrecklich aufgeregtes Gefühl in ihrer Magengrube verspürte. Manchmal zog sich vor Nervosität eine Röte über ihr Gesicht, und sie verspürte Übelkeit in sich aufsteigen.
»Soll ich die beiden vielleicht dem sozialen Dienst melden?«, fragte sie Jasmine später am selben Tag, als sie zusammen in einem Café nahe dem Geschäft beim Mittagessen saßen.
»Keine Ahnung«, antwortete Jasmine achselzuckend und ließ sich ihr Essen schmecken. »Alle Oldies sind irgendwie ein bisschen eigenwillig, manche auch manipulativ. Andere wiederum vertrottelt. Also ich meine jetzt nicht unbedingt senil, ich glaube, man bezeichnet es wohl gern als verwirrt.«
Ruby entschied sich, diese Bemerkung zu ignorieren. Der Gedankc, das einzige Kind zweier zerstrittener und seniler Eltern zu sein, war einfach zu schrecklich, um ihn überhaupt in Betracht zu ziehen. Aber konnten sie sich denn scheiden lassen, wenn sie allmählich wirr im Kopf wurden?
»Glaubst du wirklich, dass sie senil werden?«
»Na ja, eigentlich sind sie dafür wohl noch ein wenig zu jung, oder?«, erwiderte Jasmine zweifelnd.
»Gott, das will ich hoffen. Was könnte ich dem sozialen Dienst auch schon erzählen?«, fuhr Ruby fort. *»Hallo, hätten Sie eine Minute Zeit? Also, meine Mum ist einfach verschwunden, weil sie nie eine tolle Karrierefrau mit eigener Aktentasche werden konnte. Und mein Vater schmollt vor sich hin, lässt das Haus vor die Hunde gehen, pafft den ganzen lieben langen Tag Zigarren und lebt von*

Peperonipizza. Es wäre schön, wenn Sie etwas dagegen unternehmen könnten.«

»Das ist wirklich schwierig.«

»Ich kann sie ja wohl schlecht bitten, mir Bilderbucheltern zu geben, nicht wahr?« Ruby seufzte. »Ein liebenswürdiger Vater mit einem hübschen Gewächshaus im Garten und eine zufriedene Mummy, die lächelt und mit umgebundener Schürze Kuchen backt?«

»Nein, das kannst du nicht«, stimmte Jasmine zu. »Sie würden glauben, dass du völlig übergeschnappt bist.«

»Es ist eine unmögliche Situation.« Ruby hielt kurz inne und schüttelte dann verständnislos den Kopf.

»Ja, das ist es. Warum besuchst du sie nicht einfach noch einmal?«, schlug Jasmine vor. »Tauch einfach mit einem Biskuitkuchen und einem Strauß Tulpen bei ihnen auf und tu so, als sei nichts geschehen. Wie dein Vater es gewünscht hat. Sie ist inzwischen bestimmt wieder zu Hause, und es ist nichts weiter passiert.«

»Dann würde ich ja bei ihrem kleinen Spielchen mitmachen und so tun, als sei bei ihnen alles in Ordnung und ihre psychische Verfassung wunderbar. Da möchte ich aber nicht mitspielen.«

»Stimmt auch wieder. Aber wenn es doch das ist, was sie beide wollen, warum quälst *du* dich dann so?«

»Weil ich finde, dass es besser ist, diese Dinge anzusprechen, du etwa nicht?«

»Wir wissen doch gar nicht, wie die Ehen anderer Leute funktionieren«, meinte Jasmine nachdenklich und goss sich ein Glas Limonade ein. »Vielleicht törnt sie dieses ganze Drama ja an, und der Versöhnungssex ist umwerfend?«

»Jasmine, würdest du bitte damit aufhören? Sie sind beide über sechzig«, fiel Ruby ihr ins Wort und verzog das Gesicht. »Ich möchte gern glauben, dass sie nur einmal in ihrem Leben Sex gehabt haben, nämlich um mich zu zeugen. Nein, ernsthaft, ich kann mir nicht vorstellen, dass sie sich erst anbrüllen und dann auf der Treppe übereinander herfallen. Mein Vater ist dazu viel zu verklemmt, und meine Mutter würde sich Sorgen machen, dass die Sockelleisten verschrammen könnten.«

»Was soll's. Noch etwas Limonade?«

»Ja, danke. Wie sieht es denn bei dir diese Woche an der Männerfront aus? Irgendetwas Neues in Sicht?«, fragte Ruby lächelnd, mit einem Mal bestrebt, das Thema zu wechseln. »Ich will für eine Weile mal nicht über meine Eltern nachdenken. Ständig stelle ich mir vor, dass Mum ermordet wurde und ihre Leiche in irgendeinem Gully liegt. Oder dass Dad auf der Treppe hingefallen ist, sich die Hüfte gebrochen hat und nicht ans Telefon kommt. Warum können sie nicht einfach normale Eltern sein und mich zweimal die Woche anrufen, wie es andere normale Leute tun, verdammt noch mal?«

»Dann sprechen wir jetzt doch wieder über deine Eltern?«, entgegnete Jasmine gähnend.

»Nein, tut mir leid, jetzt erzähl du«, antwortete Ruby.

»Also, es gibt eigentlich nichts Ernstes. Letzte Woche habe ich einen recht gutaussehenden Typen in einem Club kennengelernt, aber als ich ihn mit nach Hause genommen habe, um ein bisschen herumzuknutschen, da fing er sofort an, mich auf dem Sofa zu begrapschen wie ein Oktopus auf Speed.«

»Ehrlich?«, fragte Ruby mit großen Augen.

»Ja. Er war gerade mal zur Tür herein, da legte er auch schon los.«
»Hat sich nicht einmal die Zeit für einen Kaffee und eine kleine Unterhaltung genommen?«
»Leider nicht. Und dann wollte er, dass ich perverse Sachen mache. Ich sollte mich nackt ausziehen, in der Dusche herumhüpfen und mich dabei befingern, oder was weiß ich … Zum krönenden Abschluss hat er vorgeschlagen, das Ganze auch noch mit seinem Handy zu filmen. Ja klar, als ob ich so blöd wäre! Noch vor Sonnenaufgang hätte er es online gestellt, der Spinner.«
»O mein Gott. Das hast du mir gar nicht erzählt. Ist das heute etwa die Regel?«, fragte Ruby kichernd.
»Vielleicht liegt es ja an mir, und ich ziehe diese Idioten an?«
Jasmine hatte nichts gegen ein bisschen wilde Leidenschaft einzuwenden, aber sie wünschte sich doch auch Freundschaft und Aufrichtigkeit.
»Die Männer haben sich so verändert – oder zumindest manche von ihnen«, sagte Ruby traurig. »Jonathan und ich waren sechs Monate zusammen, ehe wir uns über einen Kuss hinausgewagt haben. Na ja, vielleicht waren es vier Monate … aber definitiv drei.«
»Heutzutage ist alles anders«, erzählte Jasmine beiläufig. »Diese ganzen nackten Models, die lasziv an ihren Fingern lutschen, erwecken bei den Jungs den Eindruck, als ob wir Mädels alle wild auf Fesselspielchen wären oder gern über den Wäschetrockner gelegt werden und den Hintern versohlt bekommen. Ich dagegen will nur guten, altmodischen Sex. Vorzugsweise mit einem netten Abendessen im Vorfeld und gefolgt von einem anständigen

Frühstück am nächsten Morgen. Keine Drogen und nichts *allzu* Perverses!«

»Allerdings. Das ist doch wohl nicht zu viel verlangt! Ich bin so froh, dass ich selbst keinen Partner suche. Wie hast du den Kerl denn aus deiner Wohnung bekommen, nachdem du seine Annäherungsversuche abgeblockt hast? Ist er freiwillig gegangen, oder musstest du ihm einen Tritt verpassen?«, fragte Ruby und fügte gleich warnend hinzu: »Du solltest vielleicht etwas vorsichtiger sein und einen Mann nicht gleich mit nach Hause nehmen – zumindest nicht am ersten Abend!«

»Guter Tipp, vielen Dank auch! Der Kerl hat mir vorgeworfen, ich hätte ihn zum Spaß aufgegeilt und dann abblitzen lassen. Bevor er davongestürmt ist, hat er mich noch als Spinnerin bezeichnet. Aber keine Sorge, ich kann mir schon helfen. Wenn ich richtig losbrülle, dann kommt gleich das halbe Haus angerannt.«

»Du bist wirklich unmöglich«, sagte Ruby schockiert und amüsiert zugleich. »Ich kann es mir geradezu bildlich vorstellen!«

»Einmal habe ich einem Typen solche Angst eingejagt, dass er die Treppe hinuntergefallen ist«, prustete Jasmine. »Der hat mich alles Mögliche genannt, und da habe ich ihn angebrüllt: Wenigstens bin ich nicht so verzweifelt wie du und lebe noch in der wirklichen Welt.«

»Jane Austen würde sich im Grabe umdrehen«, schnaufte Ruby.

»Was hätte sie wohl von Striptease und Lack-Hotpants gehalten?«, lachte Jasmine.

»Na ja, zu ihrer Zeit hatte ja niemand wirklich Sex. Bloß alkoholkranke Prostituierte und reiche Widerlinge, die an

Syphilis gestorben sind, bevor sie dreißig waren. Aber wir sollten jetzt besser wieder zum Laden zurückgehen. Die Mittagspause ist seit zehn Minuten vorbei.«

Als sie zurückkamen, konnte sich Ruby allerdings nicht mehr vor ihrer Vergangenheit drücken. Denn vor ihrer Ladentür stand eine Frau, die genervt auf ihre Armbanduhr blickte und dabei gleichzeitig ein wenig enttäuscht aussah. Der warme Sommersonnenschein ließ ihr rotes Haar feurig leuchten.

»Teresa?«, fragte Ruby ungläubig. »Teresa Dunne?«

»Genau die. Außer, dass ich jetzt Teresa Morris heiße. Ruby Nightingale, du hast dich überhaupt nicht verändert. Ich war gerade in Belfast, um ein paar Dinge einzukaufen, und dachte, ich schaue mal bei dir vorbei«, sagte sie und nickte zum Schaufenster hinüber. »Ich habe gehört, dass du jetzt ein eigenes Geschäft auf der Ravenhill Road hast. Es sieht toll aus!«

»Danke, Teresa. Ich bin froh, dass du auf uns gewartet hast. Wir sind bloß ein bisschen spät vom Essen zurückgekommen«, erklärte Ruby und reichte Jasmine die Schlüssel. »Schließ doch bitte auf, Jasmine.«

»Klar«, erwiderte die, öffnete die Tür und ließ die beiden Frauen zu einem kleinen Plausch draußen im Sonnenschein stehen.

»Also Teresa, wie ist es dir denn in all den Jahren ergangen?«, fragte Ruby. »Du siehst immer noch so aus wie damals, als wir zusammen in der Schule waren.« Und das tat sie wirklich. Das gleiche feuerrote Haar und die gleichen rosigen, von Sommersprossen übersäten Wangen.

»Oh, das ist wirklich nett von dir. Aber du hast dich in

den vierzehn Jahren auch nicht groß verändert. Nur deine Frisur ist anders.«
Sie lächelten sich an und wogen ab, wie viel sie voneinander preisgeben sollten, ohne dabei zu aufdringlich zu wirken.
»Ich habe gehört, dass du deinen Mann verloren hast«, meinte Teresa schließlich.
»Ja, vor anderthalb Jahren«, antwortete Ruby und errötete ein wenig.
»Das tut mir sehr leid«, sagte Teresa leise.
»Danke«, erwiderte Ruby nur.
»Ich habe meinen Mann vor vier Jahren verloren, bei einem Unfall auf unserem Hof. Haben dir deine Eltern nichts davon erzählt? Wir wohnen nicht weit von Blackskull. Ich dachte, du hättest vielleicht mal eine Karte geschickt? Vielleicht hast du es ja getan, Ruby? Aber ich habe auf jeden Fall keine bekommen.«
»O mein Gott, ich wusste gar nichts davon«, stieß Ruby hervor. Wieder einmal kochte die Wut auf ihre Eltern hoch, die ihr nichts von dieser traurigen Neuigkeit berichtet hatten. »Wahrscheinlich haben sie geglaubt, ich hätte schon davon gehört.«
»Ist ja auch egal. Der Traktor ist auf weichem Untergrund umgekippt und hat meinen Mann unter sich begraben. Es ging alles sehr schnell.«
»Du meine Güte, Teresa, wie schrecklich.«
»Ja … aber das Leben geht weiter, nicht wahr, Ruby? Und ich habe fünf Kinder großzuziehen.«
»Fünf?«, fragte Ruby erstaunt.
»Ja, zwei von ihm, zwei von mir und ein gemeinsames. Wir waren beide geschieden, als wir uns kennengelernt

haben. Seine Kinder wollten nach seinem Tod bei mir auf dem Hof bleiben. Wir verstehen uns alle so gut, dass wir entschieden haben, die Dinge so zu lassen, wie sie sind. Ihre Mutter ist Schauspielerin und arbeitet in London. Sie schickt Geld und kommt zu Besuch, wann immer sie kann. Aber sie ist kein sehr mütterlicher Typ.«

Ruby fühlte sich mit einem Mal schwindelig. Da werkelte sie in ihrem kleinen Hobby-Lädchen in der Ravenhill Road herum, während sich draußen in der richtigen Welt andere Menschen tagtäglich abrackerten. Teresa Dunne, nun ja, inzwischen Teresa Morris, war wirklich eine großartige Frau!

»Es tut mir leid für dich«, sagte Ruby leise.

»Danke, aber ich bin gar nicht hergekommen, um dich runterzuziehen, Ruby. Ich wollte dich fragen, was du davon hältst, wenn wir zwei Witwen zusammen auf dem Klassentreffen auftauchen? Oder hast du inzwischen schon wieder eine neue Beziehung?«

»Ich? Nein, nein. Ganz und gar nicht«, stammelte Ruby, während ihre Gedanken automatisch zu Tom Lavery wanderten. Sofort verspürte sie eine große Wut auf sich selbst, denn es kam ihr wie ein Verrat an Jonathan vor. Das wiederum machte sie noch ärgerlicher, weil sie sich nur mit ihren eigenen Problemen beschäftigte, anstatt an die arme Teresa zu denken.

»Na, dann wäre das doch eine tolle Idee. Was hältst du davon? Sollen wir uns vorher vielleicht einmal auf einen Kaffee treffen? Wir haben uns bestimmt eine Menge zu erzählen. Und wenn wir uns an dem Abend tapfer genug fühlen, dann gehen wir zusammen zu dem Klassentreffen, ja?«

»Die Sache ist die, Teresa, ich bin mir wirklich noch nicht sicher, ob ich überhaupt hingehe«, erwiderte Ruby zögernd.
»Aber du bist doch immer mit allen gut ausgekommen, oder etwa nicht?« Sie hielt kurz inne und sah Ruby aufmunternd an. »Dann gib dir einen Ruck und komm mit. Wir müssen ja nicht lange bleiben. Es gibt nur ein Büfett und etwas Musik. Es ist kein richtiges Abendessen geplant, bei dem man endlos herumsitzen muss. Bitte denk doch noch einmal darüber nach, ja?«
»Also gut, ich werde es mir noch einmal überlegen«, stimmte Ruby schließlich zu.
»Prima. Dann lass uns Telefonnummern austauschen. Ach, ich habe übrigens neulich deinen Vater in der Kirche gesehen. Er sah gut aus. Deine Mutter war nicht mit dabei. Er hat erzählt, dass sie sich zurzeit um eine kranke Cousine in England kümmert, die sonst niemanden hat.«
»Ja. Sie ist ein richtiger Schatz, nicht wahr?«, erwiderte Ruby rasch. Sie war erstaunt über ihren Vater und seine Entschlossenheit, den Anschein einer normalen Ehe zu wahren. »Komm doch bitte noch kurz in den Laden, Teresa. Ich würde dir gern etwas schenken als Erinnerung an deinen Besuch in Belfast.«
»Du meine Güte, Ruby, das ist doch nicht nötig. Ich hoffe, du hältst mich nicht für aufdringlich, weil ich heute hergekommen bin. Ich wollte nur gern mit dir in Verbindung bleiben, das ist alles«, wehrte Teresa rasch ab. »Wir haben doch in Englisch immer nebeneinandergesessen und uns bei den Tests gegenseitig geholfen, weißt du noch?«
»Aber klar weiß ich das noch«, antwortete Ruby.

In Wahrheit erinnerte sie sich kaum daran, wie das Leben in den Jahren gewesen war, bevor sie Jonathan getroffen hatte. War sie wirklich einmal ein eigenständiger Mensch gewesen? Bevor sie erst Ehefrau und dann Witwe wurde?

Sie führte Teresa in den Laden und forderte sie auf, sich umzusehen und sich etwas auszusuchen, das ihr gefiel.

»Egal, was«, fügte Ruby hinzu.

Nachdem sie sich mehrmals bei Ruby bedankt und zweimal »Aber das kann ich doch unmöglich annehmen« gerufen hatte, zeigte sie schließlich auf eine von Rubys Samthandtaschen in der Glasvitrine.

»Sind diese Taschen sehr teuer?«, fragte sie. »Ich finde diese goldfarbene hier wunderschön. Aber wenn sie sehr exklusiv sind, dann werde ich sie nicht annehmen.«

»Sie gehört dir«, lachte Ruby, holte sie sogleich aus der Vitrine und packte sie ein. »Ich habe sie selbst genäht, also ja, sie ist in der Tat exklusiv, und es würde mir eine Menge bedeuten, wenn du sie als Zeichen unserer Freundschaft und als Erinnerung an früher annehmen würdest.«

»Oh Ruby, ich danke dir«, antwortete Teresa mit zitternder Stimme. »Es wäre wunderbar, wenn ich meinen Schmuck darin aufbewahren könnte. Die Armreifen und die paar anderen Dinge, dir mir Mick geschenkt hat, bevor er …«

»Kein Wort mehr«, unterbrach Ruby sie und umarmte ihre alte Freundin ganz fest.

Nachdem sie ihre Telefonnummern ausgetauscht hatten, machte sich Teresa wieder auf den Heimweg nach Fermanagh, mit einem Haufen Kleidung für die Kinder im Kofferraum und mit einer von Rubys selbstgenähten Handtaschen auf dem Beifahrersitz.

»Das war sehr nett von dir«, meinte Jasmine leise, als Teresas Wagen die Ravenhill Road hinauffuhr und verschwand.
»Sie war immer so ein liebes Mädchen«, sagte Ruby seufzend. »Was für ein verdammtes Pech, sich von dem ersten Mann scheiden zu lassen und dann den zweiten beerdigen zu müssen.«
»Fünf Kinder, hat sie gesagt? Wahnsinn!«
»Ich weiß, und trotzdem hat sie sich die Mühe gemacht, mich zu besuchen«, sagte Ruby.
»Ja, das war nett von ihr.«
»Das ist das vierte Geheimnis vom Glücklichsein, Jasmine: Pflege deine Freundschaften«, erklärte Ruby und atmete schwer durch. »Zumindest weiß ich jetzt, dass mein starrköpfiger Vater immer noch unter den Lebenden weilt. Auch wenn wir keine Ahnung haben, wann meine verrückte Mutter aus Amerika zurückkommt.«
Dann hängte sie ihren Mantel auf und machte sich wieder an die Arbeit.

Kapitel 17
Die schüchternen Jungs

Ruby, ich hatte da einen genialen Einfall«, platzte es aus Jasmine heraus, als sie am nächsten Morgen in den Laden stürmte.

»Raus damit«, erwiderte Ruby, wenn sie auch zugegebenermaßen ein wenig skeptisch war.

»Was hältst du von … fertig verpackten Geschenken!?«

»Äh, wie bitte?«

»Also, wir präsentieren eine kleine Auswahl von Geschenken unverpackt und verpacken eine Reihe von identischen Artikeln, so dass die Kunden nicht zu lange warten müssen, wenn sie in den Laden kommen«, trällerte Jasmine. »Das wird *die* Lösung für all die schüchternen Jungs sein.«

»Okay, ich werde darüber nachdenken«, meinte Ruby.

»Das ist eine bombensichere Sache, Ruby. Einer meiner Brüder hat mir erzählt, wie ungern er Geschenke für seine Frau kauft, weil er dann immer eine halbe Ewigkeit im Laden verbringen muss. Die Kreditkarte wird überprüft, der Beleg ausgedruckt, das Geschenk eingepackt, das Band geringelt, und und und … Er sagte, er habe letzte Woche bei einem Juwelier geschlagene zwanzig Minuten gebraucht, um ein Paar Perlenohrringe zu kaufen!«

»Aber hätte er nicht woanders einkaufen und bar bezahlen können?«

»Ruby, er ist ein *Mann.* Er ist nicht so gut organisiert. Das habe ich ihn natürlich auch als Erstes gefragt, aber er sagte, da sei eine lange Schlange am Geldautomaten gewesen, und der Laden, in dem er gekauft hat, wäre der nächstgelegene Juwelier gewesen. Wie auch immer, ich finde, wir sollten diese Idee umsetzen und im Schaufenster damit werben. Die Geschäfte waren in den letzten Tagen sehr flau.«

»Die Geschäfte sind am Ende des Sommers immer sehr flau«, entgegnete Ruby. »Jeder, der es irgendwie schafft, ist in Portstewart oder Donegal.«

»Ja, schon, aber dir ist bewusst, dass die Geschäfte neuerdings wirklich nicht so toll gelaufen sind«, beharrte Jasmine.

»Kann schon sein«, gab Ruby zu.

»Also dann. Einen Versuch ist es doch wert, oder? Lass uns einen kleinen Aushang im Schaufenster machen. Ich werde auch das ganze Einpacken übernehmen. Versprochen! Bitte, lass es uns versuchen«, bat Jasmine. »Wir werden sogar die Preise aufrunden, um Zeit an der Kasse zu sparen.«

»Wie bitte?«

»Glaub mir, das wird ein Volltreffer.«

»Na schön«, stimmte Ruby endlich zu. »Aber schnapp nicht gleich völlig über.«

»Abgemacht!«, jubelte Jasmine vergnügt und holte sofort die Preisliste hervor, um eine kleine Auswahl geeigneter Geschenke herauszusuchen. »Ich werde ein paar nette Dinge auswählen, die sich leicht in die Tasche stecken lassen; und gleich morgen hübsches Papier und Schleifenband kaufen. Keine Angst, ich werde nicht mehr als zwanzig Pfund ausgeben«, fügte sie hinzu. »Und ich werde alles ganz hübsch im Schaufenster dekorieren, ja?«

»Einverstanden«, stimmte Ruby zu und überraschte sich selbst damit, wie bereitwillig sie Jasmine die Herrschaft über ihr geliebtes Erkerfenster überließ.

»Mann, ich bin jetzt schon ganz aufgeregt«, zwitscherte Jasmine fröhlich und begann sich bereits Notizen auf einem winzigen Schreibblock zu machen.

Ruby ließ sie in Ruhe überlegen und blickte aus dem Fenster. Ihre Gedanken waren bei Teresa Morris. Sie bewunderte ihren Mut, allein auf einem kleinen Bauernhof in Fermanagh fünf Kinder großzuziehen ... Was war es im Vergleich dazu schon, den Mount Everest für wohltätige Zwecke zu besteigen? Natürlich war das auch auf eine eigene Art und Weise schön und gut, aber wenn es hart auf hart kam, dann waren Frauen doch das stärkere Geschlecht. Sie besaßen mehr Durchhaltevermögen als Männer, denn sie waren es, die sich um die Kinder kümmerten. Und als Mutter gab es keine freien Tage – ausgenommen bei Rubys eigener Mutter!

Plötzlich dachte sie wieder an Tom Lavery und fragte sich, ob sie sich ernsthaft zu ihm hingezogen fühlen würde, wenn sie Jonathan nie begegnet wäre.

Kapitel 18

Der Anruf

Die Monate vergingen wie im Flug, und mit einem Mal war es spät am Heiligabend.

Ruby lag zusammengerollt in ihrem Bett, in ihren wärmsten Bademantel gehüllt, und tat so, als fände Weihnachten gar nicht statt. Obwohl sie in den letzten Wochen im Laden infolge des Weihnachtstrubels mit Arbeit reichlich eingedeckt worden waren. Jasmines Idee mit den fertig verpackten Geschenken war tatsächlich ein großer Erfolg geworden. Die Nachricht hatte sich wie ein Lauffeuer in der Stadt verbreitet, und nun verging kaum noch ein Tag, an dem sie nicht mindestens drei jener »schüchternen Jungs« als Kunden hatten, die sich ein Geschenk aus dem Schaufenster aussuchten, hereinkamen, bezahlten und dann so schnell wie möglich wieder aus der für sie unbekannten und fast schon gefährlich anmutenden Frauendomäne, der Boutique, flüchteten. Jasmine erzählte den Leuten immer, dass der Rekord bei fünf Sekunden lag. Fünf Sekunden, um dreißig Pfund zu überreichen und sich der fix und fertig verpackten Schachtel mit irgendeinem Kinkerlitzchen – wie etwa einem glitzernden Schal oder einem Paar modischer Ohrringe – zu bemächtigen. »Ich bin ein Genie!«, wiederholte Jasmine immer wieder. Daraufhin riet Ruby ihr, mehr unter Leute zu gehen. Aber Jasmine erwiderte nur, dass sie sich im Internet nach einer Quelle für rosa gestreiftes Geschenkpapier

umsehen würde, damit die Geschenke auch zu den Tragetüten passten.
Nun jährte sich Jonathans Todestag zum zweiten Mal, und Ruby war ganz allein in ihrer Wohnung. Sie hatte die Heizung aufgedreht, und wie immer war alles in einem tadellosen Zustand, wenn auch ohne Weihnachtsschmuck. Nur ein kleiner Korb mit weißen Winterblumen, den Jasmine Ruby zu Weihnachten geschenkt hatte, stand auf der Frisierkommode, damit Ruby ihn von ihrem Bett aus sehen konnte, wenn sie am ersten Weihnachtsfeiertag erwachte.
Jasmine selbst war an jenem Abend mit einem der »schüchternen Jungs« aus dem Laden verabredet. Er hatte sich anscheinend in sie verguckt, als er seiner Mutter ein Geburtstagsgeschenk gekauft hatte. Allerdings tauchte er insgesamt drei Mal im Laden auf, um ein Geschenk zu kaufen, ehe er den Mut fand, Jasmine um ein Rendezvous zu bitten. Ruby hoffte inständig, dass ihre Freundin einen schönen Abend verbrachte. Sie hatte ein wenig Spaß verdient, nachdem sie das ganze Jahr über hart gearbeitet hatte und alle Männerbekanntschaften sehr enttäuschend verlaufen waren.
Plötzlich läutete das Telefon, und Ruby hätte beinahe ihre Tasse Kakao auf die makellose Tagesdecke fallen lassen.
»Mein Gott«, stöhnte sie laut. »Das Alleinleben macht mich langsam zu einem nervlichen Wrack. Jedes Mal, wenn ich nur das kleinste Geräusch höre, springe ich vor Schreck zwei Meter in die Höhe.« Sie griff zum Hörer.
»Ruby, Liebes. Hier ist deine Mutter.«
»Meine Güte, Mum? Bist du das wirklich? Gott sei Dank, dass du anrufst! Untersteh dich, gleich wieder aufzulegen!

Wo zum Teufel wohnst du in New York? Sag es mir! Und würdest du bitte von jetzt an dein Handy eingeschaltet lassen?« Ruby kletterte aus dem Bett und begann auf ihrem hübschen, cremefarbenen Teppich auf und ab zu laufen. Sie hatte einen Kloß im Hals, und vermutlich würde sie gleich in Tränen ausbrechen.

»Dazu kommen wir später«, lautete die schlichte Antwort.

»Bist du immer noch in Amerika?«

»Ja, das bin ich.«

»Ich kann einfach nicht verstehen, dass du Daddy und mir das antust.«

»Was gibt es daran nicht zu verstehen?«

»Mum! Bist du jetzt vollkommen verrückt geworden?«

»Nein, Ruby, das bin ich nicht.«

»Hattest du einen Nervenzusammenbruch?«

»Nein! Würdest du jetzt bitte mit dieser Fragerei aufhören? Du musst immer alles so dramatisieren! Ich habe deinem Vater erklärt, warum ich Blackskull verlassen habe, Ruby. Ich habe mich dort zu Tode gelangweilt. Den ganzen Tag nichts weiter tun, als Krimskams abzustauben, die Einfahrt hinunter- und wieder hinaufzuspazieren und deinem Vater das Essen zu kochen. Immer die gleichen drei oder vier Gerichte – und das über vierzig Jahre lang … Ich konnte einfach nicht mehr so weitermachen«, erzählte sie gekränkt.

»Mum, du bist seit einem ganzen Jahr fort.«

»Na und?«

»Wir waren krank vor Sorge, Himmelherrgott noch mal! Kurz nach deinem Verschwinden habe ich mich bei Jasmine erkundigt, ob ich die Polizei rufen soll. Aber sie meinte, dass die Polizei sowieso nichts unternehmen könnte, weil du eine erwachsene Frau bist. Und Dad wollte auch nichts tun!«

»Das ist auch richtig so. Ich darf ohne Aufpasser reisen.«

»Aber Mum, du gehst doch sonst nirgendwo allein hin!« Ruby war außer sich. »Dad fährt dich überall hin! Ihr beide seid wie ein Paar Buchstützen gewesen. Immer zusammen.«

»Ach, jetzt hör auf mit dem Unsinn, Ruby. Ich bin immer noch ein Individuum, mein Kind. Ich besitze einen eigenen Verstand. Ich habe mich daran erinnert, dass ich hier eine entfernte Cousine habe, ihre Adresse herausgefunden und an sie geschrieben. Dann habe ich mir einen Pass besorgt. Das war alles schon seit Jahren geplant. Zum Schluss war es eigentlich ganz leicht.«

»Aber Dad sagte, der Taxifahrer habe ihm erzählt, dass du noch nicht genau wusstest, wohin du wolltest!«

»Weil ich ihm das so gesagt habe, Ruby. Ich hatte keine Lust, dass das ganze Land erfährt, wohin ich gehe.«

»Oh, Mum!«

»Also hat mich meine Cousine bei sich untergebracht und mir dabei geholfen, einen Job zu finden.«

»Einen Job? Du hast einen Job in New York? Bist du etwa eine illegale Einwanderin?«

»Ja, genau das bin ich. Das ganze Land ist voll davon. Ich verkaufe nur Brot in einer kleinen Bäckerei in Manhattan, aber es reicht, um damit die Miete bezahlen.«

»Ich glaub das einfach nicht. Die Miete?«

»Ja, Ruby, die Miete. Ich konnte meiner Cousine ja nicht ewig zur Last fallen. Ich habe ein Appartement nicht allzu weit von der Bäckerei entfernt, nur ein winziges Loch.

Die Dusche ist praktisch in der Küche, und es gibt keine Badewanne, aber es wohnen sehr nette Leute hier im Haus und –«

»Oh, Mum, was tust du uns da an?« Ruby begann zu weinen. Dicke Tränen rannen ihr über das Gesicht und fielen auf den Teppich.

»Ich wollte immer einen eigenen Job haben, Ruby. Dein Vater weiß das. Aber er hat nicht zugelassen, dass ich im Dorf oder in der Stadt arbeite. Die hätten Leute hinter meinem Rücken reden können. Deshalb bin ich für eine Weile weggegangen. Ich brauchte etwas Abstand. Wollte für mich sein.«

»Findest du nicht, dass es ein bisschen spät ist für eine Midlifecrisis?«, fragte Ruby mit tränenerstickter Stimme.

»Von Krise kann hier keine Rede sein. Ich wollte zur Abwechslung einfach einmal etwas allein tun. Ich bin kein Einfaltspinsel, weiß du.«

»Aber hättest du nicht einfach ein paar Dinge in deinem Leben ändern können, ohne dafür in ein anderes Land zu ziehen? Außerdem hattest du kein Recht, Dad die ganze Zeit allein zu lassen. Über Weihnachten! Und das gleich zweimal!«

»Siehst du? *Ich hatte kein Recht.* Das ist genau der Grund, warum ich wegmusste, Ruby. Niemand hört mir zu. Ich habe nämlich durchaus Rechte, weißt du? Ich kann tun und lassen, was ich will.«

»Na gut, also schön, es tut mir leid, dass ich sauer auf dich war. Aber jetzt hast du dich ja bewiesen und als illegale Einwanderin in Manhattan gearbeitet. Herzlichen Glückwunsch! Ich hoffe, du bist stolz auf dich.«

»Werd nicht frech zu deiner eigenen Mutter!«

»Kommst du jetzt wieder nach Hause? Oder hast du Angst, dass man dich am Flughafen verhaften wird, weil dein Visum schon längst abgelaufen ist? Ich könnte einen Anwalt engagieren.«

»Nein, ich komme noch nicht nach Hause. Ich besuche einen Malkurs, und der dauert noch ein halbes Jahr«, erwiderte Rubys Mutter munter. »Wir treffen uns jeden Sonntagmorgen um acht in dieser großen, leeren Lagerhalle, frühstücken zusammen und malen dann bis nachmittags. Der Lehrer ist sehr gut, und wir reden über Kunst und alles Mögliche. Es ist wirklich toll.«

Rubys schnürte es vor Angst beinahe die Kehle zu. Sie gönnte ihrer Mutter ja den abenteuerlichen Versuch, etwas aus ihrem Leben zu machen, bevor es zu spät war und sie auf wackeligen Beinen mit ihrem Rollator durchs Altersheim zockelte, aber es musste doch bestimmt noch andere Möglichkeiten geben.

»Hör zu, Mum, ich bin dir wirklich nicht böse, aber es gibt doch auch Malkurse in Fermanagh und auch Bäckereien. Du könntest sogar deine eigene Bäckerei eröffnen, wenn du wolltest. Dad wartet zu Hause auf dich. Wir vermissen dich beide sehr.«

»Aber in Fermanagh bin ich bloß die eingebildete Mrs. Nightingale aus dem großen Haus in Blackskull. Und jeder weiß über mich Bescheid. Jeder weiß, dass wir vermögend sind, weil wir das Land deines Vaters verkauft haben. Sie sind alle eifersüchtig auf mich. Hier in New York bin ich bloß eine unter tausend anderen. In der Bäckerei und im Malkurs bin ich einfach nur Emily aus Irland.«

»Mum, sie sind nicht eifersüchtig. Es gibt sehr nette Leute in Fermanagh.«

»Und ob sie eifersüchtig sind. Ich sehe es in ihren Gesichtern, wenn ich sie sonntags in der Kirche treffe.«
»Soll das heißen, dass du nie wieder zurückkommen wirst, weil dich die Leute in der Kirche deiner Ansicht nach komisch ansehen?«
»Ich weiß es wirklich noch nicht«, erwiderte Rubys Mutter und stieß einen Seufzer aus. »Ich habe mich noch nicht entschieden. Am Wochenende helfen mir zwei Freunde dabei, meine Wohnung zu streichen, und anschließend sehen wir uns zusammen eine Show am Broadway an. Wir freuen uns schon seit einer Ewigkeit darauf.«
Freunde, dachte Ruby bei sich, ihre Mutter hatte Freunde in New York.
»Also schön. Dann mach nur weiter so, Mum. Aber sag mir doch bitte deine Adresse. Dann kann ich dir schreiben. Außerdem wäre ich beruhigter, wenn ich wüsste, wo du bist. Bitte!«
»Ich werde dir eine Postkarte schicken, sobald ich dazu komme«, versprach Rubys Mutter.
»Also, wenn du so beschäftigt bist, dann gib sie mir doch gleich jetzt durch, und ich notiere sie mir«, schlug Ruby vor und griff nach Stift und Papier in ihrer Handtasche.
»Der Anruf war schon teuer genug, Ruby, ich schreibe dir lieber«, wand sich ihre Mutter.
»Du willst mir nicht verraten, wo du wohnst, nicht wahr?«, fragte Ruby freiheraus.
Für einen Moment herrschte Stille.
»Nein, Liebes, das will ich nicht. Es tut mir leid, aber ich möchte nicht, dass du oder dein Vater hier auftaucht und mich vor meinen Freunden blamiert. Wie gesagt, ich kann tun und lassen, was ich will. Ich bin erwachsen.«

Ruby spürte mit einem Mal, wie eine mächtige Wut in ihr aufstieg und sich wie ein kratziger Wollschal um ihren Hals legte.

»Weiß du was, Mum? Du hast recht. Mach nur so weiter und mach verdammt noch mal, was du willst. Denn ganz offensichtlich hast du weder Dad noch mich jemals wirklich geliebt.«

»Wie kannst du es wagen, so etwas zu sagen, Ruby –«

»Weil es die Wahrheit ist. Es muss wahr sein. Du hast ihn nur wegen seines Geldes geheiratet, nicht wahr? Weil er dieses Land besessen hat! Hast du ihn denn nicht wenigstens ein kleines bisschen geliebt?«

»Untersteh dich! Ich habe deinen Vater nicht wegen des Geldes geheiratet!«

»O doch. Und dann hast du ihn dazu gebracht, das Land zu verkaufen und in dieses riesige Haus zu ziehen, seinen Job in der Kommune aufzugeben und nur noch als dein Begleiter und Chauffeur zu fungieren. Aber als dir das süße Nichtstun zu langweilig war, hast du deinen Mann sitzenlassen und dich zu diesem drittklassigen Abenteuer nach Amerika davongeschlichen.«

»Wie kannst du es wagen, so mit deiner eigenen Mutter zu reden! Hör sofort damit auf, Ruby –«

»Ach, lass es, Mum. Ich bin es, deine Tochter. Mir kannst du nichts vormachen. Nicht wie deinen Freunde aus dem Kunstkurs. Verschone mich mit irgendwelcher Stammtischpsychologie von wegen Selbstfindung. Du warst immer schon ein distanzierter Mensch. Besessen von deinen eigenen Gefühlen und Empfindungen. Selbst als Jonathan gestorben ist, bist du nicht einmal zur Beisetzung gekommen. Und schieb jetzt nicht den Schnee als Entschuldi-

gung vor! Du hättest später kommen können, als die Straßen wieder frei waren.«
»Das tut mir auch leid, Ruby. Ich wollte ja kommen, aber ich wusste, dass ich dir mit meinen Gebeten, meinem Rosenkranz und meinen albernen, alten Sprüchen keine Hilfe gewesen wäre.«
»Doch, das wärest du, Mum. Es hätte mir viel bedeutet, dich bei mir zu haben. Du hättest mich ja ein paar Tage später besuchen können. Ich war am Boden zerstört, Mum. Jasmines Mutter war hier. Sie war zur Beisetzung hier und hat mir am ersten Weihnachtstag etwas zu essen gebracht. Wo warst du, Mum? Ich habe dich so vermisst.«
»Ich habe dir doch schon gesagt, dass es mir leidtut«, erwiderte Rubys Mutter betrübt. »Ich kann eben nicht gut mit Menschen umgehen. Nicht einmal mit meiner eigenen Familie. Alles, was ich tue und sage, ist falsch. Das war schon immer so. Ich bin in diesem Haus fast erstickt. Du hast ja keine Ahnung, wie schrecklich es war.«
»Okay, Mum, wir drehen uns hier im Kreis. Du behauptest, mich zu lieben, aber als es hart auf hart kam, bist du weggelaufen. Familien sollten in Krisen zusammenhalten. Das macht doch eine Familie aus. Verstehst du das denn nicht?«
»Ich lege jetzt besser auf, Ruby. Ich bin müde.«
»Also schön. Aber vorher möchte ich dir noch eins sagen: Ich werde Dad raten, das Haus zu verkaufen und nach Belfast zu ziehen. Er ist sehr einsam so ganz allein in diesem großen Haus, und manchmal glaube ich, dass du für immer in Amerika bleiben willst.«
»Er wird niemals aus diesem Haus ausziehen, Ruby.«
»Das werden wir dann schon sehen. Ich glaube, er steht

an einem Scheideweg in seinem Leben. Er ist nicht mehr so passiv wie früher. Es ist an der Zeit, dass er mal wieder etwas unternimmt. Er ist auch ein wenig depressiv gewesen, weißt du? Ich glaube, ihr zwei seid seit Jahren depressiv.«

»Vielleicht …«

»Würdest du bitte mal darüber nachdenken? Dad muss wissen, wo er steht. Das begreifst du doch, oder? Er muss Pläne machen.«

»In Ordnung. Ich werde mich bald wieder melden.«

»Und wir haben dich wirklich beide sehr lieb, Mum«, sagte Ruby leise. »Ich hoffe, dass du das weißt. Egal was auch in Zukunft geschehen mag, wir lieben dich und wir möchten, dass du nach Hause kommst. Es ist noch nicht zu spät für uns, eine richtige Familie zu sein.«

»Also gut, Liebes. Ich danke dir.«

»Bitte pass auf dich auf, Mum«, flüsterte Ruby.

»Das werde ich, Ruby, keine Sorge. Meine Freundin Dorothy sorgt schon dafür, dass ich nicht in Schwierigkeiten gerate. Sie kennt New York wie ihre Westentasche.«

»Okay. Ich liebe dich, Mum.«

»Ich liebe dich auch.«

Dann war die Leitung mit einem Mal tot. Ruby starrte einige Augenblicke lang auf das Telefon. Als könne sie so irgendwie verstehen, was mit ihrer Mutter geschehen war. Was sie dazu getrieben hatte, einfach wegzulaufen wie ein verängstigter, rebellierender Teenager. Aber sie empfand nur eine nicht erfüllbare Sehnsucht in ihrem Herzen nach der Art von vertrauter Beziehung zu ihrer Mutter, wie Jasmine sie offenbar zu ihrer eigenen Mutter hatte. Ob das der Grund war, warum sie sich so an Jonathan geklammert hatte, warum ihr seine Liebe gereicht hatte? Bei ihm hatte sie sich immer zutiefst geliebt und angenommen gefühlt.

Doch jetzt war es an der Zeit, damit aufzuhören, sich nach Dingen zu sehnen, die sie nun mal nicht haben konnte! Ruby wusste, dass ihre Mutter ein unnahbarer, ruheloser Mensch war und dass sich ihr Vater daran gewöhnt hatte, aber über die Jahre immer depressiver geworden war. Und sie wusste auch, dass Jonathan wirklich tot war und niemals wieder zu ihr zurückkommen würde.

»Zeit, erwachsen zu werden«, sagte sie zu dem Blumenkorb.

Dann rief sie ihren Vater an, um ihn zu fragen, ob er etwas von seiner ausgerissenen Frau gehört hatte. Falls nicht, so konnte sie ihn zumindest beruhigen, dass Emily sich ihren nächsten Schritt sehr genau überlegen wollte. Darüber hinaus würde sie ihrem Vater mitteilen, dass sie zum Weihnachtsessen nach Hause kommen würde. In aller Frühe am nächsten Morgen. Also sollte er sich besser ein wenig zurechtmachen und das Haus auf Vordermann bringen. Denn sie beide würden den ganzen Tag zusammen verbringen, jede einzelne verdammte Minute – und damit basta!

Kapitel 19
Camberwell House

Es ging auf Ende Januar zu. Ruby und ihr Vater hatten ein schönes Weihnachtsfest zusammen verbracht. Das Haus von oben bis unten geputzt, anschließend in einem schicken Hotel zu Abend gegessen und noch ein Gläschen am Kamin getrunken. Ruby hatte ihren Dad behutsam, aber dennoch mit großer Entschiedenheit dazu bewegen können, sich einzugestehen, dass er derjenige war, den das rastlose Wesen seiner Frau über die Jahre schwermütig gemacht hatte. Das ging nun schon so lange, dass er selbst nicht einmal bemerkt hatte, was für ein Einsiedler aus ihm geworden war. Sie diskutierten es über die Feiertage in aller Ruhe aus. Aber er weigerte sich, einen Arzt aufzusuchen. Ein Arzt könne ihm die letzten vierzig Jahre auch nicht zurückgeben. Außerdem bedauere er seine Ehe nicht, denn immerhin habe er dadurch Ruby bekommen.

Aber er versprach, dass er sich in Zukunft Mühe geben würde, unter Leute zu kommen. Er wollte dem Kirchenchor beitreten. Vielleicht hin und wieder segeln oder angeln.

Ruby freute sich auch zu hören, dass er beabsichtigte, eine Putzfrau und einen Gärtner einzustellen, damit die Hausarbeit anständig erledigt wurde. Einen Umzug nach Belfast schloss er allerdings kategorisch aus, da er ohne den Blick auf die Seen angeblich nicht leben könne.

Im Großen und Ganzen hatte Ruby das Gefühl, als habe ihr Vater die Kurve gekriegt. Er hatte zwar immer noch keine genaue Auskunft über die Pläne von Rubys Mutter erhalten und wusste nicht, ob seine Frau zu ihm zurückkommen würde, aber irgendwie schien er damit zurechtzukommen.

»Ich habe mich inzwischen an die Stille gewöhnt«, erklärte er nachdenklich. »Es ist eine andere Art von Stille, wenn das Haus wirklich friedlich ist. Nicht wie früher, wenn deine Mutter und ich nicht miteinander geredet haben. Jetzt ist es eine erholsame Stille. Nur ich, der allein herumwerkelt. Die Sonne scheint durch die Fenster, und die Schatten tanzen an den Wänden. Und im Ofen wartet ein schönes Bratenstück zum Abendessen auf mich.«

»Ja, Dad«, antwortete Ruby und nickte traurig mit dem Kopf. Das klang für sie nicht gerade wie ein verlockendes Leben, aber was sollte sie tun? Er machte einen zufriedenen Eindruck, und wenigstens telefonierten sie nun mindestens einmal in der Woche miteinander … das war immerhin schon einmal ein Anfang.

Schnell hatte der Alltag in Belfast Ruby wieder. Obwohl der Laden heute geschlossen hatte und Jasmine sie nach Camberwell House schleppen wollte. Angeblich nur ein Versuch, den Januar-Blues zu besiegen … Sie fuhren mit dem Taxi, da Rubys Auto wegen einer Reparatur in der Werkstatt war.

»Übrigens mache ich bei deinem hirnrissigen sogenannten *Mädelstag* bloß mit, um dir zu beweisen, dass Tom Lavery ein glücklich verheirateter Mann ist, der nicht einmal weiß, dass ich existiere. Darüber hinaus bin ich nicht auf einen weiteren Ehemann aus«, brummte Ruby leise und knetete dabei nervös ihre Hände. »Ich muss wirklich verrückt sein, bei so was mitzumachen.«

»Ach, sei still, es wird dir gefallen, warte nur ab. Und wer weiß, vielleicht läuft mir dort ja auch ein netter Kerl über den Weg. Ein waschechter Junge vom Lande!«

»Jasmine, das ist ein altes Haus voller Antiquitäten, rissiger Nachttöpfe und durchhängender Himmelbetten. Wie willst du da einen attraktiven, ungebundenen Mann finden?«

»In den letzten Jahren habe ich aber auch keinen in den Bars und Cafés und Fitnessstudios von Belfast finden können.«

»Was ist denn mit Gary?«

»Ach, der war ganz okay, aber etwas zu lahm für meinen Geschmack. Welcher Mann lebt denn mit dreiunddreißig noch bei seiner Mutter? Ich vermute, er ist bloß auf der Suche nach einer Ersatzputzfrau, für den Fall, dass die Olle den Löffel abgibt.«

»Oh, oh!«

»Genau. Daher strecke ich meine Fühler jetzt ein wenig weiter aus, das ist alles. Vielleicht ist auf dem Land ja etwas fürs Auge im Angebot. Ein unentdeckter Schatz hoffentlich.«

»Schon möglich.«

»Vielleicht sind die Jungs dort auch ein bisschen dankbarer für einen so tollen Fang wie mich. Und ein bisschen fitter im Bett. Bei all der harten Arbeit? Dein Tom sieht aus, als sei er sehr gut darin.«

»Manchmal frage ich mich, warum du es einfach nicht lassen kannst.«

»Aber warum denn nicht? Die Hoffnung stirbt zuletzt, sage ich immer. Der Laden ist heute geschlossen, und wir beide haben nichts Besseres zu tun. Wir werden schon unseren Spaß haben, wart nur ab.«

»Mal sehen.«

»Jedenfalls bin ich froh, dass du endlich zugestimmt hast mitzukommen. Jetzt ziehst du wohl endlich andere Saiten auf, stimmt's?«

»Das ist doch überhaupt nicht wahr«, erwiderte Ruby verwundert.

»Und ob. Hat dir der Anruf deiner Mutter solche Angst eingejagt?«

»Ich weiß wirklich nicht, was du damit meinst.«

»Doch, genau so ist es, gib es schon zu. Du hast eine Heidenangst, dass du dich eines Tages in ein jammerndes Schreckgespenst wie sie verwandeln könntest, nicht wahr? Über jeden herziehst und den Menschen, die dir nahestehen, mit deiner Unzufriedenheit auf den Wecker gehst, um dich dann in irgendein abgeschmacktes Abenteuer zu stürzen.«

»Jasmine, ich weiß, dass meine Mutter nicht gerade ein Ausbund an Lebensfreude ist, aber würdest du bitte aufhören, sie derart schlechtzumachen? Sie kann nichts dafür. Sie ist in einer anderen Zeit aufgewachsen.«

»Also Ruby, das hat doch damit nichts zu tun! Meine Eltern sind genauso alt, aber sie sind immer noch ziemlich munter. Du hast mir letzte Woche mindestens hundert Mal erklärt, dass du die Nase voll hast von deiner Mutter und dieser Affenkomödie.«

Ruby schloss die Augen. »Ja, ich weiß«, gab sie betrübt zu.

»Hör zu, es tut mir leid, wenn ich gehässig geklungen habe, aber du kannst offenbar nicht erkennen, wie sehr dich deine Mutter runterzieht«, erklärte Jasmine nicht ohne Mitleid.

»Tut sie nicht.«

»O doch. Sieh dir doch nur deinen Vater an. Der arme Kerl ist so durcheinander, dass er nicht mehr weiß, wo vorn und hinten ist.«

»Vielleicht ist er deprimiert, aber er war ja auch all die Jahre mit meiner Mutter zusammen. Ich bin schließlich nicht ihr Mann.«

»Aber sie zieht dich trotzdem runter, Ruby. Selbst aus der Ferne.«

»Und wie kommst du zu dieser grandiosen Einsicht?«

»Wenn du mit ihr gesprochen oder auch nur an sie gedacht hast, bist du hinterher immer tagelang so eigenartig. Ich weiß, wann du an sie denkst, weil du dir dann immer auf die Oberlippe beißt. Mach dir doch nichts vor, Ruby, die Frau war nie fürs Muttersein geschaffen. Und ich spreche hier nicht von hingebungsvollen, begeisterten Fulltime-Müttern. Aber das ist bei vielen Frauen so. Das ist eines der letzten, großen gesellschaftlichen Tabus: widerwillige Mütter.«

»Jetzt, wo du es erwähnst, muss ich zugeben, dass sie nie allzu begeistert davon war, die ganze Zeit zu Hause hocken zu müssen.«

»Das habe ich mir schon gedacht. Das kann man ihr nicht einmal übelnehmen. Männer nehmen sich schon seit jeher raus, zu tun und zu lassen, was sie wollen. Nur wir Frauen sollen immer brav die Klappe halten. Ich will damit nicht sagen, dass deine Mutter recht hat! Oder ich ihr zustimme. Ehrlich gesagt, tue ich das nicht … Aber sie befindet sich offenbar in ihrer Teenager-Phase – wenn sie damit auch fünfzig Jahre zu spät dran ist.«

»Meinetwegen«, erwiderte Ruby seufzend. »Ich bin viel zu müde, um heute noch weiter darüber nachzudenken.«

»Ja, ich auch. Wir sollten auch nicht mehr so viel darüber sprechen. Sie wird schon zurückkommen, wenn sie so weit ist. Nach allem, was ich bisher gehört habe, hat es nämlichen keinen Sinn, ihr einen Rat zu erteilen.«

»Da hast du wohl recht – zumindest, was Ratschläge angeht.«

Die beiden Frauen lehnten sich schweigend in die Sitze des schwarzen Taxis zurück und dachten über Jasmines kluge Worte nach.

Ruby musste zugeben, dass Jasmine einige gute Argumente vorgebracht hatte. Ihre Mutter war wirklich eine echte Spaßbremse, das ließ sich nicht leugnen. Sie hatte niemals die Zeit für irgendetwas gefunden, das auch nur annähernd modern gewesen wäre oder Spaß gemacht hätte. Dennoch beklagte sie sich ständig darüber, dass das Leben langweilig sei. Sie schien ihre Tage damit zu verbringen, darauf zu warten, dass die Englein kamen und sie mit nach Hause nahmen, wie sie es ausdrückte. Einmal hatte sie ihrem Mann sogar erklärt, dass sie keine wiederbelebenden Maßnahmen wünschte, sollte sie krank werden und in ein Koma fallen. *Nicht, dass man dann einen großen Unterschied in ihrer Persönlichkeit bemerkt hätte,* dachte Ruby traurig. Emily Nightingale war ihr ganzes Leben hin- und hergerissen gewesen zwischen dem Bedürfnis nach Aufmerksamkeit und dem Drang, davor wegzulaufen. Ruby hoffte, dass sie nun glücklich war inmitten von Marmorkuchen, Riesenbrezeln und pastellfarbenen Törtchen.

Das Taxi bremste und bog von der Hauptstraße ab. Eine kurze Fahrt durch hohe Bäume und Sträucher führte sie auf eine kleine Lichtung. Von dort konnten sie das prächtige Haus sehen, das nur wenige Meter entfernt stand.

»Wir sind da!«, rief Jasmine aufgeregt. »Das ging ja schnell. Stell dir vor, es sind bloß gute zehn Minuten von der Stadt, wenn wenig Verkehr herrscht! Wir kommen gerade noch rechtzeitig für die letzte Nachmittagsführung.«

»Dann mal los«, sagte Ruby rasch, kletterte aus dem Wagen und zog ihre Wolljacke zurecht. Dieses Mal hatte sie etwas angezogen, in dem sie sich wohl fühlte: eine taillenhohe Schlaghose, einen Pullover mit Rundhalsausschnitt und eine lange, bestickte Jacke aus weicher Wolle. Dazu flache Wildleder-Pumps und eine große Handtasche, in der sich ein Minischirm, ein Notizbuch, Kopfschmerztabletten, ein Päckchen Papiertaschentücher, zwei Handys – für den Fall, dass eins kaputtging –, ein Paar Handschuhe, Bonbons mit Fruchtgeschmack für Zuckertiefs und eine kleine gerahmte Fotografie von Jonathan befanden.

»Weißt du, ich freue mich richtig darauf«, strahlte Jasmine.

»Wirklich?«, fragte Ruby verblüfft. »Es fällt mir schwer, das zu glauben.«

»Ist aber so. Denk doch mal nach! Nach diesem öden Rundgang voller Spinnweben, Mottenkugeln und toter Fliegen werde ich mein großartiges Appartement nur noch mehr lieben. Sobald ich wieder zu Hause bin, schalte ich meine Kaffeemaschine und die Heizung ein und springe im Licht der Einbauleuchten unter meine herrliche Wellnessdusche. Ach, wie schön …«

Ruby verdrehte die Augen und lachte. Ihre bedrückte Stimmung war mit einem Mal verflogen. Dann schlenderten die beiden Freundinnen über den ordentlich geharkten Kies zum Haupteingang, um sich den anderen »Touris« anzuschließen.

Wie sich herausstellte, war die Führung sehr unterhaltsam. Offenbar hatten alle möglichen wichtigen historischen Persönlichkeiten einmal die Himmelbetten und Nachttöpfe von Camberwell beehrt. Es gab sorgfältig beschriftete Haarlocken von längst verstorbenen Königen, die in einem Glasschaukasten in der Haupthalle ausgestellt waren. Und nirgendwo war auch nur ein einziges Staubkorn oder eine Spinnwebe zu entdecken. Ruby und Jasmine aßen in dem hübschen Café hinter dem Haus einen leckeren Eintopf, gefolgt von einem Stück Kuchen, und machten sich anschließend daran, die Gartenanlage zu erkunden. Es war ein bisschen kalt draußen, aber es gab viel zu sehen. Die Hauptattraktion stellte natürlich das Buchsbaum-Labyrinth dar. Leider war weit und breit nichts von Tom Lavery zu sehen. Jasmine hielt überall nach ihm Ausschau, doch vergeblich. Als sie am Labyrinth ankamen, war sich Ruby nicht sicher, ob sie sich tatsächlich in die gewaltige, dunkelgrüne Anlage wagen sollten.

»Was ist, wenn wir uns verirren?«, fragte sie unschlüssig. »Sie schließen in gut einer Stunde.«

»Hier steht, dass wir uns eine von diesen Trillerpfeifen nehmen und sie benutzen sollen, falls wir uns verlaufen«, meinte Jasmine. »Wie aufregend! Von einem attraktiven

Gärtner aus einem echten Labyrinth gerettet zu werden! Das klingt wie aus einem Jane-Austen-Roman.«

»O Gott, Jasmine, machst du auch mal Pause?«

»Niemals. Hier, nimm dir auch eine Pfeife für den Fall, dass wir uns trennen sollten. Außerdem steht hier, dass es in der Mitte des Labyrinths eine romantische Bank gibt. Lass uns ein Foto machen, wie wir darauf sitzen, ja? Komm schon, tu wenigstens so, als hättest du Spaß!«

Damit betrat Jasmine das hohe, perfekt geschnittene, wenn auch ziemlich düstere und geheimnisvolle Labyrinth, und Ruby stolperte ihr hinterher, wobei sie ihre glänzende, eingeschweißte Blechpfeife umklammert hielt, von der sie hoffte, dass sie sie niemals benutzen musste.

Vierzig wundersame Minuten später saßen Ruby und Jasmine auf dem Bänkchen und posierten ein wenig verlegen, während ein deutscher Tourist freundlicherweise ein Foto von ihnen mit Jasmines winzigem Apparat schoss.

»Ist das nicht großartig?«, sagte Jasmine seufzend, nachdem sich der Tourist verabschiedet hatte und sie beide allein waren. »Wünschst du dir nicht auch manchmal, wir könnten in der Zeit zurückgehen bis zu einer Ära, in der niemand Schimpfworte benutzt hat? Und in der die Menschen ihre Mitmenschen nicht wie Dreck behandelt haben?«

»Ehrlich gesagt glaube ich, dass es immer Leute gab, die andere wie Dreck behandelt haben«, entgegnete Ruby. »Wahrscheinlich haben die meisten Leute bloß nicht lange genug gelebt, um sich darüber aufzuregen. Sie waren viel zu sehr damit beschäftigt, bei der Geburt ihres Kindes oder in irgendeiner blöden Schlacht zu sterben. Und im Übrigen fluchst du doch unheimlich gern.«

»Aber wenigstens hatten sie damals hübschere Klamotten«, beharrte Jasmine. »Keine verschwitzten Trainingsanzüge. Und Frauen konnten ihren dicken Hintern unter diesen hübschen, wogenden Ballkleidern verstecken.«
Ruby lachte. Ihre Freundin schaffte es immer wieder, sie aufzumuntern. »Da hast du recht. Jetzt komm, lass uns nach Hause gehen. Ich glaube, ich erinnere mich an den Weg zum Ausgang. Zweimal nach links, dann dreimal nach rechts und danach wieder links. Und anschließend noch fünfmal nach rechts ... Wenn wir uns beeilen, können wir uns noch kurz im Souvernirladen umschauen, bevor sie schließen. Ich habe da ein paar sehr elegante weiße Tassen im Fenster gesehen.«
»In Ordnung. Aber ich will mir zuerst noch etwas wünschen!«, sagte Jasmine.
»Du kannst dir hier nichts wünschen. Es gibt doch keinen Wunschbrunnen.«
»Ich mache es aber trotzdem.«
»Es wird nicht funktionieren, wenn es keinen Brunnen gibt«, brummte Ruby.
»*Wer nicht wagt, der nicht gewinnt.* Würdest du jetzt bitte ruhig sein?«
Ruby sah erneut ungeduldig auf die Uhr, während sich Jasmine etwas wünschte.
»So, jetzt lass uns aber zusehen, dass wir nach Hause kommen«, meinte Ruby schließlich.
Aber als sie versuchten, den Weg aus dem Labyrinth zu finden, mussten sie feststellen, dass sie sich hoffnungslos verirrt hatten. Sie versuchten sich zu orientieren und in Richtung des Haupthauses zu gehen, aber es half nichts. Dann setzte mit einem Mal ein leichter Nieselregen ein.

Nach einer Weile nahm die Bewölkung zu, und die Regentropfen wurden dicker und schwerer. Das Labyrinth schien auf wundersame Weise wie leergefegt, denn sie begegneten keiner Menschenseele mehr, als sie hin- und herhasteten und sich verzweifelt daran zu erinnern versuchten, ob sie an einer bestimmten Statue oder Steinbank schon einmal vorbeigekommen waren. Plötzlich öffnete der Himmel seine Schleusen vollends, und Rubys kleiner, leichter Schirm war nutzlos gegen die Regenflut. Bald schon waren sie beide pudelnass und Rubys schöne Schuhe ruiniert. Nach einer geschlagenen Stunde verzweifelten Hin-und-her-Irrens und zwei unheilverkündenden Donnerschlägen hoch droben entschied Jasmine, dass es an der Zeit war, Hilfe herbeizurufen.

»Ich glaube, diese Statuen sind dazu bestimmt, uns zu verwirren«, stöhnte sie erschöpft. »Ich wette, es gibt zwei oder drei von jeder. Okay, dann mal los.«

»Ich komme mir ziemlich albern vor«, beschwerte sich Ruby, als Jasmine tief Luft holte und mit aller Macht in ihre Pfeife blies.

»Es tut richtig gut, so viel Lärm zu machen«, rief Jasmine lachend und blies gleich noch einmal in ihre Pfeife. »Wenn wir hier nicht bald rauskommen, holen wir uns noch den Tod. Los, versuch es auch einmal. Ist sehr befreiend!«

»Nein danke, ich passe«, erwiderte Ruby entschieden. »Du veranstaltest schon genug Aufruhr für uns beide.«

Fünf Minuten später vernahmen sie Schritte hinter der nächsten Ecke, und mit einem Mal stand Tom Lavery vor ihnen. Er machte einen verärgerten Eindruck, und eine wütende Röte stieg unter seinem Hemdkragen am Hals hinauf.

»Ach, Sie sind das«, sagte Tom, der Ruby und Jasmine erkannte, obwohl ihnen die Haare klatschnass um die Gesichter hingen.
»Ja, und es tut uns schrecklich leid«, erwiderte Ruby entschuldigend, der die ganze Sache furchtbar peinlich war. Zu allem Überfluss befürchtete sie, dass sich ihre Unterwäsche unter ihrer pitschnassen Kleidung abzeichnen könnte.
»Halb so wild. Sie kommen am besten mit in meinen Schuppen«, sagte Tom und bedeutete ihnen, ihm zu folgen. »Dort ist es warm und trocken. Das Haus und die Läden sind schon geschlossen, und alle sind nach Hause gegangen. Der Parkplatz ist leer. Ich hatte keine Ahnung, dass überhaupt noch jemand hier ist.«
»Wir sind mit dem Taxi gekommen«, erklärte Jasmine. »Rubys Wagen ist in der Werkstatt.«
»Verstehe. Nun, es tut mir leid, dass Sie hier drin ausharren mussten. Eigentlich überprüft immer jemand das Labyrinth, bevor sie das Tor schließen. Sie haben Glück, dass ich oft noch länger bleibe, um das eine oder andere zu erledigen.«
»Ja, das ist allerdings ein Glück«, antwortete Jasmine zähneklappernd.
»Kommen Sie. Ich mache Ihnen eine Tasse Tee und werde Sie dann in die Stadt zurückfahren.«
Er machte auf dem Absatz kehrt und ging voraus.
»Und wer hat behauptet, dass Wünsche nicht in Erfüllung gehen?«, flüsterte Jasmine mit einem breiten Grinsen, während Ruby bis zu ihren glucksenden Wildleder-Pumps hinunter errötete.
»Wage es ja nicht, hier irgendwelche Verkuppelungsver-

suche zu starten«, zischte sie zurück, als sie Tom folgten, der in seinen olivgrünen Stiefeln einige Schritte vor ihnen herlief. »Dafür bin ich gerade nicht in der Stimmung. Außerdem bin ich bis auf die Haut durchgeweicht. Wir werden uns bestimmt eine Lungenentzündung holen.«

»Dann hoffen wir mal, dass uns dein Freund hier ein bisschen einheizen kann.« Jasmine kicherte laut, entzückt von dem Gedanken, von Rubys kernigem Bewunderer nach Hause gefahren zu werden.

Es donnerte ein weiteres Mal, und dann fielen keine fetten Tropfen mehr vom Himmel, sondern ein wahrer Wolkenbruch brach los. In null Komma nichts rannten die drei durch den Küchengarten auf Toms dunkelgrünes Refugium zu. Kleine Wasserbäche strömten entlang der mit Ziegelsteinen eingefassten Wege, und bei manchen Schritten standen die Frauen bis zu den Knöcheln im Wasser. Aber als Tom die Tür zum Schuppen aufriss, stellten Ruby und Jasmine erleichtert fest, dass darin alles sehr hübsch und gemütlich war und ein Gasofen in der Ecke stand. Eine Seite wurde von einem Tisch und einem Sessel eingenommen, und überall befanden sich Gartengeräte, hingen von Nägeln an der Wand oder waren ordentlich in Weidenkörben gestapelt. Ein schläfriger Hund lag zusammengerollt in einem Korb.

»Das ist Noah. Er tut Ihnen nichts, keine Sorge«, sagte Tom ruhig, als das Tier die Augen öffnete. »Ruhig, Noah.«

»Tolles Fleckchen haben Sie hier.« Jasmine zitterte und schlich auf Zehenspitzen zu dem Ofen hinüber, um sich die Hände vor den blau-orange flackernden Flammen zu wärmen. »Was für ein hübscher Hund. Vielen Dank

auch … großer Gott, ich dachte schon, ich würde da draußen an Unterkühlung sterben.«
»Ja, vielen Dank, Mr. Lavery«, schloss sich auch Ruby höflich an. »Ich bin so froh, dass Sie in der Nähe waren. Wir konnten uns einfach nicht mehr an den Weg zum Ausgang erinnern. Kein Orientierungssinn …«
»Schon gut. Es gibt einen nützlichen Trick, sich den Weg zu merken, aber der ist ein sorgsam gehütetes Geheimnis. Ach, und nennen Sie mich doch bitte Tom.«
»Das ist Jasmine, und ich bin Ruby«, erwiderte sie nickend.
»Ja«, antwortete er leise. »Ich weiß.«
Ruby und Tom spürten beide, wie ihre Gesicher vor Verlegenheit – und vielleicht auch vor Aufregung – zu glühen begannen. Ruby ging zu dem Ofen hinüber, stellte sich neben Jasmine und konzentrierte sich auf die tanzenden Flammen. In diesem Augenblick hätte sie alles darum gegeben, einen in der Nähe geparkten Wagen parat zu haben. Dann müssten sie später nicht mehr mit Tom in seinem Landrover sitzen. Ob er es wohl als unhöflich empfinden würde, wenn sie darauf bestand, ein weiteres Taxi zu rufen? Für einen Moment war nichts weiter zu vernehmen als der hämmernde Regen auf dem Schuppendach.
»Möchte jemand gern einen Tee?«, erkundigte sich Tom unbeholfen. »Ich habe hier irgendwo noch ein Päckchen mit Pappbechern. Und eine Thermoskanne mit frischem Tee.«
»O danke, das wäre ganz wunderbar«, sagte Jasmine und zitterte gleich ein bisschen weniger. »Laden Sie oft fremde Frauen zu einer kleinen Erfrischung in Ihren Schuppen ein? Wird Ihre Frau da nicht misstrauisch?«

»Herrgott, Jasmine, lass das«, flüsterte Ruby entnervt.
»Meine Frau Kate ist vor fast fünf Jahren gestorben«, entgegnete Tom sofort. »Und ich lade eigentlich nie jemanden hierher ein. Aber das ist ein Notfall, nicht wahr?«
Der leicht gekränkte Ausdruck in seinen Augen entging Ruby nicht. Er fand es offenbar nicht besonders lustig, dass Jasmine ihn mehr oder weniger bezichtigt hatte, ein Charmeur zu sein. Denn das war er ganz offensichtlich nicht, vielmehr ein echter Kavalier. Ruby spürte ganz deutlich, dass sie sich für ihn erwärmte. Sie begann sich sogar zu fragen, wie er wohl aussehen mochte, wenn er nicht diese schäbigen Klamotten trug.
»Ein Schluck Tee wäre herrlich«, sagte sie liebenswürdig, als zwei Blitze den Schuppen erleuchteten und das glänzende Metall der Schaufeln und Spaten in einer Ecke zum Funkeln brachten.
Tom suchte wortlos nach den Pappbechern und befüllte drei mit Tee. Jasmine machte es sich in dem Sessel gemütlich und ließ Ruby und Tom verlegen am Fenster stehen und auf den Regen hinausschauen, der auf Winterpflanzen und Büsche herabprasselte. Ruby traute sich nicht, in Jasmines Richtung zu blicken, während sie alle darauf warteten, dass sich das Unwetter verzog. Denn dann hätte ihre Freundin ihr bestimmt zugeblinzelt oder einen vielsagenden Blick zugeworfen. In ihrer jetzigen Stimmung, nach ihrer Rettung aus dem Labyrinth und in der Gegenwart von Tom Lavery, zu dem sie sich immer mehr hingezogen fühlte, wäre sie dann wahrscheinlich vor Lachen oder Weinen zusammengebrochen.

Kapitel 20

Der Jahrestag

Tom ließ sich schwerfällig auf einem Stein am Strand von Murlough nieder und starrte ausdruckslos auf das Meer hinaus. Die Luft war bitterkalt, und er hatte kein Gefühl mehr in seinen Ohren, aber er bemerkte es fast gar nicht.

Seit drei Tagen hatte er nicht mehr richtig geschlafen, war völlig erledigt und ziemlich hungrig. Tom seufzte, atmete erst tief ein und dann wieder aus.

»Fünf Jahre, Noah. Heute sind es fünf Jahre! Erinnerst du dich überhaupt noch an Kate? Du warst damals noch ein Welpe, als sie starb.«

Noah blickte ungeduldig in Toms Gesicht und dann aufs Meer hinaus, ehe sein Blick wieder zu Tom zurückkehrte. Der Hund konnte es kaum erwarten, am Strand entlangzurennen, aber er war schon oft genug in Murlough gewesen, um zu wissen, dass er zunächst warten musste, bis sein Herrchen ein paar Minuten lang still getrauert hatte. Dann würden sie meilenweit den Strand entlanglaufen, er durfte Stöckchen aus dem Wasser holen, und hinterher gab es zu Hause immer etwas Leckeres zu fressen.

»Weißt du, manchmal frage ich mich, was das alles soll«, sagte Tom zu Noah und strich dem Hund liebevoll über den Kopf. »Das Haus und die Außenanlagen sehen heutzutage viel besser aus, als sich irgendjemand früher jemals hätte vorstellen können. Aber eigentlich ist es doch nichts weiter als ein Museum. Mit jeder Menge Tagesausflüglern, die Irish Stew essen und Souvenirtassen kaufen. Wir müssen doch verrückt sein, dass wir für unseren Hungerlohn derart hart arbeiten. Wer interessiert sich denn überhaupt noch für Camberwell? Für die alten Angestellten? Ganz bestimmt nicht die Besitzer, so viel ist sicher.«

Dann dachte er an Ruby und fragte sich, ob er an dem Tag, an dem er sie aus dem Labyrinth befreite, in ihrem Gesicht wirklich so etwas wie Zuneigung gelesen hatte. Hatte sie ihn tatsächlich schüchtern über den Rand ihres Pappbechers angesehen, weil sie sich ein bisschen zu ihm hingezogen fühlte? Oder verlor er jetzt vor Einsamkeit langsam den Verstand? Er spielte mit seinem goldenen Ehering. Seine Haut hatte sich vor Kälte zusammengezogen, und der Ring fühlte sich auf einmal etwas lose an seinem Finger an.

»Was soll das?«, sagte er wieder. »Ich komme nicht über Kate weg und kann Ruby nicht um eine Verabredung bitten.«

Plötzlich nahm er, ohne dass es ihm so recht bewusst war, den Ring von seinem Finger und warf ihn mit einer so kraftvollen Bewegung ins Meer, dass er sich dabei beinahe die Schulter ausgekugelt hätte. Der Ring funkelte für den Bruchteil einer Sekunde im Sonnenlicht, ehe er in den Wellen verschwand.

»Bitte! Da hast du das auch noch!«, schrie er der tosenden Brandung zu. »Da ist Kates Asche«, brüllte er hinterher. »Da ist mein Herz, mein Leben. Am Grunde des Meeres. Sollst du den Ring auch noch haben.«

Noah machte Anstalten, ins Wasser zu laufen, um das zu apportieren, was auch immer Tom hineingeworfen hatte, doch er holte das Tier ein und führte es stattdessen den Strand entlang.

»Nein, mein Junge«, sagte er leise. »Es ist viel zu kalt für dich, um heute schwimmen zu gehen. Komm schon.«

Bald rannten die beiden schwer atmend über den harten Sand am Rande des Wassers. *Wohin laufe ich eigentlich?*, fragte sich Tom. Er hätte am liebsten geweint, aber es waren schon lange keine Tränen mehr übrig. Er fühlte sich leer und verloren. Zum ersten Mal verspürte er die Angst, dass er mit dieser ganzen Leere in seinem Herzen nicht mehr fertig werden könnte.

Genau in diesem Moment, gerade als Tom und Noah am Meer entlangliefen, brachte der Briefträger eine Dankeskarte zu Toms kleinem Cottage. Die Karte war von Ruby und Jasmine, und sie bedankten sich für seine Hilfe. Natürlich steckte Jasmine dahinter. Ruby wusste nichts davon. Außerdem hatte Jasmine auch eine kleine Mitteilung unten auf der Karte hinzugefügt, in der sie Tom bat, bald einmal im Laden vorbeizuschauen, um sie bei der Bepflanzung der Blumenkästen für den Sommer zu beraten. Ruby wäre fuchsteufelswild geworden, wenn sie davon gewusst hätte. Aber Jasmine war zu der Entscheidung gelangt, dass ihre Freundin einfach viel zu langsam war, um die Initiative zu ergreifen. Daher hatte sie es auf sich genommen, den ersten Schritt zu tun. Denn Jasmines Motto lautete nun einmal: Die Hoffnung stirbt zuletzt.

Kapitel 21

Das fünfte Geheimnis

Im Mai lockerten die kalten Finger des Winters endlich ihren Griff um Belfast. Weiße Schneeglöckchen und fröhliche gelbe Narzissen heiterten die städtischen Grünflächen auf, und jeder schien froh, endlich zum ersten Mal seit sechs Monaten ohne Mütze und Handschuhe ins Freie gehen zu können. Rubys Geschäfte liefen zu ihrer Zufriedenheit, und ihre Nachbarn winkten ihr im Vorübergehen immer freundlich zu, was Ruby mit einem Lächeln erwiderte. Sie war jedes Mal aufs Neue froh, dass sie den Laden gekauft hatte, und verspürte fast schon ein Gefühl von Normalität. Vielleicht fühlte sie sich nicht gerade glücklich, aber zumindest war sie nicht mehr völlig am Boden zerstört.

Eines Tages erklang die Türglocke, und als Ruby aufblickte, sah sie zu ihrer Verwunderung Tom Lavery draußen stehen – in den Armen drei schiefergraue Blumenkästen, die bereits mit hübschen rosa und weißen Sommerblumen und jeder Menge blassgrünem, herabhängendem Efeu bepflanzt waren. Ihr fiel auf, dass er sich die Haare gekämmt und eine ziemlich neue Jacke übergezogen hatte, obgleich er immer noch seine alten Stiefel trug. Tom gab sich große Mühe zu lächeln, auch wenn sein Gesicht unter der Anstrengung zu zucken schien.

Ruby warf Jasmine einen fragenden Blick zu. Als sie den verschmitzten Ausdruck auf dem Gesicht ihrer Freundin sah, drehte sie sich von dem Fenster weg, damit Tom nicht bemerkte, wie sie in Panik geriet. Aufgeregt zischte sie ihrer Freundin zu: »Was zum Teufel hast du jetzt schon wieder angestellt, Jasmine?«

»Ich habe Tom bloß eine kleine Dankeskarte geschickt, weil er uns damals bei dem Unwetter nach Hause gefahren hat. Hatte ich dir denn nichts davon erzählt?«, erklärte diese mit einem gespielt unschuldigen Lächeln.

»Nein, das hattest du nicht, und ich werde dich eigenhändig erwürgen, sobald er weg ist«, quiekste Ruby, während sie auf den Summer drückte und Tom hereinließ.

»Äh, hallo«, setzte Tom stammelnd an. »Ich war gerade in der Gegend und, äh, ja, da wollte ich Ihnen diese Blumen vorbeibringen …«

»Soll das heißen, diese wunderschönen Blumen sind für uns? Das ist wirklich sehr nett von Ihnen«, sagte Ruby und half ihm dabei, die Kästen auf dem Boden abzusetzen. »Wie viel bin ich Ihnen dafür schuldig, Tom?«

»Oh, gar nichts«, meinte Tom munter und wies jeglichen Gedanken an eine Bezahlung mit einer ausholenden Bewegung seiner großen Hände von sich.

»Aber das kann ich unmöglich annehmen! Das ist viel zu großzügig von Ihnen. Ich bestehe darauf, Sie für Ihre Mühe zu bezahlen«, protestierte Ruby und verfluchte sich im selben Moment dafür, dass sie mit einer solch verflixten Höflichkeit gestraft war.

»Nein, wirklich, das geht schon in Ordnung. Das sind bloß ein paar Pflanzen, die im Gewächshaus herumstanden«, entgegnete Tom mit einem schüchternen Lächeln.

»Aber dann lassen Sie mich wenigstens die schönen Blumenkästen bezahlen«, hielt Ruby dagegen und betrachtete die erhabenen Muster auf den Zinnbehältern. »Die können Sie doch unmöglich einfach so weggeben!«

»Doch, doch, das ist okay«, antwortete Tom und zuckte mit den Schultern.

Mit seinen sehr breiten und sehr männlichen Schultern, wie Ruby sich eingestehen musste.

»So, jetzt wo das erledigt ist, werde ich mich mal wieder auf den Weg machen«, meinte Tom, der Rubys Unbehagen spürte.

»Warten Sie! Jetzt laufen Sie nicht gleich wieder weg, Tom«, rief Jasmine und stürmte hinter dem Tresen hervor. »Sie können doch nicht einfach so gehen, nachdem Sie uns diese hübschen Blumen gebracht haben. Bleiben Sie doch auf eine Tasse Tee, ja?«

Mit diesen Worten verschwand sie in die kleine Küche und ließ Ruby und Tom mitten im Laden stehen.

»Nein, nein, ich möchte wirklich keinen Tee.« Er schüttelte den Kopf, und seine Wangen verfärbten sich leicht rot.

»Nichts da, so viel Zeit muss sein«, widersprach Jasmine, die wieder aus der Küche kam und Tom zu dem eleganten Sessel bugsierte. »Ich habe das Wasser schon aufgesetzt. Es wäre sehr unhöflich, jetzt abzulehnen.«

»Ich kann mich unmöglich hier hinsetzen. Ich würde den hübschen Sessel nur dreckig machen«, sagte Tom mit besorgter Miene. »Das ist meine alte Arbeitshose. Außerdem könnte doch jede Sekunde ein Kunde hereinkommen.« Er warf einen sehnsüchtigen Blick auf den Gehweg hinaus. Diese Begegnung war um einiges schwieriger, als er es sich vorgestellt hatte.

»Da haben Sie allerdings recht! Geh doch mit Tom nach

oben, dann könnt ihr euch in Ruhe unterhalten, Ruby«, schlug Jasmine vor und blinzelte ihrer Freundin zu.
»Das ist wirklich nicht nötig«, wiegelte Tom ab.
Ruby sah sie eindringlich an. »Jasmine, ich bin mir sicher, dass Tom bessere Dinge zu tun hat, als mit mir Tee zu trinken.«
»Quatsch. Fort mich euch! Ich kümmere mich in der Zeit um den Laden«, rief Jasmine unbeirrt. Sie schob die beiden energisch auf den Gehweg hinaus und reichte Ruby dann ihre Handtasche, die sie hinter der Theke hervorholte. »So, bitte schön«, sagte sie mit einem selbstzufriedenen Lächeln und schloss die Ladentür, so dass Ruby nicht wieder hereinkam, ohne eine Szene zu machen. Dann wandte sie sich von dem wütenden Gesicht ihrer Freundin ab und hastete in die Küche. Sie baute darauf, dass Ruby zu verlegen war, um am Türgriff zu rütteln. Und sie behielt recht.
Ruby kramte währenddessen mit hochrotem Kopf in der Tasche nach ihrem Schlüssel, schloss die Tür zu ihrer Wohnung auf und wies ihrem Besucher den Weg nach oben.
Tom, dem vor Verlegenheit auch ganz komisch zumute war, stapfte rasch die Stufen hinauf in die kleine Eingangshalle.
»Was für eine hübsche Wohnung«, staunte er, als er Rubys geschmackvoll eingerichtetes Heim erblickte, das voller cremefarbener Teppiche, weißer Möbel, kleiner Kissen und hübscher Tischleuchten war. »Was kochen Sie denn da gerade? Das riecht ja köstlich«, fügte er hinzu.
»Oh, das ist bloß ein Auflauf, den ich vorhin in meinen Backofen getan habe«, sagte Ruby, die sogleich eine Mög-

lichkeit sah, ihm für die teuer aussehenden Blumenkästen zu danken. »Darf ich Ihnen eine Kleinigkeit zum Essen anbieten?«, fragte sie hoffnungsvoll.
»Oh, das wäre wirklich sehr nett. Aber nur, wenn es keine Umstände macht«, antwortete Tom, lächelte wieder, und das Eis war endlich gebrochen.
»Aber nein, ganz und gar nicht«, erwiderte Ruby atemlos, ließ ihre Handtasche auf den Tisch in der Diele plumpsen und wusch sich die Hände in der Spüle in der Küche. »Ich koche sowieso immer zu viel. Es macht irgendwie keinen Spaß, nur für eine Person zu kochen.«
»Ja. Ich kenne das. Mir fällt es auch sehr schwer. Wenn ich nicht bei der Arbeit eine warme Mahlzeit bekäme, würde ich mich wohl nur von Tee und Butterbroten ernähren.«
»So eine Phase hatte ich auch, als mein Mann gestorben ist«, sagte Ruby zögernd. Sie sprach nicht mehr so oft über Jonathan, aus Angst, vor anderen in Tränen auszubrechen. »Sie haben vielleicht in der Zeitung darüber gelesen.«
»Ja, das habe ich. Es tut mir sehr leid.«
Ruby las in seinem Blick, dass er ihren Schmerz aufrichtig nachvollziehen konnte. »Danke … Ungefähr ein halbes Jahr lang habe ich fast ausschließlich von Lieferservice und Toast gelebt. Was natürlich Schwachsinn ist, denn dann fühlt man sich nur noch schlechter und wird immer deprimierter. Aber Jasmine hat mich schließlich dazu genötigt, wieder einkaufen zu gehen und mir etwas Richtiges zu kochen. Sie kann manchmal ein echtes Biest sein, aber sie ist auch eine gute Freundin. Eine tolle Freundin, um ehrlich zu sein.«
»Ja, das scheint mir auch so«, stimmte Tom zu und fragte

sich insgeheim, ob er Jasmine nun für ihre Einmischung dankbar sein sollte oder nicht.
»Hat Sie Ihre Familie unterstützt, als Ihre Frau … Kate … starb?«, erkundigte sich Ruby zaghaft.
Tom erbleichte sichtlich, aber Ruby war klar, dass es schlimmer wäre, gar nicht über Kate zu reden, als sie nun zur Sprache zu bringen.
»Nein, nicht wirklich. Sie hatte Brustkrebs.«
»Oje. Das tut mir ja so leid, Tom.«
»Danke. Kates Familie litt selbst zu sehr unter ihrem Tod, und sie waren nicht in der Lage, mir Trost zu spenden. Wir haben uns voneinander zurückgezogen. Ich muss aber fairerweise sagen, dass es für alle eine schwierige Situation gewesen ist. Ich habe sie an Kate erinnert und sie mich an sie … Es ist einfach für alle leichter, wenn wir Distanz halten. Natürlich rufe ich ihre Eltern immer zu Weihnachten an, aber das ist eigentlich auch schon alles.«
»Ja, so kann es manchmal gehen.« Ruby servierte den Auflauf und dachte dabei an ihre eigenen Eltern. »Ein Tod in der Familie hat eine ganz unterschiedliche Wirkung auf Menschen.«
»Ja … Ich habe selbst keine Geschwister, und meine Eltern leben in Indien. Sie arbeiten dort für eine Wohltätigkeitsorganisation.«
»Wirklich? Das ist ja bewundernswert.«
»Ähm, ja«, erwiderte Tom seufzend.
Ruby vermutete, dass er sie schrecklich vermisste.
Er wusch sich seine Hände ebenfalls in der Spüle und setzte sich dann vorsichtig an den kleinen Bistrotisch. Seine langen Beine passten gerade so darunter, und Ruby kam nicht umhin, seine muskulösen Arme zu bemerken.

Sie gab sich jedoch große Mühe, nicht weiter darauf zu achten, und goss stattdessen kochendes Wasser in eine Teekanne, fügte Brot, Butter, Besteck und Tassen zu den Tellern mit Auflauf hinzu, die bereits auf dem Tisch standen.

»Salz und Pfeffer?«, fragte sie. »Zucker für den Tee?«

»Nein, vielen Dank«, erwiderte er und errötete erneut. Mit einem Mal verspürte sie das heftige Verlangen, ihn auf den Mund zu küssen. Aber natürlich riss sie sich zusammen. Ruby fragte sich, ob sie besser das Radio einschalten sollte, um einem peinlichen Schweigen vorzubeugen, aber andererseits wollte sie auch nicht die Stimmung mit irgendwelchem Gerede über Verkehrsstaus verderben. Also entschied sie sich, eine verlegene Stille zu riskieren. Tom hob seine Gabel und begann zu essen. Ruby schaute beiseite, da sie ihn nicht nervös machen wollte, aber bald schon entspannten sie sich beide, tranken ihren Tee und genossen die Gesellschaft des anderen. Ein Rotkehlchen landete auf der Fensterbank und spähte mit zur Seite gelegtem Kopf durch die Scheibe.

»Schauen Sie nur«, sagte Ruby. »Ich glaube, es folgt mir. Ich sehe immer wieder ein Rotkehlchen, und ich meine, es ist dasselbe. Es legt den Kopf zur Seite wie jetzt, als würde es über mich nachdenken. Vielleicht fange ich aber auch langsam an zu spinnen.«

»Wir haben auch eins in Camberwell«, erzählte Tom. »Ein fettes kleines Ding mit langen Beinen. Es sitzt immer auf dem Griff meines Spatens und wartet auf Krümel.«

»Das ist ja niedlich.«

»Ich weiß, es klingt albern, aber ich würde es vermissen, wenn es nicht mindestens einmal am Tag auftauchen würde. Wenn man einen ganz besonderen Menschen verloren hat, dann freut man sich über die unbedeutendsten Dinge.«

»Ich weiß.«

»Es ist einfach so schwer, sich mit anderen Leuten über gewöhnliche Sachen zu unterhalten. Weil man genau weiß, dass sie versuchen, nicht das Falsche zu sagen. Und man selbst gibt sich Mühe, ihre Freundlichkeit nicht überzubeanspruchen. Ich finde es ehrlich gesagt sehr anstrengend und würde lieber ein ganzes Feld umgraben, als wieder mehr unter Menschen zu gehen.«

»Oh, ich weiß, was Sie meinen«, stimmte Ruby nickend zu. »Ich gehe auch nicht häufig aus, aber ich muss Jasmine immer wieder versichern, dass es völlig in Ordnung ist, wenn sie sich verabredet, und ich gern höre, wie es ihr mit ihrer neuesten Eroberung ergangen ist, und dass ich nicht vor Eifersucht zusammenbrechen werde, wenn sie eines Tages einen netten Mann trifft.«

»Ja, ich verstehe.«

»Ich möchte nicht, dass die ganze Welt für immer auf Zehenspitzen um mich herumschleicht«, seufzte sie.

»Ja. Ich auch nicht.«

»Andererseits bin ich aber noch nicht dazu bereit, mich wieder hinauszuwagen …«

»Mir geht es genauso …«, sagte Tom leise und fügte nach einer kurzen Pause schüchtern hinzu: »Obwohl … wenn Sie einmal nichts mit sich anzufangen wissen sollten … also, vielleicht könnten wir mal einen kleinen Spaziergang machen … um uns ein wenig zu unterhalten? Aber natürlich nur, wenn Ihre Freunde anderweitig beschäftigt sind …«

»Danke für das Angebot, Tom. Ich hatte wirklich viele Freunde und Bekannte, aber irgendwie sind sie mir in den letzten zweieinhalb Jahren verlorengegangen«, sagte Ruby langsam, um zu vermeiden, Tom eine direkte Antwort auf seine Einladung geben zu müssen. »Ich glaube, sie haben in meiner Nähe Angst, weil sie sich an den Tod erinnert fühlen.«

»Wem sagen Sie das!« Tom lachte mitfühlend. »Man kann beinahe sehen, wie sie an den Tod denken, wann immer man einen Raum betritt. Als wäre es eine ansteckende Krankheit! Es ist doch nicht so, als würde ich es genießen, diesen Verlust erlitten zu haben. Es ist nicht meine Schuld, dass Kate gestorben ist. Der Krebs hatte sich ohne wirkliche Anzeichen ausgebreitet, und dann war es schon zu spät. Es ist einfach passiert, wissen Sie?«

Aber Ruby spürte, dass sein Schmerz immer noch tief saß, auch wenn er versuchte, sich nichts anmerken zu lassen.

»Ich verstehe das wirklich sehr gut«, antwortete sie mit sanfter Stimme. »Ich habe anfangs geglaubt, dass ich an Jonathans Tod schuld bin, weil ich ihn so schnell wie möglich bei mir zu Hause haben wollte, damit wir gemeinsam den Baum schmücken konnten. Er wusste das. Er wusste, dass ich den ganzen Abend auf die Uhr sehen würde. Und vielleicht ist er ja deshalb zu schnell gefahren.«

Tom nickte verständnisvoll.

»Aber ganz tief in mir drinnen ist mir klar, dass es keinen Schuldigen gibt, wenn diese Dinge geschehen«, fuhr sie fort. »Er konnte nichts dafür … ein anderer Wagen hat ihn gerammt. Also kann ich Jonathan nicht die Schuld geben und auch nicht mir selbst. Natürlich könnte ich dem anderen Fahrer Vorwürfe machen, aber was würde das schon bringen? Dadurch käme Jonathan auch nicht wieder zurück. So ist es nun einmal im Leben. Es geht nicht immer gerecht zu.«

»Ja, das stimmt leider«, meinte Tom traurig.

Ruby schüttelte nachdenklich den Kopf. Sie wollte nicht länger über dieses sensible Thema sprechen, deshalb blickte sie auf und fragte auf einmal: »Wie auch immer, hat es Ihnen denn geschmeckt?«

»Es war wirklich sehr gut, vielen Dank.«

»Also ja, Tom, ich würde gern einmal mit Ihnen spazieren gehen«, sagte Ruby, als eine Minute verstrichen war, in der keiner von ihnen ein Wort sagte.

»Wirklich?« In seinen Augen war eine gewisse Erleichterung zu erkennen.

»O ja. Ich werde Ihnen meine Visitenkarte geben, und wir bleiben in Kontakt, in Ordnung?« Ruby reichte ihm lächelnd eine Karte aus ihrer Handtasche.

»Dann gebe ich Ihnen eine Karte von Camberwell. Sie können eine Nachricht im Haupthaus für mich hinterlassen, wenn Sie möchten.«

»Haben Sie denn bei sich zu Hause kein eigenes Telefon?«, erkundigte sich Ruby erstaunt.

»Nein, ich habe mir nie die Mühe gemacht, einen Anschluss legen zu lassen, als ich in das Cottage gezogen bin. Und ich habe auch kein Handy. Ich hatte vor Jahren einmal eins, aber dann ist es mir runtergefallen und kaputtgegangen. Vielleicht sollte ich mir langsam mal ein neues kaufen. Es ist wirklich albern von mir, dass ich so lange damit gewartet habe. Aber ich hasse Handys. Sie sind so schwer zu bedienen, wenn man große Hände hat.«

»Ja, das kann ich mir vorstellen«, schmunzelte Ruby.
»Außer Mrs. Kenny, die mich manchmal bittet, sie zur Arbeit mitzunehmen, ruft mich sowieso niemand an.«
»Verstehe.«
Sie beendeten ihr Essen, und dann begleitete Ruby ihren Gast wieder die Treppe hinunter auf die Straße.
»Vielen Dank«, sagte er schlicht. »Es hat mir gut gefallen.«
»Mir auch«, antwortete Ruby.
Er zog eine seiner Camberwell-Visitenkarten aus der Jackentasche und reichte sie ihr. Sie war ein wenig verknittert.
Ruby lachte mit einem Mal. »Sie brauchen ein schickes Portemonnaie, in dem Sie die Karten aufbewahren können«, sagte sie.
»Wirklich?«, fragte Tom verlegen.
»Aber nein. Das war nur ein Scherz«, versicherte sie ihm.
»Also dann auf Wiedersehen.«
»Auf Wiedersehen«, entgegnete Ruby leise.
Sie sahen sich einen Moment lang an, und dann machte sich Tom mit großen Schritten auf den Weg die Straße hinunter. Ruby blickte ihm für eine Weile nach, ehe sie sich zum Schaufenster umdrehte.
Dort kniete Jasmine förmlich mit großen Augen im Erker, um mitzubekommen, was dort draußen vor sich ging. Ruby schürzte die Lippen und kniff mit gespielter Wut die Augen zusammen, woraufhin die arme Jasmine sogleich vom Fenster wegsprang und in die kleine Küche floh.
»Schon gut, Jasmine, ich werde dich nicht umbringen«, sagte Ruby, als sie zwanzig Minuten später in den Laden zurückkehrte. »Zumindest heute noch nicht.«
»Gott sei Dank. Ich wäre ohnehin beinahe tot umgefallen,

als er hier mit diesen Blumenkästen auftauchte. Und wie ist er so? Sexy? Stehst du auf ihn? Steht er auf dich? Natürlich steht er auf dich! Hast du ihn geküsst? Nein, vermutlich nicht, so wie ich dich kenne. Werdet ihr euch wiedersehen?« Jasmine war aufgeregt wie ein kleines Kind und begeistert, dass ihr Plan so gut funktioniert hatte.

»Wir haben Telefonnummern ausgetauscht«, gestand Ruby. »Aber ich habe keine Ahnung, ob er sich jemals bei mir melden wird.«

»Natürlich. Das wird er ganz bestimmt«, jubelte Jasmine und klatschte in die Hände.

»Warten wir es ab.«

Eine kurze Weile später fragte Jasmine: »Bist du glücklich, Ruby?«

Ruby dachte kurz nach. »Ja, ich glaube schon«, erwiderte sie. »Oder zumindest bin ich auf dem Weg dahin.«

»Na also. Und ich bin es auch. Dann kannst du deiner Liste wohl das fünfte Geheimnis vom Glücklichsein hinzufügen«, erklärte sie triumphierend.

»Und wie lautet es?«, fragte Ruby.

»Gute Taten. Man muss so viele gute Taten wie möglich vollbringen«, antwortete Jasmine. »Ich überlege schon seit einer halben Ewigkeit, wie ich es anstelle, dass ihr zwei euch miteinander verabredet. Und dann fiel mir Toms gute Tat ein, als er uns nach diesem Unwetter nach Hause gefahren hat. Da dachte ich, ich schicke ihm einmal eine Dankeskarte, um zu sehen, wie er reagiert. Außerdem habe ich die Blumen erwähnt, um ihm eine Entschuldigung zu verschaffen, mit dir Kontakt aufzunehmen. Ich hatte gehofft, dass er vorbeikommen würde. Das hat er ja auch getan.«

»Ja, stimmt«, pflichtete ihr Ruby bei. »Aber wenn du das nächste Mal das Bedürfnis hast, mir etwas Gutes zu tun, dann warne mich doch bitte wenigstens vor. Im Übrigen möchte ich dir die rosafarbene Handtasche als Belohnung dafür schenken, dass du dich auf so unverschämte Weise in meine persönlichen Angelegenheiten eingemischt hast. In Ordnung?«

Diesmal hatte Jasmine ausnahmsweise nicht das letzte Wort, denn sie brachte nur ein dankbares Nicken zustande, als ihr Ruby die kostbare samtene Abendhandtasche aus ihrer Kollektion reichte.

Kapitel 22

Die Verabredung

Wie sich herausstellte, musste Ruby nicht lange auf Toms Anruf warten, denn noch am selben Abend, als sie sich gerade ein nach Mandelöl duftendes Schaumbad einließ, läutete das Telefon.

»Wer ist das denn jetzt?«, sagte sie mit einem herzhaften Gähnen, denn sie dachte nicht im Traum daran, dass Tom Lavery der Anrufer sein könnte.

»Hallo? Ist da Ruby?«, fragte er beklommen. »Hier ist Tom. Tom Lavery.«

»Oh, hallo Tom«, erwiderte sie und spürte plötzlich, wie irgendwo in der Nähe ihres Magens ein Adrenalinstoß in Gang gesetzt wurde.

»Wahrscheinlich kommt das jetzt zu plötzlich, aber hätten Sie Lust, nächste Woche mit mir essen zu gehen?«

»Äh, nächste Woche?«, sagte Ruby in dem Versuch, Zeit zu gewinnen.

»Ja. Oder wann immer es Ihnen passt. Wir könnten auch nur im Botanischen Garten oder woanders spazieren gehen, wenn Ihnen das lieber ist.«

Was sollte sie nur tun?

Ruby biss sich unentschlossen auf die Lippe. Doch dann erinnerte sie sich daran, wie viel Spaß Jasmine und sie gehabt hatten, als sie Wetten miteinander abschlossen, ob Tom anrufen würde oder nicht. Sie hatte schon seit einer Ewigkeit nicht mehr so gelacht.

Sie gab sich einen Ruck und zwang sich, Toms Einladung anzunehmen.
»Ja, das ist eine gute Idee«, sagte sie so beiläufig wie möglich. »Lassen Sie uns essen gehen.«

Und da waren sie nun, saßen einander an einem sehr kleinen Tisch in einem fast leeren Restaurant in der Nähe des Botanischen Gartens im Herzen von Belfast gegenüber. Tom hatte das Restaurant vorgeschlagen, weil er wusste, dass man von dort aus durch das Fenster die Bäume sehen konnte. Seltsamerweise hoffte er, dass ihm das ein wenig von seiner Nervosität nehmen würde. Ruby hingegen war froh, dass das Lokal beinahe menschenleer war, denn sie hatte das Gefühl, als würde sie Jonathan irgendwie betrügen. Das Letzte, was sie wollte, war, hier jemandem zu begegnen, den sie beide kannten. Auch wenn sie tief in ihrem Herzen wusste, wie albern das war.
»Sie sehen hübsch aus«, sagte Tom über die Speisenkarte hinweg, hinter die sich beide auf ihrer vorgetäuschten Suche nach einem ansprechenden Gericht verkrochen hatten.
»Vielen Dank«, erwiderte Ruby leise. »Sie sehen auch nicht schlecht aus.«
Tom hatte sich die Haare schneiden lassen und trug ein neues Jackett und neue Schuhe. Er hoffte nur, Ruby würde nicht glauben, dass er sich zu sehr bemühte. Aber Ruby hatte selbst Tage mit der Entscheidung verbracht, was sie zu diesem Abend anziehen sollte. Am Ende war die Wahl auf ein rotes Kleid und Schuhe im Stil der 50er Jahre, dazu roten Lippenstift und eine reizende Pillbox-Handtasche gefallen.

»Danke. Aber Sie sehen wirklich sehr hübsch aus.«
»Wahrscheinlich habe ich übertrieben«, entgegnete sie lachend. »Aber das mache ich immer, wenn ich nervös bin.«
»Es war nicht meine Absicht, Sie nervös zu machen«, erwiderte er sogleich beschämt.
»Nein, nein, so war das auch nicht gemeint. Es liegt nicht an Ihnen«, fügte sie hastig hinzu. »Ich bin nur noch niemals mit einem anderen Mann als Jonathan zum Essen ausgegangen.«
»Oh, verstehe.«
»Wir haben uns als Studenten kennengelernt, wissen Sie. Vorher bin ich mit meinen Verabredungen immer nur ins Kino oder in den Pub gegangen.« Ruby errötete leicht und entschied sich endlich für Suppe und Hühnchen. Und eine Flasche von dem weißen Hauswein! Das waren wahrscheinlich die schnellsten Gerichte auf der Karte. Falls sich dieses Essen als eine entsetzliche Peinlichkeit herausstellen sollte, dann wäre es zumindest in einer Stunde vorüber.
Zu ihrer Erleichterung stellte sie fest, dass Tom kein wählerischer Esser war, als er der Kellnerin eine Minute später mitteilte, dass er das Gleiche nehmen würde.
»Aber hier ist es wirklich nett«, sagte Ruby vergnügt. »Ich bin schon seit einer Ewigkeit nicht mehr ausgegangen. Eigentlich nicht mehr seit, nun ja, seit … Sie wissen schon. Es fühlt sich irgendwie komisch an. Komisch und fremd.«
»Ja, das tut es. Für mich ist es die erste Verabredung zum Essen seit fünf Jahren. Ehrlich gesagt, die erste Verabredung überhaupt. Dabei war es gar nicht meine Absicht, so

viele Jahre verstreichen zu lassen. Aber es ist irgendwie geschehen. Ich schätze, ich war einfach nicht bereit, zur Normalität zurückzukehren.«

»Ja, das Gefühl kenne ich«, erwiderte sie mit einem traurigen Lächeln. »Ob wir wohl jemals wieder normal sein werden?«

Plötzlich änderte sich sein Gesichtsausdruck, und er sagte: »Hören Sie, Ruby, ich mag Sie wirklich.«

»Das ist okay, Tom. Ich mag Sie auch. Aber lassen Sie uns doch für eine Weile über andere Dinge reden und schauen, wie sich alles entwickelt, ja?«

Er stimmte ihr zu, und sie plauderten während der beiden Gänge angeregt miteinander und bestellten dann noch einen Kaffee. Ruby erfuhr, dass Tom einmal Rugby gespielt hatte und segeln konnte. Er stammte zwar selbst nicht aus einer vermögenden Familie, aber er hatte ein gutes Gymnasium besucht und dort Freundschaft mit einigen Schülern aus begüterten Elternhäusern geschlossen. Sie hatten ihm das Segeln beigebracht und ihn ermutigt, das Gärtnern zum Beruf zu machen. Kate dagegen stammte aus einer wohlhabenden Familie, die eine Ladenkette in England besaß. In ihrem Testament hatte sie Tom eine Menge Geld hinterlassen, das er kurz nach ihrer Beerdigung der Krebsforschung gespendet hatte.

»Im Vergleich dazu musst du mich für sehr oberflächlich halten«, sagte Ruby verlegen. Sie waren irgendwie zum Du übergegangen, ohne dass sie es großartig bemerkt hatten, und es fühlte sich gut an. »Ich habe schließlich mein ganzes Geld für eine alberne Boutique ausgegeben.«

»Ganz und gar nicht, Ruby. Ich finde, du bist sehr tapfer und vernünftig gewesen. Manchmal glaube ich, ich hätte einen Teil des Geldes behalten und in den Vorruhestand gehen sollen. Ich arbeite viel zu hart für das, was sie mir in Camberwell bezahlen.«

»Vielleicht war genau das der Grund, warum du das Geld weggegeben hast, Tom. Damit zu gezwungen bist, zu arbeiten und etwas Nützliches zu tun. Um dich zu beschäftigen.«

»Ja, wahrscheinlich hast du recht«, erwiderte Tom nickend.

Ruby blickte in seine dunkelbraunen Augen und spürte, wie sich etwas in ihrem Herzen rührte. Tom Lavery war auf seine Art ein sehr attraktiver Mann. Das heißt, wenn man wettergegerbte, muskulöse und chronisch niedergeschlagene Männer mochte. Sie fragte sich für einen kurzen Moment, ob man jemals wieder mit ihm Spaß haben könnte, er jemals wieder laut lachen würde. Und ob sie das wohl auch könnte.

»Sollen wir einen Spaziergang machen?«, fragte sie, nachdem Tom die Rechnung bezahlt und ihr in die Jacke geholfen hatte.

Draußen roch es nach frisch geschnittenem Gras und den aufblühenden Frühlingsblumen. Sie schritten durch das gewaltige schmiedeeiserne Tor des Parks. Rhododendronbüsche säumten die Wege, und Ruby roch die Treibhaus-Hyazinthen. Es war beinahe dunkel, doch sie fühlte sich sicher neben ihm.

»Danke für das Essen, Tom«, sagte sie leise, und er wäre beinahe zusammengezuckt, als er hörte, wie sein Name aus ihrem Mund klang. So sanft und fast schon zärtlich, als wären sie ein Liebespaar. Ruby war selbst ein wenig verlegen, aber sie störte sich nicht daran. Es war nun mal sein Name. Und sie spazierten hier nebeneinander, oder etwa nicht? Schließlich waren sie zwei erwachsene Menschen. Zwei einsame Menschen, die um die richtigen Worte rangen. Aber sie waren immer noch am Leben, auch wenn es sich den größten Teil der Zeit so anfühlte, als würden sie sich die Welt auf einem Fernsehbildschirm ansehen.

»Tom, meinst du, wir könnten Händchen halten?«, fragte sie unvermittelt mit heftig pochendem Herzen. Es lag wohl an dem Wein, dass sie so mutig war. Andererseits durfte es ihn nicht allzu sehr erstaunen, denn schließlich hatte er doch zugegeben, dass er sie mochte …

»Sicher können wir das.«

Tom blickte auf Rubys Hände hinab und sie auf die seinen.

»Ich würde so gern mal wieder mit einem Mann Händchen halten – es ist jetzt schon zweieinhalb Jahre her … Und ich habe immer so gern Jonathans Hand gespürt. Es mag albern sein, aber das ist eins der Dinge, die ich am meisten vermisse. Ich hoffe, du hältst mich jetzt nicht für verrückt!«

Tom blieb stehen, ergriff ehrfürchtig Rubys Hände und beugte sich dann langsam nach vorn, um sie ganz sanft auf die Wange zu küssen.

Es war der zarteste Kuss, den man sich nur vorstellen konnte, wie die Flügel eines Schmetterlings, die über ihre Haut streiften.

Ruby hatte dennoch das Gefühl, als sei ein elektrischer Schlag durch ihren Körper gefahren, und sie musste sich große Mühe geben, damit er nicht mitbekam, wie anziehend sie ihn fand. Ehrlich gesagt, kam sie sich ziemlich verwegen vor. Denn am liebsten hätte sie auf der Stelle mit Tom geschlafen. Das war ihr in Jonathans Gegenwart nie passiert. Er hatte zwar viel besser ausgesehen als Tom und war charmanter und selbstbewusster gewesen, aber Ruby hatte nie das Verlangen verspürt, ihm an einem öffentlichen Ort die Kleider vom Leib zu reißen und sich einer »Erregung öffentlichen Ärgernisses« schuldig zu machen. Für einen flüchtigen Moment schoss ihr das Bild durch den Kopf, wie sie sich von Rhododendronblättern bedeckt mit Tom im Gebüsch wälzte.

»War das in Ordnung?«, fragte Tom leise und riss sie damit aus ihrer Träumerei.

»O ja, das war sehr schön«, antwortete sie vor Rührung und Verlangen schwitzend.

»Darf ich dich irgendwann einmal richtig küssen?«, fügte er hinzu.

»Ja. Irgendwann.« Ruby setzte sich wieder in Bewegung. In ihrem Herzen hatte sich ein neues und wundervolles Gefühl breitgemacht. Wie Vogelgezwitscher. Tom hielt ihre Hand, und sie erröteten beide ein wenig, als sie weiterspazierten.

Nein, ich werde nicht an morgen, übermorgen oder die Tage danach denken, ermahnte sie sich. *Das habe ich mein ganzes Leben lang getan, und was hat es mir gebracht? Lebe im Hier und Jetzt, Ruby. Lebe* ausnahmsweise *einmal im Hier und Jetzt.*

Sie drehten noch drei weitere Runden im Park und sprachen über die Blumen und Pflanzen. Blieben zwischendurch stehen, um eine frühe Rose zu bewundern oder eine exotische Blüte. Dabei ließen sie die Hand des anderen nicht ein einziges Mal los. Nachdem sie den Park ver-

lassen hatten, fuhr Tom Ruby nach Hause und versprach, sie am nächsten Tag anzurufen.
»Darüber würde ich mich freuen«, sagte sie lächelnd.
»Wirklich?«, fragte er.
»Ja.« Sie nickte entschieden mit dem Kopf.
»Gut, dann rufe ich dich morgen Abend an. Auf Wiedersehen, Ruby.«
»Auf Wiedersehen, Tom.«
Im Davonfahren winkte er ihr durch das Heckfenster noch einmal zu.
Es war kühl geworden, doch sie blieb noch einen Moment vor der Tür stehen, atmete tief ein und genoss die vertrauten Gerüche Belfasts. Diese eigentümliche Mischung aus Staub, dem kribbelnden Duft von Hyazinthen, den leider allgegenwärtigen Autoabgasen und dem Aroma von frisch eingeschenktem Lager. Sie hatte zwar immer noch ziemliche Angst, ihre Trauer hinter sich zu lassen und den Schritt ins Unbekannte zu wagen, aber sie wusste, dass sie keine andere Wahl hatte. Tom hatte versprochen, sie am nächsten Tag anzurufen. Diesmal hegte Ruby nicht den geringsten Zweifel, dass er sein Versprechen halten würde. Etwas in ihr begrüßte ihren neu erwachten Optimismus, und sie öffnete lächelnd die Tür zu ihrer kleinen Wohnung und schritt beschwingt die Stufen hinauf.

Kapitel 23

Das sechste Geheimnis

An diesem Abend duschte Ruby warm und ausgiebig, dann holte sie ihre Fotoalben hervor und ging früh zu Bett. Sie sah sich Dutzende Fotos ihres verstorbenen Mannes an und staunte aufs Neue, wie attraktiv er gewesen war. Diese Wangenknochen, diese schönen, weichen Wimpern … War das, was sie tat, ein Treuebruch? Hätte er sich zweieinhalb Jahre nach ihrem Tod wieder mit Frauen getroffen? Machte sie Tom Lavery falsche Hoffnungen? Oder hegte sie wirklich tiefe Gefühle für ihn? War das, was sie im Moment für ihn empfand, nicht mehr als eine oberflächliche Verknalltheit, oder fühlte sie sich nur zu ihm hingezogen, weil auch sein Herz gebrochen war? Weil es ihr leichter fallen würde, jemanden zu lieben, der die gleichen Narben trug? Weil es leichter sein würde, Tom zu lieben, als einen glücklicheren Menschen, der keinen solchen Verlust erlitten hatte?

Sie ließ sich auf das Kissen sinken, zog die Bettdecke bis zum Kinn hoch und dachte nach. Bald war sie in Gedanken wieder bei ihren Eltern angekommen und ihrer seltsamen Trennung auf Probe. Bei ihrem Vater, der hinter dem Schilf verborgen auf einem kleinen Holzsteg am Ufer des Sees saß und angelte. Und der den ganzen Tag lang kaum eine Menschenseele zu Gesicht bekam. Bei ihrer Mutter, die das Wechselgeld in Dollars und Cents abzählte. War ihre Mutter verrückt geworden, oder entdeckte sie gerade erst, dass sie tief in ihrem Herzen eine abenteuerlustige Seele war? Würden sich die beiden jemals wieder vertragen? Vielleicht hatte ihr Mutter aber auch einen neuen Mann in New York kennengelernt?

»O Gott, die Idee ist mir ja noch gar nicht gekommen!«, platzte es plötzlich aus ihr heraus. »Was ist, wenn sie dort drüben eine alberne Affäre mit einem anderen Mann hat? Armer Daddy!«

Doch auf diese Frage gab es keine Anwort, und so zwang sich Ruby, gelassen zu bleiben und sich wieder auf sich selbst und Tom zu konzentrieren. Der Gedanke, Tom Lavery zu küssen, war sehr viel weniger beängstigend als die Vorstellung, dass ihre Mutter einen anderen Mann über die Verkaufstheke der Bäckerei hinweg küsste.

Hatte sie womöglich Angst, sich wieder zu verlieben? Im Grunde wollte sie in dieser Wohnung nicht allein alt werden, egal wie hübsch und gemütlich sie auch sein mochte. Das wusste sie. Tom war ein Gentleman, er verstand ihren Schmerz und war zudem auf seine ganz eigene Art verdammt sexy. Sie lächelte und griff dann nach einem anderen Fotoalbum.

Darin befanden sich Fotos aus Rubys Kindheit. Auf manchen posierte sie mit ihrer neuen Barbiepuppe, trug knallbunte Rüschenkleider, saß stolz auf ihrem neuen Fahrrad, glasierte einen schiefen Geburtstagskuchen für ihren Vater. Dann war sie zu sehen, wie sie das erste Mal durch das Schultor schritt, zum Abschied ihren Eltern zuwinkte und nervös den nach oben gestreckten Daumen in die Kamera hielt. Ein anderes Bild zeigte Ruby mit ihrem Dad beim Halloween-Feuer in der Stadt, wie sie zu einem Schauer orangefarbener Funken hinaufzeigte.

Genau in diesem Moment hatte sie eine Art Erleuchtung: Ihre Eltern hatten stets ihr Bestes gegeben, um sie großzuziehen. Sie mochten in letzter Zeit nicht die besten Eltern der Welt gewesen sein, aber sie hatten ihr eine wunderbare und behütete Kindheit und Jugend geschenkt. Ruby spürte, wie ihre Augen feucht wurden, und eine einzelne Träne kullerte ihr über die Wange.

Wie engstirnig ich doch gewesen bin, dachte sie. *Ich habe erwartet, dass sie immer für mich da sind. Dabei weiß ich doch, dass sie selbst große Probleme hatten. Sie sind irgendwie vom Kurs abgekommen und finden nun nicht mehr zurück. Ich muss mir etwas einfallen lassen, um sie wieder auf den richtigen Weg zu bringen. Damit sie vielleicht sogar wieder Freunde sein können.*

Sie seufzte, packte die Alben weg und schaltete das Licht aus. Dann lag sie ganz still in der Dunkelheit da und dachte an die Vergangenheit. Die glänzende Barbiepuppe in ihrer bunten Schachtel, das alte Schultor, der Funkenregen an Halloween, der den Nachthimmel erleuchtete. Es waren nur Kleinigkeiten, aber auf ihre ganze eigene Weise wunderschön. Vielleicht waren ihre Eltern im Lauf der Jahre nicht so großzügig gewesen mit Umarmungen und Küssen und ermutigenden Worten, aber sie hatten immer versucht, ihr alles zu ermöglichen. Sie entschied sich, ihren Vater gleich am nächsten Morgen anzurufen und ihm zu sagen, wie sehr sie ihn liebte. Außerdem wollte sie versuchen, eine Liste von Bäckereien in Manhattan ausfindig zu machen und sie der Reihe nach anzurufen, bis sie die gefunden hatte, in der ihre Mutter arbeitete. Dann würde sie ihr eine der samtenen Abendtaschen schicken. Als eine Geste des guten Willens. Die rote Tasche! Ja, genau. Rot war ihre Lieblingsfarbe. Vielleicht würde sie ein kleines Foto von sich selbst und von ihrem Vater hineinlegen. Und eine kleine Schachtel handgefertigter Trüffel.

Die Puppe, das Schultor, der Funkenflug …

»Versuche, das Schöne in den kleinen Dingen zu sehen«, sagte sie leise zu sich selbst. »Das ist das sechste Geheimnis vom Glücklichsein. Ich muss mich mehr anstrengen, die Schönheit in den kleinen Dingen zu sehen.«

Kapitel 24

Das Geheimnis des Labyrinths

»Also, du darfst niemandem das Geheimnis des Labyrinths verraten – auch nicht Jasmine. Ganz besonders nicht Jasmine! Denn dann könnte ich in große Schwierigkeiten geraten«, sagte Tom lachend. »Richtig große Schwierigkeiten. Vielleicht lande ich sogar hinter Gittern.«

Sie standen am bogenförmigen Eingang des Labyrinths. Die Sonne strahlte vom Himmel, und es war niemand in der Nähe. Die ersten Tagesausflügler würden erst in ein oder zwei Stunden eintreffen.

»Ich schwöre bei meinem Leben, dass ich es keiner Menschenseele verraten werde«, gelobte Ruby, kam sich dann jedoch ein bisschen albern und allzu theatralisch vor. Außerdem war das Schwören auf ihr Leben ein bisschen daneben angesichts ihrer Vorgeschichten.

»Also schön, vielleicht bekomme ich keinen Riesenärger«, räumte Tom ein. »Aber wenn sich das herumspricht, dann muss ich einige der Wege im Labyrinth neu verlegen.«

Ruby blickte auf den steinigen Weg, der sich vor ihren Füßen in schwungvollen Linien erstreckte und mit langen, anmutig verschlängelten Ornamenten gestaltet war. Weiße ovale Steine waren hier und da durchsetzt mit kleineren, runderen in Blau und Grau.

»Es gibt also ein geheimes Muster auf dem Weg?«, fragte sie. »Sozusagen einen Code?«

»Genau«, antwortete er lächelnd. »Es ist kinderleicht, wenn man weiß, wonach man suchen muss.«
»Verrate es mir nicht, ich will es selbst herausfinden«, sagte Ruby eifrig.
»Das wirst du nicht schaffen«, erwiderte Tom. »Es sei denn, du verbringst Tage im Labyrinth. Die meisten Leute wagen sich nur ein- oder zweimal hinein. Man kann schnell die Orientierung verlieren, je weiter man hineingelangt. Außerdem wirft die Sonne manchmal lange Schatten, dann ist es schwieriger, die Kieselsteine zu sehen.«
»Okay, dann verrate es mir«, bat sie ihn erwartungsvoll. »War der Kieselweg deine Idee?«
»O nein, der wurde vor über zweihundert Jahren entworfen. Unglaublich, nicht wahr? Aus irgendeinem Grund hat man das Labyrinth gepflanzt, aber der Weg wurde nie verlegt. Und mit der Zeit ist dann alles überwuchert und gewissermaßen abgestorben. Man muss die Hecken in einem guten Zustand halten, sonst gelangt kein Licht hinein. Ich habe sie vor Jahren neu gepflanzt und die Wege Stück für Stück verlegt, wann immer ich die Zeit dazu hatte.«
»Faszinierend«, hauchte Ruby.
»Manche Leute würden es wohl eher als Verrücktheit bezeichnen«, sagte Tom mit einem verlegenen Lächeln.
»Schon möglich, aber es ist so wunderschön«, erwiderte Ruby.
»Ja, das ist es«, stimmte ihr Tom leise zu. »Dann lass uns mal loslegen, ja?«
Sie schritten langsam in das Labyrinth hinein.
Das Licht verdüsterte sich merklich, als sie unter dem

ersten Bogen hindurchgingen. Die Buchsbaumwände waren zu dick und dicht, als dass die Sonnenstrahlen sie so früh am Vormittag hätten durchdringen können.

»Wie bekommen denn die Seiten, die im Schatten liegen, genug Licht ab?«, fragte Ruby unvermittelt. Aber Tom lachte nur und wollte wissen, ob das eine philosophische Frage sei.

»Die Frage war durchaus ernst gemeint«, meinte sie.

»Nun ja, wie ich schon sagte, wir geben uns sehr große Mühe, das ganze Ding gut zu pflegen, das heißt, regelmäßig zu schneiden und zu gießen«, erklärte Tom ruhig. »Die Sonne wandert ja über den Himmel, und offenbar reichen den Hecken die Sonnenstrahlen aus, die sie abbekommen.«

Dann gelangten sie an die erste Weggabelung. Ruby blickte zu Boden, um zu sehen, ob ihr irgendein Unterschied im Kieselmuster zwischen den beiden Möglichkeiten auffiel. In der Mitte des einen Weges prangte ein kleiner, aber perfekter Stern und den anderen zierte eine ebenso perfekte Mondsichel.

»Mond oder Stern?«, fragte Ruby aufgeregt.

»Stern«, antwortete Tom lächelnd. »Aber dabei ist nicht der Stern von Bedeutung, sondern der blaue Kiesel in der Mitte. Der richtige Weg ist immer mit einem blauen Stein gekennzeichnet. Die falschen Abzweigungen haben einen grauen Stein. Der Farbunterschied ist nicht sehr groß – besonders, wenn es geregnet hat –, aber wenn man genau hinschaut, kann man den Unterschied erkennen.«

»Also muss ich nur den blauen Steinen bis zu der Bank in der Mitte folgen?«, wollte Ruby wissen, eilte aber bereits auf die nächste Gabelung zu.

»Genau.«

In null Komma nichts trafen sie an der Weidenbank ein.

»Das ist ja toll«, rief Ruby fröhlich. »Als Jasmine und ich uns hier drin verirrt haben, ist uns überhaupt nicht in den Sinn gekommen, an eine solche Markierung zu denken. Aber wenn man das Geheimnis erst einmal kennt, dann ist es so offenkundig, dass man sich fragt, warum man es nicht schon früher bemerkt hat!«

»Ja, es ist schon ein hübsches Stück Gartenkunst, nicht wahr? Und das Ganze läuft besser, als wir erwartet hatten. Es hat mir großen Spaß gemacht, es wieder zum Leben zu erwecken«, gestand Tom.

»Ich danke dir.«

»Wofür denn?«

»Dass du es mir verraten hast«, sagte sie und lächelte zu ihm auf.

»Das geht schon in Ordnung«, erwiderte er schlicht.

»Es kommt einem auch nicht mehr so klaustrophobisch vor, wenn man weiß, wie man wieder hinausfindet.«

»Das ist allerdings wahr.«

»Sollen wir jetzt frühstücken?«, fragte Ruby. »Ich bin am Verhungern. Du hattest mir doch ein echtes irisches Frühstück mit allem Drum und Dran versprochen!«

»Warum nicht?«, erwiderte Tom lachend. »Aber ich muss dich warnen. Mrs. Kenny kann es kaum erwarten, dich kennenzulernen. Ich fürchte, sie wird die ganze Zeit über nicht von unserer Seite weichen.«

»Ach herrje, Mrs. Kenny hatte ich ja ganz vergessen! Was hast du ihr denn über mich erzählt?«, fragte Ruby vorsichtig.

»Dass du eine gute Freundin bist«, räumte Tom ein.

»Also schön, dann werde ich mir auch alle Mühe geben, mich wie eine gute Freundin zu benehmen«, sagte sie.
In weniger als zwei Minuten hatten sie aus dem Labyrinth hinausgefunden und machten sich auf den Weg zum Café.

Kapitel 25
Gespräche

»Es ist sehr, ähm, gemütlich hier«, sagte Ruby, als sie am späten Nachmittag Toms kleines Cottage betraten.
Mrs. Kenny hatte ihnen ein Frühstück vom Feinsten aufgetischt, das beide ausgiebig genossen hatten. Aus ihrem kleinen Spaziergang danach wurde schnell die große Runde, auf der Tom Ruby jeden Winkel des großen Anwesens gezeigt hatte. Die Zeit war wie im Fluge vergangen, und so wurde es nun schon fast wieder dunkel, als sie sich entschlossen, den Tag bei ihm ausklingen zu lassen.
Noah stand dicht neben Ruby und wedelte aufgeregt mit dem Schwanz. Er war nicht an Besucher gewöhnt.
Tom verzog das Gesicht. »Im Vergleich zu deinem Heim ist es eine Bruchbude«, sagte er. »Noah, sitz!«
Der Hund gehorchte und senkte traurig den Kopf. Tom lachte und tätschelte ihm den Rücken. »Sieh ihn dir nur an, er macht einen auf Mitleid. Kluger Hund!«
»Nein, es ist wirklich hübsch und hat Charakter«, beharrte Ruby lächelnd und deutete in den Raum hinein.
Sie ließen ihre Blicke über die abgenutzten Sessel, die ausgefransten Teppiche und die sich durchbiegenden Regale voller Bücher wandern. Die gelblich verfärbten Fußbodenleisten hatten einen frischen Anstrich nötig. Neben dem Kamin stand ein großer, schiefer Plastiksack mit Kohle, der bei der geringsten Berührung seinen rußigen Inhalt auf den Boden zu verschütten drohte.

»Du bist wirklich ein höflicher Mensch, Ruby«, gab Tom lachend zurück. »Es ist nett von dir, zu versuchen, diesen ganzen Plunder schönzureden.«
»Ach Tom, so schlimm ist es wirklich nicht«, protestierte sie. »Diese rustikale, äh, Schlichtheit ist doch im Moment der letzte Schrei. Und es hat irgendwie Charme.«
»Na ja … also vielen Dank. Es ist unmöglich, das Haus vollkommen in Ordnung zu halten, wenn man einen Hund hat. Insbesondere so ein altes Haus wie dieses mit Teppichen auf dem Boden statt Fliesen. Dieses Haus hat dringend die Hand einer Frau nötig. Ehrlich gesagt, könnte es sich auch genauso gut um die Hand eines Mannes handeln. Solange nur irgendjemand Hand anlegt. Aber eigentlich haben Frauen ja die viel besseren Ideen, wenn es darum geht, ein Heim hübsch zu gestalten, nicht wahr? Himmel, das klingt wirklich furchtbar sexistisch, aber irgendwie bin ich immer viel zu müde, um alles in Ordnung zu bringen.« Tom kratzte sich verlegen am Kopf und begann die Asche aus dem Kamin zu kehren. »Aber jetzt habe ich genug geschwafelt. Ich kann diese Bude nicht verteidigen. Nicht einmal mir selbst gegenüber. Es ist ein Drecksloch.«
»Tom, es ist wirklich nicht so schlimm«, versicherte Ruby wieder. »Es wird draußen bereits dunkel. Da zeigt sich kein Raum von seiner besten Seite. Ich finde immer, dass Zimmer zu dieser Tageszeit irgendwie melancholisch aussehen.«
»Aber ich habe gesehen, wie du lebst, schon vergessen? Sowohl dein Haus in der Ravenhill Road als auch deine neue Wohnung könnten beide aus einer Wohnzeitschrift stammen.«

»Na ja, es mein Hobby, Einrichtungsmagazine zu lesen und in Läden nach hübschen Dingen zu stöbern. Ich entrümpele gern und fange wieder von vorn an. Und ich habe eine Schwäche für Lampen und Kerzen, um eine warme Atmosphäre zu schaffen. Ein Psychologe würde sicherlich zu der Ansicht gelangen, dass ich tiefsitzende, ungelöste Probleme habe oder sonst was.«
»Haben wir die nicht alle? Hör zu, es wird kalt. Ich werde das Feuer anzünden«, sagte er.
Ruby setzte sich auf die Sofakante, faltete ihre Hände im Schoß und sah zu, wie er die Vorbereitungen traf, ehe er den kleinen Haufen aus Stöcken und Kohle entzündete, der nach einer kleinen Weile funkensprühend und knisternd zum Leben erwachte. Tom stand auf und klopfte sich den Staub ab.
»Ich mache uns etwas Tee und Toast«, schlug er vor.
»Kann ich dir dabei helfen?«, fragte Ruby, die nicht allein mit Noah im Zimmer bleiben wollte. Sie hatte ein wenig Angst vor Hunden, insbesondere wenn sie so groß waren und so glänzende Augen hatten.
»Ich werde Noah einmal in sein Zimmer bringen«, entgegnete Tom, der ihr Unwohlsein bemerkte. »Er würde zwar keiner Fliege etwas zuleide tun, aber andererseits weiß man ja nie. Er hatte mich fünf Jahre für sich allein. Er ist nicht daran gewöhnt, dass Besucher ins Haus kommen.«
»Danke, Tom«, sagte Ruby und stand wieder auf.
Tom bugsierte Noah den Flur hinunter. Der Hund legte sich brav in sein Körbchen, und Tom strich ihm über den Kopf. Dann schloss er die Tür und kehrte ins Wohnzimmer zurück, wobei er ein wenig unsicher dreinblickte.

»Vielen Dank für den schönen Tag. Es hat Spaß gemacht, die Gärten anzusehen«, sagte Ruby.

»Wirklich?«

»O ja. Ich fand es toll. Bloß weil ich einen mickrigen Laden in der Stadt besitze, heißt das doch noch lange nicht, dass ich mir für einen Spaziergang zu schade bin! Seit ich das Haus verkauft habe, vermisse ich einen Garten. Wir hatten zwar nur ein kleines Fleckchen in der Ravenhill Road, aber es war groß genug für einen Tisch, zwei Stühle und einen Blumentopf. Wir haben im Sommer stundenlang draußen gesessen und uns einen Schwips angetrunken.«

»Ich weiß, dass du ihn noch sehr vermisst«, meinte Tom leise, als sich Ruby eine Träne aus dem Auge wischte und sich zum Fenster wandte.

»Gott, ja, es tut immer noch so weh«, gestand sie, und die Stimme drohte ihr zu versagen. »Vorher habe ich nie über Trauer nachgedacht, Tom. Ich war zwar daran gewöhnt, alte Witwen in der Kirche zu sehen, die in ihre Gebetbücher vertieft waren, aber ich habe sie nie wirklich als Menschen gesehen. Als Frauen, die auch einmal junge Mädchen waren, voller Träume, Hoffnungen und alberner Ideen. Ich habe nie darüber nachgedacht, wie es ist, selbst alt zu werden. Im Grunde habe ich nie über irgendetwas nachgedacht, das mich beunruhigt hat. Und nun scheine ich ständig gegen tiefsinnige Gedanken anzukämpfen.«

»Das geht mir genauso«, erklärte er nickend.

»Witwer verkraften es natürlich auch nur schwer – vor allem allein mit dem Haushalt zurechtzukommen … Das soll jetzt aber keine Anspielung auf dich sein, Tom. Doch irgendwie scheint es weniger Witwer als Witwen zu geben. Oder vielleicht fügen sie sich nur besser ein …« Sie zuckte hilflos mit den Schultern.

»Um noch einmal auf den Tee zurückzukommen«, sagte Tom lächelnd.

»Ach ja, der Tee!«

Sie gingen gemeinsam in die Küche. Ruby stellte erfreut fest, dass es ein großer, heller und sehr sauberer Raum war. Er war in einem zarten Weiß gestrichen, hatte einen Fliesenboden, und am Fenster hing ein elegantes Raffrollo. Außerdem gab es große Weidenkörbe, um darin Feuerholz, alte Zeitungen und sogar Tragetaschen aufzubewahren. Jetzt fühlte sie sich gleich ein wenig wohler. Ruby war Leuten gegenüber skeptisch, die ihre Häuser verlottern ließen. Eigentlich sollte doch jeder vernünftige Mensch in der Lage sein, einen Schwamm und eine Flasche mit Putzmittel in die Hand zu nehmen, dachte sie oft bei sich, wenn sie im Fernsehen wieder einmal eins dieser schrecklich verkommenen Häuser sah.

»Das ist ein hübscher Raum«, verkündete sie und betrachtete wohlwollend das ordentlich gestapelte Geschirr auf der Anrichte.

»Mrs. Kenny kommt einmal im Monat vorbei, um gründlich zu putzen. Und sie hatte auch die Idee mit den Körben. Aber zwischendurch gebe ich mein Bestes. Ich spüle das Geschirr und wasche meine Wäsche selbst«, fügte er stolz hinzu. »Ich habe schon meinen Beitrag geleistet, als Kate noch lebte. Sie war Tierärztin und musste immer lange arbeiten. Allerdings haben wir in einem sehr schönen Haus in Hillsborough gewohnt und hatten eine Haushälterin, die sich um die ganze Hausarbeit gekümmert hat. Ich wollte nach Kates Tod nicht mehr allein dort leben, deshalb habe ich es verkauft. Die neuen Besitzer haben die Haushälterin weiterbeschäftigt, worüber ich sehr froh war.«

Eine kleine, freundschaftliche Stille machte sich breit.

»Die Blumen dort sind wunderschön«, setzte Ruby unvermittelt an und deutete auf eine Reihe von duftenden blauen Hyazinthen, die auf dem Fensterbrett zur Blüte kamen.

»Das sind noch ein paar Reste aus dem Gewächshaus«, erklärte Tom stolz und legte mehrere Speckscheiben in die Pfanne. »Sie waren zu schade, um sie einfach wegzuwerfen. Ich wollte uns ein paar Sandwiches mit Speck machen, ist das okay?«

»Wunderbar. Ich bin schon wieder am Verhungern. Die gute Landluft macht Appetit.«

»Ja, das kann schon mal vorkommen, wenn man nicht daran gewöhnt ist. Sind Ketchup und Weißbrot nach deinem Geschmack?«

»Ja, das ist prima. Ich werde schon mal das Brot buttern.«

Sie arbeiteten einige Minuten wortlos zusammen. Tom stellte Teller und Tassen auf den Tisch und füllte die Teekanne, während Ruby die Brote mit dem Speck belegte und sie in ordentliche Dreiecke schnitt. Dann setzten sie sich zu einem Abendessen neben den alten Herd.

»Ich glaube, ich muss das einmal ganz offiziell sagen, um es hinter mich zu bringen«, begann Tom und errötete dabei ein wenig. »Ich mag dich, Ruby. Ich mag dich wirklich sehr.«

»Danke, Tom. Ich mag dich auch.«

»Nein, ich meine auf eine romantische Art und Weise«, stammelte er verschüchtert.

»Ja, das habe ich mir schon gedacht«, erwiderte sie lachend.

»Also, jedenfalls wollte ich, dass du das weißt«, meinte er und zuckte hilflos mit den Schultern.

»Tom, ich finde, du bist ein sehr attraktiver Mann. Ja, das finde ich wirklich«, sagte sie.

»Aber es ist wohl noch zu früh, um sagen zu können, ob sich zwischen uns einmal etwas entwickeln wird?«, fügte er fragend hinzu.

»O ja, das ist es. Viel zu früh, nehme ich an. Manchmal denke ich, dass ich niemals über Jonathan hinwegkommen und bereit sein werde, mich wieder auf einen anderen Mann einzulassen. Wahre Liebe stirbt nie, oder? Sie ist vielleicht nicht mehr ständig in deinen Gedanken präsent, aber doch irgendwie immer da, ein Teil von dir.«

»Ja, ich verstehe das sehr gut. So ist es bei mir auch. Es kommt mir so vor, als würden zwei Toms in mir stecken. Ich vermisse Kate ständig. Ich habe sie geliebt, seit wir zusammen in der Schule waren. Aber jetzt sehne ich mich nach einer Partnerin. Und es fällt mir zunehmend schwerer, mit dieser Sehnsucht und mit meinen Erinnerungen an Kate klarzukommen. Also, was sollen wir tun?«

Ruby hielt Toms Hand über den kleinen Kieferntisch hinweg und lächelte ihn an.

»Wir werden miteinander reden«, schlug sie vor. »Lass uns einfach hier sitzen und reden. Lass uns sehen, was passiert. So, wie wir es an dem Abend im Restaurant getan haben.«

»In Ordnung.«

Tom goss ihnen Tee nach und legte noch einige Holzklötze in den Herd.
»Meine Großeltern hatten auch so einen Herd«, meinte Ruby mit einem wehmütigen Lächeln. »Er war auch cremefarben. Ich war als Kind oft bei ihnen. Meine Mutter fand, dass es in den Schulferien eine nette Abwechslung für mich war. Sie hatten ein kleines Häuschen aus Naturstein in der Nähe von Dungannon mit einem Reetdach und dunkelgrün gestrichenen Fensterrahmen – es war wirklich wunderschön.«
»Das klingt nach einer tollen Kindheit«, sagte Tom interessiert.
Ruby seufzte leise und fragte sich, wie viel sie angesichts ihrer durchgebrannten Mutter und ihres depressiven Vaters von sich preisgeben sollte. Doch dann entschied sie sich, ehrlich zu sein. Denn es stand für beide einfach zu viel auf dem Spiel, als sich etwas auszudenken, um dem anderen zu gefallen.
»Das war es, auch wenn wir sehr zurückgezogen lebten. Nur wir drei in unserem großen Haus auf dem Land mit der langen Zufahrt zur Hauptstraße, umgeben von Rotbuchen. Wir haben nicht wirklich am Gemeindeleben teilgenommen.«
»Heile Welt also.«
»In gewisser Weise schon. Vor allem ohne jede Aufregung«, fügte Ruby hinzu und zog die Augenbrauen nach oben.
»Manchmal denke ich genauso«, gab Tom zu. »Es geht doch nichts über ein ruhiges Leben.«
»Allerdings«, erwiderte Ruby nachdenklich. »Wenngleich mir die Tage als Kind doch sehr lang vorgekommen sind.

Besonders in den Sommerferien. Ich wollte so schnell wie möglich erwachsen werden, nach London gehen und was vom Leben sehen. Ich dachte, die Stadt wäre voll schicker Leute und toller Geschäfte und Fernsehmoderatoren, die einem an jeder Ecke über den Weg laufen. Ich dachte, berühmte Popstars würden dort bei Marks & Spencer einkaufen gehen.«

»Und warst du jemals in London?«

»O ja, oft. Ich war mit meiner besten Freundin aus der Schule auf der Oxford Street shoppen und habe Popkonzerte besucht und so weiter. Ihr Name war Mary Campbell. Sie hat dann in einem Sommer einen Mann kennengelernt und ist in London geblieben. Sie haben später geheiratet. Aber mir hat es dort nicht so gefallen, wie ich es mir erhofft hatte. Ich habe ständig die falsche U-Bahn genommen, weil mir einfach alles viel zu groß war, und daher bin ich zum Studieren nach Belfast zurückgegangen.«

Sie stand auf und stellte ihren Teller in die Spüle.

Tom erhob sich ebenfalls. »Noch einen Tee?«, fragte er.

»Lieber später. Können wir vielleicht noch ein wenig am Herd sitzen bleiben?«, erwiderte sie leise. »Im Haus meiner Großeltern haben wir die Tür der Feuerstelle immer ein wenig offen gelassen, das Licht ausgeschaltet und einfach zugesehen, wie die Funken Richtung Kamin schwebten. Klingt das verrückt?«

»Ganz und gar nicht. Ich sehe nur einmal kurz nach Noah«, antwortete Tom, griff nach einem alten Handtuch, um seine Hand zu schützen, und öffnete die Herdtür. Als er den Raum verließ, schaltete er das Deckenlicht aus. Ruby zog ihre Stühle näher an das Feuer und blieb dort in ihre Erinnerungen versunken sitzen. Sie verstand nun, warum man sie in ihrer Kindheit so oft zu ihren Großeltern nach Dungannon geschickt hatte. Nicht nur, um den Eltern ihrer Mutter Gesellschaft zu leisten, sondern damit ihre Mutter einmal Ruhe hatte vor ihrer kindlichen Begeisterung und ihren endlosen Fragen. Trotzdem gab es schlimmere Arten, einen Sommer zu verbringen, als die leckeren Torten und Kuchen ihrer Großmutter zu essen.

»Es geht ihm gut«, sagte Tom, als er in die Küche zurückkehrte. »Schläft tief und fest. Großer Gott, ich klinge schon wie ein stolzer Vater ... Hättest du Lust auf ein Glas Wein?«

»O ja, sehr gern«, antwortete Ruby.

»Rot oder weiß?«

»Bitte einen roten.«

»Ich habe einen guten Merlot hier.« Tom zog eine Flasche aus dem Weinregal.

»Großartig.«

»Und wenn ich mich nicht irre, habe ich auch noch eine Tüte Chips. Ah, da ist sie ja«, sagte er, als er sie hinten in einem hohen Schrank entdeckte.

»Toll. Weißt du, manchmal verputze ich eine ganze Tüte auf einmal und habe hinterher ein schrecklich schlechtes Gewissen. Aber dann mache ich das Gleiche ein paar Tage später noch mal«, lachte sie und schüttelte dabei den Kopf. »Ich muss wohl doch ein bisschen verrückt sein, oder?«

»Ganz und gar nicht! Und das ist schon das zweite Mal, dass du mich fragst, ob du verrückt bist«, fügte er hinzu. »Oder sogar das dritte Mal?«

»Tut mir leid.« Ruby errötete.

»Das muss es nicht«, erwiderte er liebevoll. »Ich finde nicht, dass du verrückt bist. Im Gegenteil. Ich finde dich umwerfend.«
Er goss den Wein in zwei große Gläser und reichte Ruby eins davon.
»Prost«, sagte er und lächelte sie an.
»Prost«, erwiderte sie, stieß mit ihm an und sah ihm tief in die Augen.
Tom nahm wieder Platz, und sie setzten ihr Gespräch fort. Sie redeten über Hyazinthen, über Noah, Chips und Wein, über Häuschen auf dem Lande und längst vergangene Dinge. Sie unterhielten sich bis spät in die Nacht, bis der Korb mit den Holzblöcken leer war und der Raum so warm, dass Tom das Raffrollo in die Höhe ziehen und das Fenster öffnen musste. Die Weinflasche war längst leer und eine zweite ebenfalls. Tom und Ruby mussten beide ein Gähnen unterdrücken, und Noah hatte seit Stunden keinen Muskel mehr gerührt. Ruby stimmte schließlich zu, mit einem Taxi nach Hause zu fahren und ihren Wagen am nächsten Tag abzuholen.
»Es wäre doch Quatsch, morgen wieder ein Taxi zu rufen«, sagte Tom, als sie an der Haustür auf den Wagen warteten. »Ich hole dich ab. Nach den zwei Flaschen Wein, die wir heute geleert habe, werde ich mich morgen zwar ein bisschen erholen müssen, aber am Abend wird es schon wieder gehen, und dann komme ich mit dem Rover bei dir vorbei.«
»Okay«, stimmte ihm Ruby mit leiser Stimme zu.
Bevor sie ging, gab ihr Tom erst einen kleinen Kuss auf die Wange und dann einen weiteren zarten Kuss auf die Lippen.

Auf dem ganzen Rückweg dachte Ruby im Taxi über diesen Kuss nach. Hatte sie etwas gefühlt? Ja, das hatte sie: eine schmerzliche Mischung aus Schuld, Verlangen und Neugierde. Etwas war an diesem Abend zwischen ihnen geschehen. Etwas Kleines und Zaghaftes nur, aber auch etwas sehr Reales und Eindeutiges. Es war nicht Liebe, noch nicht. Aber es hatte eine Bedeutung gehabt. Und Toms Kuss war auch wunderschön gewesen. Zärtlich und sexy und sanft und dennoch voller Verlangen. Eines Tages würde sie seine Küsse erwidern. Und vielleicht sogar mit ihm schlafen …

Kapitel 26

Der Morgen danach

Als Ruby am nächsten Morgen die Augen öffnete, verspürte sie eine merkwürdige Aufregung und wusste im ersten Moment gar nicht, warum. Dann erinnerte sie sich an Toms Gesicht, das vor Freude geglüht hatte, als sie gemeinsam durch das Labyrinth von Camberwell House spaziert waren. An die strahlende Mrs. Kenny, als sie hinterher im Café gefrühstückt hatten. In ihren Augen waren sie wohl schon so gut wie verheiratet und auf halbem Weg in die Flitterwochen nach Paris. Tom erklärte ihr, dass Mrs. Kenny so etwas wie die gute Seele von Camberwell war und sämtliche Mitarbeiter bemutterte.

Tom wollte Ruby im Laufe des Tages anrufen und sie nach Camberwell mitnehmen, damit sie ihren Wagen dort abholen konnte. Der Laden blieb heute geschlossen, und sie hatte den ganzen Tag Zeit, um sich zu entspannen, die Nägel zu lackieren und zu überlegen, was sie anziehen sollte. Vielleicht würde sie sogar endlich wieder einmal allein zum Essen ausgehen, was sie seit vielen Jahren nicht mehr getan hatte. Oder mit dem Bus in die Stadt fahren und in ihrem Lieblingsbuchladen ein bisschen stöbern. Es war himmlisch, sich wieder so normal zu fühlen, beinahe ganz die Alte zu sein!

Ruby stand auf und hüllte sich in ihren wärmsten Bademantel, bevor sie in die Küche eilte, um sich eine Tasse Earl-Grey-Tee zu kochen. Sie fühlte sich so leicht und beschwingt. Fast wäre sie in der Küche herumgewirbelt und hätte laut vor sich hingesungen. Sie war wieder eine richtige Frau, traf sich mit Leuten und lag nicht die ganze Nacht grübelnd wach. Sie legte eine Scheibe knuspriges Brot in den Toaster und füllte Wasser in den Kessel.

»Musik«, trällerte sie. »Mir ist nach Musik.«

Doch als sie das Radio einschaltete, lief in den Nachrichten gerade ein Bericht über einen Autounfall, der in der Nacht drei Menschen das Leben gekostet hatte, und mit einem Mal schien Rubys Herz von einem Klippenrand zu stürzen. Eine Verwandte erzählte weinend von der Tragödie, und Ruby fühlte sich sogleich wieder in jene Nacht zurückversetzt, in der sie Jonathan verloren hatte. Der alte Schmerz hatte sie wieder. Und mit ihm kamen der Schock und die Fassungslosigkeit, die Wut und das überwältigende Gefühl, nur noch halb der Mensch zu sein, der sie einmal gewesen war. Unvermittelt brach sie in ein hysterisches Schluchzen aus und stürzte in tiefste Verzweiflung. All ihre Fröhlichkeit schien wie weggeblasen, wie ein Strohhut in einem Wirbelsturm.

Ich habe mich zum Narren gemacht, dachte sie, als die Scheibe Brot von ihr unbeachtet im Toaster hochsprang. *Ich habe mich völlig zum Narren gemacht, als ich in diesem Garten herumgelaufen bin und mich über blaue Kieselsteine und Mrs. Kenny gefreut habe, weil sie mir zugezwinkert hat. Was würde Jonathan wohl davon halten, wenn er mich jetzt so sehen könnte? Ich führe mich wie ein dummes Schulmädchen auf!*

Ihre Hände zitterten, und ihr ganzer Körper wurde von einer Hitzewallung erfasst. Sie setzte sich auf den Küchenstuhl und war kurz davor, zu hyperventilieren. *Es wird immer so sein,* sagte sie sich verzweifelt. *Es wird immer so sein.* Gerade als sie geglaubt hatte, einen kleinen Fortschritt gemacht zu haben, wurde ihr der Boden wieder unter den Füßen weggezogen, und eine Radiomeldung mahnte sie daran, dass sie eine Witwe war. Dass sie anders war als die meisten Menschen. Dass sie kein Recht mehr auf Spaß in ihrem Leben hatte und sich schämen sollte.

Als das Telefon läutete, zuckte sie vor Schreck zusammen. Ein Blick auf die Nummer, die im Display erschien, verriet ihr, dass es Tom war. Wieso rief er jetzt schon an? Bevor sie überhaupt gefrühstückt hatte? Konnte er es denn gar nicht mehr erwarten?

»Ich kann jetzt nicht mit ihm reden«, stieß sie keuchend hervor.

Wahrscheinlich wollte er lediglich mit ihr abstimmen, wann er vorbeikommen sollte, um den Wagen abzuholen. Aber dennoch verspürte Ruby ein beklemmendes Gefühl in der Brust. Sie konnte und wollte jetzt einfach nicht mit Tom reden. Nicht jetzt, wo ihr Herz vor Beschämung pochte und ihre Augen voller Tränen waren. Sie entschied, das Telefon zu ignorieren und so zu tun, als habe sie es nicht gehört. Sie könnte ja behaupten, unter der Dusche gewesen zu sein. Aber wenn er sie fragte, warum sie ihn nicht danach zurückgerufen hatte? Das verdammte Läuten schien einfach kein Ende zu nehmen.

»Hör endlich auf«, schrie Ruby weinend und hielt sich die Ohren zu. »Hör auf! Lass mich in Ruhe!«

Endlich verstummte der Apparat. Ruby war dankbar, dass sie keinen Anrufbeantworter hatte. Damit gewann sie kostbare Zeit und konnte sich überlegen, was sie tun sollte.

Tom legte den Hörer auf und setzte sich neben einen schmollenden Noah auf das Sofa. Auch sein Herz pochte, aber vor Vorfreude. Denn er hatte geplant, Ruby erneut um eine Verabredung zu bitten, wenn sie ihren Wagen abholte. Nur auf ein Abendessen oder einen Drink oder einen kleinen Spaziergang. Doch jetzt war er plötzlich verunsichert. Wieder einmal verspürte er diesen stechenden Schmerz der Einsamkeit in seinem Herzen. Er war am Vortag zu hastig vorgegangen, hatte zu viel von sich preisgegeben und ihre junge Freundschaft mit seiner Bedürftigkeit ruiniert. Es war falsch gewesen, ihr zu signalisieren, dass er eines Tages mehr wollte als nur Freundschaft. Frauen hassten Männer, die um Zuneigung betteln mussten.

»Ich hab's vermasselt, Noah«, flüsterte er vor sich hin. »Da treffe ich einmal eine wunderbare Frau, die mir gefällt und die offenbar auch mich mag, und dann mache ich alles kaputt.«

Noah setzte sich auf und kläffte einmal, ganz so, als wollte er ihm klarmachen: Habe ich doch gleich gesagt!

»Verdammt«, seufzte Tom traurig. »Und ich dachte, es läuft alles so gut. Wollte ehrlich und von vornherein aufrichtig sein, anstatt den lässigen Kerl zu spielen. Ich verstehe nicht, wie ich mich derart täuschen konnte.«

Noah zockelte gelangweilt in Richtung Eingangshalle davon, um sich nach einem Spielzeug umzusehen.

Moment mal, wies sich Tom zurecht. *Was rede ich denn da? Ruby hat vielleicht noch geschlafen. Oder sie war unter der Dusche. Ich werde sie später noch einmal anrufen. Ich bin nur etwas aus der Übung, das ist alles. Es ist eben schon sehr lange her, seit ich mit einer Frau ausgegangen*

bin. Gott, ich bin ein solcher Idiot! Ich werde Ruby später anrufen und mir alle Mühe geben, locker zu klingen.
Er unternahm mit Noah einen Spaziergang über die Felder, fütterte ihn anschließend und versuchte dann ein weiteres Mal, Ruby zu erreichen. Aber auch diesmal nahm niemand ab, obwohl Tom das Telefon geschlagene zwei Minuten läuten ließ.
Ich kann sie doch nicht ein drittes Mal anrufen, grübelte er besorgt. *Nicht an einem einzigen Tag. Das sähe ja so aus, als würde ich ihr nachstellen. Vielleicht sollte ich warten, bis sie mich anruft? Aber was ist, wenn sie meine Nummer verloren hat? Vielleicht hat sie ihre Meinung über mich aber auch geändert. Was hat sie noch einmal gesagt, attraktiv? Ich wette, ich sehe nicht annähernd so gut aus wie ihr Mann. O mein Gott, das ist es! Sie ist zur Vernunft gekommen und hat begriffen, dass es verrückt war, auch nur in Erwägung zu ziehen, sich mit mir zu verabreden. Wie schwachsinnig zu glauben, dass sie eines Tages mir gehören könnte!*
Tom ließ sich auf einen Stuhl neben dem Herd sinken und verschränkte seine Arme. Bis auf das Ticken der alten Uhr auf der Anrichte war es mucksmäuschenstill in der Küche.

Zur gleichen Zeit lag Ruby in ihrer Wohnung im Bett und versteckte sich unter der Decke. Sie hörte das Telefon ein zweites Mal läuten, hielt sich aber ein Kissen über die Ohren und versuchte es zu ignorieren, so gut es ging.
Ich kann unmöglich noch einmal mit ihm ausgehen, dachte sie. *Das geht einfach nicht. Er wird glauben, dass wir ein richtiges Paar sind, wenn das so weitergeht. Dass wir*

offiziell zusammen sind! Und früher oder später wird er versuchen, mich richtig zu küssen oder mit mir zu schlafen. Dann müsste ich ihm mit meinem albernen Gerede, dass es noch zu früh für mich ist, das Herz brechen. Oder ich würde zu sehr klammern und ihn damit vergraulen. Kate war immerhin Tierärztin mit einer eigenen Praxis, und womit verdiene ich meinen Lebensunterhalt? Mit dem Verkauf von Handtaschen und Armreifen! O Gott, ich brauche Zeit, um nachzudenken. Wir brauchen beide mehr Zeit …

Plötzlich fiel ihr ein, dass ihr Wagen ja noch bei Toms Cottage geparkt war.

Na großartig! Einfach klasse. Mein Wagen steht also mitten im Nirgendwo, und ich kann ihn mir nicht holen, ohne dass er mich sieht. Wenn sie es versuchte, würde Noah wahrscheinlich wie ein Verrückter kläffen. Sie konnte auch niemand anderen schicken, um das Auto abzuholen, ohne den Mann restlos zu kränken. Was zum Teufel sollte sie nur tun?

Den ganzen Nachmittag blieb sie weinend im Bett und machte sich nicht einmal die Mühe, etwas zu essen.

Um acht Uhr abends läutete das Telefon zum dritten Mal. Nach drei Gläsern Wein war Tom der Verzweiflung nahe und darauf gefasst, sich eine richtige Abfuhr zu holen. Er ließ das Telefon volle fünf Minuten läuten. Diesmal konnte Ruby das Läuten aber gar nicht hören, weil sie mit Jasmine im *Errigle Inn* saß und selbst gerade bei ihrem dritten Glas Weißwein angelangt war.

»Ruby, jetzt sei nicht so ein Feigling und ruf den Kerl endlich an!«, schimpfte Jasmine.

»Nein, das kann ich nicht. Mein Selbstvertrauen ist dahin«, erwiderte Ruby seufzend.

»Du musst ja nicht gleich mit ihm schlafen, Ruby. Hol einfach deinen Wagen wieder und dann verabrede dich auf einen Drink mit ihm«, empfahl Jasmine behutsam.

»Ich habe Angst, ihm noch einmal gegenüberzutreten«, gestand Ruby.

»Aber warum denn? Du stehst doch noch auf ihn, oder?«, erkundigte sich Jasmine sogleich.

»Irgendwie schon … Ja, okay, ich stehe auf ihn.«

»Wusste ich's doch«, sagte Jasmine mit einem zufriedenen Nicken.

»Natürlich stehe ich auf ihn«, entgegnete Ruby verärgert. »Aber zwischen uns wird nichts passieren.«

»Vielleicht nicht sofort«, stimmte ihr Jasmine zu. »Erst wenn du wirklich dazu bereit bist.«

»So weit wird es niemals kommen.« Ruby atmete schwer aus.

»Also das ist jetzt wirklich albern, Ruby!«

»Aber ich fühle mich schrecklich. Ich komme mir vor, als würde ich Ehebruch begehen«, flüsterte Ruby.

»Ich hole uns jetzt erst noch einmal etwas zu trinken«, stöhnte Jasmine.

»Für mich aber nur noch eine Limonade. Ich bin schon total angeschickert von dem Weißwein.«

Jasmine verdrehte die Augen. »Ruby, das sind nur kleine Gläser, Herrgott. Zusammengenommen würden die nicht mal ein Weinglas von halbwegs anständiger Größe füllen. Ich hole dir jetzt noch ein Weinchen, und dann schaffst du es vielleicht endlich, Tom anzurufen.«

»Werd ich nicht.«

»Gut, dann rufe *ich* ihn für dich an«, meinte Jasmine und tätschelte Rubys Hand.

»Wenn du das tust, dann werde ich dich feuern«, fauchte Ruby verärgert.

»Du solltest mir nicht ständig damit drohen, dass du mich feuerst«, gab Jasmine lächelnd zurück. »Wir wissen doch beide, dass du es niemals tun wirst. Ich bin die beste Verkäuferin in ganz Belfast, und das weißt du auch.«

»Also schön, ich werde dich nicht feuern«, bekannte Ruby.

»Hör zu, schlaf erst einmal darüber, und morgen wirst du dich bestimmt wieder besser fühlen, in Ordnung?«

»In Ordnung.« Ruby nickte zustimmend, obwohl sie alles andere als davon überzeugt war.

Kapitel 27

Der geheimnisvolle Mann

Erwartungsgemäß war es um Rubys Nervenkostüm am nächsten Morgen nicht zum Besten bestellt. Sie hatte einen schrecklichen Kater, und ihr war noch elender zumute vor Scham, weil sie Toms Anrufen aus dem Weg gegangen war. Sie wusste, dass er drei Mal versucht hatte, sie zu erreichen, doch sie konnte sich einfach nicht überwinden, zum Hörer zu greifen und ihn zurückzurufen. Auch wenn er gewiss verstehen würde, warum sie sich momentan in einem solchen Gefühlschaos befand. Zu allem Überfluss hatte sie heute auch noch Geburtstag, was sie in der ganzen Aufregung beinahe vergessen hätte!

»Ich werde ihn für dich anrufen«, erklärte Jasmine mit Nachdruck, als sie um halb zehn den Laden öffneten.

»Nein, das wäre wirklich ein bisschen kindisch«, erwiderte Ruby rasch.

»Ach, und im Bett zu liegen und sich mit einem Kissen die Ohren zuzuhalten zeugt wohl von Reife, wie?«, schoss Jasmine zurück.

»Dafür konnte ich nichts. Dieser Bericht im Radio hat alte Wunden aufgerissen. Mir kam es auf einmal so vor, als wäre das alles erst gestern geschehen. Mir wurde plötzlich schlecht, und ich dachte, ich müsste mich übergeben.«

»Dann erzähl Tom das«, riet ihr Jasmine. »Er wird es verstehen.«

»Nein. Er wird mich für eine hysterische Ziege halten«, widersprach Ruby.
»Ruby, hör endlich damit auf! Du bist ganz und gar nicht hysterisch, sondern lediglich ein sehr sensibler Mensch. Es ist kein Verbrechen, sensibel zu sein.« Jasmine umarmte ihre Freundin.
»Ich weiß, aber es ist manchmal verdammt unangenehm«, sagte Ruby. »Ich wünschte, ich würde hin und wieder mal ein Risiko eingehen.«
»Hat Tom nicht fünf Jahre gebraucht, ehe er wieder anfing, sich zu verabreden?«
Ruby nickte.
»Also dann muss er ja noch sensibler sein als du.«
»Da ist was dran.«
»Dann ruf ihn an.«
Ruby warf ihrer Freundin einen zögerlichen Blick zu.
»Gib mir seine Nummer«, forderte Jasmine.
»Lass nur. Das ist wirklich nicht nötig.«
»Er könnte glauben, dass du krank geworden bist, Ruby. Hast du schon einmal daran gedacht?«
»O Gott, nein, das habe ich nicht«, sagte Ruby beunruhigt.
»Du solltest den armen Kerl nicht länger auf die Folter spannen. Warte mal, da draußen hält gerade ein Lieferwagen vor dem Laden. Von einem Floristen. Oho, von einem piekfeinen Floristen! Du bekommst einen Blumenstrauß, Ruby. Sieh nur, wie hübsch! Rosafarbene Tulpen und Rosen, wenn ich mich nicht irre«, jubelte Jasmine. »Na also, du dumme Nuss, Tom ist gar nicht sauer auf dich.«
»Wie nett von ihm. Jetzt komme ich mir wie ein noch größerer Idiot vor«, antwortete Ruby errötend, als Jasmine

die Blumen in Empfang nahm und sich bei dem Lieferanten bedankte. »Lies schnell vor, was auf der Karte steht«, drängte sie.

»Wenn du mir eine Sekunde Zeit lässt, um den Umschlag zu öffnen – oh, warte mal kurz. Die Blumen sind für *mich*«, sagte Jasmine langsam. Die Verblüffung stand ihr ins Gesicht geschrieben. »Ach herrje, Ruby, das tut mir ja so leid! Es steht kein Name auf der Karte, eigenartig. Nur *Für Jasmine,* das ist alles. Gott, ich hoffe, du bist jetzt nicht enttäuscht! Meinst du, ich habe einen heimlichen Verehrer?«

»Musst du wohl«, erwiderte Ruby spitz. Offenbar war sie ein wenig verärgert, dass der herrliche Strauß doch nicht für sie bestimmt war.

»Bist du jetzt traurig?«, fragte Jasmine mit sanfter Stimme.

»Bist du irre? Na ja, vielleicht ein winzig kleines bisschen«, gab Ruby zu.

»Das verstehe ich. Aber ich bin mir sicher, dass sich alles wieder einrenkt, wenn du Tom heute zurückrufst.«

»Ja, bestimmt.«

Jasmine betrachtete aufgeregt die Karte. »Wahrscheinlich hat der Florist bloß vergessen, den Namen des Auftraggebers hineinzuschreiben. Warte mal eine Sekunde. Ich werde gleich dort anrufen und fragen.«

Nach dem Telefonat war Jasmine allerdings ratloser als zuvor. Der Auftraggeber hatte seinen Namen nicht genannt. Er war in den Laden gekommen und hatte in bar bezahlt, aber die Floristin war nicht imstande, den Mann zu beschreiben – das behauptete sie jedenfalls.

»Zumindest weißt du jetzt, dass es ein Mann war«, sagte Ruby.

»Tja, dann muss ich wohl abwarten, bis er auftaucht oder mich anruft.« Jasmine zuckte mit den Schultern und griff nach ihren Blumen. »Hör zu, ich werde die mal eben ins Wasser stellen, und dann rufe ich Tom für dich an.«

»Vergiss es! Ich werde dir seine Nummer ohnehin nicht verraten.«

»Ha! Hältst du mich für blöd? Ich muss doch bloß Camberwell im Telefonbuch nachschlagen«, erwiderte Jasmine leichthin. »Er arbeitet ja schließlich nicht für den Geheimdienst! Also ehrlich, ich werde euch beide noch entführen und in einen Raum sperren müssen, damit ihr eure Beziehung ein für alle Mal sortiert bekommt!«

»Ach, verdammt noch mal, was soll's? Du hast gewonnen. Ich werde ihn auf der Stelle anrufen«, sagte Ruby mutig und hämmerte die Zahlen in das Telefon im Laden, ehe sie es sich anders überlegen konnte. »Ich sage ihm einfach, dass mir gestern Abend etwas dazwischengekommen ist. Aber was genau mich einen ganzen Tag davon hätte abhalten können, mich bei ihm zu melden, weiß ich wirklich nicht. Und wage es ja nicht zu lauschen! Geh in die Küche und mach die Tür hinter dir zu. Beeil dich, es läutet schon!«

Jasmine hastete mit ihrem riesigen Blumenstrauß aus Tulpen und Rosen durch den Laden. In der Küche angekommen legte sie den Strauß vorsichtig in die Spüle, füllte sie zur Hälfte mit Wasser und presste dann flink ihr Ohr an die Tür.

»Hallo? Hallo, sind Sie das, Mrs. Kenny? Guten Tag. Wie geht es Ihnen? Hier ist Ruby. Dürfte ich Tom wohl für eine Minute sprechen? Ist er sehr beschäftigt?«, hörte Jasmine Ruby nervös sagen. Dann gab es eine Pause, in der

Ruby darauf wartete, dass Tom an den Apparat kam. »Tom? Bist du das? Hier ist Ruby. Du hast mich gestern Abend angerufen, nicht wahr? Ja, ich weiß, wegen des Autos ... Ja, tut mir leid, ich war gestern den ganzen Tag nicht zu Hause. Eine ganz plötzliche Sache, ja ... Heute nach der Arbeit passt mir gut. In Ordnung, dann sehen wir uns später, danke, Tom.«

Ruby legte den Hörer wieder auf und schloss die Augen. Keine Sekunde später kam Jasmine aus der Küche geschossen. »Na also! Das war doch gar nicht so schlimm, oder?«, rief sie fröhlich.

»Du kleiner Mistkäfer! Du hast also doch gelauscht!«, schimpfte Ruby.

»Natürlich. Und ich habe jedes Wort mitbekommen. Klang er irgendwie angefressen?«

»Nein, er klang ganz normal. Ein bisschen nervös, aber normal«, erwiderte Ruby. »Er holt mich nach der Arbeit ab. Ich glaube, er gibt mir eine neue Chance.«

»Siehst du. Dann bist du ja mit deinem kleinen hysterischen Anfall noch einmal davongekommen«, sagte Jasmine lachend. »Glück gehabt.«

»Ach, Jasmine, tue ich auch wirklich das Richtige? Ich habe doch noch nicht einmal Jonathans Asche verstreut. Die Urne steht immer noch oben in meinem Wohnzimmer.«

»Wenn du möchtest, dann tun wir es gemeinsam. Wann immer dir danach ist«, bot Jasmine an. »Wir könnten ja dieses Wochenende irgendwo hinfahren, wo es schön ist.«

»Und was ist mit deinem heimlichen Verehrer?«, fragte Ruby. »Was ist, wenn er mit einem noch größeren Strauß hier auftaucht? Falls es ihm gelingt, überhaupt noch einen größeren aufzutreiben!«

»Der kann warten«, entgegnete Jasmine wie aus der Pistole geschossen. »Das hier ist viel wichtiger.«

»Ich weiß wirklich nicht, was ich ohne dich anfangen würde, Jasmine. Ehrlich, ich habe absolut keine Ahnung. Komm her und lass dich umarmen.«

»Schon gut, Ruby, es kommt alles wieder in Ordnung«, meinte Jasmine und drückte ihre Freundin ganz fest.

»Hoffentlich«, antwortete Ruby mit schwerem Herzen.

»Da wäre nur noch eine Sache«, setzte Jasmine an und warf ihr langes Haar über die Schultern.

»Worum geht es denn?«

»Heute ist dein Geburtstag!«

»Ja, stimmt«, sagte Ruby leise. »Aber nach dem, was mit Tom passiert ist, war mir nicht nach Feiern.«

»Aber ich darf dir doch hoffentlich etwas schenken?«, fragte Jasmine strahlend und überreichte ihr ein kleines, in rosafarbene Folie gewickeltes Päckchen, das sie hinter der Theke versteckt hatte. »Herzlichen Glückwunsch, Ruby!«

Ruby öffnete die hübsche Verpackung ganz vorsichtig. Sie enthielt eine filigrane Silberbrosche in der Form eines Vogels, mit roten Steinen als Augen.

»Die ist wirklich wunderschön, Jasmine«, sagte Ruby gerührt, und ihre Augen füllten sich mit Tränen.

»Ich finde, der Vogel sieht irgendwie aus wie ein Phönix«, erklärte Jasmine. »Weißt du, der Phönix, der aus der Asche aufsteigt, und diese alte Geschichte?«

»Vielen Dank, du bist ein Engel«, sagte Ruby leise.

»Ach was, bin ich nicht.«

»Doch, das bist du«, beharrte Ruby.

»Also schön, überredet. Ich bin ein Engel.«

Kapitel 28

Die abwesende Mutter

Dorothy Lipman war nicht immer glücklich darüber, dass sie Emily Nightingale überredet hatte, sich ihrer Malgruppe in der Bronx anzuschließen. Ja, es war wohl nett, die neue Freundin an ein neues Hobby heranzuführen. Die Kurse waren nicht teuer und boten eine tolle Möglichkeit, aus dem Haus herauszukommen und Leute zu treffen. Außerdem war Dorothy bereits so lange ein Mitglied der Malgruppe, dass sie sich fast schon wie eine der Lehrerinnen vorkam. Aber Emily entpuppte sich als überaus eigensinnige Anfängerin. *Diese Dickköpfigkeit muss wohl eine irische Eigenart sein*, dachte Dorothy schließlich.

»Wenn du etwas mehr Preußischblau auf dieser Seite der Leinwand auftragen würdest, dann kämen die Sonnenblumen viel besser zur Geltung«, sagte sie vorsichtig zu Emily. »Das ist natürlich nur ein Vorschlag«, fügte sie hinzu. Emily konnte unglaublich empfindlich reagieren, wenn es um ihre malerischen Fähigkeiten ging. Dorothy hatte dieses sonderbare Phänomen schon viele Male vorher beobachtet, meist bei den besonders hoffnungslosen Fällen unter den Amateuren, die sich der Illusion hingaben, ein Talent zu besitzen, das einem Vincent van Gogh ebenbürtig war.

»Aber mir gefällt der grüne Hintergrund«, erwiderte Emily mit Nachdruck. »Er sieht so freundlich und sommerlich aus.«

»Ja, schon möglich. Aber du hast bereits so viel Grün in den Blättern der Blumen.«

»Nichtsdestotrotz finde ich, dass etwas mehr Grün besser ist«, lautete die barsche Antwort.

»Mach, was du denkst«, sagte Dorothy lächelnd.

»Das werde ich auch«, brummte Emily, die energisch gelbe Farbe mit einem Hauch von Orange für die äußeren Blütenblätter mischte.

»Irgendwelche Anzeichen, dass deine Tochter dich einmal besuchen kommt?«, fragte Dorothy und nahm schnell einen Schluck Cola aus einer Flasche in ihrem Einkaufskorb.

»Wie bitte? Was hast du gesagt?« In diesem Moment war Emily in jeder Hinsicht meilenweit von Ruby entfernt.

»Hast du nicht einmal gesagt, dass du eine erwachsene Tochter zu Hause in Irland hast?«, hakte Dorothy mit freundlicher Miene nach.

»Das habe ich, ja. Aber ich habe nie davon gesprochen, dass sie mich besuchen kommen wird«, schnaubte Emily und blickte sich verstohlen in der Lagerhalle um, um herauszufinden, ob jemand ihr Gespräch mit anhörte. Doch die anderen Kursteilnehmer schienen alle in ihre Aufgabenstellungen vertieft zu sein.

»Warum kommt sie dich nicht einmal besuchen? Ist sie so beschäftigt?«

Emily seufzte leise. Ob es ihr wohl jemals gelingen würde, dieser Verantwortung zu entkommen?

»Sie hat ein Geschäft. Eine Boutique. Sie hat immer viel zu tun.«

»Weißt du, Emily, es geht mich ja nichts an, aber ich finde, du solltest dich mit deiner Tochter versöhnen. Es ist eine

Schande, wenn man innerhalb einer Familie nicht miteinander redet. Eines Tages bekommt man vielleicht einen Telefonanruf, und dann kann es schon zu spät sein.« Dorothy klang wie eine Frau, die in der Vergangenheit selbst mehr als genug Leid erlebt hatte.

»Dorothy, Liebes, ich verstehe mich sehr gut mit meiner Familie. Ich mache nur gerade eine kleine Pause von ihr, das ist alles. Du hast ja keine Ahnung, wie das in Irland ist. Da drüben ist jeder schier besessen von den Angelegenheiten anderer Leute. Deshalb war Irland auch nie eine Weltmacht. Die Leute waren und sind ständig viel zu beschäftigt damit, sich gegenseitig auszuspionieren. Insgeheim versuchen alle herauszufinden, ob der Nachbar die größeren Kohlköpfe oder Karotten hat.«

»Ich weiß wirklich nicht, wovon du da redest, Emily. Kohlköpfe! Aber erzähl nur weiter. Also, was ist mit deiner Familie geschehen?«, sagte Dorothy, während sie ihre Pinsel in einem großen Glas mit klarem Wasser auswusch. »Sind Acrylfarben nicht toll? Wenn man mit Öl malt, ist das immer so eine Schweinerei. Und das ganze Haus stinkt danach.«

»Da gibt es nichts zu erzählen«, erwiderte Emily beiläufig und wedelte mit ihrem eigenen Pinsel in der Luft herum.

»In New York hat jeder eine Geschichte zu erzählen«, widersprach Dorothy. »Aber hier spionieren wir einander nicht gegenseitig aus oder vergleichen heimlich Kohlköpfe. Wir sind geradeheraus und fragen einfach direkt. Ob du's glaubst oder nicht, wir haben hier genügend Drehbücher für eine Million Filme!«

»Also, mein Leben taugt bestimmt nicht für irgendein Drehbuch, ehrlich nicht. Ich war es einfach leid, auf meinem Arsch, 'tschuldigung, auf meinem *Hintern* zu Hause zu sitzen, so einfach ist das. Mein Mann reist nicht gern und hat keine Lust, neue Dinge auszuprobieren. Und meine Tochter ist viel zu beschäftigt mit ihrem kleinen Laden in Belfast, um mit mir das pulsierende Leben von Fermanagh zu genießen. Deshalb habe ich mich entschieden, für eine Weile hier zu leben. Als eine Art Tapetenwechsel.«

»Aber warum gerade New York?«

»Weil ich hier eine Verwandte habe. Und der Flug war bequem zu arrangieren. Außerdem ist New York zu weit von Irland entfernt, um möglicherweise Heimweh zu bekommen.«

»Verstehe. Ist deine Tochter verheiratet?«, fragte Dorothy weiter. »Hast du Enkelkinder?«

»Nein … sie ist nicht verheiratet. Und sie hat keine Kinder.«

»Ist sie verlobt? Hat sie einen Freund?«

»Sie *war* verheiratet. Ihr Mann ist gestorben, wenn du es genau wissen willst«, antwortete Emily schnippisch.

»Du meine Güte. Wann ist er denn gestorben? Wie ist das passiert?«

»Es war ein Autounfall. Vor zwei Jahren. Vor zweieinhalb Jahren, genauer gesagt.« Emily trat zurück und betrachtete kritisch ihre Leinwand. Vielleicht war da wirklich zu viel Grün im Hintergrund, aber das konnte sie Dorothy gegenüber nun unmöglich eingestehen.

»Emily, entschuldige die Frage, aber warum in aller Welt bist du nach New York gekommen und hast deine arme Tochter einfach so zurückgelassen? Sie braucht dich doch! Da steckt doch viel mehr dahinter. Warum bist du nach

New York gekommen, um in irgendeiner alten, kleinen Bäckerei zu arbeiten, wenn dich dein einziges Kind zu Hause braucht?«

»Glaub mir, Dorothy, Ruby braucht mich nicht! Das hat sie nie getan. Sie konnte es kaum erwarten, mit achtzehn von zu Hause wegzukommen. Von dem Augenblick an, als sie in Belfast studiert hat, wollte sie nichts mehr mit uns zu tun haben.«

»Das kann ich mir nicht vorstellen, Herzchen. Sie wollte bestimmt nur rasch erwachsen werden und auf eigenen Füßen stehen, glaub mir. Du solltest stolz auf sie sein, Emily. Sieh dir bloß mal meinen faulen Sohn an, der mit seinen neunundzwanzig Jahren immer noch bei mir zu Hause wohnt und den ganzen Tag nichts anderes tut, als Bier zu trinken.«

Emily stöhnte auf. »Kinder können so schwierig sein …« Sie gab einige blassgelbe Tupfer auf die Sonnenblume in der Mitte. »Ich glaube, du könntest recht haben mit dem blauen Hintergrund«, murmelte sie, bestrebt, das Thema zu wechseln. Gott, diese New Yorker waren wirklich ein freimütiger Haufen. Zu Hause in Irland konnte dein Ehemann betrunken und mit einem blauen Auge im Rinnstein liegen, ohne dass sich jemand traute, den Mund deshalb aufzumachen. Für einen flüchtigen Moment sehnte sich Emily beinahe nach ihrem Heimatland und seinen zugeknöpften Bewohnern zurück.

Aber Dorothy war noch nicht bereit, die Sache auf sich beruhen zu lassen. Sie schaute Emily geradewegs in die Augen und holte tief Luft. »Ich habe in so einigen Dingen recht, Herzchen. Warte nur ab. Was auch immer du hier tust, es ist die Sache nicht wert. Das hier ist kein Urlaub,

Emily, lass dir das gesagt sein. Du läufst vor etwas weg wie ein verängstigter Teenager.«

»Nun, du scheinst ja eine Menge über die menschliche Natur zu wissen«, entgegnete Emily verärgert. »Ich frage mich, warum du dir eigentlich die Mühe machst, einen Hundesalon zu führen, wo du dein Geld doch als Seelenklempner verdienen könntest. Du würdest bestimmt ein Vermögen machen.«

»Ja, das höre ich nicht zum ersten Mal. Aber ich glaube, ich bleibe lieber bei meinen Hunden«, antwortete Dorothy lächelnd. »Es ist sehr viel leichter, mit Tieren fertig zu werden als mit Menschen. Sie sind oftmals klüger – und normalerweise auch dankbarer für meine Freundlichkeit.«

Doch Emily presste nur die Lippen aufeinander und begann, wie eine Wilde blaue Farbe auf ihre Leinwand zu pinseln. *Na, wunderbar!* Dorothy wollte ihr also einreden, dass sie sich wie ein verängstigter Teenager benahm! Was wusste sie denn schon? Dorothy war seit elf Jahren von ihrem Ehemann geschieden, der sie misshandelt hatte. Zwei ihrer Söhne, beide erfolgreiche Anwälte, bekam sie kaum zu Gesicht. Und von ihrem dritten Sohn, dem Faulenzer, sagte sie selbst, dass er nur darauf wartete, das Haus zu erben. Doch bald würde sie diesem arbeitsscheuen Individuum gestehen müssen, dass sie die Hälfte ihres dreistöckigen Sandsteinhauses in Brooklyn schon vor Jahren an eine Investmentgesellschaft verkauft hatte, um eine dringend benötigte Hüftoperation machen lassen zu können. Eigentlich wollte ihm Dorothy nur noch ein Jahr geben, um die Kurve zu kriegen. Dann hatte sie vor, in eine kleine Wohnung in der Vorstadt zu ziehen, um sich zur Ruhe zu setzen. Ihr Sohn würde wahrscheinlich nie wieder mit ihr reden, wenn er herausbekam, dass er sich dann in der großen, bösen Welt dort draußen allein durchschlagen musste. Die arme Dorothy musste also gar nicht weit schauen, um ihre eigenen Probleme zu sehen. Emily tat ihre neue beste Freundin fast schon wieder ein wenig leid.

»In Ordnung, ich werde über das nachdenken, was du gesagt hast«, erklärte sie gnädig, woraufhin Dorothy nur lächelte und weise nickte.

Kapitel 29

Der Brief

Emily Nightingale tat die ganze Nacht kein Auge zu. Sie saß in ihrer winzigen Wohnung und dachte tatsächlich darüber nach, was Dorothy im Malkurs gesagt hatte. Es fiel ihr schwer, es zuzugeben, aber ja, wahrscheinlich war es nicht sehr nett von ihr, ihren Mann und ihre Tochter weiterhin so im Ungewissen zu lassen. Sie hatte solchen Spaß daran gehabt, allein und unabhängig in New York zu leben, dass sie gar nicht richtig bemerkt hatte, wie die Zeit vergangen war. Vielleicht hatte sie auch einfach die Augen vor der Wahrheit verschlossen, während die Monate dahinflogen. Aber es blieb ihr selten eine freie Minute zum Nachdenken. Sie sauste zur Arbeit, wo sie jeden Tag Hunderte von Kunden bediente, eilte nach Hause, duschte dort und wechselte schnell die Kleidung, um dann mit Dorothy und der Clique vom Malkurs zum Essen zu gehen oder sich eine Show oder auch einen Film anzusehen. Es war gar keine Absicht von ihr gewesen, ihre Familie so in der Luft hängen zu lassen.

»Der Tag hat einfach zu wenig Stunden«, murmelte sie in sich hinein. Aber tief in ihrem Innersten wusste Emily, dass es egoistisch wäre, die Dinge einfach so weiterlaufen zu lassen.

Die alten Heizungsrohre in der Küche begannen zu klopfen und zu poltern, während Emily sich von ihrem winzigen Sofa erhob und nach nebenan ging, um sich zum

Frühstück einen Tee zu kochen und ein Croissant aufzuwärmen. Sie nahm ihre hübsche rosafarbene Tasse und den Teller von dem Abtropfgestell, holte Butter und Milch aus dem Kühlschrank.

»Aber ich will gar nicht nach Hause«, sagte sie mit einem Mal zu ihrem alten Chromkessel. »Ich kann noch nicht nach Hause, denn ich bin nicht bereit, mein Leben hier aufzugeben. O Gott, deshalb bin ich aller Welt und mir selbst gegenüber nicht ehrlich gewesen! Ich *will* gar nicht zurück und wieder zu einem Roboter werden! Sechs Tage die Woche immer nur putzen, putzen, putzen und dann am Sonntag in die Kirche gehen. Wenn ich jetzt zurückginge, dann würde ich vor Langeweile durchdrehen. Wirklich und wahrhaftig den Verstand verlieren!«

Damit stand ihre Entscheidung also fest. Auch wenn sie in dieser Riesenstadt mit ihren acht Millionen Einwohnern sechs Tage die Woche in der Bäckerei schuften musste, um sich gerade einmal eine heruntergekommene Mini-Wohnung am Rande Manhattans leisten zu können. Auch wenn sie wusste, dass man Leute in ihrem Viertel wegen ihrer Schuhe umbrachte und es nur eine Frage der Zeit war, bevor sie abgeschoben wurde, weil ihr Visum längst abgelaufen war – ganz zu schweigen davon, dass sie keine Krankenversicherung hatte und nur ein paar hundert Pfund auf ihrem Sparbuch waren, weil sich ihr Mann immer um das Geld gekümmert hatte. Auch wenn all dies zutraf, fühlte sie sich dennoch so jung und lebendig, wenn sie jeden Morgen in ihrem gelben Kleid zur Bäckerei fuhr und Menschen aus allen Gesellschaftsschichten zulächelte, ohne einen von ihnen zu kennen und ohne dass sie jemand kannte. Im Grunde war es nur ein Fantasiegebilde,

das jeden Moment in sich zusammenstürzen konnte. Aber solange es standhielt, war sie entschlossen, jede Minute davon zu genießen.
Ich werde heute noch an David schreiben, sagte sie sich. *Und ihn um die Scheidung bitten. Ja, das bin ich ihm schuldig. Er wird Fermanagh niemals verlassen, und ich will nicht mehr dort leben. Also werden wir uns scheiden lassen. Dann kann er sich überlegen, was er mit dem Rest seines Lebens anfangen will. Vielleicht kann er mir ja irgendeine Art von finanzieller Unterstützung zukommen lassen. Damit ich mein Visum verlängern, mich versichern oder sogar in ein anderes Viertel ziehen kann.*
Emily Nightingale war sich bewusst, dass sie keine konkreten Pläne und nur sehr wenige Fähigkeiten hatte, aber einer Sache war sie sich dennoch sicher: Ihr Leben hatte mit fünfundsechzig Jahren erst richtig begonnen. Das mochte alt klingen, war es aber nicht wirklich. Sie hatte bislang ein vergleichsweise leichtes Leben gehabt und sich recht gut gehalten. Selbst jetzt, mit nun beinahe siebenundsechzig, erfreute sie sich guter Gesundheit.
»Nein, das war's. Ich werde niemals wieder in dieses große, dunkle Haus zurückkehren«, ermahnte sie sich streng. »Bloß um dann wieder Staub zu wischen und zu putzen. David merkt es ja nicht mal …«
Es fühlte sich an wie eine Offenbarung, und in diesem Moment wusste sie, dass sie mit Freuden für den Rest ihres Lebens arm sein würde, wenn sie nur jeden Tag etwas Nützliches zu tun hätte. Einen sinnvollen Job oder ein tolles Hobby, dem sie Zeit widmen konnte. Freunde und Orte, die es sich zu besuchen lohnte. Und sie wollte jeden Tag irgendwo essen gehen. Auch wenn sie sich nur einen

Kaffee und einen Cheeseburger in einem dieser billigen Lokale leisten konnte. Es hatte lange gedauert, bis Emily Nightingale erwachsen geworden war. Sie sah jetzt alles ganz deutlich vor sich. Sie würde nicht in die alte Routine und Abgeschiedenheit zurückkehren, Kartoffeln über der Küchenspüle pellen und sich irgendwann zu den anderen Nightingales auf den Dorffriedhof gesellen.

»Großer Gott, es ist vorbei«, seufzte sie erleichtert, als sie die Erkenntnis traf.

Ihr blieben noch zwei Stunden, bevor sie zur Arbeit aufbrechen musste.

»Ich werde diesen Brief jetzt schreiben«, beschloss sie.

Sie nahm ihren Tee und das Croissant, setzte sich an das Fenster, gähnte einmal herzhaft und begann den Brief an ihren Mann zu verfassen.

Lieber David, ich habe gründlich darüber nachgedacht, und ich will die Scheidung.

Nein, das war vielleicht zu brutal. Sie riss die Seite heraus und zerknüllte sie.

Lieber David, wie geht es Dir? Das mag jetzt vielleicht ein kleiner Schock für Dich sein, aber ich will die Scheidung.

Immer noch furchtbar.

Sie riss die Seite ebenfalls heraus.

Lieber David,
wie geht es Dir?
Vielen Dank, dass Du so geduldig und verständnisvoll gewesen bist. Ich habe Dich immer sehr geliebt, und ich weiß, dass Du mich ebenfalls geliebt hast. Es ist bestimmt nicht immer leicht gewesen, mit mir zu leben. Aber ich habe mich in den vergangenen Monaten sehr verändert und werde nicht mehr nach Fermanagh zurückkehren. Ich brauche einfach meinen Freiraum. Ich liebe New York und möchte von jetzt an allein leben. Deshalb will ich die Scheidung. Bitte glaub mir, wenn ich Dir versichere, dass es nicht um einen anderen Mann geht. Ich muss das einfach tun, denn dieses Leben macht mich glücklich und zufrieden. Ich hoffe, dass es Dir schon sehr bald auch vergönnt sein wird, dieses herrliche Gefühl zu empfinden.

Mit besten Grüßen
Emily

Ja, das sollte für den Anfang erst einmal genügen. Sie nahm sich vor, den Brief auf ihrem Weg zur Arbeit einzuwerfen. Hoffentlich würde sie heute nicht hinter dem Tresen einschlafen! Sie hatte schon seit Jahren nicht mehr eine ganze Nacht damit verbracht, sich den Kopf über etwas zu zerbrechen. Ehrlich gesagt, fand Emily es sogar ein bisschen aufregend. Sie musste nun notgedrungen ihre Adresse auf dem Brief angeben, weil David zu einem Anwalt gehen würde und es Formulare zu unterschreiben gab. Sie lebten bereits seit achtzehn Monaten getrennt. Da konnte es doch eigentlich nicht so lange dauern, die ganzen Formalitäten hinter sich zu bringen, nicht wahr? Eine Menge Frauen in den reiferen Jahren verließen heutzutage ihre Männer – das war in Amerika ebenso der Fall wie in Irland und vielen anderen Ländern der Welt. Sie hatte in der *New York Times* darüber gelesen. Dies sind goldene Zeiten für ältere Damen, sagte sie sich tapfer. Ihre Leidensgenossinnen und sie mussten sich nicht mehr nur mit der Hausarbeit abgeben und ständig hinter ihren Ehemännern herräumen, bis ihre Rücken streikten und sie Arthritis in den Fingern hatten.

»Ich habe noch mindestens zehn gute Jahre vor mir«, sagte Emily leise und nahm einen Schluck von ihrem dünnen Tee. Das war das Einzige, was sie an Amerika störte – der dünne Tee. Der Kaffee war so stark, dass der Löffel darin stehen blieb, aber der Tee war in Amerika wie warmes Wasser, egal wie viele Teebeutel man auch in die Kanne gab. Kein Wunder, dass so wenige Amerikaner Tee tranken. Aber wenigstens musste sie ihren Ehemann nicht mehr den Rest ihrer Tage fragen, was er zum Essen haben wollte – da konnte sie den schlechten Tee verschmerzen. Sie nahm sich vor, heute noch ihre Tochter anzurufen und ihr zu sagen, dass sie sich keine Sorgen mehr um sie machen musste und dass sie vorerst nicht nach Hause zurückkehren würde. Sie war glücklich hier in New York, die Arbeit in der Bäckerei gefiel ihr, und sie war nicht bereit, nach Irland zurückzukehren und dort darauf zu warten, irgendwann zu sterben. Vielleicht würde Ruby ihr ja hin und wieder ein Päckchen mit dem guten Tee von *Marks & Spencer* schicken, wenn sie die Zeit dafür erübrigen konnte. Andererseits war es vielleicht keine so gute Idee, sie ausgerechnet jetzt danach zu fragen. Trotzdem würde sie noch heute Morgen bei ihr anrufen. Es war höchste Zeit, reinen Tisch zu machen. *Die arme Ruby,* dachte Emily bei sich. Ruby war drauf und dran, denselben Weg zu gehen, den sie selbst so viele Jahre lang fälschlicherweise beschritten hatte. Mit ihrem langweiligen Tagesablauf in ihrem kleinen Laden würde sie sich schon bald wie in einem Hamsterrad vorkommen.

Wenn ich den Anblick von Doughnuts leid bin, kann ich wenigstens weiterziehen, befand Emily selbstgefällig.

Sie faltete die Seiten des Briefes an ihren Mann und steckte sie in einen billigen Umschlag. Die Marken konnte sie auf dem Weg zur Arbeit kaufen. Emily gähnte erneut und legte sich noch für eine Stunde hin. Aber vorher stellte sie ihren Wecker, damit sie nicht verschlief.

»Ich will ja nicht gefeuert werden«, murmelte sie vor sich hin. Oh, es war wirklich fabelhaft, überhaupt in der Lage zu sein, gefeuert zu werden. Gott segne Amerika.

Zu Hause in Belfast nahm Ruby die rote Samttasche aus der Vitrine, die sie ihrer Mutter einpacken und schicken wollte, sobald sie eine Adresse hatte, an die sie das Päckchen senden konnte.

Kapitel 30

Der einsame Vater

Als Ruby dieses Mal ihren Wagen vor der Haustür parkte, kam ihr Vater herausgelaufen, um sie zu begrüßen. Er flog förmlich über den Kies, so schnell lief er. Trotz der roten Augen machte er einen besseren Eindruck als in den Monaten zuvor, hatte wieder etwas zugenommen, und die Sachen, die er trug, waren alle ordentlich gebügelt.

»Immer mit der Ruhe, Dad«, sagte Ruby, stieg aus dem Wagen und streckte ihre Arme nach ihm aus.

Sie umarmten einander ganz fest und ließen sich mindestens eine halbe Minute nicht los.

»Danke, dass du gekommen bist, mein Schatz. Ich weiß auch nicht, warum ich mich wegen der Sache so albern benehme«, schniefte er. Offenbar hatte er stundenlang geweint. »Sie ist doch schon so lange fort. Ich hätte wissen müssen, dass sie nicht mehr zu mir zurückkommt.«

»Ach, Dad, wie geht es dir?«, fragte Ruby, drückte ihn noch mal und schob die Autotür mit ihrem Fuß zu.

»Angesichts der Umstände eigentlich ganz gut«, antwortete er mit leiser, erschöpfter Stimme. »Mit deiner Mutter wird es eben niemals langweilig.«

»Scheidung, hmm? Hat sie dich wirklich um die Scheidung gebeten?«, fragte Ruby.

»Ja, ich habe den Brief hier in meiner Tasche«, antwortete er. »Komm nur herein, dann zeige ich ihn dir.«

Sie gingen Arm in Arm ins Haus. Zu ihrer Überraschung stellte Ruby fest, dass alles tadellos aussah. Das wuchernde Unkraut war aus der Auffahrt verschwunden, und in der hohen Vase in der Halle standen frische Blumen.

»Wie ich sehe, hat es mit der Haushälterin und dem Gärtner geklappt«, meinte Ruby, die sehr beeindruckt war von der Ordnung und Sauberkeit.

»O ja, und es sind wirklich sehr nette Leute«, erzählte ihr Vater sogleich. »Der Pfarrer hat sie mir vermittelt. Er ist ein großartiger Mann und war mir eine echte Stütze. Ich habe mich vor ein paar Tagen mit ihm unterhalten. Sowohl die Haushälterin als auch der Gärtner sind froh über die Arbeit. Aber was hältst du von den Dingen, die in New York vorgehen? Glaubst du, deine Mutter hat einen anderen Mann? Sie schreibt zwar, es gäbe niemanden, aber ich weiß nicht mehr, was ich glauben soll. Sie ist immer noch eine sehr gutaussehende Frau. Warum nur hat sie so lange gewartet, mich um die Scheidung zu bitten?«

»Dad, ich habe keine Ahnung, was ich davon halten soll. Am Telefon hat sie mir in all der Zeit, die sie nun fort ist, so gut wie nichts erzählt ... nur Belanglosigkeiten, nicht mehr. Jasmine glaubt, Mutter stecke in einer Mega-Lebenskrise.«

»Es ist also nur eine Phase? Die Hormone sind daran schuld?«

»Mehr oder weniger. Ja.«

»Und eigentlich meint sie es gar nicht so?«

»Das ist es ja gerade. Ich weiß nicht, ob es ihr ernst damit ist, Dad. Ich schätze, ihr zwei solltet langsam anfangen, richtig miteinander zu reden. Für den Anfang musst du erst einmal entscheiden, was *du* willst. Ich komme mir komisch vor, dir diese Frage zu stellen … aber willst du Mum denn überhaupt zurückhaben? Du scheinst zurzeit ziemlich gut allein zurechtzukommen.«

»Ja, vermutlich stimmt das. Aber wie sollen wir die Dinge in Ordnung bringen? Was soll ich tun, um mich mit ihr in Verbindung zu setzen? Sie hat kein Telefon in ihrer Wohnung, ihr Handy ist ständig ausgeschaltet, und wir wissen immer noch nicht genau, wo sie arbeitet. Soll ich nach Amerika fliegen und vor ihrer Haustür warten? Da steht eine Adresse auf dem Briefumschlag.«

»Ach, Dad, ich habe keinen blassen Schimmer. Aber es wäre doch furchtbar für dich, wenn sie sich weigern würde, mit dir zu reden, nicht wahr? Das würde dir sehr an die Nieren gehen. Trotzdem müsstest du dann den ganzen Weg wieder nach Hause reisen. Vergiss nicht, dass der Flug acht oder neun Stunden dauert. Und das einmal hin und wieder zurück. Würdest du dir da nicht etwas zu viel zumuten, wo du doch im Moment nicht ganz auf der Höhe bist?«

»Wenn du mich begleitest, wäre es leichter, Ruby.«

»Dad, ehrlich gesagt, möchte ich das lieber nicht tun«, erwiderte Ruby.

»Warum denn nicht?«

»Weil es mich eigentlich nichts angeht, deshalb«, erklärte Ruby seufzend. »In eine solch große Sache möchte ich mich nicht einmischen. Das ist eine Angelegenheit, die nur dich und Mum betrifft.«

»Aber sie ist deine Mutter.«

»Ich weiß, Dad, aber sie ist *deine* Frau. Ich bin inzwischen über dreißig! Manche Kinder sind noch Babys, wenn sich ihre Eltern scheiden lassen.«

»Bitte, Ruby«, flehte er mit zerbrechlicher Stimme. »Wir könnten doch einen Urlaub daraus machen!«

»Nein, Dad. Es würde mich emotional zu sehr überfordern. Ich versuche immer noch über Jonathans Tod hinwegzukommen. Bis vor kurzem war ich noch nicht einmal imstande, ohne ihn an meiner Seite ein Restaurant zu betreten, Herrgott noch mal! Und in New York herrscht überall so ein Gedränge. Es gäbe so viele Dinge, über die ich nachdenken müsste.«

»Natürlich. Tut mir leid. Was hältst du davon, wenn wir jetzt etwas essen?«, fragte Rubys Vater resigniert. »Ich habe mir schon gedacht, dass du nichts damit zu tun haben willst. Im Grunde hast du ja auch recht. Es ist höchste Zeit, dass deine Mutter und ich unsere Leben wieder in den Griff bekommen. Komm doch mit in die Küche.«

Während sich Ruby setzte, zog ihr Vater ein Paar Topfhandschuhe an, holte eine große Schüssel mit Hackfleischauflauf aus dem Ofen und setzte sie vorsichtig auf dem Küchentisch ab.

»Hmm, das riecht aber lecker, Dad«, sagte Ruby, die sich freute, dass er sich so viel Mühe für sie gemacht hatte.

»Das habe ich selbst gekocht«, verkündete er stolz.

»Wirklich? Ich dachte, es wäre die Haushälterin gewesen!«

»Nein, ich nehme an einem kleinen Kochkurs im Gemeindezentrum teil«, gestand er ein wenig verlegen. »Keine große Sache. Nichts Ausgefallenes.«

»Dad, das ist ja toll«, staunte Ruby, holte zwei Teller aus dem Schrank und belud sie mit großen Portionen. »Das ist wirklich ein gutes Zeichen, dass es mit dir aufwärtsgeht.«

»Da bin ich mir nicht so sicher, Ruby, aber zumindest werde ich nicht verhungern. Glaubst du, ich sollte es darauf ankommen lassen und der Scheidung zustimmen, um zu sehen, ob das deine Mutter wieder zur Vernunft bringt?«

»Nein, ich glaube, du solltest selbst entscheiden, was du tun willst, und es dann mit Würde und Anstand durchziehen.«

»Das hört sich nach einem sehr vernünftigen Rat an. Ich habe übrigens heute Morgen mit dem Gärtner, Niall, darüber gesprochen. Er ist erst siebenundzwanzig und bereits geschieden. Das ist die Welt, in der wir heute leben!«

»Siebenundzwanzig? Hat er denn erzählt, warum seine Ehe gescheitert ist?«

»Seine Frau hatte offenbar eine Affäre mit einem älteren Mann. Einem reichen Geschäftsmann Anfang vierzig, den sie in dem Friseursalon kennengelernt hat, wo sie arbeitet. Niall hat erzählt, dass sie ihm einfach eine Nachricht neben dem Telefon hinterlassen hat, dass sie zusammen nach England gegangen sind und dort ein neues Leben anfangen wollen.«

»Ein Zettel neben dem Telefon?«

»Allerdings! Niall sagt, es sei eigentlich gar nicht so schlimm gewesen. Sie haben zum Glück keine Kinder und kaum Eigenkapital in das Haus gesteckt. Er hat sie ausgezahlt, sich von ihr scheiden lassen und einfach mit seinem Job im Call-Center weitergemacht. Das mit dem Gärtnern macht er nämlich nur nebenher, musst du wissen. Weil er das zusätzliche Geld braucht, um die Hypothek allein abzubezahlen.« Er schüttelte traurig den Kopf. »Es scheint heutzutage keine große Sache zu sein, sich scheiden zu lassen. Niall sagt, alle seine Freunde sind entweder Singles oder geschieden oder leben einfach so miteinander. Keiner von ihnen ist verheiratet.«

»Ich weiß. Jasmine ist ja auch Single. Und ich bin es ja irgendwie auch, jetzt als Witwe. Teresa Morris erzieht ihre Kinder auch allein. Weißt du, sie ist mit mir zur Schule gegangen und hat ihren Mann bei einem Unfall auf ihrem Bauernhof verloren.«

»Ja, natürlich. Ich hatte ganz vergessen, es dir zu erzählen«, erwiderte Rubys Vater schuldbewusst.

»Schon gut, Dad. Du hattest ja in den letzten Jahren wirklich andere Sorgen.«

Nach dem Essen unternahmen sie einen langen Spaziergang ums Dorf und den See.

»Dieses Schilf ist nicht mehr so hoch, wie ich es in Erinnerung habe«, stellte Ruby enttäuscht fest.

»Aber es ist immer noch sehr scharf, also pass gut auf, mein Kind«, erwiderte ihr Vater. »Man kann sich böse Schnitte an Schilf holen.«

»Gibt es denn immer noch Libellen?«

»Natürlich.«

»Dad?«

»Ja?«

»Liebst du Mum?«

»Natürlich liebe ich sie.«

»Warum liebst du sie?«, fragte Ruby.

»Das ist eine alberne Frage«, antwortete er verärgert.

»Nein, ist es nicht. Sag es mir«, beharrte Ruby.

»Nun, sie war eine schöne Frau. Ist es immer noch. Und anfangs konnte man mit ihr richtig Spaß haben. Sie hat viel gelacht, konnte die lustigsten Witze erzählen und ihre Stimme dabei verstellen. Sie hat mich immer zum Lachen gebracht.«

»Wann hat das denn aufgehört?«

»Es hat nicht einfach so aufgehört.«

»Sondern?«

»Na ja, erst gab es ruhige Tage. Dann ruhige Wochen. Und dann verreiste sie irgendwann für eine Weile allein.«

»Daraus wurde mit der Zeit ein Muster, nicht wahr?«, fragte Ruby behutsam.

»Ja.«

»Aber ihr habt euch immer noch geliebt?«

»Ja.«

»Hat Mum in ihrem Brief geschrieben, dass sie dich heute noch liebt?«

»Ja. Das hat sie. Worauf willst du hinaus, Ruby?«

»Nun, ich bin keine Expertin, aber so wie ich es beurteilen kann, seid ihr zwei sehr unterschiedliche Persönlichkeiten mit vollkommen verschiedenen Bedürfnissen. Mum liebt dich, aber sie braucht auch Abwechslung, Veränderung. Dir reicht es, um die Seen zu wandern, Radio zu hören und in deinem Schuppen herumzuwerkeln.«

»Ja und?«

»Also, wenn du wieder mit ihr zusammen sein willst, dann musst *du* Kompromisse eingehen, denn sie ist offensichtlich nicht mehr bereit dazu.«

»Wie meinst du das?«, fragte er verblüfft.

»Du musst anfangen, zur Abwechslung einmal das zu tun, was sie will.«

»Zum Beispiel?«

»Zum Beispiel das Haus verkaufen und nach Enniskillen

ziehen oder nach Belfast. Vielleicht sogar ins Ausland. Du musst öfters mit Mum ausgehen, in den Urlaub fahren, das tun, was *sie* will. Damit sie ihr Lachen wiederfindet.«

»Aber ich bin ein Stubenhocker, Ruby. Das wusste sie, als sie mich geheiratet hat«, entgegnete er mit besorgter Stimme. »Ich will kein Jetsetter sein, der jeden Abend in irgendeinem schicken spanischen Ferienort auf eine andere Party geht und dabei lächerliche Klamotten trägt. Deine Mutter und ich sind im Ruhestand. So etwas haben wir hinter uns.«

»Ich glaube, Mum sieht das anders, Dad. Verstehst du das nicht? Du musst handeln, wenn du sie zurückhaben willst. Jetzt oder nie. Sonst ist eure Ehe zu Ende. Mum hat dich sozusagen herausgefordert und wird sich von dir scheiden lassen, wenn du nicht zu einigen großen Veränderungen bereit bist. Jetzt liegt es an dir, ob du ihr in ihrer Welt Gesellschaft leistest oder ob du in deiner eigenen kleinen Welt bleibst. Und es könnte, ehrlich gesagt, auch sein, dass sie ihre Meinung vielleicht gar nicht mehr ändert, egal, was du auch unternimmst. Vielleicht ist es schon zu spät.«

»Was sollte ich denn deiner Ansicht nach tun, Ruby?«

»Das liegt ganz allein bei dir, Daddy.«

»Ich wusste, dass du das sagen würdest.«

»Tut mir leid. Ich wünschte, ich hätte einen besseren Rat, den ich dir geben könnte.«

»Ach, ist schon gut. Ich werde mir etwas einfallen lassen«, meinte er lächelnd.

»Ich habe übrigens jemanden kennengelernt. Das wollte ich dir erzählen«, setzte sie daraufhin an.

»Einen Mann?«, fragte er.

»Ja, einen Mann. Ich bin nicht bisexuell, Dad.«

»Schh! Sei um Gottes willen still!«, zischte Rubys Vater und blickte über seine Schulter. »Es könnte dich jemand hören. Bisexuell, also so was!«

»Er ist auch Gärtner«, sagte Ruby lachend. »Allerdings ein richtiger Gärtner. Sein Name ist Tom Lavery, und er ist ein wunderbarer Mann. Witwer. Seine Frau ist vor fünf Jahren an Krebs gestorben.«

»Wie furchtbar! Aber da habt ihr beide ja etwas gemeinsam. Wo hast du diesen Tom Lavery denn kennengelernt?«

»Das ist eine lange Geschichte«, meinte Ruby. »Er hat mir einmal vor einer ganzen Weile einen Weihnachtsbaum geliefert.«

»Verstehe. Und hast du ihn gern?«

»Ja, das habe ich. Wir haben aber noch nicht über eine gemeinsame Zukunft gesprochen, wenn du das meinst. Dazu ist es noch zu früh. Doch ich hab ihn wirklich gern. Wir sind einige Male zusammen ausgegangen und verstehen uns sehr gut. Es fällt mir leicht, mit ihm zu reden. Er ist eigentlich sehr unkompliziert, wenn man ihn erst einmal besser kennt. Aber anfangs eher ruhig.«

»Dagegen ist nichts einzuwenden. Ich kann diese Strahlemänner, die immer im Mittelpunkt stehen müssen, sowieso nicht leiden. Meistens sind sie dann zu Hause bei ihrer Frau knurrig und miesepeterig, weil sie ihre ganze Energie woanders verschwenden.«

»So einer ist er nicht, das kannst du mir glauben«, beruhigte ihn Ruby lächelnd.

»Und ihr zwei seid auch nicht zu verschieden? Du siehst ja, wohin so etwas führen kann!«

»Nein, ich glaube, wir passen ziemlich gut zueinander. Außerdem habe ich vor ein paar Tagen zusammen mit Jasmine Jonathans Asche in den Mourne Mountains verstreut.«

»Ach, Schätzchen …«

»Es war früh am Morgen, ein herrlicher, sonniger Morgen, und wir waren ganz allein. Ich glaube, ich bin bereit, in die Zukunft zu schauen, Dad. Ich vertraue Tom. Er verströmt eine solche Ruhe, und genau das brauche ich jetzt. Wir hatten vor einer Weile ein kleines Missverständnis. Na ja, um ehrlich zu sein, habe ich kalte Füße bekommen. Ich dachte, ich sei noch nicht bereit für eine neue Beziehung. Aber er war sehr verständnisvoll, und wir haben uns entschieden, es weiter miteinander zu versuchen. Natürlich sind wir beide oft traurig. Er hat seine Frau sehr geliebt und wird es immer tun. Das verstehe ich. Ich habe Jonathan ja auch von ganzem Herzen geliebt.«

»Ich wünsche euch, dass das mit euch beiden klappt«, sagte Rubys Vater und tätschelte liebevoll ihren Arm. »Du hast es verdient.«

»Danke. Und was wirst du wegen Mum unternehmen?«

»Darüber muss erst noch einmal gründlich nachdenken«, antwortete er, nickte mit dem Kopf und lächelte. »Du kennst mich ja, Ruby. Bei mir dauert es immer eine ganze Weile, bis ich die Kurve kriege! Aber mach dir keine Sorgen um mich, mein Kind, ich werde mein Leben schon noch irgendwann in Ordnung bringen.«

Kapitel 31

Die Rückkehr des Schnees

Die Monate verflogen nur so, und bald schon stand Weihnachten wieder vor der Tür. Rubys Vater hatte seiner Frau zweimal geschrieben und ihr angeboten, einige bedeutende Veränderungen in ihrer Lebensweise vorzunehmen, und sogar seine Bereitschaft signalisiert, eine Eheberatung mit ihr in Anspruch nehmen zu wollen. Doch bislang hatte sie ihm nicht geantwortet.

Allerdings rief Emily nun jede Woche bei Ruby an, um mit ihr in Verbindung zu bleiben, was immerhin einen Fortschritt darstellte. Sie hatte sich bei ihrer Tochter auch für die wunderschöne rote Handtasche und all die anderen Sachen (Tee eingeschlossen) zu bedanken, die sie von Belfast herübergeschickt hatte.

Bei einem ihrer Telefonate hatte Emily Ruby gebeten, ihrem Mann auszurichten, dass es ihr sehr leidtue, sie sich aber immer noch von ihm scheiden lassen wolle. Es habe keinen Sinn, auf seine Briefe zu antworten, erklärte sie Ruby, weil er nur von ihr erwarten würde, diese Albernheit in New York zu beenden, wieder nach Hause zu kommen und sich »vernünftig« zu benehmen. Doch das würde sie niemals tun. Sein Angebot, öfter mit ihr ins Kino zu gehen oder gelegentlich ein Wochenende in Dublin zu verbringen, reichte leider nicht aus, um ihre Ehe zu retten. Das war ihr zu wenig und kam außerdem zu spät.

Ruby richtete ihrem Vater die Nachricht aus, der sie erstaunlich gut aufzunehmen schien. Er erzählte Ruby, dass er sich für einen weiteren Kochkurs angemeldet und dort sowie im Kirchenchor ein paar neue Freunde gefunden habe. Auf diese Weise kam er mindestens einmal in der Woche unter Leute und das tat ihm »richtig gut«, wie er ihr versicherte.

Auch Tom und Ruby sahen einander jede Woche. Sie unternahmen lange Spaziergänge am Meer oder in den Gärten von Camberwell. Wenn niemand in der Nähe war, hielten sie sogar Händchen. Manchmal aßen sie abends in dem ruhigen Restaurant in der Nähe des Parks, das ihnen beiden so gefiel, trafen sich zum Mittagessen in Rubys Wohnung oder in dem Café in Camberwell. Mrs. Kenny freute sich immer, Ruby zu sehen, und gab ihr dann einen kleinen Korb mit Gebäck mit.

Bisher hatten Ruby und Tom allerdings noch nicht die Nacht miteinander verbracht – obwohl sie es beide gern wollten. Das war inzwischen offensichtlich. Es lag also nicht an einem Mangel körperlicher Anziehungskraft. Nein, sie konnten es beide kaum erwarten, diesen nächsten Schritt zu tun. Etliche Male standen sie kurz davor, sich in irgendeiner stillen Ecke gegenseitig die Kleider vom Leib zu reißen … Doch bislang hatten sie lediglich einige zärtliche, innige Küsse getauscht, und das meist im Labyrinth, wenn es für die Öffentlichkeit geschlossen war. Aber die Nacht miteinander zu verbringen würde womöglich bedeuten, dass sie nun offiziell ein Paar waren, vielleicht sogar darüber nachdenken sollten, zusammenzuziehen. Bevor sie in die Endrunde gingen, wollten beide hundertprozentig sicher sein.

Am Heiligenabend begann es in aller Frühe wieder zu schneien. Im Wetterbericht hatten sie den Schneefall schon eine Weile angekündigt, aber in Belfast regte man sich erst über die weiße Pracht auf, wenn sie länger als drei oder vier Tage liegen blieb. Denn dann hatte die Geduld der Einheimischen für gewöhnlich ein Ende. Aber Ruby war sehr bewegt, als sie um sieben Uhr morgens ihre Schlafzimmervorhänge zur Seite zog und sah, wie das kleine Schneegestöber an ihrem gefrorenen Fenster vorüberzog. Es war Jonathans dritter Todestag.

Für eine Minute stand Ruby wie eine Statue da und blickte in den Schneesturm hinaus. Die Straßen waren noch frei, aber so wie es aussah, würden bis zur Mittagszeit ein paar Zentimeter Schnee liegen bleiben.

Ruby warf eine liebevolle Kusshand für Jonathan gen Himmel und ging dann in die Küche, um das Frühstück zuzubereiten.

Sie würde den Laden heute den ganzen Tag geöffnet lassen. Jasmine und sie hatten für jeden Kunden ein kleines Päckchen mit Pralinen vorbereitet. Außerdem wollten sie Weihnachtslieder auf der Stereoanlage spielen, und in der Ecke stand sogar ein kleiner Weihnachtsbaum. Zufälligerweise einer von Toms Bäumen …

»Ich fasse es nicht, dass es schneit!«, stieß Jasmine hervor, als sie um neun Uhr im Laden erschien. Sogar an ihren Wimpern klebten Schneeflocken. »Was ist nur mit dem verdammten Wetter los? Das ist jetzt das dritte Jahr hintereinander, dass wir reichlich Schnee haben.«

»Ich weiß. Ich kann mich auch nicht daran erinnern, dass wir in der Vergangenheit jedes Jahr solch ein Wetter ge-

habt hätten«, erwiderte Ruby nachdenklich. »Ist vielleicht ein Kälteeinbruch.«
»Ich dachte eigentlich, es sollte wärmer werden«, brummte Jasmine und strich sich den Schnee aus den Haaren. »Von wegen globale Erwärmung!«
»Ich bin zwar nicht vom Fach, aber ich habe gelesen, wenn Irland den Golfstromeffekt verliert und es mehr regnet, dann könnten wir ein Klima wie Island bekommen – monatelang nur Schnee und Eis.«
»O Gott, das will ich nicht hoffen! Typisch Irland!«, stöhnte Jasmine. »Als wäre es nicht schon schlimm genug, hier zu leben. Dann müssen wir demnächst vielleicht auch noch den Pelzmantel überwerfen, wenn wir nur mal kurz ein Brot im Sparmarkt an der Ecke holen wollen!«
»Hast du nicht erst letzte Woche gesagt, dass es hier gar nicht so schlecht sei?«, rief ihr Ruby in Erinnerung. »Du weißt schon, im Vergleich zu Afrika oder dem Nahen Osten?«
»Tja, aber heute habe ich eine kleine Depriphase. Ich weiß immer noch nicht, wer zum Teufel mir diese verdammten Blumen schickt!«, schimpfte Jasmine, hing ihren Mantel auf und wechselte in ein trockenes Paar Schuhe. »Ein Riesenstrauß rosafarbener Tulpen und Rosen oder Lilien jeden Monat und keine Nachricht dabei? Beim Floristen wollen sie mir immer noch nicht verraten, von wem sie sind. Das sei vertraulich, sagen sie. Ich denke ernsthaft darüber nach, den nächsten Strauß nicht mehr anzunehmen. Oder vielleicht zur Polizei zu gehen, wie meine Eltern mir geraten haben.«
»Ich habe dir ja gesagt, dass es ein Stalker sein könnte«, sagte Ruby mitfühlend.

»Ja, ich weiß. Vielen Dank auch! Ich hätte wissen sollen, dass ein Verrückter dahintersteckt, wenn mir einmal so etwas widerfährt!«

»So habe ich das nicht gemeint. Es ist schon irgendwie eine sehr nette Geste«, entgegnete Ruby beruhigend.

»Aber ein Strauß pro Monat, und das seit sechs Monaten! Das ist einfach zu lang, um darauf zu warten, dass sich irgendein geheimnisvoller Verehrer blicken lässt.«

»Ach, ich hatte so sehr darauf gehofft, dass es ein netter, schüchterner Mann ist wie dein Tom. Und dass er inzwischen einmal persönlich hier vorbeigekommen wäre. Diese ganze Ungewissheit wird langsam langweilig, Ruby.«

»Geht mir genauso«, stimmte Ruby ihr vielsagend zu. Manchmal sprach Jasmine nämlich von nichts anderem!

»So, wie sehen denn unsere Pläne für heute aus?«, wechselte ihre Freundin endlich das leidige Thema.

»Es gibt eigentlich nicht mehr viel zu tun. Du hast jede Menge hübsche Geschenke eingepackt, der Laden sieht tadellos aus, die Pralinen liegen für die Kundschaft bereit. Ich glaube, wir können nur noch öffnen und hoffen, dass sich die Leute bei diesem Wetter überhaupt noch hinauswagen.«

»Okay. Kommt Tom später bei dir vorbei?«

»Vielleicht. Ich habe ihm gesagt, dass ich anrufen und ihn wissen lassen werde, wie es mir geht. Ich dachte, es wäre mir vielleicht eher danach, Jonathans dritten Todestag allein zu verbringen. Aber jetzt, wo es so schneit, wäre es möglicherweise doch nett, Gesellschaft zu haben.«

»Du bist wirklich tapfer, Ruby.«

»Ganz und gar nicht. Das Tapferste, was ich bisher vorweisen kann, war, mir eine burgunderrote Farbspülung

ins Haar zu tun, ohne vorher einen Allergietest zu machen«, lachte Ruby.
»Nein, wirklich, du bist der tapferste Mensch, den ich kenne«, erwiderte Jasmine mit sanfter Stimme und dachte dabei an den Abend zurück, als Jonathan auf so tragische Weise ums Leben gekommen war. Sie hätte Ruby gern gefragt, ob sie dabei war, sich in Tom zu verlieben, traute sich aber nicht. Zumindest noch nicht. Was auch immer Tom und Ruby verband, es war noch zu zerbrechlich und könnte durch zu große Aufmerksamkeit von außen oder Herumwitzeln gefährdet werden.
»Was hast du denn heute Abend vor? Willst du immer noch zu dieser Angeberparty gehen?«, lenkte Ruby sie schnell ab.
»Im Café Vaudeville? Ja. Warum nicht? Wo doch mein mysteriöser Verehrer immer noch ein verdammtes Geheimnis ist. Bekomme ich einen Mitarbeiterrabatt auf eine von diesen kurzen, schwarzen Strickjacken mit den großen Knöpfen? Sie würde perfekt zu meinem tollen neuen Kleid passen.«
»Klar«, erwiderte Ruby lächelnd. »Nur zu. Nimm dir auch gleich eine Korsage dazu. Geht auf Kosten des Hauses.«
»Oh, du bist ein echter Schatz!«
Kurz darauf traf auch schon ihr erster Kunde ein. Ein gutgekleideter Herr kam mit rotem Gesicht und einer Liste von einundzwanzig Namen zur Tür hereingehetzt.
»Es tut mir wirklich leid«, keuchte er entschuldigend. »Aber ich habe wie immer alles bis zur letzten Minute hinausgeschoben. Könnten Sie mir wohl behilflich sein? Ich benötige Geschenke für meine vier Nichten, meine

beiden Schwägerinnen, meine zehn Mitarbeiterinnen im Büro, für meine Mutter, meine Großmutter, meine beiden Tanten und für meine Putzfrau. Wie dumm von mir, das alles hinauszuzögern, wo ich doch weiß, dass sie alle ein einfallsreiches Geschenk erwarten. Meine Putzfrau ist in der Hinsicht am schlimmsten – sie ist sehr empfindlich, was Weihnachtsgeschenke angeht!«

Ruby und Jasmine warfen sich einen selbstgefälligen Blick zu: Mit Jasmines superschnellem Geschenkeservice würde das ein Kinderspiel sein. In weniger als zehn Minuten hatte Jasmine alle einundzwanzig Geschenke in zwei großen Tragetaschen sicher verpackt. Inklusive des Vermerks der Initialen der jeweiligen beschenkten Dame auf der Rückseite des Geschenkanhängers, dem Ausdrucken des Kassenbelegs und der kostenlosen Pralinen – das Ganze überreicht mit einem herzlichen Lächeln.

»Herzlichen Dank«, sagte er Mann und strahlte erleichtert von einem Ohr zum anderen. »Das ist ja ein ganz fantastischer kleiner Laden! Ich dachte, ich würde den ganzen Morgen hier festsitzen. Bei diesem Tempo komme ich sogar noch rechtzeitig zu meinem ersten Termin. Ich muss unbedingt all meinen Freunden von Ihnen erzählen. Fröhliche Weihnachten!«

»Fröhliche Weihnachten«, erwiderten Ruby und Jasmine, erfreut über einen so guten Start in den Heiligabend.

Es ging den ganzen Tag über sehr geschäftig im Laden zu, so dass sie sogar darauf verzichteten, gemeinsam ihre Mittagspause zu nehmen, um mit dem Zustrom fertig zu werden. Sie hatten noch niemals an einem Tag so viele Kunden gehabt. Die Vitrinen leerten sich immer mehr, und jedes einzelne von Jasmines besonderen Geschenken wurde verkauft. Zum Geschäftsschluss war der Laden kahl und Ruby und Jasmine völlig erschöpft.

»So viel zum Thema *mein kleiner Hobbyladen*«, gähnte Ruby. »Das war wirklich unglaublich. Ich spüre jeden einzelnen Knochen in meinem Körper.«

»Ich auch«, stimmte ihr Jasmine zu. »Ich bin völlig platt. Ich könnte mich hier in den Sessel legen und direkt einschlafen.«

»Schaffst du es denn überhaupt noch auf die Party?«, fragte Ruby.

»Ich weiß wirklich nicht, ob ich dazu noch die Energie aufbringe, Ruby. Es könnte sein, dass ich bei der Müdigkeit umkippe, wenn ich zu viel trinke. Ich werde jetzt erst mal nach Hause gehen und mich für eine Weile hinlegen. Vielleicht bekomme ich ja dann noch einmal neuen Schwung. Wie viel Uhr haben wir?«

»Viertel nach sechs.«

»Na gut, wenn ich bis neun schlafe, dann schaffe ich es vielleicht«, sagte Jasmine und spähte in den Schnee hinaus. »Allerdings ist das Wetter schrecklich. Da draußen ist es wie am Nordpol. Ich komme in Versuchung, stattdessen im Bett zu bleiben und fernzusehen.«

»Geht mir genauso«, stimmte ihr Ruby zu. Der Gedanke an ihr kuscheliges Bett war absolut himmlisch, aber Tom wollte ja später noch vorbeikommen.

»Hast du die Zeit gefunden, Tom heute Mittag anzurufen?«, fragte Jasmine in diesem Moment.

»Ja, hab ich, allerdings nur ganz kurz. Er hat ja jetzt ein Handy.«

»Mensch! Welch ein Fortschritt!«

»Allerdings. Es ist toll, dass ich nicht mehr ständig im Café anrufen muss. Ich mag Mrs. Kenny zwar, aber ich komme mir vor wie ein junges Mädchen, das die Mutter ihres Freundes fragt, ob sie ihn bitte kurz sprechen dürfte.«

»Kommen Toms Eltern eigentlich zu Weihnachten nach Hause?«

»Nein, sie bleiben in Indien. Sie feiern in dem Waisenhaus, das sie dort leiten. Er hat mir letzte Woche ein paar Fotos von beiden gezeigt. Sie scheinen ein sehr nettes Paar zu sein.«

»Ach ja?« Jasmine war nicht allzu sehr an indischen Waisenkindern interessiert. Sie besaß das sehr nützliche Talent, die diversen Miseren des menschlichen Befindens zu verdrängen. »Und kommt Tom heute Abend nun bei dir vorbei?«

»Ja. Er hat gesagt, das Wetter sei für den Landrover kein Problem. Gott, das will ich hoffen. Ich werde immer so nervös, wenn jemand bei schlechtem Wetter unterwegs ist, um mich zu besuchen«, gestand Ruby.

»Ich weiß«, erwiderte Jasmine. »Das ist nur zu verständlich.«

»Komm, ich begleite dich hinaus. Und bitte ruf mich an, falls du kein Taxi nach Hause bekommst oder sonst etwas ist«, sagte Ruby.

»Ja, Mummy«, stichelte Jasmine.

»Ernsthaft, Jasmine, ich möchte nicht, dass du allein zu Fuß nach Hause gehst. Es könnte alles Mögliche passieren«, schärfte Ruby ihr streng ein. »Versprich mir, dass du anrufst, wenn du aufgeschmissen bist! Egal wie viel Uhr wir haben. Tom und ich kommen und holen dich mit dem Landrover ab.«

»Also gut, versprochen.«

»Und hier ist dein Geschenk«, schmunzelte Ruby, ging in die Küche und kehrte mit einer mittelgroßen Schachtel zurück. »Du darfst es aber erst morgen aufmachen«, sagte sie strahlend. Sie hoffte, dass Jasmine Gefallen finden würde an den eleganten, in einem Lederkasten verpackten Teetassen und Untertellern mit dem schönen Rosenmuster.

»Danke, Ruby«, freute sich Jasmine. »Und hier ist dein Geschenk.« Sie überreichte ihrer Freundin eine kleine Schmuckdose mit roten Glasohrringen, die zu der Silberbrosche passten, die sie ihr zum Geburtstag geschenkt hatte.

Die beiden Frauen umarmten einander ganz fest, und dann zog Jasmine ihren Mantel, die Stiefel, den Schal und die Handschuhe an und machte sich auf in die verschneite Finsternis. Wenn ihre Wohnung nicht ganz in der Nähe gewesen wäre, hätte Ruby darauf bestanden, dass sie wartete, um sich von Tom nach Hause fahren zu lassen.

Als sie allein war, schaute sich Ruby im Laden um, ließ ihren Blick über den Weihnachtsbaum und die leeren Vitrinen und Schränke wandern. Sie hatten ein kleines Vermögen an diesem Tag verdient. Am besten brachte sie das Geld so schnell wie möglich zur Bank. Sie schaltete das Licht aus und blickte erst vorsichtig durch die Scheibe auf die Straße hinaus, ob nicht ein Räuber in irgendeiner dunklen Ecke lauerte. Dann schloss sie den Laden ab, öffnete die Tür zu ihrer Wohnung und eilte die Treppe hinauf. Tom wollte um sieben kommen, und er würde pünktlich sein. Er wusste, was Ruby am Heiligabend vor drei Jahren durchgemacht hatte.

Sie warf einen Blick in den Spiegel im Flur. Sie sah müde aus. Eigentlich schon eher erschöpft.

»Ich würde jetzt lieber ins Bett gehen«, sagte sie zu ihrem Spiegelbild. »So fertig bin ich.«
Dennoch freute sie sich auf seinen Besuch. Bei all dem Schnee konnten sie den Abend auch ebenso gut hier verbringen. Ruby hatte einen ihrer berühmten Schmortöpfe zubereitet, und dem leckeren Geruch in der Küche nach zu urteilen war er beinahe fertig. Im Regal standen zwei Flaschen Rotwein und im Schrank ein kleiner Weihnachtskuchen. Wenn sie mochten, konnten sie sich auch eine Weihnachts-DVD anschauen oder fernsehen. Gewiss lief irgendwo ein netter Liebesfilm. Wenn das Wetter schlimmer wurde, konnte Tom ja hier übernachten …
»Hilfe!«, rief Ruby laut lachend. Aber ihr war bewusst, dass ihnen irgendwann die Entschuldigungen ausgehen würden, nicht miteinander zu schlafen. Außerdem hätten sie auch bald nicht mehr die nötige Willenskraft, nein zu sagen …
Sie wollte jetzt erst einmal schön warm duschen. Das würde auch ihren schmerzenden Füßen guttun. Danach eine kurze Fußmassage mit diesem herrlichen Pfefferminz-Balsam, und sie würde sich wieder etwas frischer fühlen. Denn auch wenn sie vollkommen erledigt war, wollte sie die Anstrengung unternehmen, sich für Tom schick zu machen und ihren roten Seidenrock mit schwarzer, blickdichter Strumpfhose, roten Pumps und dem schwarzen, enganliegenden Pulli anziehen.
Ihr Vater ging heute Abend mit einigen Freunden aus seinem Kochkurs zu einem Tanzdinner in einem Hotel in Enniskillen. Sie musste sich also keine Sorgen machen, dass er einsam zu Hause saß. Ihre Mutter war zu einer Party im Haus ihrer Freundin Dorothy eingeladen. Of-

fenbar hatte sich Dorothys fauler Sohn endlich Arbeit gesucht und war mit seiner schwangeren Freundin zusammengezogen, nachdem beide Frauen ihm ein Ultimatum gestellt hatten. Daher gab Dorothy für alle aus dem Malkurs eine große Party. Nach Weihnachten wollte sie sich dann eine kleinere Wohnung suchen. Alles in allem war also Besserung in Sicht.

Um Punkt sieben Uhr hörte Ruby Toms leises Klopfen an der Haustür unten auf der schneebedeckten Straße. Sie hoffte, dass ihm der Schal und die Handschuhe gefallen würden, die sie ihm gekauft hatte. Sie wollte es mit dem Geschenk bei ihrem ersten gemeinsamen Weihnachtsfest nicht übertreiben. Tom verbrachte so viel Zeit draußen, dass er Handschuhe und Schals bestimmt gut gebrauchen konnte. Sie lächelte in sich hinein, trug rasch ein wenig Lippenstift in einem hellen Bronzeton auf und sprühte einen Hauch Parfüm auf beide Handgelenke, ehe sie die Treppe hinuntereilte, um ihn zu begrüßen.

Aber als Ruby Tom in einem neuen Mantel mit hochgeklapptem Kragen, derben schwarzen Stiefeln an den Füßen und frischen Schneeflocken im Haar dort draußen stehen sah, vergaß sie beinahe, wie müde sie war.

»Du siehst einfach umwerfend aus«, sagte sie strahlend zu ihm.

Tom lachte nur laut.

Kapitel 32

Manche Dinge behält man besser für sich

Zwischen dem ersten Weihnachtsfeiertag und Silvester saßen Ruby und Jasmine bei einem Mittagessen in Rubys Wohnung. Ruby hatte sich entschieden, den Laden heute nicht zu öffnen. Einerseits hatten sie kaum noch Ware, und andererseits war der Schnee auf den meisten Straßen Belfasts zu großen, matschigen Furchen gefroren, und niemand wagte sich aus dem Haus, wenn es nicht unbedingt nötig war. Jasmine hatte die Party am Heiligabend letzten Endes schlichtweg verschlafen und war erst am Weihnachtsmorgen wach geworden, als ihre Mutter anrief, um sie zu fragen, wann sie zum Essen käme.

Ruby und Tom dagegen hatten einen wundervollen Heiligabend verbracht …

Ruby fragte sich, ob sie Jasmine davon erzählen sollte. Die Ärmste platzte beinahe vor Neugierde. Allerdings musste sie ihr hoch anrechnen, dass sie ihr Bestes gab, keine tausend Fragen zu stellen, von denen jede einzelne zutiefst persönlich gewesen wäre!

Sollte sie Jasmine wirklich erzählen, dass sie, als sie Tom am Heiligabend dort draußen im Schnee stehen sah, ein solches Gefühl der Zuneigung und der Lust überkommen hatte, dass sie ihn praktisch über die Türschwelle gezerrt und leidenschaftlich geküsst hatte, bis der Schnee in seinem Haar schmolz und über ihre beiden Gesichter rann?

Danach waren sie, ohne den Kuss zu lösen, zusammen die Treppe hinaufgestolpert und geradewegs in Rubys hübsches, weißes Schlafzimmer getaumelt, wo sie sich in null Komma nichts gegenseitig die Kleider geradezu vom Leib gerissen hatten. Ruby fand Tom nackt einfach unglaublich anziehend, mit seiner behaarten Brust und seinen muskulösen Beinen. Er hatte jede Stelle ihres Körpers mit Küssen übersät, bevor sie sich mehr als zwei Stunden geliebt hatten! Als sie schließlich beide diesen einen, ganz besonderen Moment erreichten, hatte sie ein unglaubliches Gefühl der Befreiung und des Wohlbefindens verspürt. Danach hatte Tom ihr seine Liebe gestanden, woraufhin sie ihm ebenfalls anvertraut hatte, dass sie sich gerade Hals über Kopf in ihn verliebte. Jetzt zählten beide die Minuten, bis sie wieder zusammen sein konnten.

Nein, es war wohl besser, Jasmine nichts davon zu erzählen, entschied Ruby, während sie lächelnd in Erinnerungen an diese Nacht schwelgte. Manche Dinge behielt man besser für sich.

»Noch etwas Wein, Jasmine?«, fragte sie stattdessen.

Unterdessen saß Tom in seinem Schuppen und dachte darüber nach, ob Ruby sein Weihnachtsgeschenk wohl gefallen hatte. Es war eine kleine Holzkiste mit einigen seltenen Lilienzwiebeln gewesen. Natürlich lag es nahe, ihr etwas aus dem Gartenbereich zu schenken, aber er hatte bewusst vermieden, Schmuck oder allzu Persönliches auszuwählen. Schließlich wusste er nicht, ob sie schon bereit war, solch intime Geschenke von ihm anzunehmen. Doch dann hatte sie ihn wieder mal komplett überrascht, als sie ihn mit fordernden Küssen in ihr Bett zerrte …

Der Schnee war auch heute noch liegen geblieben, und Tom fragte sich, ob es langsam notwendig war, Pläne zu machen, wie sie sich zukünftig in Camberwell darauf einstellen sollten. Die Hauptrasenflächen könnten in den schattigeren Arealen absterben, wenn die Sommer nicht bald besser wurden.

Er begann mit einigen losen Blumendrähten zu spielen, die auf dem Tisch lagen, formte sie, ohne darüber nachzudenken, flink zu einem großen Kreis und drehte die Enden zusammen. Spontan entschied er sich, einen Kranz für Ruby machen. Er könnte ihn ihr ja als Überraschung an die Tür hängen, oder wäre das vielleicht zu albern? Seit der Manager von Camberwell entschieden hatte, zu Weihnachten Kränze an sämtliche Türen hängen zu lassen, war Tom recht geschickt darin geworden, sie rasch anzufertigen. Na ja, zumindest konnte er sich damit ein wenig die Zeit vertreiben. Es war zu kalt und verschneit, um etwas anderes zu tun. Er verwendete einige Tannenbaumzweige und Ilex und fügte als letzten Schliff noch ein paar kleine, weiße Rosen hinzu. Dann zog er seinen wärmsten Mantel und die Handschuhe und den Schal über, die ihm Ruby geschenkt hatte, und fuhr in die Ravenhill Road, um den Kranz an ihre Haustür zu hängen. Niemand reagierte auf sein Klopfen, daher nahm er an, dass sie immer noch schlief. Ihr Geschäft war zwischen den Feiertagen geschlossen, und auch sonst war kaum Verkehr auf der Straße.

Aber als er davonging, vernahm er ein klopfendes Geräusch über sich und erblickte zu seiner Freude Ruby, die ihm von ihrem Wohnzimmerfenster aus zuwinkte.

Einige Augenblicke später trat sie in ihrem Wintermantel

vor die Tür und zog sich ihre hellblau-violetten Handschuhe über.

»Ich bekam gerade einen kleinen Lagerkoller und wollte einen Spaziergang machen«, begrüßte sie ihn. »Nur ein paar Minuten die Straße hinauf, bis meine Füße taub werden. Hast du Lust mitzukommen?«

»Klar«, stimmte Tom zu.

»Tut mir leid, ich hätte dein Klopfen fast nicht gehört«, erklärte ihm Ruby, als sie sich händchenhaltend auf den Weg die Straße hinunter machten und mit knirschenden Schritten durch den beinahe fünfzehn Zentimeter hohen Neuschnee liefen. »Ich war am Telefon und habe mit meinem Vater gesprochen.«

»Schon gut. Ich dachte ohnehin, du würdest noch schlafen. Wir waren ja auch die ganze Nacht wach und ...«

»Ich weiß, es war wunderschön, Tom. Ich wünschte nur, du hättest dich nicht angeboten, über Weihnachten in Camberwell auszuhelfen. Ich wäre sonst die ganze Woche mit dir im Bett geblieben.«

»Na, wenn das kein Kompliment ist! Wie geht es deinem Vater denn?«

»Überraschenderweise nicht schlecht. Er hat heute einige Leute aus seinem Kochkurs zum Abendessen eingeladen, und ob du's glaubst oder nicht, er bereitet einen sechs Kilogramm schweren Truthahn mit allem Drum und Dran zu! Die Gäste bringen die Beilagen und das Dessert mit.«

»Klingt doch großartig«, entgegnete Tom. »Anscheinend beginnt er sich zu amüsieren.«

»Ja, allerdings. Ich wäre beinahe in Ohnmacht gefallen, als er mir erzählte, dass er eine Dinnerparty gibt. Er ist für gewöhnlich ein solcher Einsiedler.«

»Na dann, alle Achtung! Und deiner Mutter scheint es ja auch gut zu gehen.«

»O ja. Ich wünschte nur, dass die beiden vor Jahren schon so unternehmenslustig und einfallsreich gewesen wären. Ich habe fast den Eindruck, als hätten sie sich erst trennen müssen, um in Gang zu kommen, weißt du? All die Jahre, in denen sie zusammen waren, haben sie nichts anderes getan, als in dem großen, schicken Haus herumzusitzen und sich einzubilden, dass das ganze Dorf neidisch auf ihr Geld ist.«

»Vielleicht war es ja auch so.«

»Vielleicht, aber ich bezweifele es. In dem Dorf geht es ziemlich unkompliziert zu.«

»Ruby, ein Dorf, in dem es unkompliziert zugeht, gibt es nicht!«

»Wahrscheinlich hast du recht.«

»Willst du denn deinen Dad heute nicht sehen? Ich könnte dich hinfahren«, bot sich Tom an.

»Danke vielmals, aber nein. Das sind alles begeisterte Köche, also werden sich die Gespräche meist ums Kochen drehen, und ich glaube, die Hälfte von ihnen gehört dem Club der einsamen Herzen an. Dad erwähnt des Öfteren eine bestimmte Frau. Ich glaube zwar nicht, dass da etwas läuft, aber wer weiß? Er hat mich sogar um Rat gebeten, was er heute Abend anziehen soll … Sie werden viel mehr Spaß haben, wenn ich nicht da bin, um sie zu bespitzeln.« Ruby lachte. »Außerdem macht es keinen Spaß, bei diesem Wetter zu fahren.«

»Und was treibt deine Mutter gerade?«

»Sie ist wirklich erstaunlich. Heute Morgen hat sie mich angerufen und mir erzählt, dass sie dank ihrer neuen besten

Freundin Dorothy nun keine altmodischen Röcke und Blusen mehr trägt, sondern Armeehosen und Converse-Schuhe. Und sie hat sich die Haare ganz kurz schneiden lassen, wie Mia Farrow in den 1960ern. Das sei so praktisch, hat sie mir vorgeschwärmt. Jetzt habe sie keine Arbeit mehr mit dem Föhnen und Aufdrehen. Heute essen sie irgendwo in Dorothys Viertel in Brooklyn in einem Diner zu Abend, der ganz im Retrostil eingerichtet ist.«
»So lange sie dabei glücklich ist«, sagte Tom und hielt Rubys Hand ein bisschen fester.
»Mir ist gar nicht bewusst gewesen, wie langweilig ihr Leben war. Irgendwie freue ich mich eigentlich für beide. Ich vermisse sie nur so sehr als Paar, verstehst du? Gott, ich hoffe, dass meine Mutter diese ganze New-York-Sache satthat, bevor sie noch überfallen oder niedergestochen wird.«
»Das kann ich gut verstehen. Es ist schon irgendwie eigenartig, wie du gesagt hast, aber vielleicht wirklich nur eine Phase, und sie ist schon bald wieder zu Hause. Und man kann durchaus auch hier in Belfast überfallen werden. Es wird ja beinahe jedes Wochenende bei einem Rentner eingebrochen.«
»Stimmt schon. Na ja, sei's drum! Was gibt es denn heute bei dir zu essen?«
»Oh, ich werde wahrscheinlich später auf einen Bissen bei Mrs. Kenny vorbeischauen. Sie kocht immer viel zu viel für ihre Familie«, erzählte Tom. »Noah ist übrigens heute bei ihr. Ihre Enkelkinder spielen so gern mit ihm, wenn sie sie besuchen kommen.«
Ruby blieb stehen und wandte sich ihm zu. Sie war gerührt, dass er den Schal und die Handschuhe trug, die sie

ihm geschenkt hatte. Toms Augen funkelten vor Interesse an ihr und ihren verrückten Eltern, und mit einem Mal verspürte Ruby das heftige Verlangen, ihn zu küssen. Leidenschaftlich, hier und jetzt, mitten auf der Straße. Sie standen neben dem Zaun des Parks, und es waren keine anderen Leute in der Nähe. Sie schaute hinauf in sein Gesicht und richtete ihren Blick mit einem Zwinkern auf seine Lippen. Toms fragende Miene wich rasch einem Lächeln, und dann zog er Ruby näher an sich heran und küsste sie zärtlich. Es war ein langer, inniger Kuss, der ihren Puls zum Rasen brachte. Ruby verspürte ein vertrautes Prickeln, das ihren ganzen Körper erfasste. Tom küsste so gut! Sie nahmen kaum die frischen Schneeflocken wahr, die um ihre Schultern wirbelten.

»Du isst heute Mittag bei mir, Tom Lavery«, lachte Ruby, als sie endlich einmal Luft holten. »Aber vielleicht wird es auch Abend, bis wir endlich zum Essen kommen.«

»Ich dachte schon, du würdest nie fragen«, erwiderte er mit leiser Stimme.

Auf dem Rückweg zu Rubys Wohnung wurden sie aus dem Schutz einer alten Eiche im Park von einem kleinen Rotkehlchen beobachtet. Es legte seinen Kopf zur Seite, ganz so, als befürworte es ihre Romanze. Als Ruby und Tom vor dem Haus angekommen waren und hineingingen, plusterte sich das Vögelchen auf und flog davon.

Kapitel 33

Wiedersehen mit Camberwell

Bis Silvester war der Schnee geschmolzen, und die Einwohner von Belfast erhoben sich taumelnd von ihren Sofas und wagten sich wieder vor die Tür. Randvoll mit Truthahn-Sandwiches und Plumpudding, reichlich Schokolade und guten Weinen sehnten sie sich nach frischer Luft und Bewegung. Ruby und Tom bildeten da keine Ausnahme. Nun, da sie sich erlaubten, in Gegenwart des anderen ganz offiziell viel entspannter zu sein, erfüllte sie eine ganz neue Energie, Vitalität und eine neue Hoffnung für das kommende Jahr. Die Monate, vor denen es beiden sonst immer gegraut hatte, waren nun wieder voll Freude und Glück.

Aber als Ruby zu einem ausgedehnten Spaziergang mit Tom in Camberwell eintraf, fand sie ihn zu ihrer Bestürzung mit Tränen in den Augen auf der Eingangsstufe seines Cottages sitzend vor.

»Was ist passiert?«, fragte sie und eilte von ihrem Wagen auf ihn zu, um ihn zu umarmen.

»Es ist Noah.«

»Ist er krank?«

Tom schüttelte den Kopf. »Schlimmer.«

»Oh, Tom, er ist doch nicht etwa tot?«

»Doch. Ich habe ihn heute Morgen in seinem Korb gefunden. Der Tierarzt sagte, er muss wohl schon eine ganze Weile lang krank gewesen sein, hatte aber keine Schmerzen.«

»Das tut mir ja so leid, Tom.«

»Ich wünschte, er hätte noch ein paar schöne Jahre gehabt.«

»Ja, ich weiß.«

Ruby bat Tom eindringlich, mit in die Küche zu kommen, wo sie ihm einen Tee kochte. Essen wollte er nichts.

»Ich werde ihn begraben«, meinte Tom mit ausdrucksloser Stimme.

»In Ordnung. Möchtest du dabei allein sein?«, wollte Ruby wissen.

»Nein, es wäre schön, wenn du mich begleiten würdest, falls es dir nichts ausmacht.«

»Natürlich. Ich werde mit dir gehen.«

»Er ist in seinem Korb«, sagte Tom und seufzte schwer. »Du musst ihn dir aber nicht anschauen.«

»Das ist schon in Ordnung, Tom«, versicherte ihm Ruby. »Ich habe kein Problem damit.«

»Okay. Danke, Ruby. Ich werde ihn neben der Statue in der Tannenschonung begraben. Ich habe schon das Loch …«

»Ist schon gut. Wir werden zusammen dorthingehen und ihn begraben, wann immer du dazu bereit bist. Mach dir bitte um mich keine Sorgen«, erklärte Ruby besorgt und begann das dreckige Geschirr abzuwaschen, das in der Spüle stand.

»Jetzt gibt es nur noch dich und mich«, sagte Tom mit einem kleinen Lächeln in seiner tiefen Traurigkeit. Er beugte sich auf seinem Stuhl nach vorn, den Kopf in die Hände gesenkt.

Ruby dachte, er würde weinen, und wusste nicht, ob sie zu ihm gehen sollte oder nicht. Jonathan hatte in Momenten der Traurigkeit immer Trost in ihren Armen gesucht, aber vielleicht war Tom eher der starke, stille Typ.

»Kann ich irgendetwas für dich tun?«, fragte sie nach einer Weile.

»Nein, nein, schon gut«, antwortete Tom und atmete schwer ein. Er richtete sich auf und wischte sich über die Augen. »Entschuldige die ganze Theatralik, Ruby. Ich wusste ja, dass ich ihn eines Tages verlieren würde. Das ist eben die Sache mit Tieren, wir wissen, dass wir sie wahrscheinlich überleben werden. Vielleicht lieben wir sie ja deshalb umso mehr?«

»Ja, möglicherweise«, stimmte ihm Ruby zu.

»Noah war meine letzte Verbindung zu Kate.«

»Verstehe.«

»Natürlich ist da noch ihre Familie. Aber Noah war ihr Hund. Sie hat ihn ausgesucht.«

»Schh, ist schon gut, Tom, ich verstehe das wirklich.«

»Dann lass uns gehen«, sagte er leise. »Ich will ihn jetzt sofort begraben, und dann gehen wir zwei spazieren. Hast du Lust auf Murlough Beach? Ich habe Kates Asche dort verstreut und würde jetzt gern eine Blume für sie und Noah ins Meer werfen.«

»Das ist eine wundervolle Idee«, antwortete Ruby und nickte.

Nachdem sie Noah begraben hatten, legte Tom einen Kranz mit weißen Rosen auf die Stelle, und Ruby nahm ihn an die Hand, als sie zu seinem Cottage zurückgingen. Sie aßen eine Kleinigkeit, bevor sie traurig in den Landrover stiegen und sich auf den Weg zum Strand machten.

Tom war ungewöhnlich ruhig, und so füllte Ruby die Stille, indem sie ihm ihre sechs Geheimnisse vom Glücklichsein offenbarte. Sie erzählte ihm dazu auch gleich die kleine Geschichte, die zu jedem geführt hatte.

»Ich könnte mir denken, dass du das für albern hältst«, schloss sie letztendlich und wurde ein wenig rot dabei. »Oder alles eine Frage des gesunden Menschenverstandes ist. Aber für mich kam es einer Offenbarung gleich.«

»Ganz im Gegenteil. Ich finde, das ist eine großartige Idee und absolut richtig, was du da sagst«, erklärte Tom, als sie in der Nähe der Sanddünen geparkt hatten und sich auf den Weg zum Strand machten. »Manche Menschen finden in ihrem ganzen Leben kein Glück. Vielleicht wissen sie einfach nicht, wonach sie suchen sollen.«

»Ja, möglicherweise.«

Auf ihrem Spaziergang lud Ruby Tom ein, mit in ihre Wohnung zu kommen und dort über Nacht zu bleiben.

»Nur für den Fall, dass es dir ohne Noah in deinem Cottage zu einsam werden könnte«, sagte sie behutsam. »Wir müssen ja nichts machen. Lass uns einfach zusammen sein und die Gesellschaft des anderen genießen. Ich finde, wir sollten an Silvester nicht allein sein.«

»Danke, Ruby«, antwortete er und legte ihr den Arm um die Schultern. »Sehr gern.«

Kapitel 34

Des Rätsels Lösung

»Es tut mir wirklich leid, Jasmine. Ich hielt das für unglaublich romantisch«, entschuldigte sich Mark Crawford mit einem scheuen Lächeln. Er errötete bis hinauf zu seinem naturblonden Haaransatz.

»Nun, mag sein, dass du das für romantisch gehalten hast, Mark. Aber ich dachte, ich würde jeden Moment von einem Stalker überfallen!«

»O Gott, wenn ich gewusst hätte, dass dir das so an die Nieren gegangen ist …« Er kratzte sich verlegen am Kopf.

»Im Blumenladen wollten sie mir deinen Namen und deine Adresse nicht nennen«, erklärte Jasmine.

»Darum hatte ich sie auch gebeten.«

»Du Idiot!«

»Was soll ich sagen? Du hast recht. Ich bin ein Idiot. Aber ich bin schon seit der Schulzeit in dich verliebt. Und einmal habe ich gehört, wie du deiner Freundin Megan erzählt hast, dass du es toll fändest, wenn dir ein geheimnisvoller Verehrer einen Strauß rosafarbener Blumen schicken würde.«

Jasmine verdrehte die Augen. »Da war ich vielleicht dreizehn, um Himmels willen!«

»Aber ich habe mich trotzdem daran erinnert. Die Sache sollte doch Stil haben, um dich zu beeindrucken. Du weißt schon, was sich Kerle eben so in romantischen Filmen alles einfallen lassen …«

»Okay, meinetwegen. Aber warum bist du nicht früher vorbeigekommen und hast mich um eine Verabredung gebeten?«, wollte Jasmine von ihm wissen. »Ich bin beinahe verrückt geworden, weil ich keine Ahnung hatte, wer mir diese verdammten Blumen schickt. Ruby war überzeugt, dass mir an einigen Abenden jemand von der Arbeit nach Hause gefolgt ist.«

»Ich bin so ein Trottel! Das ist mir wirklich nie in den Sinn gekommen. Ich konnte einfach nicht eher kommen, Jasmine. Ich hatte Angst, dass du mich abblitzen lässt.« Er sah sie verlegen an. »Aber in all den langen Nächten im Krankenhaus habe ich immer nur an dich gedacht.«

»O Gott, Mark, warst du etwa krank? Ich hoffe, nichts Ernstes?«, fragte Jasmine.

Sie war plötzlich sehr besorgt. Auf keinen Fall wollte sie sich in einen Mann mit einer unheilbaren Krankheit verlieben, egal wie sexy und charmant er auch sein mochte. Sie hatte keine Lust, wie Ruby zu enden, mit Anfang dreißig aus der Bahn geworfen zu werden und mit einem gebrochenen Herzen dazusitzen.

Aber Mark lachte nur. Er spürte, dass sich Jasmine für ihn erwärmte. »Ich bin kein Patient, Jasmine, sondern Arzt und arbeite hier in Belfast. Letztes Jahr habe ich mein Studium in Birmingham abgeschlossen und arbeite jetzt hier. Ich hatte großes Glück, bei all den Kürzungen überhaupt eine Stelle in Belfast zu bekommen.«

»Oh, das ist ja toll. Du bist also Arzt? Ich dachte, du wolltest immer Rennfahrer werden!«, sagte Jasmine verblüfft. Du meine Güte, ein Kerl mit einer verheißungsvollen Zukunft schickte ihr jeden Monat einen Strauß rosafarbener Blumen! Und ein Arzt noch dazu! Ein umwerfend gutaussehender Arzt, mit blonden, verwuschelten Haaren und coolen Klamotten, um genau zu sein …

»Na ja, das hat nicht ganz funktioniert. Allerdings stehe ich mit meiner Karriere gerade erst am Anfang«, erwiderte Mark entschuldigend, als könne er ihre Gedanken lesen. »Ich schwimme zurzeit nicht gerade im Geld.«

»Mark, was denkst du denn von mir«, empörte sich Jasmine und klimperte wie verrückt mit ihren Wimpern. »Ich gehöre nicht zu der Sorte Frau, die gleich ausflippt, nur weil einer Arzt ist! So oberflächlich bin ich nicht.«

»Nein, natürlich nicht! Soll das etwa heißen, dass ich keinen Korb von dir bekomme?«, fragte Mark hoffnungsvoll und presste die Hände ineinander.

»Hm … Bist du dir auch ganz sicher, dass du mich immer noch magst, Mark Crawford? Oder schwelgst du hier nur in Jugenderinnerungen?«

»Du meinst, ob ich gerade eine nostalgische Phase habe? Nein, da kann ich dich beruhigen. Ich habe dich schon immer gemocht, Jasmine Mulholland. Ich war während unserer ganzen Schulzeit in dich verknallt, aber du hattest ja nur Augen für Jimmy White.«

»Stimmt gar nicht! Der hat sich seine Igelfrisur doch mit Tonnen von Haargel hingeschmiert! Na, wie auch immer. Jedenfalls ist er auf die schiefe Bahn geraten.«

»Ja, ich hab's in der Zeitung gelesen! Aber du warst scharf auf ihn. Das hast du Megan erzählt. Du hast gesagt, er hätte eine tolle Frisur!«

»Du musst ja wirklich viel Zeit damit verbracht haben, Megan und mir nachzuspionieren!«, erwiderte Jasmine und kriegte sich gar nicht mehr ein vor Lachen.

»Das stimmt leider. Und ich habe dich nie vergessen. Aber

ich wusste nicht, wo du wohnst. Oder arbeitest. Oder ob du überhaupt noch in Belfast lebst. Ich hab dich auch auf keiner dieser Kontaktseiten im Internet gefunden. Aber zum Glück ist einer meiner Brüder vor ein paar Monaten hier gewesen, um ein Geschenk für seine Freundin zu kaufen, und hat dich erkannt. Ich bin ein paar Mal draußen vorbeigeschlichen und habe durchs Fenster geschaut. Aber ich war zu schüchtern, um hereinzukommen. Dann ist mir diese Nummer mit dem geheimnisvollen Verehrer und den rosafarbenen Blumen eingefallen. Ich wollte dich wohl neugierig machen und dir beweisen, wie gut ich mich noch an dich erinnern konnte … Im Nachhinein war es eine blöde Idee, das gebe ich zu. Aber damals war ich von ihr begeistert!«

»Zeig mir mal deinen Ausweis«, forderte ihn Jasmine mit einem Mal auf, die seine Geschichte einfach nicht glauben wollte.

Er hielt ihn ihr sogleich hin. Jasmine warf einen kurzen Blick darauf, es schien wirklich zu stimmen.

»Schwör mir, dass das auch wirklich alles wahr ist«, forderte sie ihn mit strenger Stimme auf.

»Ich schwöre.«

»Und du bist nicht verheiratet?«

»Nein, ich bin eindeutig Single.«

»Denn wenn ich herausfinden sollte, dass du verheiratet bist oder dich auch nur mit einer anderen Frau triffst, dann werde ich schnurstracks zu ihr marschieren und ihr klipp und klar die Wahrheit sagen, darauf kannst du dich verlassen. Das ist mein voller Ernst!«

»Das kannst du gerne tun.«

»Also gut.«

»Also gut.«
»Nun, wenn das so ist, dann würde ich deine Einladung annehmen und am Wochenende gern mit dir ausgehen«, sagte Jasmine liebenswürdig.
Genau in diesem Moment kehrte Ruby von einer Besorgung zurück. Genauer gesagt, von einer angeblichen Besorgung. Sie hatte Jasmine und ihrem heimlichen Verehrer die Möglichkeit geben wollen, sich nach all den Jahren wieder neu kennenzulernen. Mark Crawford wirkte sehr zufrieden. Er schien sich gerade verabschieden zu wollen. Jasmine war vor Stolz ganz aufgeblasen, warf ihr langes Haar über die Schultern und vermochte vor Aufregung kaum die Finger hinter der Theke ruhig zu halten.
»Jasmine, warum holst du nicht deinen Mantel?«, fragte Ruby, die sich Mühe geben musste, nicht laut loszulachen.
»Weshalb denn?« Jasmine sah sie verdutzt an.
»Weil du heute früher gehen kannst«, antwortete Ruby. »Es ist rein gar nichts los. Wie immer Anfang Januar. Ich kann auch allein abschließen.«
»Das ist eine tolle Idee«, sagte Mark. »Warum sollen wir bis zum Wochenende mit unserer Verabredung warten?«
Das ließ Jasmine sich nicht zweimal sagen. Sie schnappte sich ihren Mantel und ihre Handtasche und verließ den Laden Arm in Arm mit Mark.
»Sollen wir noch eine Kleinigkeit essen, bevor wir in den Pub gehen?«, schlug Mark vergnügt vor.
»Gern«, antwortete Jasmine. »Aber lass uns erst kurz bei mir vorbeischauen. Ich möchte mich noch etwas frisch machen.«
»In Ordnung. Obwohl ich natürlich finde, dass du toll

aussiehst. Aber das gibt mir die Gelegenheit, in deiner Wohnung herumzuschnüffeln, um meinem Ruf als Stalker gerecht zu werden«, lachte Mark.
»Ich kann dir versichern, dass bei mir alles bester Ordnung ist«, sagte Jasmine und spielte die Beleidigte.
Fünf Minuten später stand sie mit Mark im Schlafzimmer ihres mustergültig aufgeräumten Appartements in den Bell Towers. Sie waren am Ende der kleinen Führung durch Jasmines Heim angelangt – und versanken gerade in einem leidenschaftlichen Kuss. Jasmine wäre beinahe gestorben vor Glück. Es kam alles so unerwartet und überwältigend, doch gleichzeitig fühlte es sich so richtig an. *Gott sei Dank habe ich heute früh noch das Bett gemacht,* dachte sie, als sie Mark die Klamotten herunterriss und darunter sein perfekt trainierter Körper zum Vorschein kam. Sogar in jeder Hinsicht perfekt. Jasmine begann hemmungslos zu kichern.
»Was ist los?«, fragte Mark plötzlich verunsichert und blickte an sich herab.
»Oh, gar nichts. Aber wissen Sie was, Doktor Crawford? Ich glaube, ich habe da etwas ganz Akutes, bei dem Sie mir helfen können … Du meine Güte!«, stieß sie hervor, als Mark sie auf seine gebräunten, nackten Arme hob und sich dann mit ihr in die Kissen stürzte. Es dauerte nicht lange, bis auch ihre Kleidung neben seiner auf dem Boden lag, und irgendwie wussten sie beide, dass sie das Abendessen und den Pub-Besuch aufschieben würden. Denn bald darauf begann in der Wohnung darunter die Hängeleuchte an der Decke ganz leicht hin und her zu pendeln.

Kapitel 35

Der Strand

Ich habe noch nie erlebt, dass sie sich wegen eines Mannes so aufführt. Sie ist vor Aufregung ganz aus dem Häuschen, als hätte sie im Lotto gewonnen. Nein, eigentlich ist sie noch schlimmer als diese alte Schulfreundin von ihr, die letztes Jahr wirklich im Lotto gewonnen hat. Die ganze Zeit höre ich nur *Mark hat dies gesagt, Mark hat das gesagt.* Sie ist bis über beide Ohren in ihn verliebt«, erzählte Ruby Tom mit einem breiten Grinsen, während sie Tee aus einer glänzenden, neuen Thermosflasche eingoss und ihm einen Becher reichte.

Es war Valentinstag, aber sie hatten sich entschieden, aus Respekt vor den geliebten Menschen, die sie verloren hatten, nicht allzu viel Aufheben darum zu machen. Stattdessen veranstalteten sie ein kleines Picknick am Strand. Oder, besser gesagt, in Rubys Wagen, da es viel zu kalt war, um draußen zu sitzen.

»Und er ist Arzt?«

»Ja, er hat gerade erst seine Zulassung erhalten, ist das nicht unglaublich? Er ist groß, sieht gut aus und hat sie sogar schon seiner Familie vorgestellt, was immer ein gutes Zeichen ist. Ich finde, es ist ein Warnsignal, wenn nicht irgendwelche Verwandte darauf drängen, dich kennenzulernen.«

»Bei mir haben keine Verwandten darauf gedrängt, dich zu treffen«, bemerkte Tom.

Hoppla, dachte Ruby. *Da hatte er aber gut aufgepasst!*
»Stimmt, aber deine Eltern leben im Ausland, und außerdem waren da Mrs. Kenny und die ganzen Kellnerinnen in Camberwell«, gab sie leichthin zurück. »Dein Fanclub. Du bist nämlich gar nicht der bedauernswerte Eigenbrötler, für den du dich hältst. Sie himmeln dich dort alle an.«
»Jetzt hör aber auf!«, widersprach er lachend.
»Nein, das ist wahr – in Camberwell sind alle verrückt nach dir.«
»Deine Eltern habe ich aber auch noch nicht kennengelernt.«
»Ach, Tom, bei uns ist das anders. Wir haben beide, nun ja, nennen wir es mal *exzentrische* Familien.«
»Das kann man wohl sagen. Als meine Eltern mir eröffnet haben, dass sie nach Indien gehen wollen, um eine Schule zu eröffnen, da habe ich gedacht, sie seien in sechs Wochen wieder zu Hause. Sie waren schon immer zwei alte Hippies, aber das fand ich nun irgendwie albern. Doch ich muss anerkennen, dass sie es geschafft haben. Inzwischen können sie sich gar nicht mehr vorstellen, im strömenden Regen eine Stunde im Berufsverkehr im Stau zu stehen oder zwanzig Minuten in einer Schlange an der Kasse ausharren zu müssen, um bei Ikea ein einziges Kissen zu kaufen. Und dazu auch noch ein importiertes!«
»O Gott, sie scheinen ja wirklich echte Fanatiker zu sein, wenn es um fairen Handel geht! Aber im Grunde bin ich mit ihnen ja einer Meinung … Nun, jedenfalls ist Jasmine schwer in diesen Mark verliebt. Er wohnt praktisch schon mit ihr zusammen, wenn ich mir anhöre, was sie so erzählt. Ich finde nur, dass das alles viel zu schnell geht. Hoffentlich bricht er ihr nicht das Herz.«

»Wieso sollte er das tun?«, fragte Tom verwundert.
»Na, die übliche Geschichte. Er flirtet mit der kleinen Verkäuferin, um dann doch eine *standesgemäße* Frau zu heiraten, wie es unsere alte Chefin Theodora wohl ausgedrückt hätte.«
»Ach, jetzt komm schon, Ruby, das ist aber ein bisschen altmodisch, findest du nicht?« Tom zog die Augenbrauen hoch und schüttelte den Kopf.
»Ja, altmodisch und versnobt!«, stimmte ihm Ruby zu.
»Wenn er eines Tages gut verdient, kann es ihm doch egal sein, was Jasmine beruflich macht. Ich glaube nicht, dass sich allzu viele Männer Gedanken darüber machen, was für einen Job ihre Freundinnen oder Frauen haben.«
»Abwarten.«
»Nein, also wirklich. Sie ist eine tolle Frau. Ich bin mir sicher, dass dieser Kerl das erkannt hat und weiß, wann man sein Glück festhalten sollte«, erklärte Tom mit Nachdruck. »Also, mach dir keine Sorgen. Sag mir lieber, was du da in dem Korb hast. Ich bin am Verhungern.«
»Ich habe Lachs und Gurken auf Schwarzbrot, Cheddar-Käse und Salat auf Weißbrot, einen kleinen Biskuitkuchen mit Marmeladen- und Cremefüllung und etwas Brathähnchen«, zählte Ruby auf und öffnete den eleganten Picknickkorb, der zwischen ihnen beiden eingezwängt auf dem Rücksitz stand. Sie saßen auf einer ordentlich gefalteten Wolldecke, die sie gegen die kühlen Ledersitze schützen sollte, aber sie hätte gern noch eine zweite Decke gehabt, um sie sich über die Knie zu legen. Oder sich mit Tom darunterzukuscheln …
»Ich nehme von allem etwas«, sagte Tom und hielt ihr seinen Teller hin.

»Es war echt verrückt von uns, heute hierherzukommen, nicht wahr? Es ist so verflixt kalt. Wann hat dieser verdammte Winter denn endlich mal ein Ende? Meine Finger sind schon ganz steif, wenn ich im Laden bin. Wenn das so weitergeht, werde ich bald Handschuhe tragen müssen, bloß um die blöde Kasse bedienen zu können.«

»Ja, es ist wirklich schlimm. Du solltest mal versuchen, ein gefrorenes Blumenbeet umzugraben.«

»Ich bin froh, dass ich das nicht machen muss!«, antwortete Ruby ein wenig beschämt, weil sie sich über ihre kalten Finger beklagt hatte, während Tom den ganzen Tag draußen herumwerkeln musste. Sie langte zum Armaturenbrett und drehte die Heizung auf volle Touren. Rasch verspeisten sie ihr Picknick und legten ihre Hände zum Wärmen immer wieder um die Tassen mit dem heißen Tee. Das kalte Wetter hatte beide hungrig gemacht. Tom war ein großer Mann, und Rubys kleine, appetitlich angerichtete Sandwiches sahen in seinen stattlichen Händen irgendwie komisch aus. Sie fielen ihm immer herunter, wenn er nur noch einen Bissen übrig hatte. Beim nächsten Mal würde sie größere Brotscheiben verwenden.

»Wie läuft es im Laden?«, fragte Tom mit einem Mal. »Ich meine nicht die finanzielle Seite, sondern ob du immer noch Spaß daran hast.«

»O ja, alles wunderbar. Ich langweile mich jedenfalls noch nicht. Und bin auch noch nicht bankrottgegangen. Ich glaube, der Trick besteht darin, größtenteils Waren zu erschwinglichen Preisen anzubieten und nur einen kleinen Teil wirklich teurer Sachen zu verkaufen. Ich hatte mir Sorgen gemacht, dass sich die wirtschaftliche Flaute der letzten Monate katastrophal auf den Laden auswirken könnte, aber wie es scheint, wollen wir Mädels nicht auf unsere funkelnden und glitzernden Kinkerlitzchen verzichten.«

»Dagegen ist ja auch nichts einzuwenden«, sagte Tom nickend. Er hatte zwar keine Ahnung, von was für Kinkerlitzchen sie redete, aber er war auch nicht gewillt zu fragen.

»Ich möchte ja nicht darauf herumreiten, aber es ist schon ein bisschen komisch zu sehen, wie sich Jasmine so Hals über Kopf verliebt hat«, fing Ruby wieder an, als sie nachdenklich aus dem Autofenster blickte.

»Wieso?«

»Sie scheint so gar keine Angst zu haben, verletzt zu werden. Sie nimmt es einfach hin, dass dieser Kerl sie schon immer gemocht hat, dass sie nun endlich zusammen sind und alles ein gutes Ende nehmen wird.«

»Und das wird es hoffentlich auch.«

»Genau. *Hoffentlich.*«

»Aber es kann doch keiner in die Zukunft sehen, Ruby.«

»Nein«, erwiderte sie und wusste, dass er dabei an Kate dachte.

»Na ja, wenn diese filmreife Romanze weitergehen sollte, dann werden wir bestimmt bald die Hochzeitsglocken läuten hören«, meinte sie.

»Wie bitte? Sprichst du etwa von uns beiden?«, fragte Tom, nur halb im Scherz.

»Nein, ich rede von Jasmine und Mark, du Pappnase! Ich glaube, die beiden werden in null Komma nichts heiraten. Sie sind ja noch jung und voller Energie. Warte nur ab, ich hab da so ein Gefühl. Ehe wir uns versehen, haben sie sich verlobt!«

»Wir beide wären aber auch noch nicht zu alt, um uns zu verloben«, entgegnete Tom schmunzelnd und zwinkerte Ruby über einen Hähnchenschenkel zu.
»Wie bitte? Du bist wirklich unmöglich!«
»Aber wir sind doch wirklich noch nicht zu alt dafür, Ruby. Du meine Güte, wir sind gerade mal in der Mitte unseres Lebens! Verdammt noch mal, ich hätte nie gedacht, dass ich das noch einmal sage, aber dich zu treffen hat alles verändert ... Was wäre, wenn ich dir hier und jetzt einen Antrag machen würde? Hier in diesem Wagen! Was wäre, wenn ich auf die Knie gehen und dich bitten würde, mich zu heiraten? Was würdest du mir antworten?«
Rubys Herz begann vor Aufregung wie wild zu schlagen. Heiraten! Es kam ihr so vor, als habe sie sich erst gestern gewünscht, ihr Leben möge zu Ende sein. Und jetzt hatte sie diesen wunderbaren Mann getroffen, und er fragte sie, ob sie ihn heiraten wollte! Auch wenn sie genau wusste, dass es blanker Irrsinn war, überhaupt nur einen einzigen Gedanken an eine solche Vorstellung zu verschwenden, verspürte sie dennoch eine unglaubliche Freude über Toms Antrag. Aber sie wollte nicht gleich ja sagen. Dann würde er sie für eine Spinnerin halten. Nein, am besten wäre es, das Ganze erst mal ins Scherzhafte zu ziehen.
»Ich würde dir antworten, dass du bei deinen langen Beinen Schwierigkeiten haben dürftest, hier hinten im Wagen auf die Knie zu gehen«, antwortete Ruby lachend.
»Komm, lass uns ein paar Minuten spazieren gehen und dann zu mir zurückfahren, um wieder aufzutauen. Gott, ich bin den Winter so leid. Früher habe ich ihn gemocht, aber jetzt kann ich ihn nicht mehr ausstehen. Dieser ganze

Schnee ... und selbst wenn der Schnee weg ist, ist es immer noch eiskalt. Ich bin von oben bis unten ganz taub.«
Sie wischten sich die Hände an den Papierservietten ab und wagten sich aus dem Wagen in Richtung Strand. Doch bevor sie überhaupt an den Sanddünen vorbei waren, blies ihnen ein so eiskalter Wind ins Gesicht, dass es unmöglich war, sich zu unterhalten. Sie konnten einander nicht einmal mehr ansehen, weil ihre Augen so tränten. Rubys Gesicht war vor Kälte kalkweiß, und selbst Toms Schal, den sie sich um den Hals gewickelt hatte, schaffte keine Abhilfe.
»Das hier ist wirklich bescheuert«, schrie Tom schließlich. »Wir fahren zurück, und ich mache dir einen Kakao, während du ein heißes Bad nimmst. Sonst holst du dir noch eine Lungenentzündung.«
Ruby nickte nur, und sie rannten so schnell es nur ging zum Parkplatz zurück. Glücklicherweise herrschte auf dem Heimweg wenig Verkehr, und schon bald darauf ließ Ruby sich ein heißes Bad ein, während Tom versuchte, kein allzu großes Chaos in Rubys kleiner, aber perfekter Küche anzurichten. Dann kuschelten sie sich im Bett aneinander und liebten sich bis zum Morgengrauen.

Kapitel 36
Das Cottage

Im März konnte man kein Geschäft mehr betreten, ohne über die unzähligen Ostereier in hellgrünen Verpackungen mit rosafarbenen und gelben Schleifen zu stolpern. Jasmine und Mark waren so verliebt ineinander, dass jedem, der sie sah, das Herz aufging. Sie beendeten die Sätze des anderen, riefen einander in der Mittagspause an und schickten sich ständig SMS. Mark sprach sogar davon, sein winziges Reihenhaus in der Nähe des Krankenhauses zu verkaufen und sich nach etwas Größerem in der Vorstadt umzusehen. Irgendwo in der Nähe der guten Schulen, sagte er das eine oder andere Mal. Jasmine war noch nicht ganz bereit, sich von ihrem schönen Appartement zu trennen, aber manchmal erwischte sie sich dabei, wie sie vor dem Schaufenster eines Immobilienmaklers stehen blieb.

»Bloß um einen Blick auf das Angebot zu werfen«, sagte sie dann schnell. »Vielleicht ist ja doch einmal ein Schnäppchen dabei.«

Ruby war nicht im Geringsten eifersüchtig auf das junge Glück ihrer Freundin. Sie hatte diese Art allumfassender Liebe mit Jonathan erlebt. Ganze Tage, die man miteinander im Bett verbrachte, sich liebte oder seine tiefsten Geheimnisse miteinander teilte. Jetzt erlebte sie das alles wieder mit Tom. Zumindest die Tage im Bett. Sie war noch nicht bereit, konkrete Pläne zu schmieden. Ruby

wollte eigentlich nichts weiter, als ihr Geschäft führen, einen guten Teil ihrer Freizeit mit Tom verbringen, seine Gesellschaft genießen und sich dabei sicher und geborgen fühlen. Sie brauchte kein großes, tolles Haus und dachte auch nicht mehr an Kinder. Sie wollte jetzt einfach nur noch in Ruhe und Frieden leben.
Heute Abend würde sie für Tom in seinem Cottage kochen, vielleicht sogar die Nacht bei ihm verbringen. Eigentlich würde sie definitiv die Nacht bei ihm verbringen. Das hatte sie noch nie getan und sie war ziemlich aufgeregt deshalb. Tom war geradezu verrückt nach ihr, und sie konnte ihm einfach nicht widerstehen. Sie kamen kaum noch dazu, sich vor dem Sex zu unterhalten. Bald würden sie bestimmt übereinander herfallen, ohne sich vorher überhaupt begrüßt zu haben! Aber es tat so gut, seinen warmen Körper zu spüren und von seinen starken Armen gehalten zu werden. Er war auch danach immer so zärtlich und liebevoll …
Der einzige, klitzekleine Nachteil war, dass sie nun so viel Zeit im Badezimmer verbringen musste, um sich für ihre Treffen fertig zu machen. Da sie unweigerlich im Bett landeten, konnte sie es sich nicht leisten, ihre Körperpflege zu vernachlässigen.
Sie wollte, dass ihre erste Nacht in seinem Haus ein besonderer Abend wurde. Da sie keine Gelegenheit mehr haben würde, kurz in ihr eigenes Bad zu verschwinden, um in der letzten Minute noch irgendwelche kleinen Verbesserungen vorzunehmen, ging Ruby zum zehnten Mal an jenem Tag ihre innerliche Checkliste durch: Sie hatte sich die Beine und die Achseln mit parfümiertem Rasierschaum und einer brandneuen Klinge rasiert. Sie trug die

neue Unterwäsche – einen wunderschönen türkisfarbenen BH mit Pünktchenmuster und einen spitzenbesetzten Slip. Dazu hatte sie ein schwarzes Kleid und schwarze Strümpfe, die leicht auszuziehen waren, ohne dabei allzu aufreizend zu wirken, gewählt. Und Schuhe mit nur einem kleinen Absatz, für den Fall, dass sie hinterher noch einen ihrer langen Spaziergänge rund um Camberwell unternehmen sollten. Sie hatte sich die Zähne geputzt, mit Zahnseide gereinigt und hinterher zweimal mit Mundwasser gegurgelt. Die Augenbrauen waren frisch gezupft, Knie und Ellenbogen mit Feuchtigkeitscreme gepflegt. Schon seit zwei Tagen hatte sie keine Knöchelsocken mehr getragen, weil die immer einen Abdruck auf ihrer Haut hinterließen. Zehen- und Fingernägel waren in einem Zartrosa lackiert, so dass es nicht allzu sehr auffallen würde, sollte ein Stückchen von der Farbe abplatztten. Ruby hatte sogar auf Haarspray verzichtet, um zu vermeiden, dass es auf ihrem Gesicht oder auf dem Hals landete und beim Küssen schließlich auf Toms Lippen endete. Ihre Tasche war gepackt mit Ersatzunterwäsche und einer Zahnbürste. Um peinliche Situationen zu vermeiden, hatte sie außerdem nichts gegessen oder getrunken, was Verdauungsstörungen oder Schluckauf verursachen könnte, und sich überall mit Parfüm eingesprüht – sogar an den Fußsohlen.

»So! Das müsste jetzt eigentlich alles sein«, meinte sie zu ihrem Spiegelbild, schaltete das Licht in ihrer Wohnung aus und machte sich auf den Weg zu ihrem Wagen.

Zwei Minuten später flitzte Ruby allerdings wieder die Treppe hinauf, um die Thunfischsteaks, die Tüte mit den übrigen Zutaten und die Weinflasche aus dem Kühlschrank zu holen. Über ihrem ausgiebigen Schönheitsprogramm hätte sie beinahe vergessen, dass sie Tom heute Abend bekochen wollte ...

In der großen, geräumigen Küche von Toms Cottage hatte Ruby aber dann plötzlich zwei linke Hände.
»Tut mit schrecklich leid«, stammelte sie, als die Bratpfanne mit einem lauten Scheppern auf die Terrakottafliesen fiel. »Habe ich etwa den Boden kaputt gemacht? Ich bin so daran gewöhnt, auf engem Raum zu kochen. Und diese Küche ist so riesig im Vergleich zu meiner kleinen in der Wohnung.«
»Das macht doch nichts. Keine Sorge, es ist alles heil geblieben«, beruhigte Tom sie. »Das hier ist nur ein einfaches Landhaus, Ruby, kein Drei-Sterne-Lokal.«
»Ja, ja, ich weiß. Das ist auch dein Glück. Deshalb kann ich dir auch keine Schnecken-Eiscreme oder waberndes Trockeneis auf dem Kartoffelbrei versprechen«, entgegnete Ruby mit einem nervösen Lachen.
»Ich werde erst einmal den Wein öffnen«, bot Tom an.
»Ach ja, der Wein.«
Tom öffnete die Flasche und goss Ruby ein Glas ein. »Hier«, sagte er. »Trink das und entspann dich. Du musst nicht kochen, wenn du zu müde oder gestresst bist.«
»Ich weiß ja. Und ich freue mich eigentlich darauf, für dich zu kochen. Ich möchte eben, dass es ein ganz besonderer Abend wird.«
»Das ist es doch schon. Es ist mir egal, was ich esse, solange ich in deiner Nähe bin.«
Er nahm sie in die Arme, zog sie an sich und gab ihr einen langen Kuss. Rubys Beine verwandelten sich wie immer

gleich in Wackelpudding. Sie hoffte, dass ihr Parfüm den Geruch des Schweißes überdeckte, der sich in ihrem Dekolleté sammelte. Tom streichelte sanft ihre Brüste. Auf wundersame Weise hatte seine Hand den Seitenreißverschluss ihres Kleides gefunden und ihn ganz sanft heruntergezogen. Ruby schmolz in seiner Umarmung dahin, während ihr Appetit auf das Essen schwand und ganz plötzlich durch andere Gelüste ersetzt wurde. Tom griff jetzt nach dem Saum ihres Kleides. Ruby schloss wieder die Augen. Sie konnten es doch unmöglich im Stehen tun, oder? Das hatte sie noch nie gemacht. Aber wo sonst? Etwa auf dem Tisch? Sie hatte auch noch nie Sex auf einem Tisch gehabt.

Ihr wurde immer wärmer. Mit einem Mal durchströmte sie ein herrliches lustvolles Gefühl, und dabei hatte Tom sie doch kaum angerührt! Einen Augenblick später öffnete sie seinen Gürtel. Allerdings wusste sie noch nicht genau, was sie tun würde, sobald sie Tom die Hose ausgezogen hatte … Sollte sie ihn ins Schlafzimmer führen oder ihn gleich hier spielerisch zu Boden stoßen? Sie hatte das Gefühl, dass heute Abend alles möglich wäre, so sehr begehrte sie ihn …

Mit einem Mal bemerkte Ruby, dass die Thunfischsteaks ankohlten. Sie griff nach der rauchenden Pfanne und versuchte sie vom Herd zu ziehen, wobei sie mit dem glühend heißen Rand Toms Handgelenk streifte.

»O Gott, das tut mir ja so leid«, rief sie. »Das war keine Absicht! Schnell, halt deinen Arm unter kaltes Wasser!«

»Schon gut«, sagte er immer noch atemlos vor Verlangen. »Du hast mich kaum berührt. Alles in Ordnung!«

»Das wird eine Narbe geben, Tom.«

»Ach, Ruby, ich habe schon so viele Narben! Ich arbeite den ganzen Tag über mit Draht und Werkzeug ... Du bist wirklich urkomisch!«
»Ich bin dir eine Last!«, sagte sie traurig.
»Nein, das bist du nicht«, erwiderte er lachend. »Du bist wundervoll.«
Dann stellte Tom die Bratpfanne auf das Abtropfbrett, hob Ruby auf seine starken Arme und trug sie geradewegs ins Schlafzimmer.
»Der Thunfisch kann mal für eine Minute eine Pause machen, oder meinetwegen auch für zwanzig Minuten ...«, sagte er, während er ihren Hals liebkoste.
Ruby schloss die Augen. Manchmal war es eine echte Herausforderung, täglich heißen Sex zu haben und dabei noch abwechslungsreich zu kochen ...

Kapitel 37

Der Kuss

»Das war ein tolles Abendessen«, seufzte Tom zufrieden, legte Messer und Gabel zur Seite und lächelte Ruby an. Er hatte alles verputzt, was auf dem Tisch war – eingeschlossen der sechs Brötchen, die Ruby in einen kleinen Weidenkorb gelegt hatte. »Ich esse im Grunde alles, Ruby, deshalb erwarte ich auch gar nicht, jeden Tag oder auch nur jede Woche mit solchen Köstlichkeiten verwöhnt zu werden. Aber es war wirklich sehr, sehr lecker.«

»Das war doch nur ein Thunfischsteak«, gab Ruby bescheiden zurück.

»Es war ein Thunfischsteak mit gefüllten Zwiebeln, gebratenen Champignons, Rotweinsoße, einem grünen Salat und knusprigen Brötchen«, verbesserte sie Tom. Die Zubereitung hatte zwei Stunden gedauert, der Sex nur ungefähr zehn Minuten.

Ruby lächelte. »Wie geht es deinem Handgelenk?«

»Gut. Willst du das Geschirr bis morgen stehen lassen, und wir setzen uns rüber ins Wohnzimmer, um noch etwas zu trinken?«

»Nein, es gefällt mir hier in der Küche«, erwiderte Ruby.

»Wegen des Herdes?«

»Ja.«

»Also schön, bleiben wir hier. Danke noch einmal für das Essen, Ruby. Es hat wirklich toll geschmeckt. Der ganze Abend war toll …«

»Gern geschehen. Du bist die Mühe aber auch wert. Ich koche eigentlich gern, wenn ich die Zeit dazu habe.«

»Und es ist schön, ab und zu auch einmal zu Hause zu bleiben«, sagte Tom. »Gibt es irgendetwas Neues bei dir?«, fragte er dann, während er das Geschirr abräumte, um Platz für den Kaffee zu machen.

»Lass mich nachdenken … Mum arbeitet immer noch in der Bäckerei in Manhattan und genießt es wahrscheinlich noch jetzt, dass sie eine solche Aufregung hier verursacht hat. Dad hat ihr mitgeteilt, dass er eine Scheidung in Betracht ziehe, aber ich glaube, er versucht ihr damit nur einen Schrecken einzujagen, damit sie nach Hause kommt. Andererseits kommt es mir manchmal so vor, als sei es ihm damit ernst, denn er klingt so glücklich, wie ich ihn noch nie zuvor erlebt habe. Vielleicht liegt es doch an dieser Frau in seinem Kochkurs, die er ab und zu einmal erwähnt.«

»Na, das wäre ja ein Ding!«

»Das kann man wohl sagen. Und Jasmine ist so vernarrt in Mark Crawford, dass sie seinen Namen sogar auf die Ränder meiner Auftragsbücher kritzelt. Mark hat jetzt eine volle Stelle im Royal Victoria Hospital, und die beiden schauen sich zurzeit Häuser an.«

»Na, da kann man ihnen ja nur Glück wünschen!«

»Allerdings. Sie suchen sogar etwas in der Nähe einer guten Schule! Und außerdem hat uns Mary Stone geschrieben, dass sie einen Job in Yorkshire gefunden hat, wo sie sich auf einem Gnadenhof um Pferde kümmert. Sie war einmal eine Kundin von uns. Ich habe dir von ihr erzählt, weißt du noch?«

»Hat sie nicht die erste Handtasche von dir gekauft?«

»Genau. Ihren Kindern gefällt es dort, und ihr Mann hat zugestimmt, sich zum Ausgleich für eine Bewährungsstrafe von ihr fernzuhalten. Ihre Anwälte sind immer noch damit beschäftigt, die finanzielle Seite zu regeln. Dieses Schwein behauptet, keine Ersparnisse zu haben, aber Mary ist das wohl egal. Sie ist einfach nur froh, ihn los zu sein.«

»Aber hoffentlich bekommt sie doch noch etwas Geld von ihm.«

»Ja, hoffentlich. Die arme Frau. Wo wir gerade von juristischen Dingen reden: Die Polizei war gestern bei mir und hat mir erklärt, dass es wohl noch eine Weile dauern wird, bis es zum Prozess kommt. Es gibt nur einen einzigen Zeugen, deshalb wird es wohl nicht möglich sein, den Lkw-Fahrer zu einer Gefängnisstrafe zu verurteilen. Ich war einfach noch nicht bereit, über das Geschehene zu sprechen, und habe ihnen gesagt, dass mir das egal sei. Ich glaube, ich möchte nicht über den Lkw-Fahrer nachdenken. Oder über mich selbst. Ich bin irgendwie abgestumpft, wenn es darum geht, ob er nun ins Gefängnis kommt oder nicht. Das macht das, was passiert ist, auch nicht wieder ungeschehen ... Sein Leben ist ja ebenfalls ruiniert. Solange sie ihm nur die Fahrerlaubnis entziehen. Solange er seine Lektion gelernt hat und niemandem auf der Straße mehr Schaden zufügt. Ach, lass uns das Thema wechseln!«

»Okay«, stimmte Tom zu.

»Was ist noch passiert? Na, ich habe dir doch erzählt, dass ich bei einem weiteren Klassentreffen war, oder? Bei einer der Reden haben sie Teresa Morris lobend erwähnt. Ich finde es so unglaublich tapfer und mutig von ihr, diese fünf Kinder ganz allein großzuziehen. Sie haben ihr einen Strauß gelber Rosen und eine riesige Schachtel Pralinen geschenkt, und sie hat zum Spaß gesagt, dass Ohrenstöpsel wahrscheinlich nützlicher gewesen wären. Sie ist wirklich eine tolle Frau.«

»Ja, das ist sie.«

»Ach ja, dann gibt es noch Neuigkeiten von Rebecca McCann – Jasmines Erzfeindin aus der Schulzeit, die im Lotto gewonnen hat. Also, sie ist jetzt wohl mit einem Kerl zusammen, der irgendwann mal in einer Boygroup gewesen ist. Ich kann mich nicht mehr an seinen Namen erinnern, aber er trägt bis heute immer eine Baseballkappe verkehrt herum auf dem Kopf, mit dem Schirm im Nacken. Er hat gerade eine Entziehungskur hinter sich, weil er drogen- und medikamentenabhängig war. Sie hat ihn wohl in irgend so einem Wellnessschuppen in Leeds kennengelernt. Sic haben sich dort zur selben Zeit massieren lassen. Es stand in der Lokalzeitung. Ich schätze, er war auf der Suche nach einer reichen Frau, und jetzt hat er eine gefunden. Sie leben zusammen in einem großen Haus in Birmingham, umgeben von Elektrozäunen, und ihre Eltern wohnen auch dort, was ich persönlich ein bisschen seltsam finde. Aber wenigstens hat sie sie nicht im Stich gelassen. Allerdings war der ganze Presserummel offenbar schlecht für die Nerven von Rebeccas Mutter. Sie leidet jetzt wohl unter Angstzuständen. Jasmine hat den ganzen Tratsch von ihrer Mutter, die eine Frau kennt, die wiederum Rebeccas Tante Mabel kennt.«

»Du lieber Himmel, ich frage mich, wie du dabei den Überblick behältst!«, sagte Tom lachend.

»Multitasking ist für Frauen kein Problem. Außerdem

sind wir verdammt neugierig. Sollen wir uns noch ein Glas Wein gönnen?«, fragte Ruby und trank den letzten Schluck aus ihrem Glas.

»Warum nicht«, meinte Tom und verteilte den Rest aus der Flasche auf zwei Gläser. Es reichte nicht mehr ganz, um sie zu füllen. »Ich habe noch eine Flasche von dem Wein hier irgendwo, aber wenn wir so weitermachen, sind wir bald sternhagelvoll.«

»Ach, ein kleines Gläschen können wir doch beide noch vertragen, oder?«

»Wenn du das sagst.« Tom nickte grinsend und stand auf, um die Flasche zu holen.

Als er zu einem hohen Regalbrett hinaufgriff, sah Ruby, wie sein Hemd aus der Hose rutschte und seinen Waschbrettbauch entblößte. Sie konnte es kaum glauben, dass sie ein Liebespaar waren.

»Ein Liebespaar«, flüsterte sie gedankenverloren.

»Was hast du gesagt?«, fragte Tom.

»Nichts«, antwortete sie.

»Ich dachte, du hättest etwas gesagt.«

»Nein, hab ich nicht.«

»Okay.«

Er goss den Wein ein und setzte sich wieder. Es war sehr warm im Zimmer, und Ruby hatte das Gefühl, vor absoluter Zufriedenheit schier in Ohnmacht fallen zu können. Sie bekam einfach nicht dieses Bild von Toms superstraffem Bauch aus ihrem Kopf. Draußen wurde es dunkel, und sie konnten nicht die ganze Nacht in der Küche sitzen. Sie sehnte sich danach, zusammengekuschelt mit ihm im Bett zu liegen und zu spüren, wie sich sein herrlich harter Bauch an ihren Körper presste …

»Guter Wein«, sagte sie, und das Glas zitterte leicht in ihrer Hand.
»Ja, nicht schlecht.«
»Küss mich noch einmal«, bat sie ihn.
Tom lehnte sich über den Tisch und küsste Ruby erst sanft auf die Wange und dann auf den Mund. Der Kuss schien eine Ewigkeit zu dauern, und Ruby hatte das Gefühl, auf einer Sommerwolke wegzuschweben. Ihr rasender Puls beruhigte sich.
»Lass uns ins Bett gehen, ja? Lass uns einfach nur schlafen. Ich möchte dich in meinen Armen halten und gemeinsam mit dir einschlafen«, sagte Tom heiser.
»Ja«, erwiderte sie leise, mit einem Beben in der Stimme. »Ja, das wäre schön.«
Es wäre nicht das erste Mal, dass sie die Nacht miteinander verbrachten. Aber irgendwie hatte es etwas Magisches an sich, als wären sie nun ein richtiges Paar. Als wüssten sie beide, dass ihre Beziehung lange Zeit halten würde. Ruby zog ihn an sich und küsste ihn wieder. Und irgendwie fiel dabei die Flasche mit dem Rotwein um und ergoss sich über Toms beste Jeans.

Kapitel 38

Das Liebespaar

Zögernd betrat Ruby Toms Schlafzimmer und setzte sich vorsichtig auf die Bettkante. Die Laken waren noch von vorhin zerknittert. Sie nahm den schwachen Duft von Lavendel wahr, der wohl von dem Weichspüler stammte, den Tom für die Wäsche benutzt hatte. Sie freute sich, dass er sich solche Mühe gab, um sie zu beeindrucken. Die Kissenhüllen waren frisch gebügelt, und Tom hatte auch seine alten Gartenklamotten weggeräumt. Sie meinte sich nämlich daran erinnern zu können, am Tag davor hier einen Haufen alter Pullover und abgetragener Lederstiefel gesehen zu haben, als sie auf dem Weg zur Toilette einen Blick vom Korridor aus hineingeworfen hatte. Aber jetzt war alles sauber und ordentlich.

Nach einer Weile kam Tom aus der Dusche. Er war wieder vollständig bekleidet, aber sein Haar glitzerte noch nass. Er roch nach Rasierwasser. Ruby tippte auf Chanel und fragte sich, ob er es sich extra wegen ihr gekauft hatte oder ob er es vielleicht zu Weihnachten oder zu einer anderen Gelegenheit geschenkt bekommen hatte. Vielleicht von Mrs. Kenny?

»Ich hoffe, ich rieche nicht mehr wie ein ganzer Weinkeller«, scherzte Tom.

»Das war wieder einmal typisch für mich«, erwiderte Ruby. »Zuerst verbrenne ich dich mit der Pfanne, und dann übergieße ich dich mit Rotwein.«

»Ach, es war mir die Sache wert«, antwortete er lächelnd.
»Ich würde auch gern schnell duschen, wenn du nichts dagegen hast«, sagte sie leise. »Mich ein wenig frisch machen.«
»Nur zu«, meinte er. »Handtücher und alles andere ist im Regal.«
»Danke, Tom. Dauert nicht lang.« Ruby berührte kurz seine Hand.
»Ich werde hier auf dich warten.« Er nahm ihre Hand und gab ihr einen Kuss.
Als Ruby ein paar Minuten später ins Schlafzimmer zurückkehrte, hatte es sich Tom auf dem Bett bequem gemacht. Das Licht war ausgeschaltet, und nur ein Schimmer geheimnisvollen Mondlichts ergoss sich über den Teppich. Als er sie erblickte, wie sie mit ihren nackten Füßen und dem nassen Haar ohne Make-up und nur mit einem Badehandtuch bekleidet dastand, fand er, dass sie nie schöner ausgesehen hatte. Mit schnellen Schritten durchquerte er das Zimmer und blieb vor ihr stehen.
»Also, hier bin ich.« Ruby sah ihn an und zuckte schüchtern mit den Schultern. »Ich fand, es war den Aufwand nicht wert, mich noch einmal anzuziehen.«
»Ich beschwere mich nicht. Du siehst umwerfend aus.«
Sie griff nach seiner Hand.
»Lass uns schlafen«, sagte sie. »Ich bin hundemüde.«
Er folgte ihr zum Bett, streifte seine Sachen ab, und dann kletterten sie hinein und legten sich dicht nebeneinander. Sie sahen sich einen Moment lang an, bevor er Ruby in seine Arme zog und sie liebevoll küsste.
»Ich weiß wirklich nicht, was ich getan hätte, wenn ich dir nicht begegnet wäre«, flüsterte er. »Ich weiß nicht, wie

lange ich es noch ausgehalten hätte, mich kaputtzuarbeiten.« Er verstummte für einen Moment. »Ruby?«

»Ja?«

»Werden wir wohl immer so miteinander reden können und Freunde sein?«

»Das will ich hoffen«, erwiderte sie und küsste ihn zärtlich.

»Ich möchte damit keinen Druck auf dich ausüben.«

»Ich weiß.«

Der Mond verschwand hinter einer Wolke, und es wurde stockdunkel im Zimmer.

»Ruby, ich möchte nur, dass du eins weißt: Selbst wenn das mit uns nicht funktionieren sollte, bin ich dir immer noch dankbar, dass du mir diese Möglichkeit gegeben hast, mich wieder normal zu fühlen … glücklich … und –«

Aber er kam nicht dazu, den Satz zu beenden, weil Ruby seine Lippen sanft mit ihren bedeckte. Tom hatte seine Arme um sie gelegt, und es war wundervoll, sich so warm und sicher und geborgen zu fühlen.

»Wir werden das schaffen«, flüsterte sie. »Wir werden das irgendwie schaffen.«

Dann gaben sie sich einen zärtlichen Kuss und schliefen ein.

Kapitel 39

Frühstück bei Tom

Strahlender Sonnenschein begrüßte Ruby, als sie am nächsten Morgen erwachte. Ihr Schlaf war sehr erholsam gewesen, und sie verspürte eine wunderbare innere Ruhe. Neben ihr regte sich Tom, der auch gerade wach wurde. Er sah sehr gut aus so früh am Morgen. Die Falten um seine Augen hatten an Tiefe verloren, sein Gesicht wirkte weicher, verletzlicher, was sie sehr reizvoll fand.

»Guten Morgen«, sagte sie lächelnd.

»Guten Morgen«, erwiderte er und gab ihr einen kleinen Kuss. Dann griff er unter der Decke nach ihrer Hand.

»Tom?«

»Ja?«

»Danke.«

»Wofür denn?«

»Für alles. Dass du mich überhaupt um eine Verabredung gebeten hast, dass du einfühlsam warst und so viel Verständnis für meine Situation hattest, und all das.«

»Ich hätte in jedem Fall auf dich gewartet. Wenn du mehr Zeit benötigt hättest, um darüber nachzudenken, ob du mit mir ausgehen möchtest, hätte ich dir eben mehr gegeben – egal, wie viel Zeit auch vergangen wäre.«

»Wirklich?«

»Aber ja. Ein Garten wächst ja auch nicht über Nacht.«

»Na ja, wenn man reich genug ist, geht das schon«, erwiderte sie lachend.

»O nein, ich finde, es sieht einfach anders aus, wenn man das Ganze auf einem Lkw herankarrt«, widersprach Tom. »Alles voller ach so praktischer Betonkübel und die Farbzusammenstellung vom Designer! Irgendwie wirkt das nicht wie ein echter Garten, finde ich. Ein wirklich *echter* Garten benötigt fünfzig Jahre, um zu wachsen. Er sollte nicht brandneu aussehen, sondern zeitlos.«

»Ich weiß, was du meinst«, sagte sie und berührte zärtlich sein Gesicht.

»Und du sollst wissen, dass es mir ernst ist mit dir, Ruby. Sehr ernst. Du bist nicht nur ein Zeitvertreib für mich, okay? Du bedeutest mir alles.«

Ruby brachte nur ein Nicken zustande. Sie blickten einander an und begannen sich dann wieder zu küssen. Toms Hände glitten unter der Decke zu ihren Knien und schoben sie zärtlich auseinander.

»Jetzt schon?«, fragte sie. »Tom, du bist wirklich unglaublich. Sollten wir nicht zuerst frühstücken? Uns ein wenig frisch machen?«

»Ich kann aber leider nicht länger warten. Ist das in Ordnung?«, fragte er und küsste sie leidenschaftlich.

»Äh, na ja, äh, also … oh … o ja!«

Kapitel 40

Der Storch

O nein … Verdammt«, stieß Jasmine hervor. Dann ließ sie sich auf den Badewannenrand sinken und brach in Tränen aus. Sie war eindeutig schwanger. Nicht gerade verwunderlich, wenn man bedachte, dass sie in den letzten Wochen häufiger Sex hatte als in den letzten fünf Jahren zusammengenommen! Manchmal schliefen Mark und sie dreimal am Tag miteinander: morgens, abends und mitten in der Nacht!

Sie griff nach ihrem Handy und rief Ruby an.

»Du wirst es nicht glauben!«

»Was ist denn?«, fragte Ruby.

»Ich bin schwanger«, sagte Jasmine gedehnt.

»Wirklich? O mein Gott! Bist du dir auch ganz sicher?«

»Ja, einhundertprozentig.«

»Hast du einen zweiten Test gemacht, um sicherzugehen?«

»Ich habe heute zehn Schwangerschaftstests gemacht. Und zehn gestern! Hat mich ein verdammtes Vermögen gekostet.« Das hatte es wirklich. Den Rest des Monats musste sie von Schnittbrot und Dosensuppen leben.

»Tja dann«, lachte Ruby. »Zwanzig Schwangerschaftstests können nicht irren. Herzlichen Glückwunsch, Jasmine!«

»Herzlichen Glückwunsch? Verdammt noch mal, was soll denn jetzt nur werden?« Jasmine stieß einen tiefen Seufzer aus.

»Hm, lass mal überlegen«, erwiderte Ruby. »Also, du bekommst ein Baby. Das heißt, dass du dich wahrscheinlich jeden Morgen übergeben wirst. Dein Bauch wird dicker. Vielleicht bekommst du sogar Krampfadern, Hämorrhoiden und Dehnungsstreifen. Außerdem könnte ich mir denken, dass deine Möpse größer werden. Und du wirst ein Babybett, einen Kinderwagen, süße Strampelanzüge und Hunderte von Stofftieren kaufen. Und eine Milchpumpe. Und in neun Monaten wirst du ein wunderschönes Baby in den Armen halten, und dein Leben wird nie wieder so sein wie früher.«

»Halt die Klappe, Ruby. Ich habe jetzt schon eine Heidenangst.«

»Tut mir leid. Ich wollte dich nur zum Lachen bringen. Ich hatte gehofft, dass du dich freust.«

»Schon gut. Aber ich freue mich nicht, ich habe entsetzliche Angst.«

»Du behältst das Kind doch, oder?«, fragte Ruby nervös.

»Ich glaube schon«, sagte Jasmine und tastete ihren Bauch ab, ob sie schon irgendwelche babyförmigen Schwellungen ausmachen konnte. »Ich werde ja auch nicht jünger.«

»Sei nicht albern, du bist doch noch nicht einmal dreißig! Aber das sind wirklich tolle Neuigkeiten«, sagte Ruby erleichtert. »Ich weiß, dass es total egoistisch ist, das jetzt zu sagen, aber wenn du ernsthaft darüber nachdenken würdest, das Baby nicht zu behalten, dann hätte ich lieber gar nichts von deiner Schwangerschaft gewusst.«

»Ruby O'Neill!«, schimpfte Jasmine. »Ich habe das Recht, mich zu entscheiden! Wie kannst du mich dabei nicht unterstützen wollen?«

»Ich weiß, ich weiß. Ich unterstütze dich ja auch … Es ist

nur so, dass ihr beide so verdammt gut ausseht. Dieses Baby kann nur bildschön werden.«

»Was bist du doch für eine oberflächliche kleine Gans.«

»Meinetwegen. Aber es stimmt. Bei euren Genen kann man nichts falsch machen.«

»Ein bildschönes Baby, hm?«

»Jawohl. Unbedingt«, sagte Ruby lachend.

»Das hoffe ich, ehrlich gesagt, auch. Man sieht ja genug bedauernswerte kleine Kreaturen mit Schweinsnasen in ihren Buggys sitzen ... Manche Jungen sehen schon wie Minigangster aus ... und dann schaust du dir die Väter dazu an und fragst dich, großer Gott, wie konnte die Mutter nur mit so einem hässlichen Penner in die Kiste hüpfen.«

»Jasmine, du bist ein versnobtes kleines Luder!«

»Ja, ich weiß. Aber ich würde nie mit einem Mann schlafen, der eine Schweinsnase hat, aus Angst, dass die Kinder alle wie Ferkel aussehen könnten! Ich würde mich ja am Schultor so was von schämen! Gott, ich bin wirklich ein echtes Miststück!«, gab Jasmine vergnügt zurück.

»Ach, so schlimm bist du gar nicht, mach dir mal keine Sorgen. Außerdem wird jedes Kind von dir total hübsch sein. Ein richtiger Engel. Du weißt ja gar nicht, was du für ein Glück hast, ein Baby zu bekommen. Ich hätte selbst gern ein Kind«, sagte Ruby seufzend.

»Wirklich?«

»Aber klar.«

»Na dann sag Tom, dass er sich an die Arbeit machen soll«, kicherte Jasmine.

»Einfach so?«, fragte Ruby lachend.

»Ja, warum nicht? Er hat doch Erfahrung im Säen, oder?«

»Ha, ha. Vielleicht irgendwann einmal.«

»Irgendwann? Du bist vierunddreißig, Schätzchen. Wenn du willst, rede ich mal mit ihm.«

»Nein, danke, spar dir die Mühe.«

»Wirst du mich feuern, wenn mir übel wird?«, wollte Jasmine wissen.

»Natürlich nicht. Du kannst dich in eine unserer gestreiften Tragetüten übergeben.«

»O ja«, rief Jasmine. »Die sind ja ziemlich stabil. Die sollten stark genug sein, einem ordentlichen Schwall standzuhalten.«

»Ähm, jetzt, wo du mir das in so rosigen Farben schilderst, ziehe ich mein Angebot doch zurück. Aber mal im Ernst, Jasmine, das wird schon hinhauen. Du bist ja kein kleines Mädchen mehr.«

»Manchmal kommt es mir aber noch so vor. Ich fühle mich wie eine totale Idiotin.«

»Aber das bist du nicht! Wir werden schon eine passende Arbeitszeit für dich finden, wenn du den Job weitermachen willst. Außerdem ist Mark ein toller Mann. Apropos, hast du es ihm schon gesagt?«

»Nein, das mache ich heute Abend.« Jasmine seufzte. »Er kommt zum Essen vorbei.«

»Okay. Wie weit bist du denn? Weißt du das?«

»Vierte Woche, schätze ich. Vielleicht aber auch fünfte oder sechste. Ich habe mein Zeitgefühl verloren. Es muss wohl passiert sein, kurz nachdem wir uns wiedergetroffen haben.«

»Fühlst du dich schwanger?«

»Nicht wirklich. Ich ekele mich nur vor Eiern und Pommes.«

»Sonst ist gar nichts anders?«

»Na ja, meine Brüste sehen ein bisschen größer aus, aber ich dachte, das läge an meinem neuen Balconette-BH. Oder an dem ganzen Sex, der die guten alten Hormone ankurbelt.«

»Oh, Jasmine!«

»Ich weiß, ich bin ein hoffnungsloser Fall.«

»Nein, das bist du nicht … Hör zu, darf ich bitte Patin werden? Ich weiß, dass das heutzutage nicht mehr so angesagt ist, aber ich würde wirklich gern die Patin von deinem Kind sein. Ich werde auch babysitten, wann immer du willst. Und ich richte das Kinderzimmer ein. Dann werd ich dich daran erinnern, wann es Zeit für die Impfungen und für die Grundschulanmeldung wird. Man muss sich da heute schon Jahre im Voraus vormerken lassen, um sein Kind in eine erstklassige Schule zu bekommen, wusstest du das?«

»Ja, Mark hat es einmal erwähnt. Gott, er wird sein blaues Wunder erleben, wenn ich es ihm sage. Oh Ruby, ich danke dir, dass du dich so großartig verhältst. Ich hatte mir solche Sorgen gemacht, wie ich damit fertig werden und es allen beibringen sollte. Ganz besonders meinen Eltern! Aber je mehr ich darüber nachdenke, desto besser gefällt mir die Vorstellung, dass ich ein Baby bekomme. Stell dir nur vor, ein Baby! Du bist wirklich die beste Freundin, die man sich wünschen kann.«

»Ich weiß. Steck dir das bloß hinter den Spiegel!«, freute sich Ruby.

Kapitel 41

Die Verlobung

Jasmine legte Messer und Gabel beiseite und begann gedankenverloren mit den roten Tulpen herumzuspielen, die ihr Mark mitgebracht hatte.

»Hör zu, Mark, ich muss dir etwas Wichtiges sagen«, setzte sie nervös an. Sie hatte keine Ahnung, wie sie ihm die Neuigkeit beibringen sollte, ohne dass er einen Herzanfall bekam. Hoffentlich glaubte er nicht, sie habe es darauf angelegt, schwanger zu werden. Sie wusste, dass sie beide einige Risiken bei der Verhütung eingegangen waren, aber von der Pille war ihr immer übel geworden, und sie hatten kein Kondom benutzt, wenn Jasmine dachte, dass es gerade nicht die fruchtbare Zeit in ihrem Zyklus war. Irgendwie hatte sie ganz naiv angenommen, dass ihr Körper nur dann ein Baby machen würde, wenn sie es wollte.

»Sind wir schwanger?«, fragte Mark hoffnungsvoll mit behutsamer Stimme.

»Wie bitte?«

»Ich sagte, sind wir schwanger?«

Es war beängstigend, ihn das laut sagen zu hören.

»Wie kommst du denn darauf?«, fragte sie, um Zeit zu gewinnen.

»Na ja, du hast deinen Wein den ganzen Abend nicht angerührt. Hast nicht einen einzigen Schluck genommen, obwohl es eine richtig gute Flasche ist. Die Lammkoteletts waren fast schon verkohlt, obwohl du sie sonst am liebsten medium magst. Außerdem legst du häufig die Hand auf deinen Bauch, und deine Brüste kommen mir ein klein wenig größer vor. Also: Stimmt's, oder hab ich recht?«

»Du übersiehst aber auch nichts, dass muss man dir lassen. Ich bin nicht in Stimmung für Wein, das ist alles. Und ich habe beim Kochen das Zeitgefühl verloren. Und mein BH ist neu«, erwiderte Jasmine ein wenig patzig, weil sie sich in die Ecke gedrängt fühlte.

»Oh, dann ist es ja gut. Ich dachte nur, du hättest mich heute Abend irgendwie anders umarmt. Nicht so fest wie sonst.«

»Du klingst ja fast enttäuscht, Mark. Hättest du denn gern ein Baby?«

»Aber klar.«

»Wirklich?«

»Ja, wirklich.«

»Ich dachte, die meisten Männer würden die Beine in die Hand nehmen, wenn ihre neue Freundin plötzlich schwanger ist.«

»Ich nicht. Ich würde mich freuen. Ich hätte gern eines Tages eine eigene Familie. Am liebsten mit dir.«

»Interessant«, antwortete Jasmine nachdenklich.

»Natürlich wäre es ganz nett, noch ein paar Jährchen für uns allein zu haben, bevor die Kinder kommen«, erklärte Mark nüchtern.

»Natürlich«, stimmte sie ihm zu und fühlte sich dabei seltsam beschwingt. Bei Mark klang es, als seien sie bereits verheiratet.

»Aber ein Baby wäre trotzdem toll«, meinte er und blickte sie eindringlich an.

»Mag sein.«
»Jasmine, Liebling, ich kann dieses Spiel nicht mehr länger mitmachen. Ich weiß, dass du schwanger bist«, platzte es plötzlich aus Mark heraus. Über den Tisch hinweg nahm er ihre Hand.
»Ach ja? Woher denn?«
»Als ich eben im Bad war, habe ich die leere Klopapierrolle in den Abfalleimer geworfen. Du weißt doch, wie ich bin. Ich räume immer irgendetwas auf, ohne darüber nachzudenken. Gehört zum Job.«
»Da hast du die Teststreifen gesehen?«
»Ja. Einen ganzen Haufen davon. Alle hatten eine blaue Linie.«
»Verdammt, ich hätte sie besser verstecken sollen«, ärgerte sich Jasmine. »Ich bin so ein Trottel.«
»Jetzt spann mich doch nicht länger auf die Folter! Bekommen wir ein Baby? Oder waren die Tests für eine Freundin von dir?«
»Sie waren für mich«, gab sie zu und stieß einen solchen Seufzer aus, dass ihr Kinn fast auf den Glastisch sackte.
»Aber das sind doch wunderbare Neuigkeiten, Jasmine!« Mark sprang auf. »Ich wusste es. Heirate mich! Bitte heirate mich!«
»Was?«
Er ging vor ihr auf die Knie und küsste ihre Hand.
»Ich werde ein guter Ehemann sein«, versprach er ihr. »Wir kaufen gleich morgen früh den Ring.«
»Heiraten?«, keuchte Jasmine.
»Ja, warum nicht?«, fragte er.
»Das ist zu abgedreht«, sagte sie. »Nur alte Leute heiraten.«

»Blödsinn, wir sind im perfekten Alter dazu.«
»O Gott!«
»Was ist denn?«, wollte er wissen.
»Nichts. Ich kann mir nur nicht vorstellen, Mrs. Crawford zu sein.«
»Was spricht denn dagegen?«
»Nichts. Es ist nur so *seltsam.* Ich fühle mich zu jung, um zu heiraten.«
»Manche Leute heiraten schon mit zwanzig oder einundzwanzig.«
»Klar, nenn mir einen, den du kennst, der in dem Alter geheiratet hat! Kein normaler Mensch heiratet mit Anfang zwanzig.«
»O Gott, aus dir soll einer schlau werden, Jasmine Mulholland«, lachte Mark.
»Ja, ich bin mir manchmal selbst ein Rätsel«, stimmte sie in sein Lachen mit ein. »Aber ich hatte mich gerade erst an den Gedanken gewöhnt, ein Baby zu bekommen. Da ist es ein wenig überwältigend für mich, auch noch übers Heiraten nachzudenken.«
»Bitte tu es!«, flehte er mit eindringlicher Stimme.
»Aber vergiss nicht, dass ich ein echt harter Brocken bin, und wenn du nicht wirklich einen verdammt guten Ehemann abgibst, Mark Crawford, dann hetze ich dir all meine Brüder auf den Hals!«
»Ich werde gut zu dir sein«, versprach er. »Und auch zu dem Baby. Mach dir darüber keine Sorgen.«
»Du musst mich nicht nur wegen des Babys heiraten«, erwiderte sie, begann jedoch vor Erleichterung zu weinen.
»Ich möchte dich aber heiraten, du dumme Nuss.«
»Wirklich?«

»Natürlich möchte ich das. Ich wäre ja verrückt, wenn nicht!«
»Bist du dir da auch ganz sicher?«
»Absolut. Ich liebe dich.«
»Ich liebe dich auch«, antwortete sie leise.
»Also?«
»Ich will keinen Antrag aus Mitleid. Und ich will auch nicht, dass du mich bloß heiratest, damit du das Sorgerecht für das Kind hast.«
»Jasmine, wie kannst du so etwas überhaupt von mir denken?«, fragte er aufrichtig verblüfft.
»Wir sind noch nicht lange zusammen, Mark. Tut mir leid, aber ich bin nun mal ein wenig paranoid. Du bist so ein Erfolgsmensch. Bist du dir auch wirklich ganz sicher, dass du mich nicht nur aus irgendeiner antiquierten Überzeugung heraus bittest, deine Frau zu werden?«
»Also, ich verstehe, dass du dir Sorgen machst, aber das musst du nicht. Ich habe dich schon immer geliebt, Jasmine. Schon immer.«
»Wirklich?«
»Ja. Und jetzt, wo wir zusammen sind, kann ich mir ein Leben ohne dich gar nicht mehr vorstellen. Deshalb kann es mir auch nicht schnell genug gehen.«
»Hm …«
»Ich möchte unserem Kind ein richtiger Vater sein.«
»Ja, ich weiß. Oh, vielleicht weiß ich es doch nicht, Mark.«
»Bitte mach mir daraus, dass ich dich heiraten möchte, keinen Vorwurf, Jasmine. Ja, ich wünsche mir, dass wir alle denselben Namen tragen und eine echte Familie sind. Komm mir jetzt bitte nicht mit irgendwelchen modernen

Ideen von wegen zwei Wohnungen und ohne Trauschein glücklich werden. Das ist einfach nicht mein Ding.«

»Also schön, ich werde dich heiraten«, sagte sie betont beiläufig, als sei das keine große Sache für sie. Obwohl es das ohne Frage war. »Aber wenn sich herausstellen sollte, dass du irgend so ein verrückter Kontrollfreak bist, dann hetze ich dir wirklich meine Brüder auf den Hals.«

Eigentlich waren Jasmines Brüder handzahme, nette Jungs, aber sie hatte ihren verflossenen Freunden bisher immer erfolgreich das Gegenteil vorgegaukelt.

»In Ordnung.« Mark nickte.

»Und ich habe keine Lust, jeden Abend zu kochen. Also wird es etwas aus der Mikrowelle oder Käsebrote geben.«

»Kein Problem. Ich bin durchaus in der Lage, mir ein Ei in die Pfanne zu hauen, wenn ich Hunger habe, Jasmine. Eine Schüssel Cornflakes tut's auch. Hurra, wir heiraten! Lass uns drauf anstoßen, ja? Ist der Wein noch kalt genug? Oh, ich wollte natürlich sagen, lass uns eine Tasse Tee darauf trinken!«

»Worauf willst du denn anstoßen? Auf das Baby oder auf unsere Verlobung?«

»Auf beides natürlich, du Dummerchen. In welcher Reihenfolge auch immer.«

»Okay. Dann lass uns erst heiraten und dann das Baby bekommen. Genau in dieser Reihenfolge«, sagte sie und küsste ihn vergnügt.

»Hurra«, murmelte Mark nach dem längsten Kuss aller Zeiten. »Wir werden tatsächlich heiraten!«

»Das wird meine Mutter freuen. Mark?«

»Ja?«

»Eine Sache noch.«
»Sind es etwa Zwillinge?«
»Kannst du mal für einen Augenblick ernst sein? Nein, das ist es nicht.«
»Worum geht es denn?«
»Ich möchte keine große Hochzeit in Weiß und mit dem ganzen Schnickschnack.«
»Wie bitte? Warum denn nicht?«
»Weil es sich meine Eltern nicht leisten könnten und ich auch nicht. Außerdem will ich auch nicht, dass du oder deine Eltern dafür bezahlen. Darüber hinaus hasse ich so spießige Angelegenheiten ohnehin. Die machen mich nur verlegen und nervös. Dann wird mir nur noch schlechter, als es mir ohnehin schon jeden Morgen sein wird. Und ich darf weder Champagner noch Cocktails trinken. Ich lasse mich doch nicht zu einer großen, pompösen Hochzeit breitschlagen, wenn ich nicht einmal ein Glas Champagner trinken kann.«
»Gut, einverstanden. Doch ich will keine halbe Ewigkeit mehr warten.«
»Wir können so bald wie möglich heiraten, Mark. Aber bitte keine große, aufwendige Hochzeit!«
»Überlass das mir«, sagte er und kratzte sich am Kopf. »Ich werde mir etwas Nettes einfallen lassen, das nicht unsere Konten sprengt. In der Zwischenzeit sollten wir zusehen, dass du einen guten Arzt bekommst, und dann können wir uns nach einem Haus umsehen.«
»Ein Haus?«
»Ja. Wir brauchen doch etwas Größeres mit einem Kind.«
»O Gott, du hast natürlich recht. Aber was ist mit meinen schönen Einbauschränken? Meinen schicken Einbau-

leuchten? Meinem schnuckeligen Balkon?« Jasmine verzog weinerlich das Gesicht.

»Keine Sorge, du wirst jede Menge Einbauschränke und Einbauleuchten in unserem neuen Haus bekommen. Ich kann dir zwar keinen Balkon versprechen, aber dafür einen Spitzenwäschetrockner.«

»Du bist ja so romantisch«, erwiderte sie lachend.

»Wir müssen doch praktisch denken. Ich will ja nicht, dass meine wunderschöne Frau den ganzen Tag bei der Hausarbeit zubringt.« Er zwinkerte ihr zu und umarmte sie so fest, wie er es sich gerade noch traute.

»Dürfte ich das bitte schriftlich haben? Ich liebe dich, Mark.«

»Ich liebe dich auch.«

»Aber wenn mir das alles zu viel wird, können wir dann bitte eine Putzfrau einstellen? Selbst wenn sie nur einmal die Woche kommt, um die Badezimmer sauber zu machen? Ich mag nun einmal kein Chaos im Haus. Und ich werde auf gar keinen Fall hinter dir herräumen, mein Lieber, also sollten wir das gleich zu Beginn klären.«

»Abgemacht. Wir werden es in unser Ehegelübde aufnehmen.«

»Im Ernst?«

»Nein, natürlich nicht. Aber wir können gern eine Putzfrau einstellen. Ich werde heute Abend gleich einen kompletten Finanzplan ausarbeiten. Vielleicht muss ich mir ein kleineres Auto zulegen, damit ich trotzdem noch für ein Privatzimmer in der Geburtsklinik sparen kann –«

»Schon gut«, fiel sie ihm ins Wort und seufzte vor Glück laut auf. »Lass uns morgen über all die Details reden. Heute Abend möchte ich mich nur über das Baby freuen.«

»Und über die Hochzeit?«
»Natürlich auch über die Hochzeit.«
»Dann kann ich also wirklich loslegen und alles so planen, wie ich möchte?«
»Ja, das kannst du. So lange es nicht zu aufwendig und teuer ist.«
»Geht klar.«
Und damit hatten sie sich geeinigt.

Kapitel 42

Die Hochzeit

Es war August. Jeder Bewohner des Viertels hatte von Jasmines Mutter die strikte Anweisung erhalten, um strahlenden Sonnenschein am Hochzeitstag ihrer Tochter zu beten. Und nicht nur das, sondern auch gleich um einen klaren, blauen Himmel ohne ein Tröpfchen Nieselregen oder die kleinste Böe kalter Luft.

»Vicky, Schatz, du solltest damit aufhören, wildfremden Leuten zu sagen, dass sie um gutes Wetter beten müssen«, mahnte sie ihr Mann immer wieder. »Sonst lässt man dich noch von den Männern in den weißen Kitteln abholen.«

»Ich weiß, Sam. Ich weiß. Aber es kann ja nicht schaden«, erwiderte sie atemlos, zündete eine weitere Reihe von Teelichtern an und hielt eins davon zum Fenster hinauf.

»Würdest du bitte die Sache mit den Kerzen lassen? Du jagst mir damit einen Mordsschreck ein. Man könnte glatt meinen, du wolltest konvertieren und katholisch werden. Oder das Haus abbrennen.«

»Schh, Sam, das sind ja keine gesegneten Kerzen, sondern bloß ein paar Teelichter von Marks & Spencer mit Erdbeerduft. Aber ich werde damit aufhören, wenn es dich so sehr stört.«

Doch im Grunde seines Herzens wusste er, dass sie es nicht tun würde.

Am großen Tag selbst verschlief Vicky. Sie hatte die halbe Nacht wach gelegen und sich darüber gegrämt, dass Regen aufziehen und ihnen die Hochzeit unter freiem Himmel verderben könnte. Das war nämlich alles, was Mark ihnen gesagt hatte. Dass die Hochzeit unter freiem Himmel stattfinden würde ... Er wollte ihnen Taxis vorbeischicken, die sie um elf Uhr abholen würden.

Daher hatte Vicky tief und fest geschlafen, als der Wecker schließlich um acht Uhr klingelte. Ihr Mann schaltete ihn rasch aus, schlüpfte aus dem Bett und machte sich auf den Weg in die Küche, um Wasser aufzusetzen.

»Ein oder zwei Stunden Schlaf werden ihr guttun«, erklärte er Jasmine, die gerade aus der Dusche kam.

Außerdem konnten sie alle ein wenig Ruhe und Frieden gebrauchen, bevor der Rummel begann. Doch er hatte gerade seinen ersten wohltuenden Schluck Tee genommen, als bereits die ersten Besucher eintrafen.

»Hereinspaziert, freut mich, euch zu sehen«, grüßte er freundlich, als er in seinem alten, blauen Bademantel die Tür öffnete. »Aber bitte seid leise. Wir haben Vicky gerade zum Schlafen gebracht.«

Vicky hatte Angst, die Augen zu öffnen, als sie schließlich um zehn Uhr aufwachte. Während sie stocksteif auf ihrem Kissen lag, konnte sie allmählich die Wärme der Sonne auf ihrem Gesicht spüren. Langsam begann sie sich zu entspannen und normal zu atmen.

»Gott sei Dank«, seufzte sie. Es war so herrlich warm in dem Zimmer. Doch mit einem Mal kam ihr ein Gedanke: War es wirklich schön draußen, oder ließ Sam nur für Jasmines großen Tag die Heizung auf Hochtouren laufen?

»Aufwachen!«, rief ihr Mann in diesem Moment und betrat mit einer Tasse frisch aufgebrühtem Kaffee und zwei warmen Croissants das Zimmer. »Unten geht es zu wie am Piccadilly Circus. Brautjungfern, Kosmetikerinnen, Friseusen, neugierige Nachbarn, such es dir aus! Sie trinken Tee aus unseren besten Tassen und vertilgen all unsere Schokoladenkekse.«
Trotz seiner angesäuerten Miene wussten beide, dass er in Wahrheit jede einzelne Minute des bunten Treibens genoss.
»Sag mir, dass es ein schöner Tag ist«, flehte seine Frau, die ihre Augen immer noch geschlossen hatte.
»Ja, es ist eine Affenhitze. Aber das liegt wahrscheinlich daran, dass wir Hochsommer haben.«
Eine Affenhitze? Endlich öffnete Vicky die Augen.
»Gott sei Dank«, stöhnte sie erleichtert auf. »Ich hatte so gehofft, dass es ein schöner Tag wird. Das haben wir den Teelichtern zu verdanken.«
»Hier, iss das und hilf Jasmine dann beim Fertigmachen, ja? Sie ist schon seit einer Ewigkeit auf. Veranstaltet einen furchtbaren Aufstand wegen ihres Make-ups. Ihr Frauen und eure verfluchte Schminkerei. Das sieht für uns Männer sowieso immer alles gleich aus.« Er stellte das Tablett ab und zog die Vorhänge zur Seite. »Mist, die Blumen sind schon da. Ich mache mal eben die Tür auf.«
Damit eilte er die Treppe hinunter.
»Jasmine, Liebling?«, fragte ihre Mutter in den Flur hinein.
»Was ist?«
»Kann ich duschen?«
»Ja, aber mach nicht so lange im Bad. Ich muss alle fünf

Minuten aufs Klo«, rief Jasmine zurück. Sie durchstöberte ihr altes Kinderzimmer auf der Suche nach einer Sicherheitsnadel. Eine der Brautjungfern hatte einen Knopf an ihrem Kleid verloren. »Ich hoffe, die Blumen sind hübsch.«

»Sie werden wunderschön sein, warte nur ab«, erwiderte Vicky fröhlich und verschlang schnell ein halbes Croissant. »Sind die Brautjungfern schon lange hier?«

»Ja. Seit einer Ewigkeit.«

»Sind ihre Frisuren fertig?«

»Ja, Mum. Ich bin als Nächste dran.«

»Gut. Wurden die restlichen Hochzeitsgeschenke schon in deine Wohnung gebracht?«

»Ja. Die Jungs haben sie vor einer halben Stunde rübergeschafft.«

»Prima. Bei dir sind sie sicherer. Hier weiß jeder, dass wir den ganzen Tag nicht zu Hause sein werden. Hat sich der Pfarrer schon gemeldet?«

»Ja! Mum, würdest du bitte aufhören, mich mit Fragen zu löchern, und aufstehen, um mir zu helfen? Ich habe gerade eine Panikattacke«, keuchte Jasmine. »Das ist doch alles der blanke Wahnsinn. Ich kenne Mark kaum, und jetzt bekomme ich ein Baby von ihm, und wir heiraten. Dabei vergesse ich andauernd seinen Nachnamen. Ich werde mein Appartement schrecklich vermissen, die Arbeit im Laden. Die Wagen kommen in fünfzig Minuten. Und in Marks Familie sind alle so piekfein und kommen aus Hillsborough. O Gott … o Gott … o Gott …«

Vicky schmiss die Bettdecke zur Seite und hastete über den schmalen, knarrenden Flur in Jasmines altes Kinderzimmer. Ihre Tochter saß in einem rosafarbenen Morgenmantel und Hausschuhen auf dem Bett und hyperventilierte in eine kleine Papiertüte, die kürzlich noch drei Packungen mit biologisch abbaubarem Konfetti enthalten hatte.

»Liebling, Schätzchen, es wird alles gut«, flüsterte Jasmines Mutter beruhigend, setzte sich und nahm ihre einzige Tochter in die Arme.

»Hilf mir, Mummy«, schluchzte Jasmine.

»Alles wird gut, mein Engel, das verspreche ich dir. Und der heutige Tag wird wunderschön, das weiß ich.«

»Ich habe fürchterlichen Schiss, Mum.«

»Wovor denn, mein Schatz?«

»Vorm Erwachsenwerden.«

»Ich weiß, das ist nicht leicht«, seufzte ihre Mutter.

»Mir ist kotzübel«, sagte Jasmine schnaubend.

»Die Nerven oder Schwangerschaftsübelkeit?«

»Beides? Keine Ahnung. Ist die Schwangerschaft nicht schon zu weit fortgeschritten für morgendliche Übelkeit? Ach, ich weiß auch nicht mehr ...«

»Schon gut. Warte hier. Ich hole dir ein Bonbon und ein homöopathisches Beruhigungsmittel.«

»Wie wär's mit einem doppelten Wodka mit Cola?«, witzelte Jasmine.

»Nein, du bekommst keinen doppelten Wodka an deinem Hochzeitstag«, antwortete ihre Mutter mit energischer Stimme. »Wir sind doch keine Wilden. Und außerdem bist du schwanger! Ich hole dir ein winziges Gläschen Sekt mit Orangensaft.«

»Okay. Danke, Mum.« Jasmine legte die Papiertüte auf das Bett und holte tief Luft.

»Soll ich die Friseurin dann gleich raufschicken?«, fragte Vicky behutsam.

»Ja, mach das, Mum. Ich hab dich lieb.«

»Ich hab dich auch lieb, Schätzchen.«

»Mum?«

»Ja?«

»Wirst du auch ab und zu für uns babysitten?«, fragte Jasmine unter Tränen.

»Aber natürlich. Nichts und niemand wird mich davon abhalten«, erwiderte ihre Mutter lächelnd. »Ich werde jeden Tag schon zum Frühstück bei dir auftauchen. Du wirst es bald gründlich satthaben, mich zu sehen, glaub mir.«

»Danke, Mum. Tausend Dank.«

»Jetzt muss ich mich aber langsam mal selbst fertig machen. Geht es dir auch wirklich gut? Ich bin ja nur im Badezimmer, hörst du? Kannst du wieder normal atmen?«

»Ich glaube schon. Schick die Friseurin doch dann gleich mit dem Sekt hoch, ja?« Sie schaute zu ihrem schwarzweißen Designer-Hochzeitskleid hinüber (einem Geschenk von Ruby), das vorn an ihrer Schranktür hing. »Ich kann mich ja schließlich wieder von Mark scheiden lassen, wenn es nicht funktionieren sollte«, fügte sie skeptisch hinzu.

»Scheidung? Das ist die richtige Einstellung«, lachte Vicky und reckte beide Daumen in die Höhe.

»Auf geht's!«, meinte Jasmine und stöpselte den Föhn ein.

»In Ordnung«, sagte Vicky, die schon halb die Treppe hinunter war.

»So viel zur modernen Ehe«, murmelte Jasmine seufzend, als sie sich mit den Fingern durchs Haar fuhr. Natürlich wollte sie sich niemals wirklich von Mark scheiden lassen. Aber es war in irgendeiner Hinsicht tröstlich zu wissen, dass es einen Ausweg gab, sollte er sich doch noch als sonderbar entpuppen. Genau in diesem Moment fiel ihr wieder ein, wie er sie anlächelte, wenn sie sich geliebt hatten, und sie wusste einfach vom Grunde ihres Herzens, dass sie das Richtige tat.

Der Konvoi aus schwarzen Taxis parkte in einer ordentlichen Reihe, und die Gäste versammelten sich auf dem Gelände des Transportmuseums in Cultra. Die Sonne strahlte vom Himmel, und alles machte einen unglaublich sauberen und ordentlichen Eindruck.

»Und wir sollen bloß hier warten?«, fragte Sam den Fahrer.

»Genau.«

»Ja, Dad«, stimmte Jasmine zu.

»Das hat Mark gesagt? Ganz bestimmt?«

»Ja, Dad.«

»Wir sollen nicht zum Empfangsschalter gehen oder sonst was?«

»Nein, Dad.«

»Anscheinend macht er wieder einen auf geheimnisvoll! Ich hoffe, dein Mark hat sich nichts zu Übergeschnapptes einfallen lassen«, brummte Sam und rückte zum x-ten Mal seine Krawatte zurecht.

»Lass endlich deine Krawatte in Ruhe, Sam!«, schimpfte seine Frau. »Sie sitzt wunderbar. Sie soll so aussehen.«

»Sie fühlt sich aber so locker an. Sie fällt bestimmt jede Sekunde runter«, murmelte er.

»Nein, das tut sie nicht. Lass es sein«, entgegnete Vicky mit schneidender Stimme.

Sie schlug seine Hand weg, wobei ihr beinahe der Hut vom

Kopf gefallen wäre. Das riesige Ungetüm mit kaffeebraunen Federn ließ sie etwas wie einen Raubvogel aussehen.
»Hört auf, so einen Wirbel zu veranstalten, ihr beiden. Das macht mich schon wieder nervös«, beschwerte sich Jasmine und rieb sich sanft über den Bauch.
Sogleich sahen sich ihre Eltern zerknirscht an. »Entschuldige, Schätzchen.«
Die Taxis machten sich wieder auf den Weg und ließen die Gäste von beiden Seiten der Familie zurück, um sich untereinander zu vermischen, so gut es auf dem Rasen eben ging.
»Wir sehen *alle* großartig aus, Dad. Selbst dein Hut ist hübsch, Mum, jetzt, wo ich mich ein bisschen daran gewöhnt habe. Ich habe es mir doch gewünscht, dass die Hochzeitsfeier eine Überraschung wird«, erklärte Jasmine mit erschöpfter Stimme. »Ich hoffe bloß, dass die Überraschung nicht darin besteht, dass mein Zukünftiger das Weite sucht! Mann, ich wünschte, Ruby wäre hier! Wo steckt sie denn bloß?«
Jasmine schien in ihrem eleganten, dreiviertellangen weißen Tüllkleid mit schwarzer Stickerei auf dem Mieder einer Ausgabe der *Vogue* entsprungen zu sein. Sie hielt ein kleines, kugelförmiges Bouquet aus schwarzen Rosen, verziert mit grünen Steinchen und grünen Bananenblättern aus Seide. Ihr langes Haar war ganz schlicht zu einem lockeren Zopf geflochten. Dazu trug sie ein paar wunderschöne grüne Seidenschuhe, die mit kleinen schwarzen Rosen bestickt waren.
»Jetzt werden wir uns erst einmal alle beruhigen. Wahrscheinlich findet die Trauung irgendwo auf dem Museumsgelände im Freien statt, und danach gibt es einen traditio-

nellen Nachmittagstee mit Kuchen im Café«, sinnierte Vicky vergnügt. »Wahrscheinlich macht das die Schickeria von Hillsborough heutzutage so.«
»Da wir gerade davon reden, ich schätze, wir sollten wohl mal rübergehen und die Snobs begrüßen«, erwiderte Sam skeptisch.
»Schhh, sie sind keine Snobs. Sie sind eigentlich ganz okay«, zischte Jasmine und winkte Marks Eltern zu. »Wo bleibt Ruby denn nur? Hat jemand gesehen, ob sie in einem der Taxis war?«
»Da ist sie ja«, sagte Vicky erfreut.
»Hallo, Jasmine! O mein Gott, du siehst wirklich umwerfend aus!«, rief Ruby und eilte auf ihre Freundin zu. Tom folgte ihr ein wenig langsamer. Mit seinem einreihigen schwarzen Anzug und der bronzefarbenen Krawatte, die natürlich Ruby ausgesucht hatte, war er eine imposante Erscheinung.
»Ich habe doch gesagt, dass er abgeschrubbt bestimmt gut aussieht«, meinte Jasmine anerkennend zu Ruby.
»Da hattest du recht«, flüsterte Ruby zurück.
In diesem Moment brandete Beifall von der kleinen Ansammlung aufgeregter Gäste auf, denn Mark und der Pfarrer kamen in einem altmodischen Bus die Zufahrt hinaufgefahren. Mark trug einen weißen Anzug und eine grüne Krawatte und winkte allen wie wild zu.
»Ach du Schande!«, entfuhr es Sam, der seine Augen gegen die Sonne abschirmte. »Ein Bus!«
»Ach, du lieber Gott!«, stimmte seine Frau mit ein und kramte auf der Suche nach dem Fotoapparat in ihrer Handtasche. »Ein klappriger alter Bus!«
»O mein Gott!«, stieß Jasmine hervor, bevor sie hyste-

risch zu lachen begann. »Ist mir egal, ob er in einem alten Bus kommt. Hauptsache, er ist hier!«

»Du wirst mir nicht in diesem verflixten Ding heiraten«, empörte sich ihr Vater. »Da habe ich auch noch ein Wörtchen mitzureden.«

»Jetzt mach bloß keine Szene«, erwiderte Vicky mit besorgter Stimme, »wo sich Mark doch so viel Mühe gemacht hat.«

»Ist schon gut«, sagte Ruby beruhigend zu den beiden und umarmte Jasmine. »Du wirst nicht in einem Bus heiraten.«

»Du wusstest Bescheid?«, fragte Jasmine.

»Ich durfte es nicht verraten. Mark wollte etwas wirklich Unvergessliches«, erklärte Ruby lächelnd. »Das hier ist bloß ein kleiner Spaß, der die Leute in Stimmung bringen soll. Du wirst eigentlich in einem Dampfzug heiraten.«

»Also, wenn das nicht unvergesslich ist«, lachte Tom und winkte Mark zu.

»Wir müssen also ganz bestimmt nicht in diesen alten Bus steigen?«, fragte Sam, sichtlich erleichert.

»Nein«, versicherte ihnen Ruby.

»Und es wird nach der Hochzeit auch etwas zu essen geben?«, fragte Sam hoffungsvoll. »Ich würde zu gern ein Picknick neben den Zügen veranstalten, auch wenn sie sich nicht von der Stelle rühren.«

»Er liebt Dampfzüge«, sagte Vicky liebevoll. »Sie erinnern ihn an seine Kindheit und an Tagesausflüge nach Bangor.«

»Nun, dann ist das heute Ihr Glückstag, Sam. Der Empfang wird im größten Dampfzug stattfinden.« Ruby zwinkerte fröhlich mit den Augen. »Der befindet sich mitten im Museum und wird sich zwar nirgendwohin bewegen, aber die Kellner werden alle Uniformen aus den 1940er Jahren tragen. Ich habe es heute Morgen schon gesehen, und es ist einfach fabelhaft. Wir sind bereits seit einer Stunde hier. Mark hat Tom und mich gebeten, früher zu kommen und ihn anzurufen, falls es irgendwelche Probleme geben sollte. Aber es sieht alles ganz toll aus, also mach dir keine Sorgen, Jasmine. Überall hängen Fähnchen, und die Hochzeitstorte ist im Fahrkartenschalter. O je, das hätte ich jetzt besser nicht verraten sollen!«

»Ruby, erzähl mir alles«, keuchte Jamine. »Ich glaube nicht, dass meine Nerven noch mehr Überraschungen verkraften können.«

»Das ist es im Grunde auch schon. Nach dem Essen und dem Empfang werden wir dann alle noch in einem alten offenen Bus eine Fahrt durch Belfast unternehmen. Aber es ist ein großer, geräumiger Bus, nicht so eine kleine Dosenbüchse. Na, wie klingt das?«

»Himmlisch«, sagte Sam und tätschelte seine Krawatte vor Erleichterung. »Ich bekomme mein Essen im Zug und darf dann noch in einem offenen Bus in ganz Belfast angeben, hurra!«

Die sehr emotionale Hochzeitszeremonie im Freien war nach einer knappen halben Stunde vorbei vorbei, und alle jubelten, klatschten und warfen Konfetti. Anschließend ging es für den Empfang ins Museum, wo jeder fröhlich für ein Foto neben den Bussen und Zügen posierte. Reden wurden gehalten, und man stieß auf das glückliche Paar an. Dann stiegen sie alle zum großen Finale in den Bus und unternahmen eine einstündige Rundfahrt durch die Stadt.

»Das ist die beste Hochzeit, zu der ich je eingeladen war«, seufzte Ruby, als der alte Bus gemütlich die breite, sonnige Straße hinauffuhr.

»Ich auch«, stimmte ihr Tom zu und legte zärtlich einen Arm um sie. Sie saßen in einer ruhigen Ecke auf dem Unterdeck und tranken genüsslich den exklusiven Champagner, den Marks Vater für die Feierlichkeiten beigesteuert hatte. Keiner von ihnen erwähnte ihre eigenen Hochzeitstage. Das hier war eine Gelegenheit, um schöne Erinnerungen zu schaffen.

»Es war alles so entspannt und zwanglos, nicht wahr?«, meinte Ruby zufrieden.

»Ja, das war es.« Tom nickte gedankenverloren.

»Die Idee mit dem Büfett hat mir auch gefallen. Es ist schön, wenn man herumlaufen kann und nicht stundenlang neben irgendjemandem sitzen muss«, sagte Ruby nachdenklich. »Besonders, wenn man die Person nicht gut kennt.«

»Stimmt. Lass uns auf Büfetts anstoßen.«

»Prost!« Ruby hob ihr Glas.

»Prost!«, lachte Tom.

»Du siehst toll aus in dem Anzug«, meinte Ruby plötzlich.

»Wirklich?«

»Aber ja. Du solltest dich öfter in Schale werfen.«

Tom warf einen Blick auf Rubys perfektes Dekolleté in ihrem roten Kleid und auch auf ihre schmalen Knöchel in den dazu passenden, roten Schuhen.

»Bring mich bloß nicht dazu, an Klamotten zu denken«, bat er Ruby.

»Warum denn nicht?«, erkundigte sie sich kichernd.

»Weil ich dann nur daran denken kann, dir deine auszuziehen«, flüsterte er mit einem verschmitzten Grinsen.
»Hör auf«, sagte sie lachend.
»Ich kann nichts dafür«, wisperte er ihr ins Ohr. »Durch dich werde ich noch sexsüchtig.«
»Ach, jetzt ist es also meine Schuld!«, erwiderte Ruby mit leiser Stimme.
»Tut mir leid, ich hätte dieses Wort nicht hier benutzen dürfen«, flüsterte Tom.
»Warum denn nicht?«
»Es gehört sich einfach nicht«, sagte er und verdrehte seine Augen in Richtung von Jasmines Eltern, die sich angeregt mit dem Pastor unterhielten.
»Küss mich«, sagte Ruby.
»In Ordnung, aber nur ein kleiner Kuss«, erwiderte Tom.
Als Mark und Jasmine einige Minuten später die Treppe hinunterkamen, waren Tom und Ruby in einen innigen Kuss versunken, was Jasmine ausgesprochen beeindruckte.
»Tom war anfangs so schüchtern, dass er über die Ravenhill Road davongerannt ist, anstatt uns guten Tag zu sagen«, erklärte sie ihrem frisch angetrauten Ehemann leise.
»Wie es scheint, macht er das jetzt wieder gut«, erwiderte Mark mit einem vielsagenden Lächeln.
»Glaubst du, wir beide werden jemals so ineinander verliebt sein wie sie?«, fragte Jasmine scherzend.
»Jasmine, niemand wird jemals einen anderen Menschen so sehr lieben, wie ich dich liebe«, antwortete Mark und zog sie fest an sich.
Und es war ihm ernst damit.

Kapitel 43

Das Baby

Die Monate schienen zu verfliegen. Jasmine arbeitete weiterhin in Rubys Laden, obwohl sie gegen Ende ihrer Schwangerschaft die meiste Zeit in dem Designer-Sessel verbrachte. Ruby war diejenige, die die Tür öffnete, die neuen Waren auspackte und kassierte, während Jasmine mit einem Staubwedel in der einen Hand und einem Buch über Kindernamen in der anderen im Laden herumschlenderte.

»Ich kann aber kein Wort deswegen zu ihr sagen«, vertraute Ruby Tom auf einem ihrer regelmäßigen Strandspaziergänge an und gab dabei vor, sauer auf ihre Freundin zu sein, weil die nicht mehr so herumflitzen konnte wie früher.

»Nein, natürlich nicht«, spielte er mit und stimmte ihr zu.

»Frauen müssen zusammenhalten«, erklärte Ruby entschieden.

»Richtig. Es würde sie auch nur aufregen«, entgegnete Tom und nickte weise.

»Und schwangere Frauen sollen sich nicht aufregen«, sagte Ruby.

»Nein, das sollen sie nicht.«

»Aber jetzt mal ernsthaft, ich frage mich, ob Jasmine weiter im Laden arbeiten wird, wenn das Baby erst einmal da ist«, meinte Ruby. »Es sieht wahrscheinlich nicht so gut aus, wenn ein Kinderwagen neben der Umkleidekabine steht. Oder vielleicht gerade doch?!«

»Sie wird bestimmt halbtags arbeiten können«, meinte Tom. »Es sei denn, sie entscheidet sich, eine Vollzeitmutter zu sein.«

»Ich kann mir eigentlich nicht vorstellen, dass sich Jasmine in eine Glucke verwandelt.«

»Das weiß man vorher nie«, sagte Tom.

»Möglich ist alles«, gab Ruby immer noch mit einem leisen Zweifel in der Stimme zurück. »Sie wird ihr Baby bestimmt abgöttisch lieben, aber trotzdem glaube ich einfach nicht, dass sie den Laden ganz aufgibt. Dafür hängt sie viel zu sehr daran.«

»Dann wäre es also für dich in Ordnung, wenn sie halbtags arbeitet?«

»Ja. Ich weiß, dass ich mich wahrscheinlich umsonst aufrege. Ich würde sie nur so schrecklich vermissen, wenn sie nicht wieder zurückkäme, das ist alles.«

Als Ruby an einem grauen Tag Anfang November in die Entbindungsstation gehetzt kam, war bereits alles vorbei. Jasmine hatte ein sieben Pfund schweres Mädchen zur Welt gebracht, und Mutter und Kind waren wohlauf. Sie hatte sich noch nicht für einen Namen entschieden. Harlow hatte es ihr angetan, weil Nicole Richie ihre Tochter so genannt hatte. Mark fand Amy schön, hatte aber Bedenken, dass der Name zu sehr mit der Sängerin Amy Winehouse in Verbindung gebracht werden könnte. Sam und Vicky favorisierten Kylie, Marks konservative Eltern dagegen klassische Namen wie Alice, Beatrice, Charlotte und Victoria. Aber jeder wusste, dass am Ende Jasmine entscheiden würde, welchen Namen ihre Tochter erhielt. Schließlich war sie diejenige, die vierzehn Stunden in den Wehen gelegen hatte.

»Sie ist absolut hinreißend«, seufzte Ruby und berührte die winzige rosafarbene Hand des Babys mit der Fingerspitze.

»Ja, nicht wahr?«, erwiderte Jasmine stolz.

»Einfach perfekt. Wo ist Mark?«

»Der arbeitet heute Nachmittag wieder. Aber er wird sich ein paar Tage freinehmen, wenn ich aus dem Krankenhaus komme. Wenn *wir* aus dem Krankenhaus kommen. Mein Baby und ich … meine Tochter!«

»Hast du eine Ahnung, wann du nach Hause darfst?«, wollte Ruby wissen und nahm auf einem bequemen Stuhl neben Jasmines Bett Platz. Sie flüsterte, damit sie das Baby nicht weckte.

»Nicht die geringste«, entgegnete Jasmine. »Wir werden erst einmal in Marks Haus wohnen, bis wir etwas Neues gefunden haben.«

»Das ist auch vernünftig. Deine Wohnung ist zwar hübscher, aber sie liegt im fünften Stock!«

»Es ist zwar nur ein kleines Haus, aber wir werden uns so bald wie möglich nach etwas Größerem umsehen. Ich weiß, dass Mark beruflich gerade erst am Anfang seiner Karriere steht, aber ich bin mir sicher, dass wir eine ausreichend hohe Hypothek bewilligt bekommen. Mark sagt, er wird jeden Preis akzeptieren, den er für sein gegenwärtiges Haus bekommt, um die Anzahlung zusammenzubekommen.«

Ruby nickte nur. Es würde nicht einfach sein, sich mit einem Neugeborenen und bei Marks anstrengendem Job

nach einem neuen Haus umzusehen. »Kann ich dir bei irgendetwas behilflich sein?«, fragte sie.
»Es wäre schön, wenn du mit mir auf Haussuche gehen würdest! Bitte, komm doch mit!«, bettelte Jasmine. »Mark sagt, ich könnte mir die Häuser vorab schon allein ansehen. Er wird wohl zu beschäftigt sein, und ich kann den Ball schon mal ins Rollen bringen. Bitte, sag ja! Du bist doch Expertin, was Häuser angeht!«
»Klar komm ich mit. Ich werde auf der Stelle anfangen, Broschüren zu sammeln. Gott sei Dank kannst du Auto fahren, Jasmine. Das wird dir das Leben so viel leichter machen.«
»Mum hat gesagt, sie würde jederzeit auf das Baby aufpassen«, sagte Jasmine, deren Stimme mit einem Mal tränenerstickt klang. »Ist sie nicht ein Schatz?«
»Ja, das ist sie. Sie ist wirklich gut zu dir, Jasmine«, antwortete Ruby ein wenig wehmütig.
»Ob deine Mutter wohl jemals wieder nach Hause kommen wird?«, fragte Jasmine behutsam. Sie schnitt dieses heikle Thema für gewöhnlich nicht mehr an, aber Ruby hatte schon seit einer halben Ewigkeit nicht mehr von ihrer Mum gesprochen.
»Wer weiß?«
»Bist du immer noch wütend auf sie?«
»Nein, nicht mehr.«
»Das ist gut«, meinte Jasmine leise, die sich plötzlich der Mutter-Tochter-Beziehung viel stärker bewusst war und das Gefühl hatte, sie verteidigen zu müssen.
»Sie liebt mich auf ihre eigene Weise«, erklärte Ruby und nickte betrübt. »Es ist nur so, dass sie im Moment etwas unabhängig von ihrer Familie machen muss. Etwas nur

für sich, weißt du? Ich verstehe dieses Bedürfnis auch. Na ja, zumindest irgendwie … Jedenfalls bleiben wir in Verbindung, und sie wird nach Hause kommen, wenn sie so weit ist. Das hoffe ich zumindest … Und wenn sie einfach immer weiter in der Weltgeschichte herumreist, dann werde ich ihren Wunsch wohl auch respektieren müssen.«

»Das ist sehr vernünftig von dir, Ruby.«

»Da bin ich mir nicht so sicher.«

»Du bist nur vier Jahre älter als ich, aber manchmal kommst du mir wie eine zweite Mutter vor.«

»Danke, Jasmine. Ich betrachte das jetzt mal als Kompliment!«, lachte Ruby.

»Oh, so war es auch gemeint«, stellte Jasmine rasch fest. »Es bringt ja nichts, wenn wir beide Hohlköpfe sind. Eine Pfeife reicht in jeder Freundschaft vollkommen aus.«

»Na dann.«

»Wie geht es eigentlich zurzeit deinem Dad?«, erkundigte sich Jasmine unvermittelt.

»Es ist komisch, aber ich glaube, er gewöhnt sich an die Ruhe und den Frieden. Das bereitet mir momentan die größte Sorge. Er spricht nicht einmal mehr von Mum, wenn wir miteinander telefonieren.«

»Meinst du, er will gar nicht mehr, dass deine Mutter zurückkommt?«

»Ich bin mir nicht sicher, aber er scheint inzwischen allein sehr glücklich zu sein. Zufrieden, verstehst du?«

»Oje. Aus den Augen, aus dem Sinn, nicht wahr?«

»Ich weiß«, seufzte Ruby.

»Ist es nicht verrückt, was die gegenwärtige Generation der über Sechzigjährigen so anstellt? Sie ziehen durch die

Gegend wie deine Mutter und verprassen das Erbe ihrer Kinder.«

Ruby nickte nur mit einem traurigen Lächeln.

»Was wird für dich übrig bleiben, wenn sich deine Eltern trennen sollten?«

»Weiß ich nicht, interessiert mich aber auch nicht. Ich möchte einfach, dass sie glücklich sind.«

»Ach, du bist viel zu nett. Ich werde ein Sechstel eines Reihenhauses in der Sandy Row bekommen, wenn meine Eltern den Löffel abgeben. Vielleicht noch weniger als das, wenn sie all ihre Enkelkinder miteinbeziehen.«

»Das kann dir doch jetzt egal sein. Du hast dir schließlich einen Arzt geangelt, du Glückskind!«

»Ja, das hab ich, nicht wahr?«, kicherte Jasmine. »Aber ich liebe ihn wie verrückt«, fügte sie hinzu. »Als er an jenem Tag in den Laden kam, da hatte ich ja keine Ahnung, was er beruflich macht. Ich fand einfach, dass er gut aussieht, sexy und nett ist. Ich liebe ihn wirklich um seiner selbst willen.«

»Das weiß ich doch«, meinte Ruby und lächelte Jasmine an, ehe sie erneut ihr prachtvolles Töchterchen bewunderte.

Eine Krankenpflegerin brachte ihnen Tee und Gebäck, und für eine Weile saßen die beiden Freundinnen einfach da und betrachteten Baby Crawfords Rosenknospenlippen, die langen, zuckenden Wimpern und die perfekten runden Wangen.

»Sie ist so wunderschön«, seufzte Ruby. »Ich dachte, Babys seien nach der Geburt alle rot und schrumpelig und würden das Haus zusammenschreien.«

»Nicht alle«, erwiderte Jasmine selbstgefällig.

»War es sehr schlimm?«, riskierte Ruby zu fragen.
»Eigentlich nicht«, antwortete Jasmine verlegen.
»Ernsthaft, Jasmine, hattest du große Schmerzen?«
»Nein.«
»Lügnerin.«
»Gut, es war nicht leicht«, räumte Jasmine ein.
»Wie schlimm war es denn?«
»Das werde ich dir nicht sagen«, erwiderte Jasmine und trank ihren Tee.
»Das ist ja die reinste Verschwörung«, schimpfte Ruby zum Spaß und lehnte sich in ihrem Stuhl zurück.
»Nein, das ist es nicht.«
»Und ob. Alle Frauen, die gerade Mutter geworden sind, sagen nach der Geburt plötzlich keinen Piep mehr. Bloß um den Rest von uns armseligen Trotteln nicht abzuschrecken. Ich frage mich, ob du nett bist oder ob du bloß willst, dass wir anderen auch so leiden wie du?«
»Du vergisst den Schmerz, Ruby. Sofort danach vergisst du das ganze böse Zeug«, gestand Jasmine mit einem scheuen Lächeln.
»O mein Gott, also *war* es schlimm?«
»Ruby, jetzt quäl dich doch nicht so. Ich werde nicht näher auf irgendwelche Einzelheiten eingehen. Sie ist jetzt da, und ich möchte nichts weiter als ein Haus kaufen, damit wir beide zusammen das Kinderzimmer gestalten können. Dann werden wir lange, herrliche Spaziergänge im Ormeau Park machen und Hunderte von Fotos schießen und all so was.«
»Aber ja«, strahlte Ruby. Sie wollte Jasmine nicht darauf hinweisen, dass sie auch noch ein Geschäft zu führen hatte. Und das jetzt wohl in Eigenregie. Sie traute sich auch

nicht, über die mögliche Einstellung einer neuen Verkäuferin zu reden, aus Angst, Jasmine damit zu kränken.

»Ist schon komisch, dass ich jetzt Mutter bin, nicht wahr?«, seufzte Jasmine.

»Aber ganz und gar nicht. Du wirst eine ganz tolle Mutter sein, das garantiere ich dir, und sämtliche attraktiven Mütter werden dir nacheifern«, sagte Ruby und tätschelte neidisch die Hand ihrer Freundin. »Vielleicht musst du deine Highheels mit den zwölf Zentimeter hohen Absätzen gegen perlenbesetzte Flip-Flops eintauschen, aber du wirst trotzdem immer noch umwerfend aussehen.«

»Ruby?«

»Ja?«

»Kann ich immer noch freitags und samstags im Laden arbeiten?«

»Aber natürlich kannst du das.«

»Mum hat gesagt, dass sie sich um das Baby kümmern würde, damit ich auch ein bisschen aus dem Haus komme. Sie findet, dass es wichtig ist, seinen Beruf zu behalten, weil man sonst zu einer Langweilerin wird, die nur von ihrem Kind besessen ist, und außerdem noch zu einer gesellschaftlichen Außenseiterin verkommt.«

»Zu einer gesellschaftlichen Außenseiterin? Das dürfen wir natürlich nicht zulassen! Das würde auch gar nicht zu dir passen. Dann werde ich also versuchen, von Montag bis Mittwoch so gut ich kann allein zurechtzukommen. Vielleicht öffne ich den Laden donnerstags gar nicht mehr. Gönne mir einen Ruhetag, was hältst du davon?«

»Tolle Idee! Wir könnten dann ja einen Frauentag daraus machen und etwas gemeinsam unternehmen! Mark hat mir allerdings versichert, dass ich die Kleine durchaus auch in eine gute Kinderkrippe geben und wieder Vollzeit arbeiten kann, wenn ich zu Hause einen Koller kriegen sollte. Wahrscheinlich würde es uns am Ende mehr kosten, als ich verdiene, aber egal. Doch erst mal werde ich natürlich versuchen, mich selbst um sie zu kümmern.«

»Okay.«

»Und mein Dad sagt, dass Kinder am besten gedeihen, wenn sich ihre Mütter um sie kümmern.«

»Okay.«

»Aber Marks Eltern finden es besser, wenn ich arbeite. Sie meinen, ich sollte ein paar Kinderbetreuungskurse machen und meine eigene Krippe eröffnen, weil in Belfast wie ja überall Betreuungsmöglichkeiten für Kleinkinder fehlen.«

»Okay«, sagte Ruby wieder. Sie fand die Vorstellung, dass Jasmine ihre eigene Kinderkrippe leitete, gelinde gesagt ein klein wenig gewagt, aber sie entschied sich, für den Moment ihren Mund zu halten. Mal abwarten, wie Jasmine für den Anfang mit *einem* Kind klarkommt, sagte sie sich. Es war besser, sich nicht zu sehr einzumischen. Das eigene Leben war ohnehin so viel leichter, wenn man sich aus dem anderer Leute raushielt …

»Was soll ich deiner Meinung nach tun, Ruby?«, wollte Jasmine in diesem Moment wissen.

Ruby biss sich auf die Lippe. Sie durfte jetzt nichts Falsches sagen.

»O Gott, frag mich doch nicht um Rat«, brummte sie und errötete ein wenig. »Was weiß ich schon von Babys?«

»Aber du bist so klug und kennst dich mit allem aus.«

»Aber doch nicht mit Babys! Ich habe nicht die geringste Ahnung von Babys.«

»Na gut. Die Entscheidung fällt mir nur so schwer.«
»Warte doch erst einmal ein paar Wochen ab und schau, wie du dann darüber denkst.«
»Ja, in Ordnung. Mal sehen, wie mir das Muttersein bekommt.«
»Braves Mädchen.«
»Aber es ist schon komisch, wie einen das einschränkt«, setzte Jasmine plötzlich leise an.
»Wie meinst du das?«
»Na ja, du bist so sehr auf andere Menschen angewiesen. Bevor die Kleine hier auf der Welt war, brauchte ich keine Hilfe. Ich hatte meinen Job, mein schönes Appartement, konnte kommen und gehen, wann ich wollte. Wenn mir danach war, habe ich mit einem Mann, der mir gefiel, geschlafen oder bin an meinen freien Tagen einfach im Bett geblieben und habe Zeitschriften gelesen. Jetzt brauche ich Mark, damit er mich finanziell unterstützt. Er hat ein großes Mitspracherecht bei unserem zukünftigen Haus. Ich brauche Mum und Dad zum Babysitten. Und dich, damit du mir erlaubst, zu Zeiten im Laden zu arbeiten, die mir und dem Baby passen ... Ich bin eine große, fette Kuh, die gar nichts mehr allein schafft!«
»Hör auf zu fluchen, Jasmine! Denk an das Baby! Du möchtest doch nicht, dass ihr erstes Wort ein Schimpfwort ist, oder?«
»Siehst du? Ich darf nicht einmal mehr fluchen. Mein Leben gehört nicht mehr mir«, beschwerte sich Jasmine. »Muss ich jetzt etwa auch noch zu einem Moralapostel werden?«
»Reg dich ab. Natürlich gehört dein Leben noch dir. Das sind jetzt bloß die Hormone.«

»Ach, scheiß drauf! Tut mir leid, das wollte ich eigentlich gar nicht sagen! Na ja, es wird mir wohl nichts anderes übrigbleiben, als einfach mein Bestes zu versuchen, nicht wahr?«

»Stimmt.«

»Da gibt es übrigens noch eine Sache, bei der ich es mir anders überlegt habe«, flüsterte Jasmine.

»Und das wäre?«

»Unverbindlicher Sex. Also, davon bin ich völlig ab.«

»Na ja, du bist jetzt verheiratet, Jasmine. Da sollte man ohnehin keine One-Night-Stands mehr haben.«

»Doch nicht, was mich betrifft, du Dummerchen. Ich liebe Mark heiß und innig. Ich meine unverbindlichen Sex ganz allgemein.«

»Ach ja?«

»Ja. Nach dem, was ich letzte Nacht mitgemacht habe«, sagte sie und nickte zum Kreißsaal hinüber, »werde ich niemals wieder in der Lage sein, über lockeren Sex zu lesen oder es im Fernsehen oder im Kino zu sehen, ohne zusammenzuzucken. Ich schätze, neunundneunzig Prozent der Männer sind es sowieso nicht wert. Für sie sind es bloß fünf Minuten Spaß im Bett, aber für die Frau kann eine Sache auf Leben und Tod daraus werden.«

»Ich wusste doch, dass es schlimm gewesen ist«, erwiderte Ruby lächelnd.

»Na ja ...«

»Aber Mark und das Baby sind es doch wert, oder?«, wollte Ruby wissen und sah ihre Freundin hoffnungsvoll an.

»So in etwa.«

»Ach, komm schon, lass uns einen Namen aussuchen«,

strahlte Ruby. »Wie wäre es mit Harlow? Das war doch dein Favorit, oder?«

»Ja, schon, aber jetzt wird doch jeder diesen Namen nehmen. In fünf Jahren wird es in jeder ersten Schulklasse der westlichen Welt mindestens fünf Mädchen geben, die Harlow heißen.«

»Da magst du recht haben.«

»Kylie scheidet aus demselben Grund aus.«

»Da stimme ich dir zu. Kylie Crawford klingt ohnehin nicht sehr schön.«

»Ich muss wohl noch einmal gründlich darüber nachdenken«, seufzte Jasmine.

»Ja, tu das.«

»Aber Harlow ist schon ein wunderschöner Name, oder?«, fragte Jasmine gähnend.

»Ja, das ist er.«

»Wirklich wunderschön ...«

Ruby nahm Jasmine ganz vorsichtig die Tasse aus der Hand, während die noch einmal herzhaft gähnte und dann friedlich wegdöste.

Kapitel 44

Das seltsame Paar

Als sie von der Kasse aufschaute und ihren Ehemann erblickte, der schweigend am Tresen der Bäckerei stand, wäre Emily Nightingale vor Schreck beinahe in Ohnmacht gefallen.

»Grundgütiger!«, entfuhr es ihr.

»Kein Grund umzukippen, ich bin's nur. Dieses gelbe Kleid steht dir wirklich gut.«

»O mein Gott.«

»Hallo, Emily.«

»Was machst du denn hier?«, keuchte sie und blickte nervös über ihre Schulter, um zu sehen, ob ihr Vorgesetzter sie von seinem Bürofenster aus beobachtete. Eigentlich durften sie keine privaten Besuche bei der Arbeit empfangen. »Wag es ja nicht, mir hier eine Szene zu machen«, zischte sie aufgebracht.

»Keine Sorge«, erwiderte er ruhig. »Das werde ich nicht. So etwas würde mir im Traum nicht einfallen. Das liegt nicht in meiner Natur, das weißt du doch.«

»Was willst du dann hier?«, fragte sie. Kalter Schweiß sammelte sich vor Angst und in Erwartung dessen, was ihr bevorstand, in ihrem Nacken.

»Ich bin nach New York gekommen, um mich von dir zu verabschieden«, antwortete er ungerührt.

»Verabschieden?«

»Ja, verabschieden. Wir waren vierzig Jahre verheiratet,

Emily. Ich finde, das rechtfertigt einen Abschied von Angesicht zu Angesicht, meinst du nicht? Und das hier ist er. Du hast doch nicht etwa geglaubt, dass unsere Ehe einfach so dahinschwinden würde, oder?«
»Eigentlich schon.«
»Nein, wir hatten eine offizielle Hochzeitszeremonie, also soll es auch ein offizielles Ende geben. Es tut mir leid, dass du als meine Frau nicht glücklich geworden bist. Ich habe mein Bestes gegeben, dir ein guter Ehemann und ein treuer Gefährte zu sein. Aber offenbar habe ich es nicht richtig angestellt.«
»Gibt es hier ein Problem?«, fragte Emilys Vorgesetzter, der die lange Schlange bemerkt hatte, die sich hinter Emilys derzeitigem Kunden bildete, und aus seinem Büro gekommen war.
»Hallo, ich bin Emilys Ehemann, David Nightingale. Ich bin nur hergekommen, um meiner Frau mitzuteilen, dass ich in die Scheidung einwillige«, sagte David munter und streckte ihm mit einer überschwänglichen Geste die Hand hin.
Emilys Vorgesetzter zuckte bloß mit den Schultern und schüttelte die ihm dargebotene Hand herzlich. Er war selbst geschieden.
»Keine leichte Sache«, meinte er verständnisvoll. »Mir letztes Jahr den Nierentumor entfernen zu lassen, war weitaus weniger traumatisch für mich, als meine Scheidung hinter mich zu bringen. Außerdem hat sie unser Haus bekommen. Und unseren Hund.«
»O mein Gott«, seufzte Emily wieder und schloss vor Verlegenheit die Augen.
»Nun, du wolltest die Scheidung, Emily, und ich willige

ein. Was ist denn los? Möchtest du es denn nicht publik machen? Ich dachte, du seiest es leid, dich in unserem großen Haus zu verstecken.«

»David, würdest du bitte still sein!«, zischte sie.

»Wir lassen uns scheiden«, teilte David den anderen Kunden mit, die in der Nähe standen.

»Viel Glück, mein Lieber«, gab ein Mann zurück, »aber ich würde jetzt wirklich gern mein Brot kaufen.«

Die anderen Kunden verdrehten nur die Augen und blickten auf ihre Armbanduhren. Scheidung war nun mal keine große Sache im Big Apple.

»Machen Sie ein paar Minuten Pause, Emily«, sagte der Chef der Bäckerei. »Ach was, nehmen Sie den Rest des Tages frei«, fügte er hinzu und griff nach einer Schürze, die an der Wand hing. »Aber morgen früh sind Sie pünktlich um neun Uhr hier, ja?«

»In Ordnung, vielen Dank«, presste Emily hervor, holte ihre Handtasche und den Mantel und scheuchte ihren zukünftigen Ex-Mann vor sich aus dem Laden.

»Ich kann einfach nicht glauben, dass du das gerade getan hast«, sagte sie, den Tränen nahe. »Ein einfacher Brief hätte gereicht.«

»Nein, hätte er nicht. Und jetzt, wo ich einmal hier bin, lass uns miteinander reden.«

Sie gingen zusammen die Straße hinunter und betraten ein kleines Lokal, in dem Emily hin und wieder aß. Es hatte Chromstühle und rosafarbene Vorhänge, die Tische waren sehr sauber und das Wasser angenehm gekühlt.

»Zwei Kaffee, bitte«, rief sie dem Kellner zu, der die dampfenden Tassen sogleich zu ihrem Tisch brachte.

»Vielen Dank, Sir. Ich wünsche Ihnen einen schönen Tag«,

sagte er lächelnd, als David ihn bezahlte und ein stattliches Trinkgeld auf dem Unterteller hinterließ.

Emily und David nickten, erwiderten sein Lächeln aber nicht.

»Das war doch nur ein alberner Trick von dir«, fauchte Emily schließlich.

»Nein, war es nicht.«

»Du hast gar nicht die Absicht, dich von mir scheiden zu lassen. Ich warte schon seit einer Ewigkeit darauf, von deinem Anwalt zu hören.«

»Doch, es ist durchaus meine Absicht. Und es wird auch geschehen. Ich habe schon alles in die Wege geleitet. Wir leben bereits eine ganze Weile nicht mehr zusammen, wie du ja sicher bemerkt hast. Man hat mir versichert, dass es in diesem Fall nur noch eine Formalität ist.«

»Aha.«

»Natürlich werde ich das Haus in Blackskull behalten.«

»Augenblick mal! Ich bin völlig abgebrannt!«

»Das wird sich bald ändern. Ich werde das Haus behalten, weil ich die Gegend dort liebe. Außerdem werde ich niemals wieder die Erlaubnis erhalten, ein so großes Haus dort zu bauen. Man bekommt da oben heutzutage nicht einmal mehr einen kleinen Schuppen bewilligt. Die Planer sind inzwischen sehr unnachgiebig. Also behalte ich das Haus, aber ich gebe dir einen stattlichen Anteil an unseren Ersparnissen.«

»Aha«, sagte sie wieder.

»Ich habe den Scheck hier in meiner Jackentasche. Du musst nichts weiter tun als ein paar Papiere unterschreiben, und dann müssen wir uns niemals wiedersehen, einverstanden? Als verheiratetes Paar, meine ich natürlich.

Als Freund kannst du mich natürlich jederzeit gerne besuchen kommen. Übrigens, Ruby lässt dich grüßen und ausrichten, dass du bei ihr auch immer willkommen bist.«

»Soll das heißen, dass Ruby nicht mit dir hier ist? Du bist allein gekommen? Wie hast du das denn geschafft?«

»Ich bin nicht beschränkt, Emily«, seufzte er.

»Nun, ich muss zugeben, mit so etwas habe ich nicht gerechnet. Wo sind die Scheidungspapiere? Ich möchte sie sehen.«

»Ich habe sie nicht hier. Wir müssen zu dieser Adresse gehen«, antwortete er und zeigte ihr eine Seite in seinem Adressbuch. »Es ist eine Rechtsanwaltskanzlei. Mein Anwalt zu Hause hat alles arrangiert.«

»Ist das etwa eine Falle, David? Werde ich verhaftet, wenn ich dort hingehe?«, fragte sie und musterte ihn misstrauisch.

»Nein, du hast mein Wort. Es ist wirklich alles ganz einfach. In sechs Monaten sind wir geschieden. Und du kannst das Geld noch heute haben.«

»Wie viel?«

Er sagte es ihr.

»Das ist sehr großzügig von dir, David.«

»Ich weiß.«

»Aber warum gibst du dich so leicht geschlagen?«, wollte sie verwundert wissen.

»Weil ich es leid bin, dich zu enttäuschen«, erwiderte er betrübt.

»Was meinst du damit?«

»Ich bin erledigt, Emily. Ich will einfach meine Ruhe«, antwortete er schlicht.

»Oh, ich verstehe.«
»Ich möchte die Zeit, die mir noch bleibt, nicht damit verbringen, mich mit dir oder irgendjemand sonst zu streiten. Ich habe Besseres zu tun.«
»Es gibt keinen Grund, verletzend zu werden, David«, gab sie verstimmt zurück.
»Das ist auch nicht meine Absicht. Du hast doch mit all dem angefangen. Gab es denn außer Kränkungen und Langeweile wirklich nichts, Emily? War es tatsächlich eine vierzigjährige Strafe für dich? Keine richtige Ehe, bloß ein ständig schwelender Konflikt, der ab und zu mal von einem ordentlichen Krach durchbrochen wurde? Einmal abgesehen von deinem wiederholten Verschwinden.«
»David, bitte, lass das doch …«
»Ach, schon gut … Du hattest ja recht, mich zu verlassen, Emily. Wirklich. Ansonsten hätten wir so weitergemacht, bis einer von uns tot umgefallen wäre. Und das ist doch kein Leben.«
»So schlimm war es auch nicht.«
»Doch, das war es. Einzig unser Ehegelübde hat uns zusammengehalten, nicht etwa Liebe.«
»Glaubst du das wirklich?«
»Wir haben nie genug zusammen gelacht. Nie wirklich gelacht, meine ich. Bis uns die Seiten wehgetan haben.«
»Wir haben schon hin und wieder Spaß gehabt«, entgegnete sie verzweifelt.
Er blickte ihr fest in die Augen. »Es tut mir leid, Emily. Ich gebe mich geschlagen. Es ist vorbei.«
»Du willst mich auf die Probe stellen«, entgegnete sie.
»Nein, das habe ich nicht vor.«

»Doch, das tust du. Du versuchst mir Angst einzujagen, damit ich mit dir nach Hause zurückkomme.«
»Nein, wirklich nicht. Ich möchte gar nicht, dass du mit mir zurückkommst. Ich lasse ohnehin gerade das Haus renovieren. Im Moment ist alles voller Leitern und Abdecktücher.«
»Wie bitte?«
»Letzte Woche wurde die alte Tapete abgelöst. Sämtliche Wände werden neu verputzt und weiß gestrichen. Dann lasse ich Eichenparkett legen und dunkelbraun beizen. Außerdem habe ich mir einen Schaukelstuhl gekauft, der jetzt neben dem Kamin in der Küche steht. Ich weiß, dass du Schaukelstühle nicht magst. Hast du nicht immer gesagt, sie würden dich an die große Hungersnot erinnern? Nun, ich habe jetzt einen.«
»Und was ist mit meinen Seidenvorhängen? Meinen hübschen, mit Blumen gemusterten Sofas?«
»Die sind schon weg … Keine Sorge, ich habe sie einlagern lassen. Sie stehen zusammen mit all deinen anderen Sachen in einem Lagerraum in Belfast. Dort sind sie für ein Jahr sicher untergebracht, und dann werden sie entweder weiterverkauft oder weggeworfen. Das liegt ganz bei dir. Ich werde dir nachher in der Anwaltskanzlei ihre Karte geben.«
Dann ging er zur Theke des Lokals und bestellte einen doppelten Cheeseburger mit extra viel Zwiebeln und Essiggurken. Und dazu eine große Portion Pommes frites.
»Bist du vollkommen verrückt geworden?«, fragte Emily, als er an den Tisch zurückgekehrt war und wieder Platz genommen hatte, um auf sein Essen zu warten.
»Das will ich nicht hoffen. Nein, ich habe mit dem Rau-

chen aufgehört und ernähre mich mittlerweile ziemlich gesund. Na ja, einmal in der Woche gönne ich mir eine kleine Sünde. Und da ich nun einmal in New York bin, muss ich doch einen Burger essen, nicht wahr?«

»Wie lange wirst du bleiben?«

»Nur eine Nacht. Ich fliege morgen wieder zurück.«

»Warum bleibst du nicht länger und schaust dir die Sehenswürdigkeiten an?«

»Ich will mir keine Sehenswürdigkeiten anschauen, Emily. Du weißt doch, dass ich keine Menschenmengen, Warteschlangen, U-Bahnen, Lärm oder Museen mag.«

»Schon gut.«

Sie saßen für ein paar Minuten schweigend da, und jeder hing seinen Gedanken nach.

»Ah, da kommt schon mein Burger. Das ging ja schnell! Möchtest du auch etwas essen?«, fragte er. »Ich lad dich ein.«

»Ich habe keinen Hunger«, flüsterte sie und begann leise zu weinen.

»Es wird sich schon alles finden, Emily«, sagte er. »Bitte weine nicht. Du weißt doch, dass es besser so ist. Wir hätten uns schon vor langer Zeit aussprechen sollen, vielleicht schon ganz zu Beginn. Wahrscheinlich hätten wir uns auch schon vor Jahrzehnten trennen sollen. Schuld daran sind weder du noch ich, sondern vielmehr die Kirche und unsere Erziehung. Unsere Generation hatte doch Angst, selbständig zu denken. Insgeheim wussten wir beide, dass wir nicht zueinander passten, hatten aber Angst, es unserer Umwelt gegenüber zuzugeben. Wir wollten es vor allem uns selbst gegenüber nicht eingestehen.«

»Ja, das stimmt. Ich habe nur mit einem Mal so schreckliche Angst, wo es nun endlich geschieht«, räumte sie ein.

»Das brauchst du nicht. Du kannst ja nach Irland zurückkehren, wenn du möchtest. Du kannst ein eigenes Geschäft aufmachen. In Belfast in Rubys Nähe wohnen oder wo immer du willst.«

»Aber nicht mit dir zusammen?«

»Nein. Das nicht.«

»Aber warum nicht, David? Willst du mir nicht noch eine Chance geben?«

»Nein, Emily. Das kann ich nicht.«

»Warum nicht?«

»Weil ich nicht vergessen kann, was du an jenem Tag, als du gegangen bist, zu mir gesagt hast. Dass ich langweilig bin. Das kann ich einfach nicht vergessen. Ja, ich bin langweilig, Emily. Aber so bin ich nun einmal. Ich möchte mich nicht ändern. Ich glaube sogar, ich könnte mich nicht einmal ändern. Ich lebe jetzt gern allein – es ist sehr friedlich. Ich habe mit dem Angeln begonnen und bin einem Kochclub beigetreten.« Er entschied sich, Emily nichts davon zu erzählen, dass er ein Auge auf eine Dame in seinem Kochkurs geworfen hatte. Bisher war noch nichts geschehen, und daher hatte es ja keinen Sinn, einen weiteren Namen in die Diskussion zu werfen.

»Aber das hört sich doch gut an«, stimmte Emily zu.

»Ich bin zufrieden«, sagte er. »Wir treffen uns im Augenblick nur jeden zweiten Samstag, aber das reicht mir.«

»Warum haben wir das nicht schon vor Jahren gemacht?«, fragte sie. »Warum sind wir nicht schon früher irgendwelchen Clubs beigetreten? Sind gereist?«

»Wir waren zu ängstlich«, erwiderte er rundheraus.
»Ja. Das waren wir wohl.«
»Ja.«
»Hast du Ruby davon erzählt, dass du dich von mir scheiden lässt?«
»Ja. Ich habe ihr gesagt, dass *wir* uns scheiden lassen. Eine einvernehmliche Scheidung. Sie weiß, dass das dein Wunsch war. Es kommt ja nicht nur von mir. Du hast damit angefangen, schon vergessen? Aber es ist zum Besten, Emily.«
»Ja, das ist es wohl. Was hat Ruby gesagt?«
»Es ist okay für sie.« Er streute sich mehr Salz auf seinen Burger. »Meine Güte, das ist ja eine Riesenportion. Da bekommt man wirklich etwas für sein Geld. Und er schmeckt auch noch lecker!«
»Ich kann nicht glauben, was du da über Ruby erzählst, David. Sie hat gesagt, es sei *okay* für sie, wenn wir uns scheiden lassen? *Okay?*«
»Ja, sie war sehr gefasst, Emily. Sie hat gesagt, wenn sie den Tod von Jonathan überleben konnte, dann würde sie alles überleben. Und wir sind ja auch immer noch ihre Eltern, nicht wahr? Wir lassen uns ja nicht von unserer Tochter scheiden! Sie hat übrigens jetzt einen Freund. Ein sehr netter Kerl namens Tom Lavery. Wahrscheinlich hat sie dir schon von ihm erzählt. Sie haben mich letzte Woche besucht, und wir waren essen. Er ist ihr gegenüber sehr fürsorglich. Sieht natürlich nicht so gut aus wie Jonathan. Aber sie kommt mir sehr ausgeglichen vor und scheint glücklich mit ihm zu sein. Ich hoffe, sie werden eines Tages heiraten. Ruby scheint mir der Typ für die Ehe zu sein. Wir beide waren das wohl nicht.«

»Mein Gott«, seufzte Emily. »Ich zwei seid ja ganz offensichtlich sehr gut ohne mich klargekommen. Du kochst in einem Club, gehst angeln, lässt das Haus renovieren. Und Ruby hat eine neue Beziehung. Die Sache scheint auch noch ernst zu sein.«

»Aber ist es nicht das, was du wolltest? Dass wir beide mit unserem Leben weitermachen und dich in Ruhe lassen?«

»Nein. Ja, schon. Aber ...«

»Wir schließen dich ja nicht aus, Emily. Du kannst jederzeit nach Hause kommen und uns besuchen. Ich bin nur hierhergekommen, um dir persönlich zu sagen, dass unsere Ehe offiziell vorbei ist.«

Emily bestellte noch zwei Kaffee, und dann saßen sie wieder schweigend da. Im Hintergrund dudelte das Radio, während sie die Leute beobachteten, die an ihrem Fenster vorbeigingen. Reiche alte Damen in Pelzmänteln und mit zu viel Make-up auf den Gesichtern. Blonde junge Dinger mit winzigen Hunden in der Handtasche. Schwule Paare, die wie selbstverständlich Händchen hielten, so wie sie es daheim in Irland niemals getan hätten. Obdachlose, die in zerfledderten Schuhen dahinschlurften und Selbstgespräche führten. Geschäftsleute, die laut in winzige Handys sprachen. Touristen, die die Gehwege versperrten, während sie Fotos von den höchsten Gebäuden machten.

»David?«, fragte Emily plötzlich.

»Ja?«, erwiderte er.

»Hast du mich jemals geliebt?«

»Ja, natürlich habe ich das. Was für eine alberne Frage.«

»Aber jetzt liebst du mich nicht mehr?«, wollte sie wissen.

»Nicht auf die gleiche Weise, nein. Tut mir leid.«

»Warum nicht? Würdest du mir bitte sagen, warum nicht?«
»Das habe ich doch bereits. Ich kann keine Frau lieben, die mich langweilig findet.« Er schenkte ihr ein trauriges Lächeln. »Ich kann keine Frau lieben, die mich so lange allein lässt und sich kaum die Mühe macht, mich auch nur anzurufen. Ich kann keine Frau lieben, die keinen meiner Briefe beantwortet. Das würde mich zu einer jämmerlichen Gestalt machen. Und das bin ich nicht.«
»Verstehe. Sind wir wirklich schon so lange getrennt?«
»Ja. Jahre! Zeigt das nicht, wie schlecht unsere Ehe gewesen ist? Offenbar hast du mich überhaupt nicht vermisst. Du stehst lieber den ganzen Tag in dieser Bäckerei hinter dem Tresen und wohnst in irgendeiner Absteige, als mit mir zusammenzuwohnen, Emily. Und jetzt erzähl mir bitte nicht, dass du es dir anders überlegt hast, wo ich doch endlich nicht mehr die Augen vor der Wahrheit verschließe und bereit bin, mich scheiden zu lassen!«
Sie glühte förmlich vor Verlegenheit. Das hier war alles viel zu real, musste erst noch verarbeitet werden.
»Es tut mir leid«, meinte sie.
»Schon gut, es ist nicht deine Schuld, es hat einfach nicht funktioniert. Ich werde allerdings die guten Zeiten vermissen«, entgegnete er, denn er spürte ihre Verlegenheit. »Wir hatten doch gute Zeiten, nicht wahr? Mit Ruby, als sie noch klein war?«
»Ja, die hatten wir. Ruby war ein liebes Mädchen. Ich werde diese Zeiten auch vermissen. David?«
»Ja?«
»Danke, dass du nach New York gekommen bist, um dich von mir zu verabschieden. Ich habe es all die Jahre als

selbstverständlich betrachtet, dass du da bist, und das tut mir leid. Sollen wir uns jetzt auf den Weg machen und diese Papiere unterschreiben?«

»In Ordnung«, stimmte er ihr zu und tupfte sich mit einer rosafarbenen Serviette ein wenig Ketchup vom Kinn. »Ich bin pappsatt.«

»Vielleicht könnten wir hinterher einen letzten Spaziergang zusammen machen?«

»Wenn du möchtest.«

»Lass uns einkaufen gehen und ein hübsches Geschenk für Ruby aussuchen, das du morgen mit nach Hause nehmen kannst. Wie wäre es mit einer hübschen Lederhandtasche von Bloomingdales? Sie hat mir eine wunderschöne Handtasche geschickt, und ich würde ihr auch gern eine schenken.«

»Gern. Ich werde dir den Scheck aushändigen, sobald wir die Papiere unterzeichnet haben. Man hat mich angewiesen, es so zu machen. Es muss nämlich ordnungsgemäß beglaubigt werden. Sie wollen nicht wissen, ob du im Besitz einer Greencard bist und ob du überhaupt hier leben darfst, aber du musst dir im Klaren darüber sein, dass die Scheidung und die Vereinbarung damit rechtskräftig werden. Das Haus und das Geld auf meinem Privatkonto gehören mir. Und damit hat die Sache dann ein Ende.«

»In Ordnung«, sagte sie mit einem traurigen Nicken. »Ich werde dir von nun an nicht mehr zur Last fallen. Ich wollte dich nie verletzen, David, das sollst du wissen. Ich wollte nie, dass du dich elend fühlst. Es tut mir aufrichtig leid, wenn das der Fall gewesen sein sollte.«

»Schon gut, Emily … Ich wünsche dir alles Gute für die Zukunft. Egal, wozu du dich auch entscheiden solltest und wo du leben wirst. Viel Glück dabei. Das meine ich wirklich von Herzen, Emily.«

»Ich danke dir, David. Ich wünsche dir auch alles Glück dieser Welt.«

Sie schüttelten einander über dem blitzsauberen, rosafarbenen Resopaltisch in Harry's Original New York Diner die Hand und zogen damit einen Schlussstrich unter ihre vierzigjährige Ehe.

Kapitel 45

Das siebte Geheimnis

Ruby bezog ihr Bett mit hübschen neuen Laken und öffnete das Schlafzimmerfenster, um etwas frische Luft hereinzulassen. Sie staubte die Frisierkommode ab und leerte den Papierkorb. Anschließend saugte sie den cremefarbenen Teppich und räumte zwei Einkaufstüten weg. Sie liebte dieses Zimmer. Sie liebte die Leere des Raums, das Gefühl, genügend Platz zu haben. Liebte den makellosen Teppich und die winzigen, herzförmigen Duftkissen, die am Türgriff hingen. Sie liebte die hübsche Küche und auch ihren eleganten Bistrotisch, die Stühle und ihre rosafarbene Keksdose aus Keramik. Ob sie wohl imstande wäre, ihre gemütliche kleine Zuflucht aufzugeben und ihr Leben wieder mit einem Mann zu teilen?

Einem Mann mit einem gebrochenen Herzen wie Tom Lavery? Einem Mann, der wohl schon bald einen anderen Hund aus dem Tierheim retten würde? Einem Mann, der schmutzige Stiefel, abgetragene Jeans und schmuddelige Jacken zur Arbeit trug? Einem Mann, der niemals seine erste Frau vergessen würde?

Aber dann dachte sie an seine Zärtlichkeit, wenn sie aneinandergekuschelt im Bett lagen. Wie er immer so sanft und zugleich doch so leidenschaftlich war, sie in seinen Armen hielt, nachdem sie sich geliebt hatten. Wie er ihre Schultern liebkoste und ihr Gesicht mit zärtlichen Küssen bedeckte. Vielleicht würden sie es wirklich schaffen. Vielleicht könnten sie einander Trost spenden, Freunde sein, miteinander Spaß haben und gute Zeiten verbringen. Aber Liebe? Könnte sie jemals die Worte »Ich liebe dich« zu ihm sagen? Natürlich liebte sie ihn auf eine Weise. Aber war es die gleiche Art von Liebe, die sie für Jonathan empfunden hatte? Könnte sie einen echten Platz in ihrem Herzen für einen anderen Mann finden? Am Wochenende würden sie sich wiedersehen, und Ruby ahnte, dass er sie bald nach einer gemeinsamen Zukunft fragen würde …

»Na, der Laden öffnet sich nicht von allein«, sagte sie rasch und blickte auf ihre Armbanduhr.

Manchmal fragte sich Ruby, was sie wohl ohne die Arbeit in ihrem geliebten Laden anfangen würde.

Zu ihrem Erstaunen stand Mrs. Kenny vor der Tür, als sie hinunterging, um das Geschäft zu öffnen.

»Mrs. Kenny, ist etwas passiert?«, fragte Ruby beunruhigt.

»Nein, nein, alles in Ordnung. Ich wollte nur einmal kurz mit Ihnen sprechen«, antwortete Toms Kollegin und gute Freundin verlegen.

»Dann kommen Sie doch herein«, schlug Ruby vor, schloss die Tür auf und schaltete das Licht ein.

»Was für ein hübscher Laden!«, staunte die ältere Frau.

»Vielen Dank«, erwiderte Ruby lächelnd. Sie war froh, dass die Heizung bereits angesprungen und es im Laden warm und gemütlich war. »Nehmen Sie doch dort im Sessel Platz, ich werde uns eine Tasse Tee kochen.«

»Das ist nett.«

Mrs. Kenny setzte sich höflich auf die Kante des prächtigen Sessels und drückte dabei ihre Handtasche gegen die Brust, als enthalte sie ihre gesamten Ersparnisse.

»Also, womit kann ich Ihnen behilflich sein?«, fragte Ruby, als sie eine Minute später mit zwei Tassen Tee aus der kleinen Küche zurückkam.

»Sind Sie heute allein, Ruby?«

»Ja, Jasmine arbeitet im Moment nur stundenweise.«

»Oh, gut, denn ich wollte gern einmal unter vier Augen mit Ihnen reden. Es geht um Tom.«

»Tom?«

»Ja, ich glaube, er wird Sie fragen, ob Sie ihn heiraten möchten, meine Liebe.«

»Nun, ehrlich gesagt, überrascht mich das nicht«, meinte Ruby leichthin, obwohl ihr Herz schneller zu schlagen begann.

»Ich wollte Sie nur bitten, ihm eine Chance zu geben, Ruby. Tom ist ein guter Mann, besser als die meisten.«

»Das weiß ich.« Ruby lächelte.

»Er würde Sie nie und nimmer schlecht behandeln.«

»Das weiß ich auch«, sagte Ruby nickend.

»Ja, natürlich wissen Sie das. Sie beide sind ja wie füreinander geschaffen. Also werden Sie ja sagen?«

»Ich weiß es nicht, Mrs. Kenny. Falls er mich tatsächlich fragen sollte, werde ich auf das hören, was mir mein Herz sagt«, entgegnete Ruby vorsichtig.

»So geht das aber nicht, Ruby.« Mrs. Kenny schüttelte energisch den Kopf.

»Wie bitte?«

»Sie müssen sich im Voraus entscheiden. Deshalb bin ich heute zu Ihnen gekommen: um Ihnen mehr Zeit zu verschaffen.«

»Ach ja?«
»Ja. Denn wenn Sie auch nur ein kleines bisschen zögern, sobald er sie fragt, wird er glauben, dass Sie ihn nicht heiraten wollen. Dann wird er Sie vielleicht nie wieder fragen. Er ist ein stolzer Mann, Ruby.«
»Aber ich trauere immer noch um meinen Mann Jonathan, Mrs. Kenny. Nun, natürlich treffe ich mich mit Tom. Und ich liebe ihn. Aber tief in meinem Herzen liebe ich Jonathan auch immer noch.«
»Hören Sie mir zu, Kleines, denn ich bin eine alte Frau und habe mit den Jahren ein bisschen Lebensweisheit gesammelt. *Sie müssen die Vergangenheit loslassen, Ruby.* Sie sollen sie nicht vergessen und auch nicht so tun, als sei sie nie geschehen, aber sie müssen das Geschehene hinter sich lassen und in die Zukunft schauen.«
»Vielen Dank für diesen Rat und die Vorankündigung von Toms Antrag. Woher wissen Sie eigentlich, dass er darüber nachdenkt, mir einen Antrag zu machen?«, fragte Ruby.
»Wegen des Cottages. Er sagte, dass er vielleicht nicht mehr lange dort wohnen wird.«
»Verstehe.«
Die beiden Frauen tranken nachdenklich ihren Tee. Dann stand Mrs. Kenny auf und spazierte im Laden umher, warf einen Blick in die verschiedenen Schränke und bewunderte Kleidung und Schals. Als sie an der Glasvitrine neben dem Fenster anlangte, war sie sehr angetan von der letzten Handtasche aus Rubys Kollektion, der dunkelvioletten.
»Wie hübsch!«, rief sie begeistert aus.
»Die habe ich selbst gemacht«, meinte Ruby gedankenverloren.

»Wirklich? Wissen Sie was, ich glaube, ich werde mir diese Tasche kaufen. Ich bin bald zu einer Hochzeit eingeladen, und diese Tasche würde hervorragend zu meinem guten lila Mantel passen.«

»Stecken Sie Ihr Geld weg, Mrs. Kenny. Ich schenke sie Ihnen.«

»Das werden Sie nicht tun. Ich bezahle natürlich dafür«, sagte Mrs. Kenny entschieden.

»Bitte nehmen Sie sie doch an. Dann wenigstens zum halben Preis.«

»Auf gar keinen Fall!«, erwiderte Mrs. Kenny lachend. »Ich werde sie nur nehmen, wenn ich dafür den vollen Preis bezahle. Ich bin eine überaus stolze und unabhängige Frau!«

»In Ordnung. Ich hab's begriffen.«

Sie zählte die Geldscheine sorgfältig ab und legte sie auf die Theke.

Ruby packte die Tasche rasch ein und reichte Mrs. Kenny die Tragetüte.

»Wo findet die Hochzeit denn statt?«, fragte sie beiläufig.

»Oh, vermutlich in Belfast«, antwortete Mrs. Kenny vielsagend.

»Was? Oh! Sie sind wirklich unverbesserlich!«, lachte Ruby.

»Ich weiß. Hören Sie, erzählen Sie Tom bitte nicht, dass ich hier war, ja?«

»Das werde ich nicht.«

»Versprochen?«

»Versprochen.«

»Ich wollte Ihnen einfach nur ein bisschen Zeit zum

Nachdenken geben, verstehen Sie? Damit Sie auf der Stelle ja sagen und Tom glücklich machen können. Oder die Möglichkeit haben, ihm ihre Entscheidung schonend beizubringen. Ich will mich wirklich nicht einmischen, Ruby.«

»Das weiß ich doch, Mrs. Kenny.«

»Es ist nur so, dass ich Sie wirklich mag. Und Sie sind die Rettung für Tom gewesen. Ich liebe ihn wie einen Sohn, müssen Sie wissen.«

»Ist schon gut, ich verstehe das. Vielen Dank, dass Sie die Mühe auf sich genommen haben, heute den weiten Weg hierher zu machen.«

»Gern geschehen.«

»Da wäre nur noch eine Sache«, sagte Ruby.

»Was denn?«

»Die Tragetasche! Wenn Sie nicht möchten, dass Tom Wind davon bekommt, wo Sie heute Morgen gewesen sind, dann sollten Sie sie besser verstecken, wenn Sie nach Camberwell zurückkommen.«

»Da haben Sie natürlich recht! Ich werde sie in meinen Mantel einwickeln.«

»In Ordnung. Und noch einmal vielen Dank.«

»Nichts zu danken. Ich werde mich jetzt einmal auf den Weg machen. Ich habe ein Taxi bestellt, das mich nach Camberwell zurückbringt.« Sie nahm ihren Mantel und stand auf. »Dann bis bald.«

»Bis bald«, entgegnete Ruby nickend.

»Und vergessen Sie nicht, was ich Ihnen gesagt habe, meine Liebe. Sie müssen die Vergangenheit loslassen.«

»Das werde ich nicht vergessen.«

Als Mrs. Kenny den Laden verlassen hatte, betrachtete

Ruby das leere Fach in ihrer Vitrine, wo sich einst die sieben Handtaschen befunden hatten.

»Das ist wohl das siebte Geheimnis vom Glücklichsein«, sagte sie seufzend zu sich, als sie dort ganz allein in ihrem kleinen Laden stand. »Man muss die Vergangenheit loslassen. Ich muss meine Vergangenheit loslassen, nicht wahr? Jonathan, wenn du mich hören kannst, Liebling, ich liebe dich immer noch, und das wird sich auch niemals ändern. Ich werde dich niemals vergessen, das verspreche ich dir. Aber vielleicht ist es wirklich an der Zeit, das Vergangene hinter mir zu lassen und in die Zukunft zu schauen, wie Mrs. Kenny es gesagt hat. Ich glaube, sie ist eine sehr kluge Frau, auch wenn sie ihre Nase in Angelegenheiten steckt, die sie nichts angehen.«

Ruby und Tom saßen auf der Weidenbank in der Mitte des Labyrinths. Es war ein sonniger, aber kalter Sonntagmorgen im Dezember, und kein Besucher hatte sich nach Camberwell verirrt. Auf einmal wandte sich Tom ihr zu und ergriff ihre Hand.

»Hast du noch einmal darüber nachgedacht, mit mir zusammenzuziehen?«, fragte er behutsam.

»Ja, das habe ich«, sagte sie lächelnd.

»Und zu welcher Entscheidung bist du gekommen?« Seine Stimme klang ganz leise. Er wagte es nicht, Mutmaßungen anzustellen.

»Ich finde, wir sollten es versuchen«, antwortete Ruby und hielt seine Hand ganz fest.

»Wirklich? Das ist großartig. Ich bin ja so froh, dass du das gesagt hast«, erwiderte Tom erleichtert.

»Allerdings bin ich ein wenig enttäuscht.«

»Wieso?«
»Ich dachte, du würdest mich fragen, ob ich dich heirate«, entgegnete sie lachend.
»Würdest du denn ja sagen, wenn ich es täte?«, fragte er, und Ruby entdeckte ein hoffnungsvolles Funkeln in seinen Augen.
»Möglicherweise … «, neckte sie ihn.
»Also dann, willst du mich heiraten?«, fragte er, nachdem er vor ihr auf die Knie gesunken war. »Ich habe dich bisher nur nicht gefragt, weil ich dachte, du bist noch nicht bereit, an eine weitere Ehe zu denken. Das ist der einzige Grund, warum ich dich nicht schon früher gefragt habe. Aber ich habe dich vom ersten Moment an geliebt!«
»O Tom! Meine Antwort lautet *Ja.* Ja, ich will dich heiraten.«
»Meinst du das im Ernst, Ruby?«
»Ja, das tue ich.«
»Das ist unglaublich! Wie kommt es denn, dass du plötzlich so wagemutig bist?«, wollte Tom wissen.
»Na ja, ich habe mich entschieden, meiner Sammlung ein weiteres Geheimnis hinzuzufügen, das ist alles«, erwiderte sie. »Erinnerst du dich noch an meine kleinen Geheimnisse vom Glücklichsein? Emotionale Unabhängigkeit, Gesundheit, kein Neid, Freundschaften pflegen, gute Taten vollbringen und die Schönheit in den kleinen Dingen erkennen. Und jetzt habe ich auch das letzte Geheimnis erkannt: Lass die Vergangenheit los. Genau das tue ich jetzt. Ich lasse die Vergangenheit los.«
»Ich werde dasselbe tun«, sagte er leise.
»Das werden wir dann schon sehen«, meinte sie und lächelte ihn an. »Es wird für keinen von uns leicht.«

»Ich werde mein Bestes versuchen«, versprach er.
»Ich auch«, versicherte sie.
»Und was geschieht jetzt?«, fragte er immer noch ungläubig.
»Wir legen einen Termin fest, sehen uns Häuser an … Aber ich werde auf jeden Fall meine Wohnung behalten«, fügte Ruby hinzu.
»Okay.«
»Ich will damit sagen, dass ich sie nicht vermieten oder verkaufen werde. Ich werde sie behalten, damit wir sie nutzen können, ja? Ich möchte nicht, dass ein Fremder dort wohnt. Noch nicht. Das soll nicht etwa heißen, dass ich nicht an uns glaube. Aber ich muss einfach wissen, dass es sie noch gibt.«
»Das ist schon in Ordnung. Ich verstehe das.«
»Wirklich, Tom?«
»Natürlich. Ich werde das Cottage allerdings aufgeben. Es lohnt sich nicht, daran festzuhalten. Die Miete ist zwar nicht allzu hoch, doch ich möchte einen Neuanfang.«
»Und was machst du, wenn wir es nicht schaffen?«
»Dann werde ich mir ein anderes altes Cottage suchen, keine Sorge. Aber dazu wird es nicht kommen, versprochen. Gott, ich bin so glücklich, Ruby. Du hast mich zu einem glücklichen Mann gemacht!«
»Ich wünsche mir so sehr, dass wir es schaffen, Tom«, flüsterte Ruby, und ihre Augen füllten sich mit Freudentränen.
»Ich auch. Ich liebe dich, Ruby.«
Er küsste sie zärtlich auf die Lippen.
»Ich liebe dich auch«, antwortete sie.
Es war das erste Mal, dass sie es auf diese Weise ausge-

sprochen hatte – ernst, ohne angedeuteten Witz oder den Anflug eines Lächelns. Sie liebte ihn wirklich, und er liebte sie. Nach all dem Schmerz und der Trauer, die sie beide erduldet hatten, war es wie ein Wunder. Sie umarmten sich.

Eigentlich war es gar nicht so schwer gewesen, die Worte auszusprechen, dachte sie bei sich. Trotzdem würde sie immer den nachträglichen Verlobungsring behalten, den Jonathan für sie gekauft hatte. Auch ihren alten Ehering. Sie würde sich außerdem nicht von den teuren Schuhen trennen, die als Weihnachtsgeschenk für ihn gedacht waren. Sie hatte vor, diese Dinge in Seidenpapier einzuschlagen und einstweilen auf die Seite zu legen, da sie Jonathan niemals vergessen würde. Doch Tom war im Moment der Richtige für sie und sie die Richtige für ihn.

Ein Rotkehlchen landete neben ihnen auf der Erde und blickte sie beide an, bevor es wieder wegflog.

»War das jetzt dein Rotkehlchen oder meins?«, fragte Ruby lachend.

»Wer weiß?«, erwiderte er mit einem verschmitzten Ausdruck.

»Ich liebe dich wirklich, Tom. Es ist mir ernst damit.«

Ruby und Tom waren erstaunt über all die Veränderungen an dem Haus in Blackskull, als sie nach Abschluss der Renovierungsarbeiten an der kleinen Einweihungsfeier teilnahmen, zu der Rubys Vater sie und seine Freunde aus dem Kochkurs eingeladen hatte. Es gab Sandwiches und Canapés in der Küche, Gin Fizz und Tee.

»Was haltet ihr davon?«, fragte er Ruby und Tom, als sie zur Haustür hereinkamen.

»Toll! Dieses Licht! Es ist alles so luftig und hell, Dad«, freute sich Ruby.

»Es ist fantastisch geworden, Mr. Nightingale«, stimmte ihr Tom zu.

»Wie hast du das nur alles geschafft?«, wollte Ruby wissen.

»Oh, das Lob gehört ganz allein den Inneneinrichtern und den Malern. Ich habe ihnen bloß gesagt, dass ich alles moderner haben will.«

»Das hat allerdings funktioniert.« Ruby nickte zufrieden.

»Die Wände sind tadellos, nicht wahr?«, sagte er stolz.

»Ja, das sind sie.« Ruby sah sich immer noch um.

»Drinnen und draußen?«

»Drinnen und draußen.«

Die blütenweißen Wände leuchteten, wenn das Licht darauf fiel, und die Fenster sahen ohne die geblümten, altbackenen Plisseevorhänge, die den Sonnenschein nicht durchgelassen hatten, viel größer aus. Die dunkelbraunen Böden schimmerten und rochen köstlich nach Bienenwachspolitur. Es gab kaum Möbel im Haus. Lediglich ein paar Antiquitäten im Shaker-Stil. Nun wirkte alles nur noch größer als zuvor. In einer Ecke standen eine Angelrute und ein Picknickkorb.

»Du siehst wirklich gut aus, Dad«, flüsterte Ruby und umarmte ihn ganz fest. »Gibt es vielleicht noch etwas, was du mir sagen willst?«

»Du meinst, ob es eine neue Frau in meinem Leben gibt?«, fragte er lachend.

»Ja, gibt es da vielleicht jemanden in deinem Kochkurs?«

»O nein, ganz und gar nicht«, sagte er lächelnd. »Wir sind

alle nur gute Freunde. Na ja, vielleicht doch – aber es ist noch zu früh, um darüber zu reden. Viel zu früh!«

»Also schön, ich glaube dir. Auch wenn die meisten anderen das nicht tun würden.«

»Hör zu, wenn du mir versprichst, mit niemandem darüber zu reden, dann werde ich sie dir später vorstellen. Sie ist sehr schüchtern, also mach bitte keine Anspielungen, ja?«

»Werde ich nicht, Dad, versprochen.«

Ruby und Tom gingen in die Küche und begrüßten die anderen Gäste, schüttelten Hände, kosteten das Essen und schwärmten, wie großartig das Haus aussehe. Selbst die Küche war verschönert worden. Die Schränke waren nun alle weiß gestrichen und die braune Küchenarbeitsplatte aus Kunststoff war durch eine schwarze Granitplatte ersetzt worden.

»Es ist wirklich wunderschön«, freute sich Ruby und umarmte ihren Vater erneut.

Alle klatschten und waren sich darüber einig, dass das Haus nun ganz großartig aussah.

Später, als die anderen Gäste gegangen waren, setzten sich Tom und Ruby mit David Nightingale zum Abendessen an den Tisch. Es gab Fisch, den er selbst gefangen und zubereitet hatte.

»Hast du in letzter Zeit etwas von Mum gehört?«, fragte Ruby.

»Ja, sie hat mir eine Postkarte aus Florida geschickt«, erzählte David. »Sie arbeitet inzwischen nicht mehr in dieser Bäckerei in New York, wie du weißt, und macht gerade dort Ferien mit ihrer Freundin Dorothy. Sie schreibt, dass sie anschließend nach Irland kommt, um dich und Tom in Belfast zu besuchen.«

»Ist das ein Problem für dich?«, erkundigte sich Ruby. »Wird es alte Wunden aufreißen, wenn sie zu einem Besuch nach Belfast kommt?«

»Aber nein, ganz und gar nicht. Wir haben uns voneinander verabschiedet.«

»Ehrlich, Dad?«

»Ja, wirklich. Ich kann damit umgehen«, versicherte er und tätschelte ihre Hand. »Vielleicht sehe ich sie das nächste Mal, wenn sie nach Hause kommt. Als eine alte Freundin.«

»Oh, Dad. Du bist wirklich toll.«

»Du solltest dir nicht so viele Sorgen um mich machen. Ich kann ganz gut auf mich selbst aufpassen. Aber jetzt würde mich einmal interessieren, wie es bei euch beiden aussieht. Werde ich wohl bald Brautvater?«

»Daddy, lass das«, schalt ihn Ruby.

»Möglicherweise«, sagte Tom und lief dabei knallrot an.

»Wie bitte? Habt ihr etwa schon einen Termin festgesetzt?«, wollte Rubys Vater wissen. Man sah ihm deutlich an, wie sehr er sich für seine Tochter freute.

»Ja«, entgegnete Ruby leise. »Das haben wir.«

Ruby und Tom fanden ein hübsches Haus zur Miete in Saintfield, auf dem halben Weg zwischen Camberwell House und Rubys Laden in der Ravenhill Road. Es stand in einer ruhigen Sackgasse in der Nähe der Geschäfte und war groß genug, um ihnen beiden genügend Freiraum zu lassen. Es gab ein kleines Gewächshaus, in dem Tom herumhantieren konnte, wenn er niedergeschlagen war, und ein Gästezimmer, in das Ruby ihre Nähmaschine stellen konnte, für den Fall, dass sie wieder einmal mitten in der Nacht das Bedürfnis verspüren sollte, weitere Samthandtaschen zu nähen.

»Die Inneneinrichtung würde ich gern dir überlassen, wenn es dir nichts ausmacht«, meinte Tom, während er die nackten weißen Wände und die leeren Zimmer betrachtete. »Ich finde es irgendwie hübsch, so wie es ist. Es erinnert mich an das Haus deines Vaters. Aber ich vertraue auf deinen guten Geschmack.«

»Vielen Dank, Tom. Ich habe da schon ein paar Ideen«, sagte Ruby erfreut. »Aber keine Sorge, nichts allzu Überladenes und Verspieltes.«

»Ich wüsste nicht einmal, was überladen und verspielt ist, wenn ich drauf sitzen würde«, erwiderte Tom lachend und öffnete die Schachteln mit der Pizza, dem Knoblauchbrot und den Kartoffelecken, die der Lieferservice gerade vorbeigebracht hatte. »Möchtest du Barbecue-Soße oder Chili-Soße?«

»Nur ein bisschen Salz für mich«, erwiderte Ruby, die gerade zwei große Gläser holte und eine Flasche Rotwein aus einem Pappkarton nahm, der auf der Küchenplatte stand. »Ich tunke meine Kartoffelecken nie in Soße. In der Hinsicht bin ich ein Purist.«

»Es gibt immer noch so viel, was wir vom anderen nicht wissen«, sagte Tom und wirkte dabei ein wenig bedrückt.

»Aber das ist doch nicht schlimm«, entgegnete Ruby. »Wir haben doch alle Zeit der Welt, um es herauszufinden.«

Natürlich wusste keiner von ihnen, wie viel Zeit ihnen noch bleiben würde. Das Schicksal konnte in jedem Augenblick zuschlagen. Ein weiterer Autounfall oder eine

Krankheit … Aber es war besser, optimistisch in die Zukunft zu blicken, hatte Ruby entschieden.
»Vermutlich hast du recht. Es ist nur so, dass ich alles über dich wissen will«, sagte er.
»Dann frag mich doch«, neckte sie ihn mit einem strahlenden Lächeln.
»Was soll ich dich denn fragen?«
»Na, alles.«
»Alles?«
»Ja. Sagen wir fünf Fragen jeden Tag. Würde dir das reichen?«
»Okay.« Als sie sich an den Tisch setzten, nickte er und dachte für eine Weile nach, ehe er plötzlich begann.
»Was ist deine Lieblingsblume?«
»Weiße Rosen, egal ob kleine oder große. Ich kenne die Namen nicht. Einfach weiße Rosen im Allgemeinen. Nächste Frage?«
»Lieblingsparfüm?«
»Chanel. Egal, welches.«
»Wegen des Dufts oder wegen der Marke?«
»Sowohl als auch, aber vor allem, weil ich diese eckigen Flakons so mag. Ich liebe schwere, dicke Glasflaschen. Das zählt übrigens als dritte Frage.«
»In Ordnung. Magst du Überraschungen?«
»Nein, ich glaube nicht, dass ich noch in der Lage wäre, mit wirklich großen Überraschungen klarzukommen. Also komm bitte nicht auf die Idee, Urlaubstickets unter meinem Kopfkissen zu verstecken, okay? Kleine Überraschungen sind allerdings willkommen.«
»Was zählt denn in deinen Augen als kleine Überraschung?«

»Oh, eine dreilagige Schokotorte von Marks & Spencer zum Beispiel, hin und wieder Frühstück im Bett, ein Strauß weißer Rosen an einem verregneten Tag. Das wären deine fünf Fragen für heute.«

»Das Spiel gefällt mir. Möchtest du jetzt mich etwas fragen?«

»Noch nicht«, antwortete sie lachend und goss den Wein ein. »Im Augenblick gefällt es mir, dass du so geheimnisvoll bist.«

»Ich bin ganz und gar nicht geheimnisvoll, Ruby«, erwiderte er mit leiser Stimme. »Seit ich Kate verloren habe, war ich auch verloren. Außer Noah hatte ich nichts, für das es sich zu leben lohnte. Doch jetzt gibt es dich, und alles hat sich verändert. Ich liebe dich, Ruby. Durch dich hat mein Leben wieder einen Sinn, und dafür danke ich dir.«

Sie küsste ihn ganz sanft auf den Mund.

»Es war mir ein Vergnügen. Ich liebe dich auch«, flüsterte sie zärtlich. »Und jetzt iss deine Pizza.«

Danksagungen

Mein Dank geht an …

… Poolbeg, allen voran Paula Campbell und Gaye Shortland
… Penguin, insbesondere Clare Ledingham, Mari Evans, Lydia Newhouse und Samantha Mackintosh und an alle meine anderen Verleger rund um den Globus
… alle Medienleute für ihre kontinuierliche Unterstützung
… meine Familie, die an mich glaubt
… meinen verstorbenen Großonkel, Benedict Kiely, der eine Quelle der Inspiration für mich war
… meine Freunde für ihre E-Mails, Anrufe, Einladungen zum Mittagessen und für den Spaß, den wir zusammen haben
… meinen Ehemann Dermot für seine Liebe
… meine Tochter Alice, die das Licht unseres Lebens ist.

Und zu guter Letzt möchte ich mich bei meinen Lesern bedanken, die dies alles erst möglich machen. Ich hoffe, Sie finden Gefallen an dieser Geschichte.

Mit den allerherzlichsten Grüßen.

Verena Rabe

Der längste Tag in unserem Leben

Roman

Was ist wirklich wichtig im Leben? Diese Frage stellt sich die junge Norwegerin Silje – vor allem, nachdem sie sich von Leo getrennt hat, den sie so liebte und mit dem sie in London lebte. Doch sie verließ ihn, weil sie es in der Metropole vor Heimweh nicht mehr aushielt. Da ruft sie ein Anruf des ehemaligen Geliebten nach London zurück. Alarmiert macht sie sich auf die Suche nach ihm, denn er scheint in höchster Gefahr zu schweben …

Knaur Taschenbuch Verlag